Henning Mankell

KENNEDYS HJÄRNA

Henning Mankell

Kennedys hjärna

LEOPARD FÖRLAG

STOCKHOLM 2005

Henning Mankell: Kennedys hjärna
Leopard förlag, S:t Paulsgatan 11, 118 46 Stockholm
www.leopardforlag.se

© Henning Mankell, 2005
Omslag: Lena Olofsson
Sättning: Team Media
Tryck: WS Bookwell, Finland 2005
ISBN 91-7343-083-8

Till
Ellen och Ingmar

Innehåll

Del 1

Kristus återvändsgränd

"Nederlagen ska upp i ljuset, inte grävas ner,
för det är på nederlagen man blir människa.
Den som aldrig förstår sina nederlag,
han bär ingenting in i framtiden."
Aksel Sandemose

1

Katastrofen kom om hösten och den drabbade henne utan förvarning. Den lämnade inga skuggor, den rörde sig alldeles ljudlöst. Hon anade aldrig vad som höll på att hända. Det var som om hon hade råkat ut för ett bakhåll i en mörk gränd. Men sanningen var den att hon tvingats bort från ruinerna, in i en verklighet som hon aldrig egentligen brytt sig om. Med våldsam kraft slungades hon ut i en värld där ingen intresserade sig särskilt mycket för utgrävningar av grekiska bronsåldersgravar.

Hon hade levt djupt nere i sina dammiga lergropar eller hukad över spruckna vaser som hon försökt pussla ihop. Hon hade älskat sina ruiner och aldrig sett att världen runt henne höll på att störta samman. Hon var arkeologen som gick från det förflutna till en grav hon aldrig hade kunnat föreställa sig att hon skulle stå vid.

Det fanns inga förebud. Tragedin hade fått sin tunga utskuren. Den hann aldrig ropa ut en varning till henne.

Kvällen innan Louise Cantor reste till Sverige för att delta i ett seminarium om de pågående utgrävningarna av bronsåldersgravarna skar hon upp ett djupt sår i sin vänstra fot på en keramikskärva i badrummet. Det blödde kraftigt, keramikflisan var från 400-talet före Kristus och blodet som rann över golvet gjorde henne illamående.

Hon befann sig i Argolis på Peloponnesos, det var september och årets utgrävningar höll på att avslutas. Hon anade redan svaga vindstråk som bar förebud om den kommande vinterkylan. Den torra värmen med sin doft av korint och timjan höll på att försvinna.

Hon stoppade blodflödet och klippte till ett plåster. I tankarna kom ett minne rusande emot henne.

En rostig spik som gått rakt genom hennes fot, inte den som hon nu skurit upp, utan den andra, den högra foten. Hon hade varit fem eller sex år gammal, den bruna spiken hade trängt rakt igenom hälen, sprängt köttet och huden, som om hon hade spetsats på en påle. Hon hade gallskrikit av fasa och tänkt att hon nu genomgick samma plåga som mannen som hängde på korset längst fram i den kyrka där hon ibland lekte sina ensamma skrämsellekar.

Vi sprängs av dessa spetsade pålar, tänkte hon medan hon torkade upp blodet från de spruckna kakelplattorna. En kvinna lever alltid i närheten av alla dessa spetsar som vill skada det hon försöker skydda.

Hon haltade in i den del av huset som var hennes arbetsplats och sovrum. I ett hörn hade hon en knarrande gungstol och en skivspelare. Gungstolen hade hon fått till skänks av den gamle Leandros, nattvakten. Leandros hade varit med redan som ett fattigt men nyfiket barn när de svenska utgrävningarna vid Argolis startade på 1930-talet. Nu sov han sig tungt igenom nätterna som nattvakt vid Mastoskullen. Men alla som deltog i arbetet försvarade honom. Leandros var en besvärjelse. Utan honom skulle alla framtida anslag för fortsatta utgrävningar vara hotade. Leandros hade på gamla dar, med ålderns rätt, blivit en tandlös och oftast rätt smutsig skyddsängel.

Louise Cantor satte sig i gungstolen och betraktade sin sargade fot. Hon log vid tanken på Leandros. De flesta svenska arkeologer hon kände var upproriskt gudlösa och vägrade att se olika myndigheter annat än som hinder för det fortsatta grävandet. Några gudar som sedan länge förlorat all betydelse kunde knappast påverka det som skedde i de avlägsna svenska myndigheter där olika arkeologiska utgiftsstater avslogs eller beviljades. Byråkratin var en tunnelvärld där det fanns in- och utgångar, men ingenting där emellan, och de beslut som till slut damp ner i de varma grekiska grävgroparna var ofta ytterst svårbegripliga.

En arkeolog gräver alltid på en dubbel nåd, tänkte hon. Vi vet aldrig om vi hittar det vi söker eller söker efter det vi vill hitta. Kommer vi rätt har nåden varit stor. Samtidigt vet vi aldrig om vi får tillåtelse och pengar nog att fortsätta tränga ner i de underbara ruinvärldarna eller om juvren plötsligt bestämmer sig för att sina.

Det var hennes personliga bidrag till den arkeologiska jargongen, att betrakta de beviljande myndigheterna som kor med lynniga juver.

Hon såg på klockan. Den var kvart över åtta i Grekland, en timme tidigare i Sverige. Hon sträckte sig efter telefonen och slog numret till sin son i Stockholm.

Signalerna gick fram utan att någon svarade. När telefonsvararen slog på lyssnade hon på hans röst med slutna ögon.

Det var en röst som gjorde henne lugn. *"Det här är en telefonsvarare och du vet vad du ska göra. Jag upprepar på engelska. This is an answering machine and you know what to do. Henrik."*

Hon lämnade sitt meddelande. *"Glöm inte att jag kommer hem. Jag ska vara i Visby två dagar och prata bronsålder. Sedan kommer jag till Stockholm. Jag älskar dig. Vi ses snart. Jag ringer kanske tillbaka senare. Om inte hör jag av mig från Visby."*

Hon hämtade keramikskärvan som skurit sönder hennes fot. Det var en av hennes närmaste medarbetare, en ivrig studentska från Lund, som hittat den. Det var en keramisk flisa som miljoner andra flisor, det var ett stycke attisk keramik och hon gissade att den var från en kruka tillverkad någon gång just innan den röda färgen börjat dominera, hon tänkte sig tidigt 400-tal.

Hon tyckte om att pussla med keramikflisor, föreställa sig helheter som hon kanske aldrig skulle kunna rekonstruera. Hon skulle ge den till Henrik som en gåva. Hon la den på den färdigpackade väskan där locket väntade på att stängas.

Som vanligt kände hon sig rastlös inför avresan. Hon hade svårt att värja sig mot sin växande otålighet och bestämde sig för att ändra sina planer för kvällen. Tills hon skurit sig på keramikflisan hade hon tänkt använda några kvällstimmar till att arbeta med den uppsats hon förberedde om den attiska keramiken. Nu släckte hon lampan på arbetsbordet, satte på skivspelaren och sjönk tillbaka ner i gungstolen.

Som vanligt när hon lyssnade på musik började hundarna skälla ute i mörkret. De tillhörde hennes närmaste granne Mitsos, som var ungkarl och delägare i en grävmaskin. Det var också han som ägde det lilla hus hon hyrde. De flesta av hennes medarbetare bodde inne i Argolis men hon hade valt att stanna i närheten av utgrävningarna.

Hon hade nästan somnat när hon spratt till. Hon kände plötsligt att hon inte ville tillbringa natten ensam. Hon vred ner volymen och ringde Vassilis. Han hade lovat att köra henne till flygplatsen i Aten dagen efter. Eftersom Lufthansas plan till Frankfurt gick mycket tidigt, skulle de vara tvungna att sätta sig i hans bil redan klockan fem. Hon ville inte vara ensam under en natt när hon ändå bara skulle sova oroligt.

Hon såg på klockan och tänkte att Vassilis fortfarande var kvar på sitt kontor. Ett av deras sällsynta gräl hade handlat om hans yrke. Hon kunde fortfarande tänka att hon hade betett sig okänsligt när hon sagt att revisor måste vara det mest brännbara yrke som existerade.

Hon kunde fortfarande minnas exakt vad hon hade sagt, en elakhet som inte var avsedd.

– Det mest brännbara yrke som finns. Så knastertorrt och livlöst att det kan självantända när som helst.

Han hade blivit förvånad, kanske sorgsen men mest av allt arg. I det ögonblicket hade hon förstått att han faktiskt inte bara tog sig an hennes sexualliv. Han var en man som hon kunde dela sin fritid med trots eller tack vare att han inte alls var intresserad av arkeologi. Hon hade blivit rädd för att han blivit så sårad att han skulle bryta förbindelsen. Men hon hade lyckats övertyga honom om att hon bara skämtat.

– Världen styrs av kassaböcker, hade hon sagt. Kassaböcker är vår tids liturgi, revisorerna våra överstepräster.

Hon slog numret. Signalen gick fram. Upptaget. Hon gungade sakta i stolen. Vassilis hade hon träffat av en tillfällighet. Men var inte alla viktiga möten i livet tillfälligheter?

Sin första kärlek, den rödhårige mannen som jagade björn, byggde hus och kunde sjunka ner i långa perioder av melankoli hade hon fått lift av en gång när hon besökt en väninna i Hede och missat rälsbussen till Sveg. Emil hade kommit i en gammal lastbil, hon hade varit sexton år och ännu inte förmått sig att ta steget ut i världen. Han körde henne hem. Det var på förvintern 1967, de höll ihop ett halvår, innan hon förmådde bryta sig ut ur hans jättelika omfamning. Efter det flyttade hon från Sveg till Östersund, började på gymnasium och fattade en dag beslutet att bli arkeolog. I Uppsala fanns andra män och alla hade hon snubblat över genom olika tillfälligheter. Aron, som hon gifte sig med som blev Henriks far och som fick henne att byta namn från Lindblom till Cantor, hade hon råkat hamna bredvid på ett flygplan mellan London och Edinburgh. Hon hade fått ett stipendium av universitetet för att delta på ett seminarium om den klassiska arkeologin, Aron var på väg till Skottland för att fiska, och där uppe i luften, högt över molnen, hade de börjat tala med varandra.

Hon trängde undan tankarna på Aron, ville inte bli arg och slog numret på nytt. Fortfarande upptaget.

Hon jämförde alltid de män som hon mött efter skilsmässan, hon gjorde det inte medvetet, men det fanns ett själsligt måttband hos henne där Aron var registrerad, och alla hon synade befanns vara för korta eller för långa, för tråkiga, för obegåvade; kort sagt, Aron avgick ständigt med segern. Hon hade fortfarande inte funnit någon som kunde utmana hans minne. Det kunde göra henne både förtvivlad och ursinnig, det var som om han fortfarande styrde över hennes liv trots att han ingenting borde ha att säga till om längre. Han hade bedragit henne, han hade lurat henne och när allt var på väg att uppenbaras hade han bara försvunnit, som en spion som när han hotas att avslöjas avviker till sin hemliga arbetsgivare. Det hade varit en fruktansvärd chock för henne, hon hade inte anat att han haft andra kvinnor vid sidan av. En var till och med en av hennes bästa väninnor, även hon arkeolog som ägnade sitt liv åt att gräva på Thassos efter ett Dionysostempel. Henrik var fortfarande mycket ung, hon hade vikarierat som universitetslektor medan hon försökte komma över det som hänt och lappa ihop sitt sönderfallande liv.

Aron hade krossat henne som ett plötsligt vulkanutbrott kunde krossa ett samhälle, en människa eller en vas. Ofta hade hon sig själv i tankarna när hon satt med sina keramikskärvor och försökte tänka sig en helhet hon aldrig skulle kunna rekonstruera. Aron hade inte bara slagit henne i bitar, han hade också gömt en del av skärvorna för att göra det svårare för henne att återskapa sin identitet, som människa, kvinna och arkeolog.

Aron hade lämnat henne utan förebud, där hade bara funnits ett brev på några få, slarvigt skrivna rader, där han meddelade att deras äktenskap var över, han orkade inte mer, han bad om ursäkt och han hoppades att hon inte skulle vända deras son emot honom.

Sedan hörde hon inte av honom på sju månader. Till sist kom ett brev avsänt från Venedig. Hon kunde se på handstilen att han varit berusad när han skrivit det, en av de präktiga Aronfyllor som han kunde kasta sig ut i, en konstant berusning med toppar och vågdalar som kunde vara över en vecka. Nu skrev han till henne och han var gråtmild och självömkande och undrade om hon kunde tänka sig att ta honom tillbaka. Det var först då när hon satt där med det vinfläckiga brevet i handen, som hon insåg att det faktiskt var slut. Hon både ville och inte ville ta honom tillbaka, men hon vågade inte eftersom hon visste att han skulle kunna rasera hennes liv igen. En människa kan bli ruin och resa sig en gång i livet, hade hon tänkt. Men inte två, det är för mycket. Alltså svarade hon att deras äktenskap var över. Henrik fanns där, det var upp till dem båda att själva utforska vilken gemenskap de ville ha i livet, hon skulle inte ställa sig emellan.

Det gick nästan ett år innan han hörde av sig igen. Då kom han till henne i form av en raspig telefonledning från Newfoundland där han dragit sig undan tillsammans med några likasinnade dataexperter som bildat ett sektliknande nätverk. Han hade förklarat för henne i grumliga ordalag att de höll på att utforska hur framtida arkiveringar skulle gå till när all mänsklig erfarenhet förvandlats till ettor och nollor. Mikrofilmen och bergsrummen hade inte längre någon betydelse för den samlade mänskliga erfarenheten. Nu var det datorn som skulle garantera att människan i en viss tidsålder inte lämnade ett tomrum efter sig. Men kunde man garantera att datorerna i den magiska halvvärld där han levde inte började skapa egna erfarenheter som de lagrade? Telefonlinjen var raspig, hon begrep inte mycket av det han sa, men han var i alla fall inte berusad och självömkande.

Han ville ha en litografi av en hök som slog en duva, en tavla de köpt en gång i början av deras äktenskap, när de av en tillfällighet gått in på ett galleri. Någon vecka efteråt skickade hon tavlan. Ungefär samtidigt hade hon förstått att han, även om det skedde i hemlighet, börjat ta kontakt med sin son igen.

Aron fortsatte att stå i vägen. Hon kunde ibland misströsta över om hon någonsin skulle kunna sudda bort hans ansikte och göra sig av med det måttband hon mätte andra män med och som ledde fram till att de förr eller senare blev utdömda, ratade.

Hon slog numret till Henrik. Varje gång de gamla smärtorna från förhållandet med Aron dök upp, behövde hon höra Henriks röst för att inte drabbas av bitterhet. Men det var telefonsvararen som mötte henne igen och hon sa att hon nu inte tänkte ringa innan hon kommit till Visby.

Det fanns alltid en barnslig oro inom henne när han inte svarade. Under några sekunder föreställde hon sig olyckor, bränder, sjukdomar. Sedan blev hon lugn igen. Henrik var försiktig, tog aldrig onödiga risker, även om han reste mycket, ofta sökte upp det okända.

Hon gick ut på gårdsplanen och rökte en cigarett. Från Mitsos hus hördes en man som skrattade. Det var Panayiotis, hans äldre bror som skrattade. Panayiotis som till familjens grämelse hade vunnit pengar på tips och därmed skapat en oförskämd finansiell förutsättning för sitt lättjefulla liv. Hon log vid tanken, drog ner röken i lungorna och tänkte frånvarande att hon skulle sluta röka den dag hon fyllde sextio år.

Hon var ensam i mörkret, stjärnhimlen klar, kvällen mild, utan de kyliga vindstråken. Hit har jag kommit, tänkte hon. Från Sveg och Härjedalens melankoliska inland till Grekland och bronsåldersgravar. Från snön och kylan till de varma och torra olivlundarna.

Hon släckte cigaretten och gick tillbaka in i huset. Foten ömmade. Hon blev stående på golvet, osäker på vad hon skulle göra. Sedan ringde hon till Vassilis ytterligare en gång. Det var inte längre upptaget, men heller ingen som svarade.

Vassilis ansikte flöt i hennes föreställning genast ihop med Arons.

Vassilis lurade henne, han betraktade henne som en beståndsdel i sitt liv han kunde undvara.

Hon slog svartsjukt numret till telefonen han hade i fickan. Inget svar. Den grekiska kvinnorösten bad henne lämna ett meddelande. Hon bet ihop tänderna och sa ingenting.

Sedan stängde hon sin väska och bestämde i samma ögonblick att bryta sitt förhållande med Vassilis. Hon skulle avsluta kassaboken, stänga den, på samma sätt som hon slagit igen sin väska.

Hon sträckte ut sig på sängen och betraktade den stumma takfläkten. Hur hade hon överhuvudtaget kunnat ha ett förhållande med Vassilis? Plötsligt var det obegripligt, hon kände avsmak för det hela, inte för honom men för sig själv.

Takfläkten var stilla, svartsjukan borta, och hundarna höll tyst där ute i mörkret. Som hon brukade göra när hon stod inför ett viktigt beslut tilltalade hon sig i tankarna med sitt namn.

Detta är Louise Cantor hösten 2004, här har hon sitt liv, svart på vitt, eller snarare rött på svart, som är den vanliga färgkombinationen på de fragment av urnor vi gräver upp ur den grekiska jorden. Louise Cantor är 54 år gammal, hon blir inte skrämd när hon betraktar sitt ansikte eller sin kropp i en spegel. Hon är fortfarande tilltalande, ännu inte gammal, män ser henne även om de inte vänder sig efter henne. Och hon själv? Vem vänder hon sig efter? Eller vänder hon bara blicken mot jorden där det fortfarande eggar henne att söka efter det förflutnas avsikter och avtryck? Louise Cantor har stängt en bok som heter Vassilis, den öppnas aldrig mer. Han ska inte ens få lov att köra Louise Cantor till Atens flygplats i morgon.

Hon reste sig från sängen och letade reda på ett nummer till ett lokalt taxibolag. Hon talade med en lomhörd kvinna och lyckades skrika fram sin beställning. Sedan kunde hon bara hoppas att bilen verkligen skulle komma. Eftersom Vassilis hade avtalat att vara där klockan halv fyra beställde hon taxin till klockan tre.

Hon satte sig vid sitt arbetsbord och skrev ett brev till Vassilis. *Det är slut, det är över. Allting har en ände. Jag känner att jag är på väg mot något annat. Ursäkta att du fått köra i onödan för att hämta mig. Jag försökte ringa. Louise.*

Hon läste igenom brevet. Ångrade hon sig? Det hände att hon gjorde, många avskedsbrev hade hon skrivit i sitt liv som aldrig blivit avsända. Men inte denna gång. Hon stoppade brevet i ett kuvert, klistrade igen och gick i mörkret ut till brevlådan där hon fäste det med en klädnypa.

Hon slumrade ovanpå sängen några timmar, drack ett glas vin och stirrade på en burk med sömntabletter utan att kunna bestämma sig.

När taxibilen kom i mörkret var klockan tre minuter i tre. Hon väntade ute vid grinden. Mitsos hundar skällde. Hon sjönk ner i baksätet och slöt ögonen. Först då kunde hon somna, när resan hade börjat.

I gryningen kom hon till flygplatsen. Utan att hon visste det närmade hon sig den stora katastrofen.

2

När hon checkat in sin väska hos en av Lufthansas morgontrötta tjänstemän och var på väg mot säkerhetskontrollen inträffade en händelse som gjorde ett djupt intryck på henne. Efteråt skulle hon tänka att hon kanske borde ha uppfattat det som ett omen, en varning. Men det gjorde hon inte, hon upptäckte bara en ensam kvinna som satt på stengolvet med sina bylten och urmodiga väskor ombundna med snören. Kvinnan grät. Hon var absolut orörlig, hennes ansikte inåtvänt, hon var gammal, de insjunkna kinderna berättade om många tänder som var borta. Kanske var hon från Albanien, tänkte Louise Cantor. Det finns många albanska kvinnor som söker arbete här i Grekland, de gör vad som helst eftersom lite är bättre än inget och Albanien är ett obarmhärtigt fattigt land. Hon hade schal om huvudet, den ärbara äldre kvinnans schal, hon var inte muslim, och hon satt på golvet och grät. Kvinnan var ensam, det var som om hon drivit iland på den här flygplatsen, omgiven av sina bylten, hennes liv slaget i spillror och nu återstod bara en hög värdelöst vrakgods.

Louise Cantor stannade, människor som hade bråttom stötte till henne, men hon stod kvar som om hon tog spjärn mot en stark vind. Kvinnan på golvet bland byltena hade ett brunt och fårat ansikte, hennes hud var som ett stelnat lavalandskap. Det fanns en särskild sorts skönhet i gamla kvinnors ansikten, där allt är nerslipat till en tunn hinna över benstommen, där livets alla skeenden finns registrerade. Det var urgröpt två uttorkade fåror från ögonen ner mot kinderna, som nu fylldes med kvinnans tårar.

Hon vattnar en för mig okänd smärta, tänkte Louise Cantor. Men någonting i henne finns också i mig.

Kvinnan lyfte plötsligt på huvudet, deras blickar möttes ett kort ögonblick och hon skakade långsamt på huvudet. Louise Cantor tog det som ett tecken på att hennes hjälp, vad den än måtte ha kunnat innebära, inte behövdes. Hon skyndade vidare mot säkerhetskontrollen, forcerade de knuffande människorna, jagade genom moln som doftade vitlök och oliver. När hon vände sig om var det som om en ridå av människor hade dragits för, kvinnan syntes inte längre.

Louise Cantor hade en dagbok där hon sedan hon varit mycket ung brukat skriva ner händelser som hon föreställde sig att hon aldrig skulle glömma. Det här var ett sådant ögonblick. I tankarna formulerade hon vad hon skulle skriva medan hon la sin handväska på säkerhetskontrollens band, telefonen i en liten blå plastlåda och gick igenom den magiska spärr som separerade onda människor från goda.

Hon köpte en flaska Tullamore Dew till sig själv och två flaskor Retsina till Henrik. Sedan satte hon sig vid utgången och upptäckte till sin irritation att hon hade glömt sin dagbok i Argolis. Hon kunde se den framför sig, den låg på bordsänden intill den gröna lampan. Hon plockade fram seminarieprogrammet och antecknade på baksidan.

"Gråtande gammal kvinna på Atens flygplats. Ett ansikte som om hon egentligen var en mänsklig ruin, uppgrävd efter tusentals år av en nyfiken och påträngande arkeolog. Varför grät hon? Denna universella fråga. Varför gråter en människa?"

Hon slöt ögonen och funderade på vad som kunde ha funnits i byltena och de trasiga väskorna.

Tomhet, tänkte hon. Tomma väskor eller fyllda med aska efter gamla nerbrunna eldar.

När planet ropades upp vaknade hon med ett ryck. Hon satt på en ytterplats, bredvid sig hade hon en man som verkade vara flygrädd. Hon bestämde sig för att sova till Frankfurt, först på sträckan till Stockholm skulle hon äta frukost.

När hon kom till Arlanda och hade hittat sin väska, var hon fortfarande trött. Hon tyckte om att se fram mot en resa men inte att genomföra den. Hon anade att hon en dag skulle drabbas av panik under en resa. Därför hade hon sedan många år tillbaka alltid med sig en burk med lugnande tabletter om ögonblicket för ångestattacken skulle vara inne.

Hon letade sig fram till den terminal där inrikesplanen avgick, lämnade bort sin väska till en något mindre trött kvinna än den hon mött i Aten och satte sig att vänta. Genom en dörr som slogs upp träffades hon av en vindstöt från den svenska hösten. Hon rös till och tänkte att hon borde passa på att köpa en tröja av gotlandsull när hon ändå var i Visby. Gotland och Grekland har fåren gemensamt, tänkte hon. Hade Gotland haft olivlundar skulle skillnaden ha varit ringa.

Hon funderade på om hon skulle ringa till Henrik. Men han kanske sov, hans dag var ofta natten, han arbetade hellre i stjärnljus än i solsken. Istället slog hon numret till sin far uppe i Ulvkälla utanför Sveg, på sydsidan av Ljusnan. Han sov aldrig, honom kunde hon ringa till när som helst på dygnet. Aldrig någonsin hade hon lyckats beslå honom med att sova när hon ringde. Så kunde hon också minnas honom från sin barndom. Hon hade en far som hade avvisat John Blund, en jättelik man som alltid hade ögonen öppna, alltid vakande, beredd att försvara henne.

Hon slog numret men avbröt sig när den första signalen gick fram. Just nu hade hon inget att säga honom. Hon stoppade ner telefonen i väskan och tänkte på Vassilis. Han hade inte ringt hennes mobiltelefon och lämnat något meddelande. Men varför skulle han göra det?

Hon kände ett styng av besvikelse. Hon slog genast bort det, det fanns inget utrymme för att ångra sig. Louise Cantor tillhörde en familj där man inte ångrade fattade beslut även om de var alldeles misslyckade. Man höll fast vid den goda minen även i de elakaste av alla spel.

Det blåste hårt från havet när planet dunsade ner på flygplatsen utanför Visby. Vinden tog tag i hennes kappa när hon hukande skyndade in i flygplatsbyggnaden. Där fanns en man med skylt som tog emot henne. Under resan in till Visby såg hon på träden att vinden var så stark att den skulle riva loss det mesta av löven. Det pågår ett fältslag mellan årstider, tänkte hon, ett fältslag som är avgjort från början.

Hotellet hette Strand och låg i backen upp från hamnen. Hon hade fått ett rum utan fönster mot torget och bad besviket receptionisten om att få byta. Det fanns ett annat rum, det var mindre, men det vette åt rätt håll och hon stod alldeles stilla när hon kommit in i rummet och såg ut genom fönstret. Vad är det jag ser? tänkte hon. Vad är det jag hoppas ska hända där ute?

Hon hade en återkommande besvärjelse. *Jag är 54 år gammal. Hit har jag kommit, vart är jag nu på väg, när är vägen slut?*

Hon såg en gammal dam slita med sin hund i den blåsiga backen. Hon kände sig mer som hunden än som kvinnan i den grälla röda kappan.

Strax före fyra på eftermiddagen gick hon till Högskolan som låg vid vattnet. Det var kort väg och hon hann med att gå runt den ödsliga hamnen. Vattnet piskade mot stenpiren. Det hade en annan färg än havet kring det grekiska fastlandet och öarna. Det är vildare här, tänkte hon. Råare, ett ungt hav som oroligt drar kniv mot första bästa fartyg eller hamnpir.

Vinden var fortfarande hård, kanske mer byig nu. En färja var på väg ut genom hamninloppet. Hon var en punktlig människa. Det var lika viktigt att inte komma för tidigt som det var att inte komma för sent. En vänlig man med ärr efter en kluven överläpp tog emot henne vid porten. Han tillhörde arrangörerna, presenterade sig och sa att de träffats en gång tidigare, för många år sedan, men hon kunde inte minnas honom. Att känna igen en människa var en av de svåraste mänskliga konsterna att utöva, det visste hon. Ansikten förändras, ofta till oigenkännlighet. Men hon log mot honom och sa att hon mindes, hon mindes honom väl.

De samlades i en opersonlig seminariesal, de var 22 personer och de satte på sig sina namnskyltar, drack kaffe och té och lyssnade sedan på en lettisk doktor Stefanis som på stapplande engelska inledde seminariet med att berätta om nyligen gjorda fynd av minoisk keramik, som var anmärkningsvärt svåra att exakt bestämma. Hon förstod aldrig vad det var som var så svårt att bestämma, minoisk var minoisk keramik, punkt slut.

Hon märkte snart att hon inte lyssnade. Fortfarande var hon kvar där nere i Argolis, omgiven av doften av timjan och korint. Hon betraktade människorna som satt runt det stora ovala bordet. Vilka lyssnade, vilka var som hon, delvis bortrövade av sig själva till en annan verklighet? Hon kände inte någon vid bordet, annat än då den man som hon påstods ha träffat någon gång i det förflutna. Det var människor från de nordiska och baltiska länderna och några fältarbetande arkeologer, som hon själv.

Doktor Stefanis avslutade tvärt, som om han inte längre stod ut med sin dåliga engelska. Det utbröt en kortare och ytterst stillsam diskussion efter de artiga applåderna. Efter några praktiska upplysningar om morgondagen avslutades upptakten till seminariet. När hon var på väg att lämna byggnaden blev hon av en okänd man ombedd att stanna eftersom en fotograf för en lokaltidning ville ta en bild av några tillfälligt hopfösta arkeologer. Han antecknade hennes namn och sedan kunde hon fly ut i den starka vinden.

Hon somnade på sängen i sitt rum och visste först inte var hon befann sig när hon slog upp ögonen. Telefonen låg på bordet. Hon borde ringa till Henrik men bestämde sig för att vänta tills hon hade ätit. Ute på torget valde hon riktning på måfå och hamnade i en källarrestaurang där det var få gäster men god mat. Hon drack några glas vin, kände på nytt olust över att hon hade avslutat sitt förhållande med Vassilis, och försökte sedan koncentrera sig på det föredrag hon skulle hålla dagen efter. Hon drack ytterligare ett glas vin och gick i tankarna igenom det hon skulle säga. Hon hade det nerskrivet men eftersom det var ett gammalt föredrag kunde hon det nästan utantill.

Jag ska tala om den svarta färgen i leran. Den röda järnoxiden blir under bränningen genom bristen på syre svart. Men det är den sista fasen av bränningen, under den första fasen bildas den röda järnoxiden, urnan blir röd. Det röda och det svarta har sitt ursprung i varandra.

Vinet påverkade henne, kroppen blev varm, huvudet fylldes av vågor som rullade fram och tillbaka. Hon betalade räkningen, gick ut i den byiga vinden och tänkte att hon redan längtade till morgondagen.

Hon slog numret till lägenheten i Stockholm. Fortfarande var där bara en telefonsvarare. Det hände att Henrik läste in ett speciellt meddelande till henne om det var viktigt, ett meddelande som hon delade med hela världen. Hon sa att hon var i Visby, att hon var på väg. Sedan ringde hon hans mobiltelefon. Inte heller där fick hon svar.

En vag oro drev genom henne, en kåre som var så flyktig att hon nästan inte märkte den.

Hon sov den natten med fönstret på glänt. En gång vid midnatt vaknade hon till av några berusade pojkar som skrek om en lösaktig flicka som tycktes dem oåtkomlig.

Klockan tio dagen efter höll hon sitt föredrag om den attiska leran och dess konsistens. Hon talade om den rika förekomsten av järn och jämförde järnoxidens röda färg med den kalkrika leran från Korinth och den vita eller till och med gröna keramiken. Efter en tveksam inledning, flera av deltagarna hade uppenbarligen ätit en både lång och sen middag med mycket vin kvällen innan, lyckades hon få dem intresserade. Hon talade som hon planerat, i exakt 45 minuter, och hon fick en kraftig applåd när hon slutat. Under den efterföljande diskussionen fick hon inga frågor som besvärade henne, och när avbrottet för kaffepausen kom, kände hon att hon hade gjort skäl för sin resa.

Den starka vinden hade avtagit. Hon tog med sig kaffekoppen ut på gården och balanserade den på sitt knä när hon satt sig på en bänk. Det surrade till i hennes telefon. Hon var säker på att det var Henrik men såg att numret kom från Grekland och att det var Vassilis. Hon tvekade och brydde sig sedan inte om att svara. Hon vågade inte ta risken av att hamna i ett uppslitande gräl. Det var för tidigt på dagen, Vassilis kunde vara outhärdligt tjatig om han bestämde sig för det. Tids nog skulle hon återvända till Argolis och då skulle hon söka upp honom.

Hon stoppade tillbaka telefonen i väskan, drack sitt kaffe och bestämde sig plötsligt för att det fick vara nog. De som skulle tala under resten av dagen hade säkert mycket intressant att säga. Men nu ville hon inte vara kvar längre. När beslutet var fattat tog hon kaffekoppen och sökte upp mannen med ärret på överläppen. Hon sa att en vän hade blivit hastigt sjuk, det var inte livshotande, men ändå tillräckligt allvarligt för att hon skulle bli tvungen att bryta sin medverkan.

Efteråt skulle hon förbanna dessa ord. De skulle förfölja henne, hon hade ropat efter vargen och vargen hade kommit.

Men just då sken höstsolen över Visby. Hon återvände till hotellet, fick hjälp av receptionisten att boka om sin biljett och hittade en plats på ett plan klockan tre. Det gav henne tid att ta en promenad längs ringmuren och hon var inne i två affärer och provade hemstickade tröjor utan att hitta någon som passade. Hon åt lunch på en kinesisk restaurang och bestämde sig för att inte ringa Henrik utan överraska honom. Hon hade med sig en egen nyckel och han hade sagt åt henne att hon alltid kunde gå in, han hade inga hemligheter för henne som han måste dölja.

Hon var i god tid på flygplatsen, i en lokaltidning betraktade hon bilden som fotografen tagit dagen innan. Hon rev ur sidan och stoppade den i väskan. Sedan kom ett besked att det hade uppstått ett tekniskt fel på det flygplan hon skulle resa med, hon skulle behöva vänta på ett ersättningsplan som redan var på väg från Stockholm.

Hon blev inte irriterad men kände otåligheten växa. Eftersom det inte fanns något annat plan hon kunde boka om till, gick hon och satte sig utanför flygplatsbyggnaden och rökte en cigarett. Hon ångrade nu att hon inte hade talat med Vassilis, det hade varit lika bra att ta emot vredesutbrottet från en man som sårats i sin fåfänga och inte kunde acceptera ett nej för vad det var.

Men hon ringde inte. Nära två timmar försenat avgick planet och klockan var över fem när hon återigen var i Stockholm. Hon tog en taxi direkt till Henriks lägenhet på Söder. De hamnade i en kö efter en trafikolycka, det var som en mängd osynliga krafter höll igen henne, ville förskona henne. Men det visste hon naturligtvis ingenting om, hon kände bara otåligheten växa och tänkte att Sverige på många sätt hade börjat likna Grekland med fastlåsta bilköer och ständiga förseningar.

Henrik bodde på Tavastgatan, en stilla gata bortom de mest trafikerade stråken på Söder. Hon provade om koden var den samma som senast, slaget vid Hastings, 1066. Dörren gick upp. Henrik bodde överst i huset och hade utsikt över plåttak och kyrkotorn. Han hade också berättat, till hennes stora förskräckelse, att om han balanserade på det smala räcket utanför ett av sina fönster, kunde han skymta vattnet vid Strömmen.

Hon ringde på klockan två gånger. Sedan låste hon upp dörren. Hon märkte att det luktade instängt i lägenheten.

I samma ögonblick blev hon rädd. Något var fel. Hon höll andan och lyssnade. Från tamburen kunde hon se ut i köket. Det är ingen här, tänkte hon. Hon ropade att hon hade kommit. Men ingen svarade. Oron försvann. Hon hängde av sig kappan och sparkade av sig skorna. Det låg inte någon post eller reklam på golvet under brevinkastet. Henrik var i alla fall inte bortrest. Hon gick ut i köket. Inget porslin i diskhon. Vardagsrummet var ovanligt välstädat, skrivbordet tomt. Hon sköt upp dörren till sovrummet.

Henrik låg under täcket. Huvudet vilade tungt mot kudden. Han låg på rygg, ena handen hängde ner mot golvet, den andra handen var öppen över bröstet.

Hon förstod genast att han var död. I ett ursinnigt försök att befria sig från insikten skrek hon rakt ut. Men han rörde sig inte, han låg i sin säng och fanns inte mer.

Det var fredagen den 17 september. Louise Cantor föll mot en avgrund som både fanns inom henne och utanför hennes kropp.

Sedan sprang hon ut ur lägenheten, fortfarande skrikande. De som hörde henne sa efteråt att det hade låtit som ett djur som ylade i nöd.

3

Ur kaoset lösgjorde sig en ensam gripbar tanke. Aron. Var fanns han? Fanns han överhuvudtaget? Varför stod han inte vid hennes sida? Henrik var deras gemensamma skapelse och det kunde han inte smita från. Men Aron kom naturligtvis inte, han var borta som han alltid varit borta, han var som en tunn rök som hon inte kunde ta tag i eller luta sig emot.

Hon hade efteråt inga egentliga minnen av de närmaste timmarna, hon visste bara vad andra berättat för henne. En granne hade öppnat sin dörr och upptäckt henne när hon snubblat i trappan och blivit liggande. Efteråt hade en ström av människor kommit, det hade varit poliser och ambulansmän. Hon hade blivit förd till lägenheten trots att hon hade spjärnat emot. Hon ville inte tillbaka dit in, hon hade inte sett det hon hade sett, Henrik var bara ute, han skulle snart komma hem. En kvinnlig polis med ett barnsligt ansikte hade klappat henne på armen, hon hade varit som en gammal vänlig moster som försökte trösta en liten flicka som hade ramlat och skrubbat sönder ett knä.

Men hon hade inte slitit upp skinnet på ett knä, hon hade blivit krossad eftersom hennes son var död. Den kvinnliga polisen upprepade sitt namn, hon hette Emma. Emma var ett gammaldags namn som blivit modernt på nytt, tänkte hon förvirrat. Allt gick igen, också hennes eget namn som tidigare mest använts av de rika och förnäma hade nu sipprat ner genom klassamhällets trossbottnar och blivit tillåtet för alla. Det var hennes far Artur som hade bestämt namnet och i skolan hade hon blivit retad. Det fanns den gången en drottning i Sverige som hette Louise, hon var urgammal och liknade ett visset träd. Hon hade hatat namnet under hela sin uppväxt, ända tills historien med Emil var över, hon hade befriat sig från björnkramen och kunnat bryta upp. Då blev namnet Louise plötsligt en egendomlig tillgång.

Tankarna virvlade runt i hennes huvud och polisen Emma satt där och klappade henne på armen, som om hon slog takten till katastrofen, eller var själva tiden som gick.

Hon hade en upplevelse, det var en av de få saker hon kunde minnas utan att någon påminde henne eller gav henne detaljerna. *Tiden var som ett fartyg som avlägsnade sig.* Hon stod kvar på kajen och livets klockor tickade allt långsammare. Hon hade lämnats kvar, utanför de stora förloppen. Det var inte Henrik som var död, det var hon själv.

Då och då försökte hon rymma, slita sig loss från den vänligt klappande polisen. Man sa efteråt att hennes skrik hade varit hjärtskärande, till sist var det någon som tvingade i henne en tablett som gjorde henne berusad och dåsig. Hon mindes hur alla människor som trängdes i den lilla lägenheten hade börjat röra sig långsamt, som i en film som visades med fel antal rutor per sekund.

Mitt i detta nerstörtande mot avgrunden hade hon också tänkt förvirrade tankar på Gud. Med honom hade hon aldrig fört några egentliga samtal, åtminstone inte sedan hon under tonåren hade genomlidit ett efterhängset religiöst grubbel. En klasskamrat hade en snöig vintermorgon strax innan Lucia blivit ihjälkörd av en plogbil på väg till skolan. Det var första gången döden på allvar slog ner alldeles intill henne. Det var en död som luktade av vått ylle, en död inbäddad i vinterkyla och tung snö. Hennes lärarinna hade gråtit – bara det var i sig en fruktansvärd attack på idyllen, att se den stränga lärarinnan brista i gråt som ett övergivet och skräckslaget barn. Det hade stått ett brinnande ljus på bänken där den döda flickan suttit. Det hade råkat vara bänken bredvid hennes egen, nu var hennes kamrat borta, döden innebar att *vara borta*, ingenting annat. Det skrämmande, efterhand fasansfulla, var att *döden drabbade så slumpartat*. I tankarna började hon fråga sig hur det kunde vara så och hon förstod plötsligt att den hon ställde frågan till kanske var den man kallade Gud.

Men han svarade inte, hon försökte alla möjliga knep för att påkalla hans uppmärksamhet, hon gjorde i ordning ett litet altare i ett hörn av vedboden, men ingen inre röst svarade på hennes frågor. Gud var en frånvarande vuxen som bara tilltalade ett barn när det behagade honom. Hon upptäckte till sist att hon egentligen inte heller trodde på någon Gud, kanske hon på sin höjd hade förälskat sig i Gud, en hemlig förälskelse, som till en oåtkomlig pojke några år äldre än hon själv.

Efter det hade där aldrig funnits någon Gud i hennes liv, inte förrän nu, men han talade inte till henne denna gång heller. Hon var ensam. Det var bara hon och den klappande polisen och alla människor som talade med låga röster, rörde sig långsamt och tycktes leta efter någonting som hade kommit bort.

Det inträdde ett plötsligt lugn, som om ett ljudband hade klippts av. Rösterna runt henne var borta. Istället hörde hon viskningar i huvudet som gång på gång upprepade att det inte var sant. Henrik låg och sov, han var inte död. Han kunde helt enkelt inte vara död. Hon hade ju kommit för att hälsa på honom.

En manlig polisman, utan uniform, med trötta ögon, bad henne försiktigt att följa med ut i köket. Senare förstod hon att det var för att hon inte skulle se när Henrik bars bort. De satte sig vid köksbordet, hon kände med handflatan på brödsmulorna som låg där.

Henrik kunde helt enkelt inte vara död, brödsmulorna fanns ju kvar!

Polismannen sa sitt namn, två gånger, innan hon uppfattade hans ord. Göran Vrede. Ja, tänkte hon. Jag känner en oändlig vrede om det jag vägrar tro ändå ska visa sig vara sant.

Han ställde frågor som hon svarade på med att ställa egna frågor som han i sin tur besvarade. Det var som om de gick i en cirkel runt varandra.

Men det enda som var säkert var att Henrik hade dött. Göran Vrede sa att det inte fanns någonting som tydde på yttre påverkan. Hade han varit sjuk? Hon svarade att han aldrig hade varit sjuk, barnsjukdomarna kom och gick utan att lämna några spår, sällan eller aldrig drabbades han av infektioner. Göran Vrede gjorde anteckningar i ett litet block. Hon såg på hans tjocka fingrar och undrade om de var känsliga nog att finna sanningen.

– Nån måste ha dödat honom, sa hon.

– Det finns inga tecken på yttre våld.

Hon ville protestera men orkade inte. De satt fortfarande kvar i köket. Göran Vrede frågade om hon hade någon hon kunde ringa till. Han gav henne en telefon och hon ringde till sin far. När Aron inte fanns och tog sitt ansvar måste hennes far träda in. Signalerna gick fram utan att han svarade. Kanske var han ute i skogen och högg sina skulpturer. Telefonen nådde honom inte. Men om hon skrek tillräckligt högt, kunde han höra henne då? I samma ögonblick svarade han.

Hon började genast att gråta när hon hörde hans röst. Det var som om hon rusade tillbaka i tiden och förvandlade sig till det hjälplösa väsen hon en gång varit.

– Henrik är död.

Hon kunde höra hur han andades. Han hade björnlungor som krävde jättelika intag av syre för att fyllas.

– Henrik är död, sa hon igen.

Hon hörde hur han väste till, kanske sa han "Gode Gud", eller så svor han.

– Vad är det som har hänt?

– Jag sitter i hans kök. Jag kom hit. Han sov i sängen. Men han var död.

Hon visste inte mer vad hon skulle säga och gav telefonen till Göran Vrede som reste sig, som för att visa sitt beklagande. Det var när hon hörde hans referat som hon insåg att Henrik verkligen var död. Det var inte bara ord och inbillningar, en makaber lek med synintryck och hennes egen förfäran. Han var verkligen död.

Göran Vrede avslutade samtalet.

– Han sa att han hade druckit och inte kunde köra. Men han skulle ta en taxi. Var bor han?

– I Härjedalen.

– Och han tar en taxi? Det är ju 50 mil!

– Han tar en taxi. Han älskade Henrik.

Hon fördes till ett hotell där någon hade bokat rum åt henne. I väntan på att Artur skulle komma var det människor, oftast i uniform, som hela tiden fanns hos henne. Hon fick ytterligare dämpande tabletter, kanske hon somnade, det kunde hon efteråt inte helt reda ut för sig själv. Henriks död inneslöts under dessa första timmar av en dimma.

Den enda tanke hon kunde hålla kvar från den kväll när hon väntade på taxibilen med Artur var att Henrik en gång hade konstruerat ett mekaniskt helvete. Varför hon erinrade sig just det visste hon inte, det var som om alla hennes inre hyllor med minnen hade rasat samman och allt innehåll hamnat på fel plats. Vilken tanke eller minnesbild hon än försökte gripa var det någonting oväntat som kom i hennes hand.

Henrik hade den gången varit femton eller sexton år gammal. Hon hade just hållit på att avsluta arbetet med sin doktorsavhandling om skillnaden mellan attiska bronsåldersgravar och begravningsmönstren i norra Grekland. Det hade varit en tid av tvivel på avhandlingens bärkraft, sömnlöshet och oro. Henrik hade uppträtt rastlöst och ilsket, han hade riktat sitt inställda fadersuppror mot henne och hon hade fruktat att han höll på att glida in i en kamratkrets där droger och samhällsförakt var drivkrafterna. Men allt hade blåst över och en dag hade han visat henne en bild på ett mekaniskt helvete som fanns på ett museum i Köpenhamn. Han hade sagt att han ville se det och hon märkte omedelbart att han inte skulle ge sig. Hon hade föreslagit att de skulle resa tillsammans. Det var tidigt på våren, hon skulle disputera i maj och behövde några dagars ledighet.

Resan hade varit ett närmande. För första gången hade de tagit klivet över förhållandet mamma och barn. Han var på väg att bli vuxen och krävde av henne att hon också skulle vara vuxen i förhållande till honom. Han hade börjat ställa frågor om Aron och hon hade äntligen på allvar berättat om den häftiga passionshistoria som hade haft detta enda goda med sig att han hade blivit till. Hon försökte undvika att tala illa om Aron, hon ville inte avslöja hans lögner och ständiga undanflykter för att ta ett ansvar för barnet hon väntade. Henrik hade lyssnat uppmärksamt, hans frågor underströk att han förberett dem under lång tid.

De tillbringade två blåsiga dagar i Köpenhamn, halkade omkring på gatorna i snömodden, men de hittade det mekaniska helvetet och det var som om de i triumf hade lyckats med föresatsen för sin expedition. Helvetet hade tillverkats av en okänd mästare, eller kanske hellre en galning någon gång under det tidiga 1700-talet, och var inte större än en dockteater. Man kunde vrida upp fjädrar och sedan betrakta hur djävlar i urklippt plåt åt upp förtvivlade människor som ramlade ner från en stång överst i helveteslådan. Där fanns utskurna eldsflammor i gulfärgad metall och en överdjävul med lång svans som rytmiskt rörde sig ända tills fjädrarna drivit rörelserna till en punkt där kraften var borta och allting stannade av. De lyckades tjata sig till att en museitjänsteman skruvade upp fjädrarna trots att det egentligen inte var tillåtet, det mekaniska helvetet var bräckligt och mycket värdefullt. Det fanns ingenting liknande i världen.

Det var då Henrik bestämde sig för att tillverka ett eget mekaniskt helvete. Hon hade inte trott att det var allvarligt menat. Hon tvivlade dessutom på att han hade tillräcklig teknisk förmåga för att kunna göra den nödvändiga konstruktionen. Men tre månader senare hade han en kväll bjudit in henne i sitt rum och där hade han förevisat en nästan exakt kopia av det de sett i Köpenhamn. Hon hade varit mycket förvånad och överfallits av en bitterhet mot Aron som inte brydde sig om det hans son kunde åstadkomma.

Varför tänkte hon på det nu, när hon satt med de vakande poliserna och väntade på Artur? Kanske för att hon den gången hade känt en innerlig tacksamhet över att Henrik fanns och gav henne en mening med livet som inga doktorsavhandlingar eller arkeologiska utgrävningar kunde komma i närheten av. Fanns det en mening med livet var det en människa, hade hon tänkt, ingenting annat än en människa.

Nu var han död. Och hon var också död. Hon grät i vågor, det kom som regnbyar som vräkte ur sig sitt innehåll och sedan hastigt försvann igen. Tiden hade alldeles upphört att ha någon betydelse. Hur länge hon väntade visste hon inte. Alldeles innan Artur kom tänkte hon att Henrik aldrig skulle utsätta henne för den yttersta smärtan hur svårt han än hade det med sitt liv. Hon var garanten för att han aldrig skulle avsluta livet för egen hand.

Vad återstod då? Någon måste ha dödat honom. Hon försökte säga det till poliskvinnan som vaktade henne. En stund efteråt kom Göran Vrede in i hotellrummet. Han satte sig tungt i en stol mitt emot henne och frågade varför. Varför vad?

– Vad är det som gör att du tror att han blivit bragt om livet?

– Det finns ingen annan förklaring.

– Hade han några fiender? Hade nånting hänt?

– Jag vet inte. Men varför skulle han annars dö? Han är 25 år gammal.

– Vi vet inte. Det finns inga tecken på nånting sånt.

– Han måste ha blivit mördad.

– Det finns ingenting som tyder på det.

Hon fortsatte att insistera. Någon måste ha dödat hennes son. Det var ett rått och brutalt mord. Göran Vrede lyssnade och hade anteckningsblocket i handen. Men han skrev ingenting och det gjorde henne upprörd.

– Varför skriver du inte? skrek hon plötsligt i vanmakt. Jag säger dig vad som måste ha hänt!

Han öppnade blocket men skrev fortfarande ingenting.

I det ögonblicket kom Artur in i rummet. Han var klädd som om han precis kommit från en regnig jakt och hade trampat djupt och länge över oändliga myrar. Han hade gummistövlar och den gamla skinnjackan hon kunde minnas från sin barndom, den som luktade så fränt av tobak och olja och annat hon aldrig kunnat bestämma vad det var. Hans ansikte var blekt, håret tovigt. Hon rusade upp och klängde sig fast vid honom. Han skulle kunna hjälpa henne att befria sig från mardrömmen på samma sätt som hon kunnat krypa ner i hans säng när hon varit liten och vaknat på nätterna. Hon lämnade allt ifrån sig till honom. Det var ett kort ögonblick när hon tänkte att det som hänt bara var inbillning. Sedan märkte hon att han börjat gråta och då dog

Henrik för andra gången. Nu visste hon att han aldrig skulle vakna igen.

Ingen kunde trösta henne längre, katastrofen var fullbordad. Men Artur tvingade henne med sig, han visade i sin förtvivlan beslutsamhet. Han ville veta. Ytterligare en gång dök Göran Vrede upp. Hans ögon var röda och den här gången tog han aldrig upp sitt anteckningsblock. Artur ville veta vad som hade hänt och det var som om Louise nu vågade lyssna när han fanns i närheten.

Göran Vrede upprepade vad han hade sagt tidigare. Henrik hade legat avklädd under täcket, han hade haft en blå pyjamas och hade sannolikt varit död i minst tio timmar när Louise hittat honom.

Det mest uppenbara var att ingenting verkade egendomligt. Det fanns inga tecken på ett brott, inget tecken på strid, inbrott, en plötslig attack eller överhuvudtaget att någon skulle ha varit inne i lägenheten i samband med att Henrik lagt sig i sängen och avlidit. Det fanns inget avskedsbrev som kunde tyda på självmord. Det troliga var att någonting hade brustit inom honom, ett blodkärl i huvudet, ett medfött hjärtfel som aldrig blivit upptäckt tidigare. Det var läkarna som till sist skulle avslöja sanningen, när poliserna lämnat det hela ifrån sig.

Louise registrerade orden men omedelbart började något gnaga i henne. Någonting stämde inte. Henrik talade till henne trots att han var död, han bad henne vara försiktig och uppmärksam.

Det hade blivit gryning när Göran Vrede reste sig och gick. Artur hade bett att de skulle bli lämnade ensamma. Han lyfte upp Louise på sängen och la sig sedan bredvid henne och tog hennes hand.

Plötsligt satte hon sig upp. Nu hade hon fått tag i det som Henrik velat berätta.

– Han sov aldrig med pyjamas.

Artur reste sig upp ur sängen och ställde sig på golvet.

– Jag förstår inte vad du menar?

– Polisen sa att Henrik hade haft pyjamas på sig. Jag vet att han aldrig använde pyjamas. Han ägde ett par stycken men han använde dom aldrig.

Han betraktade henne oförstående.

– Han sov alltid naken, fortsatte hon. Jag är säker. Han berättade att han aldrig sov med nånting på sig. Det började med att han sov naken med öppet fönster för att härda sig.

– Jag tror inte jag förstår vad du menar?

– Nån måste ha dödat honom.

Hon såg att han inte trodde henne. Då orkade hon inte framhärda. Hon var för kraftlös. Hon måste vänta.

Artur satte sig på sängkanten.

– Vi måste kontakta Aron, sa han.

– Varför ska vi tala med honom?

– Han var Henriks far.

– Aron har aldrig brytt sig om honom. Han är borta. Han har inte med det här att göra.

– Ändå måste han få veta.

– Varför?

– Det är bara så.

Hon ville protestera men han tog henne i armen.

– Låt oss inte göra det svårare än det är. Vet du var Aron finns?

– Nej.

– Hade ni verkligen ingen kontakt med varandra?

– Ingen.

– Ingen alls?

– Han ringde nån gång. Ett och annat brev.

– Du måste veta på ett ungefär var han bor?

– Australien.

– Är det allt du vet? Var i Australien?

– Jag vet inte ens om det är riktigt. Han grävde hela tiden nya gryt, som han övergav när han blev orolig. Han var en räv som inte lämnade adresser för eftersändningar.

– Det måste gå att hitta honom. Vet du inte var i Australien?

– Nej. Han skrev nån gång att han ville bo i närheten av ett hav.

– Australien är omgivet av hav.

Han sa ingenting mer om Aron. Men hon visste att Artur inte skulle ge sig förrän han gjort allt som var möjligt för att få tag på honom.

Då och då sov hon och när hon vaknade fanns han alltid vid hennes sida. Ibland talade han i telefon eller lågmält med någon polis. Hon lyssnade inte längre, tröttheten hade pressat samman hennes medvetande till en punkt där hon inte längre kunde urskilja några detaljer. Där fanns bara smärtan och den utdragna mardrömmen som inte ville släppa henne.

Hur lång tid som hade gått när Artur sa att de skulle resa upp till Härjedalen visste hon inte. Men hon gjorde inte motstånd utan följde honom ner till en bil han hade hyrt. De for under tystnad norrut, han hade valt kustvägen, inte som han brukade den slingrande vägen genom inlandet. De passerade Ljusdal, Järvsö och Ljusnan. Vid Kolsätt berättade han plötsligt att där en gång hade funnits en färja. Innan broarna byggdes och man skulle till Härjedalen fick man färja bilen över älven.

Höstens färger var skarpa. Hon satt i bilens baksäte och stirrade ut i färgspelet. Hon sov när de kom fram och han bar henne in i huset och la ner henne.

Han satte sig intill henne på den röda soffan som var lappad och lagad och som alltid hade funnits där.

– Jag vet det, sa hon. Jag har vetat det hela tiden. Jag är säker. Nån dödade honom. Nån dödade honom och mig.

– Du lever, sa Artur. Alldeles bestämt så lever du.

Hon skakade på huvudet.

– Nej, sa hon. Jag lever inte. Jag är också död. Den du ser är nån annan än jag. Vem det är vet jag inte än. Men allt har blivit annorlunda. Och Henrik dog inte en naturlig död.

Hon reste sig och gick fram till fönstret. Det var mörkt, gatlyktan utanför grinden lyste svagt och svängde sakta i vinden. Hon kunde se sitt ansikte speglas i rutan. Så hade hon alltid sett ut. Mörkt, halvlångt hår, mittbena. Blå ögon, smal mun. Även om allt inom henne hade förändrats var hennes ansikte detsamma.

Hon såg rakt in i sina ögon.

Inom henne hade tiden återigen börjat gå.

4

I gryningen tog Artur henne med sig ut i skogen, till doften av mossa och fuktig bark, under ett dis som täckte himlen. Det hade varit den första frosten, marken knakade under deras fötter.

Någon gång under natten hade Louise vaknat och gått på toaletten. Genom en halvöppen dörr hade hon sett honom sitta i sin gamla läsfåtölj där resårerna hängde mot golvet. I handen hade han en otänd pipa – han hade slutat röka några år tidigare, plötsligt, som om han kommit på att han rökt upp den tobakskvot han tillmätt sig själv i livet. Hon stod och såg på honom och tänkte att det var så hon alltid hade upplevt honom. I alla sina åldrar, hade hon stått bakom en halvöppen dörr och betraktat honom, försäkrat sig om att han fanns där och vakade över henne.

Han hade väckt henne tidigt, ville inte ge henne någon möjlighet att protestera när han sa åt henne att klä sig för skogen. De körde under tystnad över älven och svängde av norrut, följde vägen mot fjällen. Det knastrade under däcken, skogen var orörlig. Han stannade på timmervägen och la armen om hennes axlar. Knappt synliga stigar ringlade åt olika håll bland träden. Han valde en av dem och de steg in i den stora tystnaden. De kom till ett område där marken var ojämn, bevuxen med tallar. Det var hans galleri. Hans skulpturer omgav dem. I trädstammarna fanns uthuggna ansikten, kroppar som försökte frigöra sig från det hårda träet. En del träd hade många kroppar och ansikten som flätats ihop med varandra, i andra träd fanns bara ett litet ansikte, kanske flera meter ovanför marken. Han högg ut sina konstverk både stående på knä och uppflugen på primitiva stegar som han yxat ihop. En del av skulpturerna var mycket gamla. De hade han huggit för över 40 år sedan, när han var ung. De växande träden hade sprängt bilderna, förändrat kroppar och ansikten, på samma sätt som människor förändras. Det fanns träd som hade brustit, huvuden var sönderslagna som om de krossats eller blivit halshuggna. Han berättade för henne att det ibland hände att människor kom om nätterna och sågade loss hans skulpturer och tog dem med sig. Någon gång hade hela träd försvunnit. Men han brydde sig inte om det, han ägde 20 hektar tallskog och det skulle räcka hans liv ut många gånger om. Ingen skulle kunna stjäla allt han högg ut åt sig själv och de som ville se.

Det var morgonen efter den första frostnatten. Han betraktade henne i smyg, letade efter tecken på att hon höll på att rämna. Men hon var fortfarande dåsig av de starka tabletterna, han visste inte ens säkert om hon la märke till ansiktena som betraktade henne ur trädstammarna.

Han tog med henne till det allra heligaste, tre grova tallar som växt tätt samman. Bröder, hade han tänkt, bröder eller systrar som inte kunde skiljas åt. Han hade länge gått och betraktat träden, i många år hade han tvekat. Varje skulptur fanns inne i stammarna, han måste invänta det ögonblick när han började se det osynliga. Då kunde han slipa knivarna och huggeggarna och arbeta, avtäcka det som redan existerade. Men de tre grova tallarna hade varit stumma. Ibland trodde han sig ha skymtat det som dolde sig under barken. Men han hade tvekat, det var ändå inte rätt, han måste söka djupare. Sedan hade han en natt drömt om ensamma hundar och när han kommit tillbaka till skogen hade han insett att det var djur som fanns där i tallarna, inte riktigt hundar men ett mellanting mellan varg och hund, eller kanske lodjur. Han hade börjat hugga, det hade inte rått någon tvekan längre och nu fanns där tre djur som var både hundar och katter och som tycktes vara på väg att klättra uppför de grova stammarna, som om de klättrade ut ur sig själva.

Hon hade aldrig sett djuren tidigare. Han betraktade henne, hur hon letade efter berättelsen. Hans skulpturer var inte bilder utan berättelser, röster som viskade och ropade och begärde att hon skulle lyssna. Hans galleri och hennes arkeologiska utgrävningar hade gemensamma rottrådar. Det var röster som försvunnit och det var hon som måste tyda den tystnad de sände ut.

"Tystnaden har den vackraste rösten", hade han sagt en gång. De orden hade hon aldrig glömt.

– Har dom några namn, dina katthundar eller hundkatter?

– Det enda namn jag är nöjd med är ditt.

De gick vidare genom skogen, stigarna korsade varandra, fåglar lyfte och flaxade bort. Plötsligt, det var inte alls hans avsikt, befann de sig i sänkan där han huggit ut Heidis ansikte. Den sorg han fortfarande kände låg tung över honom. Varje år högg han hennes ansikte och sin sorg på nytt. Hennes ansikte blev allt skörare, alltmer undflyende. Sorgen trängde djupt in i stammen när han med full kraft högg mejseln lika mycket i sig själv som i trädet.

Louise strök med fingertopparna över sin mors ansikte. *Heidi, Arturs hustru och Louises mor.* Hon fortsatte att stryka över det fuktiga träet, vid ögonbrynen hade en strimma av kåda stelnat, som om Heidi hade ett ärr i sin hud.

Han förstod att Louise ville att han skulle tala. Så mycket hade varit outsagt om Heidi och hennes död. De hade tassat runt varandra under alla dessa år och han hade aldrig förmått sig att säga det som han visste och åtminstone något av det han inte visste men trodde.

Det var 47 år sedan nu i år hon hade dött. Louise hade varit sex år, det var på vintern och han hade funnits långt uppe i de övre skogarna i gränslandet mot fjällvärlden på timmerhuggning. Vad som hade drivit henne kunde man inte veta. Men inte trodde hon att hon varit på väg att dö när hon bett grannfrun Rut att låta flickan sova över där den kvällen medan hon gav sig ut för att göra det hon älskade mest av allt: åka skridskor. Att det var nitton minusgrader brydde hon sig inte om, hon tog sparkstöttingen och hon hade inte ens sagt till Rut att det var till Undertjärn hon var på väg.

Vad som sedan hände kunde man bara ana. Men hon kom med sin spark till tjärnen, snörde på sig skridskorna och gav sig ut på den svarta isen. Det var nästan fullmåne, annars kunde hon inte ha åkt för mörkret. Men någonstans på isen föll hon och bröt benet. De som hittade henne kunde se att hon försökt släpa sig tillbaka mot land, men inte orkat. När de hittade henne två dagar senare låg hon hopkrupen i fosterställning. De skarpa skridskoskenorna såg ut som egendomliga gripklor på henne fötter och de hade stort besvär med att lossa hennes kind som frusit fast i isen.

Frågorna hade varit så många. Hade hon skrikit? Vad hade hon ropat? Till vem? Hade hon åkallat någon Gud där ute när hon insett att hon skulle frysa ihjäl?

Ingen hade kunnat klandras, i så fall bara hon själv som inte sagt att hon tänkt sig till Undertjärn. Nu hade de letat på Vändsjön och det var först när man fått tag på Artur och han kommit hem som han sa att hon kanske hade begett sig till tjärnen där hon brukade bada om somrarna.

Han hade gjort allt han kunnat för att hindra att hemskheten skulle borra sig för djupt in i Louise så länge hon var barn. Alla i samhället hade hjälpt till men ingen kunde hindra sorgen att ta sig in. Den var som den tunna röken eller småmössen om hösten, som tog sig in överallt, hur tätt det än var.

Sorgen var som småmössen, den tog sig alltid in.

Under ett år hade hon varje natt sovit i hans säng, det var det enda sätt hon kunde bekämpa mörkret. De hade tittat på Heidis fotografi, ställt fram hennes tallrik och sagt att de alltid skulle vara tre även om de bara satt två vid bordet. Artur hade försökt lära sig laga mat på samma sätt som Heidi, han hade aldrig lyckats, men så liten hon var tycktes Louise ändå ha förstått vad det var han ville ge henne.

De växte ihop under de där åren. Han fortsatte att hugga i skogen och på den lilla tid han hade över att göra sina skulpturer. Det fanns de som menade att han var galen, han var inte lämpad att ha hand om flickan. Men eftersom hon var välartad och aldrig slogs eller svor så fick han behålla henne.

Nu stod Heidi, hennes mor, tyskan, plötsligt vid deras sida igen. Och nu var Henrik borta, det barnbarn hon aldrig sett.

Den ena döden hängde ihop med den andra. Kunde någonting lindras, någonting bli begripligt genom att man speglade sig i det ena svarta glaset för att se något i det andra?

Döden var mörker, man letade förgäves efter ljus. Döden var vindskontor och källare, det luktade rått, av jord och ensamhet.

– Jag vet egentligen ingenting om henne, sa Louise och rös till av den tidiga timmen.

– Det var som en saga, svarade han. Hennes egendomliga öde som ledde henne i min väg.

– Var det inte nånting med Amerika? Nånting jag aldrig helt har förstått? Som du aldrig berättat?

De började gå längs stigen. Ansiktena i trädstammarna vakade över deras steg. Han började tala och han tänkte på sig som Artur,

46

inte hennes far. Nu var han berättaren och han skulle göra det grundligt. Kunde han hålla henne borta från katastrofen med Henrik, om så bara för en kort stund, hade han gjort någonting gott.

Vad visste han egentligen? Heidi hade kommit till Härjedalen efter kriget, 1946 eller 1947. Hon hade bara varit 17 år, trots att alla trodde att hon var äldre. Hon hade fått arbete en vintersäsong på Vemdalsskalets fjällanläggning och städat och bytt lakan till gästerna. Han hade träffat henne när han kört timmer, hon hade brutit lustigt på svenska och 1948 hade de gift sig trots att hon bara var 18 år. Många papper hade krävts eftersom hon var tysk medborgare och ingen riktigt längre visste vad Tyskland var för någonting, om det överhuvudtaget fanns kvar eller bara var ett militärt övervakat ingenmansland av bränd och bombad jord. Men hon hade aldrig varit inblandad i allt det förfärliga som hänt under nazismen, hon var själv ett offer. 1950 blev hon med barn och Louise föddes på hösten. Heidi hade aldrig berättat mycket om sitt ursprung, bara att hennes mormor hade varit svenska och hetat Sara Fredrika och kommit till Amerika vid tiden för första världskriget. Hon hade haft sin dotter med sig som hetat Laura och hon hade tvingats leva under svåra umbäranden. I början på 1930-talet hade de bott i utkanterna av Chicago och Laura hade träffat en tysk kreaturshandlare som hon följt med tillbaka till Europa. De hade gift sig och 1931 hade dottern Heidi fötts, trots att Laura varit så ung. Båda hennes föräldrar hade omkommit under kriget i nattliga bombräder, hon hade varit ett flyende djur tills kriget var över och hon av en tillfällighet tänkt tanken att söka sig till Sverige som inte drabbats av kriget.

– En svensk flicka som kommer till Amerika? Sedan reser dottern till Tyskland innan cirkeln blir sluten av barnbarnet? Som återvände till Sverige?

– Hon menade själv att hennes historia inte var ovanlig.

– Var kom hennes mormor ifrån? Träffade hon henne?

– Jag vet inte. Men hon pratade om ett hav och en ö, ett kustband nånstans. Hon anade att det fanns ett dunkelt skäl till att hennes mormor lämnat Sverige.

– Finns det inga släktingar kvar i Amerika?

– Hos Heidi fanns inga papper, inga adresser. Hon sa att hon kom ut ur kriget levande. Men det var också allt. Hon ägde ingenting. Alla minnen var utplånade. Hela hennes förflutna hade bombats sönder och försvunnit i eldstormarna.

De hade återkommit till timmervägen.

– Kommer du att hugga Henriks ansikte?

Båda brast i gråt. Galleriet stängde hastigt sina portar. De satte sig i bilen. När han skulle vrida på nyckeln la hon sin hand på hans arm.

– Vad är det som har hänt? Han kan inte ha tagit livet av sig.

– Han kan ha varit sjuk. Han reste mycket i farliga områden.

– Inte heller det tror jag på. Jag vet att det är nånting som inte stämmer.

– Vad skulle ha hänt?

– Jag vet inte.

De for tillbaka genom skogen, diset hade lättat, höstdagen var klar, luften hög. Hon gjorde inte motstånd när han satte sig vid telefonen med en sorts förbittrad ambition att inte ge sig förrän han hade lyckats spåra Aron.

Han liknar sina gamla jakthundar, tänkte hon. Gråhundarna, jämthundarna som kom och gick, jagade i skogarna och blev gamla och dog. Nu har han själv blivit en hund. Hans haka och kinder är fulla med raggig päls.

Det tog ett dygn med förvirrade uträkningar av tidsskillnader och öppettider på den svenska ambassaden i Canberra och otaliga försök att hitta någon ansvarig för den Svensk-Australiska föreningen som visade sig ha ett obegripligt stort antal medlemmar. Men ingenstans gick att spåra Aron Cantor. Han hade inte registrerat sig på ambassaden, han hade inget förhållande till den svenska föreningen. Inte ens en gammal trädgårdsmästare i Perth vid namn Karl-Håkan Wester, som ansågs vara den som kände alla svenskar i Australien, kunde ge några upplysningar.

De talade om att annonsera, att efterlysa honom. Men Louise sa att Aron var så skygg att han kunde ändra färg. Han kunde förvirra förföljare med att bli sin egen skugga.

De skulle inte hitta Aron. Var det så att det var det hon innerst inne önskade? Ville hon beröva honom rätten att följa sin egen son till graven? Som hämnd för alla de sår han tillfogat henne?

Artur frågade rakt ut och hon sa som det var, att hon inte visste.

Den mesta tiden under de där dagarna i september grät hon. Artur satt stum vid köksbordet. Han kunde inte trösta henne, tystnaden var allt han kunde erbjuda henne. Men tystnaden var kall, den bara ökade hennes desperation.

En natt kom hon in i hans rum och kröp ner till honom i sängen, som hon gjort under åren efter Heidis död på den ensamma tjärnen. Hon låg alldeles still, med huvudet mot hans arm. Ingen av dem sov, ingen talade. Bristen på sömn var som en väntan på att väntan skulle ta slut.

Men i gryningen orkade inte Louise vara orörlig längre. Även om hon inte kunde så måste hon börja försöka förstå vad det var för dunkla krafter som hade berövat henne det enda barnet.

De hade stigit upp tidigt och satt vid köksbordet. Det regnade utanför fönstret, ett lågmält höstregn. Rönnbären lyste. Hon bad att få låna hans bil eftersom hon redan denna morgon ville återvända till Stockholm. Han blev orolig men hon lugnade honom. Hon skulle inte köra fort, hon skulle heller inte köra över något stup. Nu skulle ingen mera dö. Men hon måste in i Henriks lägenhet. Hon var övertygad om att han lämnat något spår. Det hade inte funnits något brev. Men Henrik skrev inte brev, han lämnade andra tecken, som bara hon skulle kunna tyda.

– Jag har ingen annan möjlighet, sa hon. Jag måste göra detta. Sen kommer jag tillbaka hit.

Han tvekade innan han sa det som var nödvändigt. Begravningen?

– Här måste det ske. Var skulle han annars bli begravd? Men det får vänta.

Hon reste en timme senare. Hans bil luktade av gammal arbetsmöda, jakt och oljiga verktyg. En trasig hundfilt fanns fortfarande kvar i bagageluckan. Hon körde långsamt genom finnskogarna, tyckte sig se en älg på ett kalhygge i närheten av Dalagränsen. Hon kom till Stockholm sent på eftermiddagen. Hon hade halkat omkring på de kalla och slippriga vägarna, försökt koncentrera sig på körningen och tänkt att det var hennes yttersta skyldighet mot Henrik. Hon måste hålla sig i liv. Ingen annan skulle kunna ta reda på vad som verkligen hade hänt. Hans död krävde att hon höll sig kvar.

Hon tog in på ett hotell vid Slussen som var alldeles för dyrt. Bilen parkerade hon i ett underjordiskt garage. I skymningen kom hon tillbaka till Tavastgatan. För att stärka sig hade hon öppnat den whisky hon köpt på Atens flygplats.

Som Aron, tänkte hon. Jag tyckte alltid illa om när han halsade direkt ur en flaska. Nu gör jag samma sak själv.

Hon öppnade dörren. Polisen hade inte spärrat av den.

Innanför dörren låg några reklambroschyrer, men inga brev. Bara ett vykort från någon som hette Vilgot och som entusiastiskt beskrev stenmurarna på Irland. Kortet var grönt och visade en sluttning mot ett grått hav, men egendomligt nog utan stenmurar. Hon stod orörlig i tamburen och höll andan tills hon förmådde kontrollera paniken och instinkten att springa därifrån. Sedan hängde hon av sig kappan och tog av sig skorna. Långsamt gick hon igenom lägenheten. Sängens lakan var borta. När hon kom tillbaka till tamburen igen satte hon sig på pallen vid telefonen. Telefonsvararens lampa blinkade. Hon tryckte på avlyssningsknappen. Först var det någon som hette Hans som undrade om Henrik hade tid att gå på Etnografiska Museet och se en utställning med peruanska mumier. Sedan kom ett klick, en uppringande som inte gav något besked. Bandet fortsatte. Nu var det hon som ringde från Mitsos hus. Hon hörde sin egen glädje inför det återseende som aldrig blev av. Sedan var det hon igen, den här gången från Visby. Hon tryckte på returknappen och lyssnade ännu en gång. Först Hans, sedan en okänd och hon själv. Hon blev sittande vid telefonen. Lampan hade slutat blinka. Någonting hade istället börjat lysa inom henne, en varningslampa, på samma sätt som den som fanns på telefonsvararen slog på när det fanns inkommande meddelanden. Det fanns ett meddelande inom henne. Hon höll andan och försökte fånga tanken. Att en människa ringer upp, lämnar sin andhämtning och sedan lägger på utan att tala in ett meddelande sker ständigt, så gjorde hon själv ibland, säkert också Henrik. Det som hade fångat hennes uppmärksamhet var hennes egna samtal. Hade Henrik överhuvudtaget hört dem?

Plötsligt visste hon. Han hade aldrig lyssnat. Signalerna hade ekat utan att få fäste.

Hon blev rädd. Men hon behövde alla sina krafter nu för att leta efter spår. Henrik måste ha lämnat något till henne. Hon gick in det rum som han använde som arbetsrum och där han också hade en musikanläggning och en teve. Hon ställde sig mitt i rummet och såg sig långsamt runt.

Ingenting tycktes saknas. Det är för prydligt, tänkte hon. Henrik städade inte. Vi grälade ibland om att vara pedant eller inte. Hon gick runt i lägenheten igen. Hade polisen städat? Hon måste få veta det. Hon letade reda på det telefonnummer Göran Vrede hade gett henne och lyckades få tag på honom. Hon kunde höra att han var upptagen och ställde bara frågan om städningen.

– Vi städar inte, sa Göran Vrede. Men vi försöker naturligtvis återställa det vi kan ha rubbat.

– Lakanen i hans säng är borta.

– Det har knappast vi ansvar för. Det fanns inga skäl att ta med några tillhörigheter eftersom brott inte kunde misstänkas.

Han ursäktade sig med att han hade bråttom och gav henne en tid när hon kunde ringa honom dagen efter. Hon ställde sig på golvet igen och fortsatte att betrakta rummet. Sedan undersökte hon tvättkorgen i badrummet. Där fanns inga lakan, bara ett par jeans. Hon letade metodiskt igenom lägenheten. Men det fanns inga smutsiga lakan. Hon satte sig i hans soffa och betraktade rummet från ett annat håll. Någonting i den goda ordningen stämde inte. Hon kunde inte avgöra vad som bröt mot det hon förväntade sig att möta. Henrik skulle aldrig städa för att berätta någonting för mig, tänkte hon. Hon lyckades inte få grepp om vad som oroade henne. Hon gick ut i köket och öppnade kylskåpet. Det var nästan tomt men det var också vad hon hade väntat sig.

Sedan vände hon sig mot skrivbordet. Hon drog ut lådorna i hurtsarna. Papper, fotografier, gamla avrivna embarkeringskort. Hon valde ett på måfå. Den 12 augusti 1999 hade Henrik rest med Quantas till

Singapore. Han hade suttit på plats 37 G. På baksidan hade han gjort en anteckning. "Obs, telefonsamtalet". Inget mer.

Hon fortsatte försiktigt att närma sig hans liv, de delar hon inte kände till. Hon vände på skrivunderlägget som föreställde kaktusar i en öken. Där låg ett ensamt brev. Hon såg genast att det var från Aron. Hans spretiga bokstäver, alltid nerkrafsade i största hast. Hon tvekade om hon skulle läsa det. Ville hon egentligen veta vilket förhållande de hade haft? Hon tog upp kuvertet och vände på det. Där stod någonting som kunde vara en oläslig adress.

Hon ställde sig vid köksfönstret och försökte föreställa sig hur han skulle reagera? Aron som aldrig slösade med känslor, alltid försökte bibehålla en oberörd hållning inför livet och alla förtretligheter.

Du behöver mig, tänkte hon. *På samma sätt som både jag och Henrik behövde dig. Men du kom inte när vi ropade. Åtminstone inte när jag gjorde det.*

Hon återvände till skrivbordet och såg på brevet. Istället för att läsa det stoppade hon det i fickan.

I en låda under skrivbordet fanns Henriks almanackor och dagböcker. Hon visste att han förde regelbundna anteckningar. Men hon ville inte riskera att finna i dagböckerna att hon aldrig hade känt sin son. Det fick komma senare. Hon hittade också ett antal cd-skivor där han skrivit att de var kopior från hans dator. Hon såg sig runt utan att kunna hitta någon. Cd-skivorna stoppade hon ner i sin handväska.

Hon slog upp almanackan för år 2004 och bläddrade fram den sista anteckningen. Den var gjord två dagar innan hon reste från Grekland. *Måndagen den 13 september. Försöka förstå.* Det var allt. Vad var det han skulle förstå? Hon bläddrade bakåt men anteckningarna de senaste månaderna var få. Hon gick framåt i tiden, in på de dagar som Henrik aldrig skulle komma att uppleva. En enda notering hittade hon: *Den 10 oktober. Till B.*

Jag hittar dig inte, tänkte hon. Fortfarande kan jag inte tolka dina spår. Vad var det som hände här i lägenheten? Inne i dig?

Plötsligt visste hon. Någon hade varit inne i lägenheten efter det att Henrik burits bort och dörren stängts. Någon hade varit här på samma sätt hon var här nu.

Det var inte Henriks spår hon hade svårt att hitta. Hon var störd av spår som andra hade lämnat efter sig. Kompassen snurrade.

Hon letade metodiskt igenom skrivbordet och alla hyllor. Men där fanns bara detta enda brev från Aron.

Hon kände sig plötsligt trött. *Han måste ha lämnat ett spår.* Återigen kom känslan smygande. Någon hade varit inne i lägenheten. Men vem tog sig in för att städa och plocka med sig lakan ur en säng? Någonting mer måste vara borta, något hon inte kunde upptäcka. Men varför lakanen? Vem hade tagit dem?

Hon började gå igenom garderoberna. I en av dem hittade hon ett antal tjocka pärmar, ombundna av ett slitet skärp. På omslaget hade Henrik skrivit *K.H.* med svart tusch. Hon tog ut pärmarna och la dem framför sig på bordet. Den första pärmen var full av datautskrifter och fotokopior. Texten var på engelska. Hon bläddrade och började sedan läsa. Det som stod förundrade henne. Det handlade om den amerikanske presidenten Kennedys hjärna. Hon läste med rynkad panna, började om från början eftersom hon läst slarvigt och gjorde det nu mera grundligt.

När hon flera timmar senare slog igen den sista pärmen var hon övertygad. Det var ingen naturlig död. Katastrofen hade kommit utifrån.

Hon ställde sig vid fönstret och såg ner på den mörka gatan.

Det finns skuggor där, tänkte hon. Några av dessa skuggor dödade min son.

Ett kort ögonblick tyckte hon sig skymta någon som rörde sig intill den mörka husväggen. Sedan var allt stilla igen.

Klockan var över midnatt när hon lämnade lägenheten och gick till sitt hotell. Då och då vände hon sig om. Men ingen följde efter henne.

5

Hotellrummet omslöt henne med tystnad. Rum där människor ständigt flyttade ut och in samlade inte på minnen. Hon ställde sig vid fönstret och såg ut över Gamla Stan, betraktade trafiken och tänkte att inga ljud trängde igenom det tjocka glaset. Verklighetens ljudband var avklippt.

Hon hade tagit med sig några av de tjockaste pärmarna. Arbetsbordet var litet, hon bredde ut pappren i sängen och började läsa på nytt. Hon läste nästan hela natten. Mellan halv fyra och kvart över fyra sov hon bland pärmarna som löst ut sitt innehåll som ett pappershav. Hon vaknade med ett ryck och fortsatte. Hon tänkte att det var som arkeolog hon sorterade den information om Henrik hon hade framför sig. Varför studerade han så ivrigt någonting som hänt med en amerikansk president vid namn Kennedy för mer än 40 år sedan? Vad var det han sökte? Vilken kunskap dolde sig där? Hur letar man efter vad någon letar efter? Det var som en av de många sönderslagna vaser från den grekiska antiken hon hade stått inför under sitt liv. En hög av krossade, osorterade skärvor som hon skulle återskapa som en fågel Fenix ur tusenårig aska. Kunskap och tålamod krävdes av henne för att hon skulle lyckas och inte förbittras över de motspänstiga skärvorna som aldrig tycktes passa ihop. Men hur skulle hon bära sig åt nu? Hur skulle hon kunna limma ihop de skärvor Henrik lämnat efter sig?

Hon brast gång på gång i gråt under natten. Eller kanske var det så att hon grät hela tiden utan att hon egentligen var medveten om att tårarna då och då upphörde? Hon läste igenom alla de förbryllande dokument som Henrik hade samlat på, de flesta skrivna på engelska, ibland fotokopierade utdrag ur böcker eller dokumentsamlingar, ibland e-post från universitetsbibliotek eller privata stiftelser.

Det handlade om en försvunnen hjärna. Den döde presidentens hjärna.

I gryningen när hon inte orkade mer sträckte hon ut sig på sängen och försökte i tankarna sammanfatta det viktigaste av det hon hade läst.

I november 1963, ungefär klockan 12 på dagen, "Central Time", blev president John Fitzgerald Kennedy beskjuten när han tillsammans med sin hustru passerade i en öppen bilkortege genom de centrala delarna av Dallas. Tre skott från ett gevär avfyrades. Kulor som jagade fram med ursinnig hastighet och förvandlade allt som kom i deras väg till en blodig massa av kött och senor och ben. Det första skottet träffade presidenten i halsen, det andra missade, men det tredje skottet träffade i huvudet och slet upp ett stort hål där delar av hjärnan pressades ut med våldsam kraft. Presidentens kropp fördes samma dag bort från Dallas i "Airforce Number One". Ombord svor Lyndon Johnson presidenteden, bredvid honom stod Jackie i sina blodiga kläder. Senare skedde en obduktion av den döde presidenten på en flygbas. Allt som skedde omgärdades av ridåer, ingen vet egentligen vad som skedde. Många år efteråt skulle det fastslås att president Kennedys hjärna, de delar som fanns kvar efter skotten och obduktionen, hade försvunnit. Trots att det gjordes flera utredningar för att försöka klarlägga vad som hänt kom den försvunna hjärnan aldrig till rätta. Sannolikt hade Robert Kennedy, den döde presidentens bror, tagit hand om hjärnsubstansen och begravt den. Men ingen visste med bestämdhet. Och några år senare blev också Robert

Kennedy mördad. President Kennedys hjärna var och förblev försvunnen.

Hon låg med slutna ögon i sängen och försökte förstå. *Vad letade Henrik efter?* I tankarna gick hon igenom de anteckningar han gjort i de olika dokumentens marginaler.

Den döde presidentens hjärna är som en hårddisk. Var någon rädd för att det skulle vara möjligt att avkoda hjärnan på samma sätt som man kan ge sig ner i en hårddisks källare och plocka fram avtryck av texter som egentligen borde ha varit utplånade?

Henrik svarade inte på frågan.

Hon la sig på sidan i sängen och betraktade en målning på väggen intill badrumsdörren. Tre tulpaner i en beige vas. Bordet mörkbrunt, duken vit. En dålig målning, tänker hon. Den andas inte, blommorna sänder inte ut några dofter.

I en av pärmarna hade Henrik lagt in en fullskriven sida, utriven ur en skrivbok, där han försökte ge svar på varför en hjärna kunde försvinna.

Rädsla för ett innehåll, att det ska vara möjligt att frigöra en död människas innersta tankar. Som att borra upp ett kassaskåp eller stjäla dagböcker ur en människas allra innersta arkiv. Kan man gå djupare in i en människas privata värld än när man stjäl hennes tankar?

Louise förstod inte vem som var rädd och för vad. Vad är det Henrik tror att den döde presidenten kan berätta för honom? En för länge sedan avslutad berättelse? Hur ser den historia ut som Henrik söker efter?

Det måste vara fel spår, tänkte hon. Hon satte sig upp i sängen, letade reda på pappret där han gjort sina anteckningar. Hon kunde se att han skrivit fort. Texten var slarvig, överstrykningarna många, interpunktionen haltande. Han tycktes dessutom ha skrivit utan ordentligt underlägg, kanske mot sitt ena knä. Han hade antecknat ordet *trofé*.

En skalp kan vara det yppersta jaktbytet, liksom en älgkrona eller en lejonhud. Varför skulle då inte en hjärna kunna vara en trofé? Vem är alltså jägaren?

Där stod Robert Kennedys namn med att frågetecken efter.
Det tredje motivet var *det okända alternativet.*

Något som man inte ens kan föreställa sig. Så länge hjärnan är förkommen måste detta okända alternativ ändå finnas med. Det okända inslaget kan jag inte förbise.

I den ännu mörka morgonen steg hon upp ur sängen och ställde sig på nytt vid fönstret. Det regnade, bilarnas strålkastare glittrade. Hon var tvungen att luta sig mot väggen för att inte falla. *Vad var det han letade efter?* Hon kände sig illamående, kunde inte vara kvar i rummet längre.

Strax efter sju hade hon packat ihop hans papper, betalat hotellrummet och satt sig i frukostmatsalen med en kopp kaffe.

Vid ett bord intill satt en man och en kvinna och läste repliker ur en pjäs. Mannen var mycket gammal. Han läste med närsynta ögon ur rollhäftet och händerna skakade. Kvinnan var klädd i en röd kappa och hon läste med entonig röst. Pjäsen handlade om ett uppbrott, scenen utspelades i en tambur eller kanske en trappuppgång. Men om det var han eller hon som lämnat den andra kunde Louise inte avgöra.

Hon tömde kaffekoppen och lämnade hotellet. Regnet hade upphört. Hon gick backen upp mot Henriks lägenhet. Tröttheten gjorde henne tom, känslorna sved. *Jag ska inte tänka längre än mitt nästa steg. Ett steg åt gången, inte mer.* Hon satte sig vid köksbordet och undvek att se på brödsmulorna som fortfarande låg på bordet. På nytt bläddrade hon igenom hans almanacka. Bokstaven "B" återkom ofta. Hon föreställde sig ett namn, Birgitta, Barbara, Berit. Ingenstans en antydan till en förklaring. Varför detta intresse för president Kennedy och hans hjärna? Någonting hade gjort honom besatt. Men var det han sökte verkligt eller bara en symbol? Fanns den spruckna vasen i sinnevärlden eller var den bara en hägring?

Hon tvingade sig att öppna dörren till hans garderob och känna igenom hans fickor. Hon hittade bara småmynt, mest svenska, en och annan euro. I en jackficka fanns en smutsig bussbiljett, kanske till en tunnelbana. Hon tog med biljetten ut till köket och höll den under bordslampan. *Madrid.* Henrik hade alltså varit i Spanien. Det hade han inte berättat, det skulle hon ha kommit ihåg. Ofta var allt han sa om sina resor var han varit. Men aldrig varför han reste, han angav bara målet, inte avsikten.

Hon återvände till garderoben igen. I en byxficka hittade hon rester av en torkad blomma som föll som pulver mellan hennes händer. Annars ingenting.

Hon började gå igenom skjortorna. Det ringde på dörren. Hon hajade till. Signalen skar i henne. Hjärtat slog hårt när hon gick ut i tamburen och öppnade. Men det var inte Henrik som stod där, det var en kortvuxen flicka, med mörkt hår och lika mörka ögon, en kappa igenknäppt upp till hakan.

Flickan såg avvaktande på Louise.

– Är Henrik hemma?

Louise började gråta. Flickan drog sig några omärkliga steg bakåt.

– Vad gör du här? frågade hon skrämt.

Louise förmådde inte svara. Hon vände sig om och gick tillbaka in i köket. Hon hörde hur flickan försiktigt stängde ytterdörren.

– Vad gör du här? frågade hon igen.

– Henrik är död.

Flickan ryckte till och andades häftigt. Hon stod orörlig på golvet och stirrade på Louise.

– Vem är du? frågade Louise.

– Jag heter Nazrin och jag var ihop med Henrik. Kanske är vi det fortfarande. Vi är i alla fall vänner. Han är den bästa vän man kan ha.

– Han är död.

Louise reste sig och drog ut en stol åt flickan som fortfarande hade kappan knäppt upp till hakan. När Louise berättat vad som hänt skakade Nazrin långsamt på huvudet.

– Henrik kan inte vara död, sa hon när Louise hade tystnat.

– Nej. Jag håller med dig. Han kan inte vara död.

Louise väntade på Nazrins reaktion. Men hon väntade förgäves, ingenting kom. Försiktigt började Nazrin ställa frågor. Hon tyckte fortfarande inte att hon förstått.

– Var han sjuk?

– Han var aldrig sjuk. Han hade flera barnsjukdomar, som mässling, utan att vi egentligen märkte nånting. Under en period i tonåren blödde han ofta näsblod. Men det gick över. Själv trodde han det berodde på att livet gick för långsamt.

– Vad menade han med det?

– Det vet jag inte.

– Men han kan inte bara ha dött? Sånt händer inte.

– Det händer inte. Ändå händer det. Det som inte händer är det värsta som kan hända.

Louise kände plötsligt ett växande ursinne över att Nazrin inte började gråta. Det var som om hon skändade Henrik.

– Jag vill att du går, sa hon.

– Varför ska jag gå?

– Du kom för att träffa Henrik. Han finns inte mer. Då ska du gå.

– Jag vill inte gå.

– Jag vet inte ens vem du är. Han har aldrig talat om dig.

– Han berättade att han aldrig sa nånting om mig till dig. *"Man kan inte leva utan hemligheter."*

– Sa han så?

– Han sa att det var du som hade lärt honom.

Louises vrede tonade bort. Hon kände sig skamsen.

– Jag är rädd, sa hon. Jag skakar. Jag har förlorat mitt enda barn. Jag har förlorat mitt eget liv. Jag sitter här och väntar på att vittra sönder.

Nazrin reste sig och gick in i det andra rummet. Louise hörde hur hon snyftade till. Hon blev borta länge. När hon kom tillbaka hade hon knäppt upp kappan och hennes mörka ögon var röda.

– Vi hade bestämt att gå "den stora promenaden". Vi kallade det så. Vi brukade gå ut ur staden längs vattnet, så långt vi orkade. Under utvägen skulle vi vara tysta, på hemvägen kunde vi prata.

– Hur kommer det sig att du inte bryter när du heter Nazrin?

– Jag är född på Arlanda flygplats. Vi hade suttit där i två dygn i väntan på att placeras på nån flyktingförläggning. Mamma födde mig på golvet vid passkontrollen. Det gick väldigt fort. Jag föddes precis där Sverige börjar. Varken mamma eller pappa hade pass. Men jag som föddes där på golvet fick genast svenskt medborgarskap. Fortfarande är det en gammal passpolis som hör av sig ibland.

– Hur träffades du och Henrik?

– På en buss. Vi satt bredvid varandra. Han började skratta och pekade på nåt som nån skrivit med tusch på bussväggen. Jag tyckte inte alls det var roligt.

– Vad stod det?

– Jag minns faktiskt inte. Sen kom han förbi mitt arbete. Jag är tandsköterska. Han hade stoppat bomull i munnen och påstod att han hade värk.

Nazrin hängde av sig kappan. Louise betraktade hennes kropp och föreställde sig henne naken tillsammans med Henrik.

Hon sträckte ut handen över bordet och grep Nazrins arm.

– Du måste veta nånting. Jag var i Grekland. Du var här. Hände nånting? Förändrades han?

– Han var glad, gladare än nånsin sista tiden. Jag har aldrig sett honom så upprymd.

– Vad hade hänt?

– Jag vet inte.

Louise förstod att Nazrin talade sanning. Det är som att gräva i föränderliga sediment, tänkte hon. Även för en erfaren arkeolog kan det ibland dröja innan man inser att man nått ett nytt jordlager. Man kan gräva sig igenom de omstörtande resterna av en jordbävning utan att märka det förrän efteråt.

– När upptäckte du glädjen?

Svaret överraskade henne.

– När han kom hem från en resa.

– En resa vart?

– Jag vet inte.

– Sa han inte vart han reste?

– Inte alltid. Den här gången sa han ingenting. Jag mötte honom på flygplatsen. Han kom från Frankfurt. Men han hade rest långt. Varifrån vet jag inte.

Det smärtade till, som en kraftig ilning i en tand. Henrik hade mellanlandat på samma sätt som hon själv i Frankfurt. Hon hade kommit från Aten. Varifrån hade hans flygplan dykt ner genom molnen?

– Nånting måste han ha sagt. Nånting måste du ha märkt. Var han solbränd? Hade han presenter med?

– Han sa ingenting. Brunbränd var han nästan alltid. Han var mycket gladare än när han reste. Presenter gav han mig aldrig.

– Hur länge hade han varit borta?

– I tre veckor.

– Och han sa inte var han hade varit?

– Nej.

– När skedde den här resan?

– För ungefär två månader sen.

– Förklarade han inte varför han ingenting sa?

– Han talade om sin lilla hemlighet.

– Sa han så?

– Precis så.

– Hade han ingenting med till dig?

– Det är som jag sa. Jag fick aldrig presenter som han hade köpt. Däremot skrev han dikter.

– Vad handlade dom om?

– Mörker.

Louise såg undrande på henne.

– Gav han dig dikter han skrivit under resan som handlade om mörker?

– Det var sju dikter, en skriven var tredje dag under resan. Dom handlade om märkliga människor som levde i ett konstant mörker. Människor som hade gett upp att leta efter utgångar.

– Det låter mycket dystert.

– Dom var hemska.

– Har du dom kvar?

– Han ville att jag skulle bränna dom när jag hade läst dom.

– Varför det?

– Det undrade jag också. Han sa att dom inte behövdes längre.

– Var det vanligt? Att han bad dig bränna det han skrev?

– Det hände aldrig. Bara denna enda gång.

– Talade han nånsin med dig om en försvunnen hjärna?

Nazrin betraktade henne oförstående.

– John Kennedy mördades i Dallas 1963. Efter den patologiska undersökningen försvann hans hjärna.

Nazrin skakade på huvudet.

– Jag förstår inte vad du talar om. Jag var inte ens född 1963.

– Men du har väl hört om president Kennedy?

– Kanske.

– Talade aldrig Henrik om honom?

– Varför skulle han ha gjort det?

– Jag undrar. Jag har hittat mängder av papper här som handlar om honom. Och en försvunnen hjärna.

– Varför skulle han ha varit intresserad av det?

– Jag vet inte. Jag bara tror att det är viktigt.

Det smällde till i brevinkastet. Båda hajade till. Nazrin gick ut i tamburen och kom tillbaka med extraerbjudanden om kassler och datorer. Hon la dom på köksbordet men satte sig inte ner igen.

– Jag kan inte vara kvar. Det känns som om jag håller på att kvävas.

Hon brast i häftig gråt. Louise reste sig och höll om henne.

– Vad var det som upphörde? frågade hon när Nazrin hade lugnat sig. När kärleken gick över i vänskap?

– Det var bara så för honom. Jag älskade honom fortfarande. Jag hoppades att allt skulle vridas tillbaka igen.

– Varifrån kom hans glädje? Från en annan kvinna?

Nazrin svarade snabbt. Louise förstod att hon ställt samma fråga till sig själv.

– Det var ingen annan kvinna.

– Hjälp mig att förstå. Du såg honom på ett annat sätt än jag. För mig var han en son. Sina barn ser man aldrig helt tydligt. Det finns alltid en förväntan eller en oro som förvränger bilden.

Nazrin satte sig igen. Louise såg hur hennes blick irrade fram och tillbaka över köksväggen, som om hon sökte en fästpunkt.

– Jag kanske använder fel ord, sa hon. Kanske jag hellre borde tala om en sorg som plötsligt var borta än en glädje som oväntat dök upp.

– Henrik brukade aldrig vara nedstämd.

– Kanske han inte visade det för dig? Du sa det själv. För vem uppträder ett barn alldeles tydligt? Inte för sina föräldrar. När jag träffade Henrik på den där bussen skrattade han. Men den Henrik jag lärde känna var en djupt allvarlig människa. Han var som jag. Han såg på världen som ett växande elände på väg mot den slutliga katastrofen. Han talade upprört om fattigdomen. Han försökte visa sin vrede men han hade alltid lättare att ge uttryck för sorg. Han var för vek, tror jag. Eller så kunde jag aldrig helt se in i honom. Jag betraktade honom som en misslyckad idealist. Men sanningen var kanske en annan. Han planerade nånting, han ville göra motstånd. Jag minns en gång vid det här bordet, han satt just där du sitter nu, och han sa att "varje människa måste vara sin egen motståndsrörelse. Vi kan aldrig vänta på dom andra. Den här fruktansvärda världen kräver insatser av var och en av

66

oss. När det brinner frågar ingen efter varifrån vattnet tas. Elden måste släckas." Jag minns att jag tänkte att han kunde låta patetisk, som en präst. Kanske alla präster är romantiska? Jag kunde tröttna på hans allvar, den där sorgen var som en yta jag stod och hamrade på. Han var en världsförbättrare som mest av allt tyckte synd om sig själv. Men det fanns ett annat allvar bakom ytan, det kunde jag aldrig bortse från. Ett allvar, en sorg, misslyckade uttryck för vrede. När han försökte bli arg liknade han mest en rädd liten pojke. Men allt hade förändrats när han kom tillbaka från resan.

Nazrin tystnade. Louise såg att hon ansträngde sig för att minnas.

– Jag märkte genast att nånting hade hänt. När han kom ut på flygplatsen rörde han sig långsamt, nästan som om han tvekade. Han log när han fick syn på mig. Men jag minns att det var som att han hoppades att ingen var där för att möta honom. Han var som vanligt, han försökte vara som vanligt. Men han var frånvarande, han var till och med frånvarande när vi låg med varandra. Jag visste inte om jag borde bli svartsjuk eller inte. Men han skulle ha berättat om det varit nån annan kvinna. Jag försökte fråga var han varit men han skakade bara på huvudet. När han packade upp sin väska såg jag att det fanns röd jord på undersidan av ett par skor. Jag frågade om det men han sa ingenting, han blev irriterad. Sen plötsligt var det som om han blev förändrad igen. Frånvaron försvann, han blev gladare, lättare, som om han gjort sig av med några osynliga tyngder som han burit på. Jag märkte att han var trött ibland när jag kom på eftermiddagarna, han hade varit uppe hela nätterna, men jag kunde aldrig få svar på vad han höll på med. Han skrev nånting, det kom alltid in nya pärmar i lägenheten. Hela tiden talade han om vreden som måste släppas fram, om allt som doldes, allt som skulle avslöjas. Ibland lät det som om han citerade bibeln, som om han höll på att förvandlas till nån sorts profet. Jag försökte skämta om det en gång. Då blev han rasande. Det är enda gången jag sett honom verkligt arg. Jag trodde han skulle slå till mig. Han höjde handen, näven var knuten, hade jag inte ropat skulle han ha slagit mig. Jag blev rädd. Han bad om ursäkt men jag trodde honom inte.

Nazrin tystnade. Genom köksväggen hördes ljud från lägenheten intill. Louise kände igen musiken, det var ledmotivet till en film som hon inte mindes namnet på.

Nazrin lutade ansiktet i händerna. Louise satt orörlig och väntade. På vad väntade hon? Det visste hon inte.

Nazrin reste sig.

– Jag måste gå. Jag orkar inte mer.

– Var får jag tag på dig?

Nazrin skrev upp sitt telefonnummer på ett av reklambladen. Sedan vände hon sig om med kappan i handen och gick. Louise hörde hennes steg eka ute i trappan, ytterporten som slog igen.

Några minuter senare lämnade hon själv lägenheten. Hon gick ner mot Slussen, valde vägen på måfå och höll sig tätt intill husväggarna, rädd för att plötsligt drabbas av panik. Vid Slussen stoppade hon en taxi och for ut på Djurgården. Vinden hade mojnat, luften kändes mildare. Hon strövade runt bland höstträden och återvände i tankarna till det Nazrin hade sagt.

En sorg som upphörde snarare än en glädje som plötsligt uppträdde. En resa som han inte ville berätta om.

Besattheten? Alla pärmarna? Hon var övertygad om att det var de hon själv hade läst, om den döda presidenten och hans hjärna. Det var det Nazrin hade sett. Henriks intresse för den döda presidentens hjärna

68

var alltså inte något som funnits under en lång tid. Intresset var nytt.

Hon gick runt bland träden och strövade bland sina tankar. Ibland visste hon inte säkert om höstlöven frasade i hennes hjärna eller under hennes fötter.

Plötsligt påminde hon sig brevet från Aron som hon hittat. Hon tog upp det ur fickan och öppnade det.

Brevet var kort.

Ännu inga isberg. Men jag ger mig inte. Aron.

Hon försökte förstå. Isberg? Var det en kod? En lek? Hon stoppade tillbaka brevet i fickan och fortsatte att gå.

Sent på eftermiddagen återvände hon till Henriks lägenhet. Någon hade lämnat ett meddelande på telefonsvararen. *Hej, det är Ivan. Jag ringer igen.* Vem var Ivan? Nazrin visste kanske. Hon skulle just ringa henne när hon ångrade sig. Hon gick in i Henriks sovrum och satte sig på madrassen. Hon kände yrsel men tvingade sig att sitta kvar.

På en hylla stod ett fotografi av dem båda tillsammans.

De hade rest till Madeira när han var sjutton år. Under veckan på ön hade de gjort en utfärd till Nunnornas dal och bestämt sig för att återvända dit efter tio år. Det skulle bli det livslånga målet för deras alldeles egna pilgrimsfärd. Hon kände plötsligt ilska över att någon hade berövat dem deras resa. Döden var så förtvivlat lång, tänkte hon. Så oändligt lång. Vi kommer aldrig att återvända till *Correia des fuentes*. Aldrig någonsin.

Hon vandrade med blicken runt rummet. Det var något som hade väckt hennes uppmärksamhet. Hon letade med blicken. En vägghylla med två rader böcker fick henne att stanna upp. Först visste hon inte vad det var. Sedan såg hon att några av bokryggarna på den nedre hyllan stack ut. Henrik var kanske inte ordningsam. Men han avskydde oreda. Kunde det finnas någonting där bakom? Hon reste sig från sängen och trevade med ena handen bakom böckerna. Där låg två tunna skrivhäften. Hon tog fram dem och bar ut dem i köket. Det var enkla skrivböcker, blyerts, bläck, tusch, fläckade, fullskrivna av spretiga bokstäver. Texten var på engelska. På den ena stod *Memory Book for my mother Paula.*

Louise bläddrade igenom det tunna häftet. Där fanns några få texter, pressade blommor, det torkade skinnet av en liten ödla, några bleknade fotografier, en teckning med färgkrita som föreställde ett barnansikte. Hon läste texten och förstod att det handlade om en kvinna som snart skulle dö, som hade aids och som skrev detta häfte till sina barn, för att de skulle ha något att minnas när hon var borta. *"Gråt inte för mycket, gråt bara tillräckligt för att vattna de blommor ni sätter på min grav. Studera och använd era liv. Använd er tid."*

Louise såg på den svarta kvinnans ansikte som skymtade på ett fotografi där färgerna nästan var helt utplånade. Hon log rakt in i kameraögat, rakt in i Louises sorg och vanmakt.

Hon läste den andra boken. *Miriams minnesbok till sin dotter Ricki.* Här fanns inga fotografier, texterna var korta, bokstäverna krampaktigt nedtryckta i pappret. Inga pressade blommor, några sidor tomma. Boken var inte färdigskriven, den avslutades mitt i en mening. *"There are so many things I would –"*

Louise försökte fylla i meningen. Som Miriam önskade få sagt. Eller gjort.

Som jag ville säga till dig, Henrik. Eller göra. Men du har försvunnit, du har gömt dig för mig. Framförallt lämnar du mig med en fruktansvärd plåga; jag vet inte varför du försvann. Jag vet inte vad det var du letade efter och som drev dig till det som hände. Du var levande, du ville inte dö. Nu är du ändå död. Jag förstår det inte.

Louise betraktade skrivhäftena på köksbordet.

Jag förstår inte varför du har dessa minnesböcker över två kvinnor som dött av aids. Och varför du hade gömt dom bakom andra böcker i dina hyllor.

Långsamt la hon ut skärvorna i sitt huvud. Hon valde ut de största bitarna. Hon hoppades att de skulle fungera som magneter och dra till sig andra skärvor tills en helhet börjat framträda.

Den röda jorden under hans skor. Vilka var hans resmål?

Hon höll andan och försökte se ett mönster.

Jag måste ha tålamod. På samma sätt som arkeologin har lärt mig att man bara kan tränga igenom historiens alla jordlager med energi och saktmod. Men aldrig med brådska.

Louise lämnade lägenheten sent på kvällen. Hon tog in på ett annat hotell i staden. Hon ringde Artur och berättade att hon snart skulle komma tillbaka. Sedan letade hon reda på det visitkort hon fått av Göran Vrede och ringde honom hem. Han tycktes yrvaken när han svarade. De avtalade att hon skulle komma till hans kontor klockan nio dagen efter.

Hon tömde några av de små spritflaskorna som fanns i minibaren. Sen sov hon oroligt fram till någon timme efter midnatt.

Resten av natten låg hon vaken.

Skärvorna var fortfarande stumma.

6

Göran Vrede mötte henne vid porten till polishuset. Han luktade to-
baksrök och på vägen upp till sitt kontor berättade han att han en gång
i sin ungdom drömt om att leta efter ben. Hon förstod inte genast vad
han menade, det var först när de hade satt sig vid hans överbelamrade
skrivbord som hon fick förklaringen. Han hade under sin studietid
fascinerats av familjen Leakey som grävde efter mänskliga fossil, och
var det inte människor var det åtminstone hominider de fann, i den
djupa spricka i östra Afrika som hette Rift Valley.

Göran Vrede lyfte undan en papperstrave från sitt skrivbord och
tryckte in en spärrkod på telefonen.

– Jag drömde om det. Innerst inne visste jag att jag skulle bli polis.
Men jag drömde om att hitta det som den gången kallades "den felan-
de länken". När blev apan människa? Eller kanske man hellre ska säga:
när slutade människan vara apa? Då och då när jag har tid försöker
jag läsa om alla nya rön som kommit under de senaste åren. Men jag
inser mer och mer att de enda felande länkar jag kommer att hitta är i
det här arbetet.

Han tystnade tvärt som om han av misstag avslöjat en hemlighet.
Louise betraktade honom med en vag känsla av vemod. Framför sig
hade hon en man med en oförlöst dröm. Världen var full av medel-
ålders människor som Göran Vrede. Drömmen blev till sist bara en
svag återspegling av det som en gång varit en glödande passion.

Vad hade hon själv drömt om? Egentligen ingenting. Arkeologin
hade varit hennes första passion efter att den jättelike Emil släppt ta-

get och hon rest de 19 milen upp till Östersund för att bli människa. Ofta hade hon tänkt att hennes liv hade fått sin inriktning när rälsbussen stannade i Rätansbyn mitt emellan Östersund och Sveg, där de hade möte med den södergående rälsbussen. Det fanns en korvkiosk vid sidan av stationshuset. Alla tycktes omedelbart drabbas av en våldsam hunger när rälsbussen stannade. Den som kom sist i kön kunde bli utan, antingen för att korven tog slut eller för att resan skulle fortsätta.

En gång hade hon inte rusat iväg för att rätta in sig i korvkön. Hon hade suttit kvar på rälsbussen och det var då som hon hade bestämt sig för att bli arkeolog. Hon hade tvekat om hon skulle ge sig in på den långa läkarutbildningen, att bli specialist på barnsjukdomar var också en lockande utsikt. Men där i kvällsmörkret hade hon plötsligt bestämt sig. Beslutet hade framträtt alldeles klart, det fanns inget att tveka om längre. Hon skulle ägna sitt liv åt att jaga efter det förflutna. Hon föreställde sig att det var på fältet hon ville verka, men hon anade också vagt att hennes framtid kanske lika gärna fanns i sökandet efter hemligheter i gamla manuskript, att på nytt tolka de sanningar som tidigare generationer av arkeologer hade slagit fast.

Runt henne tuggade människor på korvar med senap och ketchup, en egendomlig frid sänkte sig över henne. Hon visste.

Göran Vrede hade lämnat rummet och kom tillbaka med en kopp kaffe. Hon hade själv tackat nej. Hon rätade på sig i stolen med en känsla av att hon måste vara beredd att bjuda honom motstånd.

Han talade till henne med vänlig röst som om hon stod honom nära.

– Det finns ingenting som tyder på att din son har bragts om livet.

– Jag vill veta precis allting.

– Det vet vi inte än. Det tar lång tid att utröna allt om vad som sker när en människa plötsligt dör. Döden är en komplicerad process.

Sannolikt den mest sammansatta och svåröverskådliga process som livet erbjuder oss. Vi vet betydligt mer om hur en människa kommer till än om hur ett liv tar slut.

– Jag talar om min son! Inte om ett foster eller en gammal människa på en långvårdsklinik!

Efteråt skulle hon fråga sig om hennes utfall var oväntat för Göran Vrede. Han måste många gånger ha befunnit sig i samma situation, inför en förtvivlad förälder som inte kunde få sitt barn tillbaka men som ändå ville ha någon form av upprättelse, hur meningslös den än var. Att inte ha varit en dålig förälder, att inte bli anklagad för att ha varit försumlig.

Göran Vrede öppnade en plastpärm som låg framför honom.

– Det finns inget svar, sa han. Det borde det ha gjort. Jag kan bara beklaga. På grund av en mängd olyckliga omständigheter har provresultaten förstörts och måste göras om. Läkarna och laboratorierna arbetar. Dom är noggranna, dom kräver sin tid. Men det första vi söker efter är förstås om det finns någon yttre påverkan. Och det gör det inte.

– Henrik var ingen självmördare.

Göran Vrede såg länge på henne innan han svarade.

– Min far hette Hugo Vrede. Alla betraktade honom som den lyckligaste människan i världen. Han skrattade alltid, han älskade sin familj, han störtade varje morgon med nästan ursinnig glädje till sitt arbete som typograf på Dagens Nyheter. Ändå begick han plötsligt självmord när han var 49 år gammal. Han hade sett sitt första barnbarn födas, han hade fått bättre betalt på sitt arbete. Han hade just avslutat en lång tvist med sina systrar och ägde nu ensam en sommarstuga på Utö. Jag var elva år då, fortfarande liten. Han kom alltid in och kramade om mig innan jag skulle sova. En tisdagsmorgon steg han upp som vanligt, åt sin frukost, läste tidningen, var på sitt vanliga goda humör, nynnade när han knöt sina skor och kysste min mamma på pannan innan han gick. Sen cyklade han iväg. Samma väg som vanligt. Men just innan han skulle svänga in på Torsgatan vek han plötsligt av. Han fortsatte inte till sin arbetsplats. Han cyklade ut ur stan. Nånstans vid Sollentuna vek han av på småvägar som ledde rakt ut i skogen. Det fanns ett skrotupplag där som man lär kunna se från flygplan när man närmar sig en viss inflygningsbana på Arlanda. Han ställde cykeln och försvann bland skrotet. Efteråt hittade man honom i baksätet på en gammal Dodge. Han hade lagt sig där, tagit en stor dos sömntabletter och avlidit. Jag var elva år. Jag minns begravningen. Chocken var naturligtvis stor över att han var död. Men det värsta var ändå smärtan över att inte förstå. Hela begravningen präglades av det där stora gåtfulla, plågsamma "varför". Kaffet efteråt var en lång utdragen tystnad.

Louise kände sig utmanad. Hennes son hade ingenting med Göran Vredes far att göra.

Göran Vrede förstod hennes reaktion. Han bläddrade i pärmen som han hade framför sig, trots att han visste vad som stod där.

– Det finns ingen förklaring till varför Henrik är död. Det enda vi är säkra på är att det inte förekommit yttre våld.

– Det kunde jag se själv.

– Ingenting tyder på att nån annan människa har orsakat hans död.

– Vad säger läkarna?

– Att det inte finns nån enkel eller omedelbar förklaring. Vilket inte borde förvåna nån. När en ung frisk människa plötsligt dör måste det finnas nåt oväntat bakom det som hänt. Tids nog kommer vi att få veta.

– Vad?

Göran Vrede skakade på huvudet.

– En liten detalj upphör att fungera. En liten länk som går av kan vålla lika stor skada som när en dammvägg brister eller när ett oväntat vulkanutbrott bryter ut. Läkarna letar.

– Nånting onaturligt måste ha hänt.

– Varför tror du det? Förklara för mig.

Göran Vredes röst blev annorlunda. Hon hörde att det fanns ett stänk av otålighet i hans fråga.

– Jag kände min son. Han var en lycklig människa.

– Vad är en lycklig människa?

– Jag vill inte tala om din far. Jag talar om Henrik. Han dog inte frivilligt.

– Men ingen dödade honom. Antingen dog han av naturliga skäl. Eller så tog han livet av sig. Våra patologer arbetar grundligt. Inom en snar framtid vet vi svaren.

– Och sen?

– Vad menar du?

– När de inte har hittat nån förklaring?

Tystnaden vandrade fram och tillbaka mellan dem.

– Jag är ledsen att jag inte kan hjälpa dig mer just nu.

– Ingen kan hjälpa mig.

Louise reste sig häftigt ur stolen.

– Det finns ingen förklaring. Det finns ingen felande länk. Henrik dog för att nån annan ville det, inte han själv.

Göran Vrede följde henne tillbaka ner till porten. De skiljdes under tystnad.

Louise letade reda på sin bil och lämnade Stockholm. Utanför Sala stannade hon på en parkeringsplats, fällde ner sätet och somnade.

Vassilis fanns i drömmen. Han bedyrade att han inte hade någonting med Henriks död att göra.

Louise vaknade och körde vidare norrut. Drömmen var ett meddelande, tänkte hon. Jag drömde om Vassilis men egentligen drömde jag om mig själv. Jag försökte övertyga mig om att jag inte övergav Henrik. Men jag lyssnade inte så mycket på honom som jag borde ha gjort. I Orsa stannade hon och åt. Några unga män med fotbollströjor – eller kanske var det ishockey – skränade vid ett bord. Hon kände en plötslig lust att berätta för dem om Henrik och be dem vara stilla. Sedan började hon gråta. En lastbilschaufför med svällande mage betraktade henne. Hon skakade på huvudet och han slog ner blicken. Hon såg att han eftertänksamt fyllde i någon sorts spelkupong och hon hoppades att han skulle vinna.

Det var kväll när hon körde genom finnskogarna. På ett kalhygge tyckte hon sig skymta en älg. Hon stannade och steg ur. Hon sökte efter något hon hade förbisett.

Henriks död var inte naturlig. Någon dödade honom. Någonting dödade honom. Den röda jorden under hans skor, minnesböckerna, hans plötsliga glädje. Vad är det jag inte lyckas se? Skärvorna kanske passar ihop utan att jag upptäcker det.

I Noppikoski stannade hon ytterligare en gång när tröttheten gjorde det omöjligt för henne att köra vidare.

Återigen drömde hon om Grekland, den här gången skymtade Vassilis dock bara i utkanten. Hon befann sig på sin utgrävningsplats när det plötsligt inträffade ett ras. Hon blev begravd av jord, fasan var ögonblicklig och just när hon inte förmådde andas längre vaknade hon.

Hon körde vidare mot norr. Den sista drömmen krävde ingen förklaring.

Hon kom till Sveg sent på natten. Det lyste i köket när hon svängde in på gårdsplanen. Hennes far var som vanligt vaken. Som så många gånger förr frågade hon sig hur han hade kunnat överleva under alla dessa år trots att han alltid svältfött sig på sömn. Han satt vid köksbordet och oljade in några av sina huggverktyg. Han tycktes inte förvånad över att hon kom hem mitt i natten.

– Är du hungrig?

– Jag åt i Orsa.

– Det är en lång väg.

– Jag är inte hungrig.

– Då talar vi inte mer om det.

Hon satte sig på sin vanliga plats, slätade ut vaxduken och berättade om det som hänt. Efteråt satt de länge tysta.

– Kanske har Vrede rätt, sa han till sist. Låt oss ge dom en möjlighet att komma med en förklaring.

– Jag tror inte dom gör allt dom kan. Egentligen bryr dom sig inte om Henrik. En ung man bland tusen andra unga män som en dag ligger död i sin säng.

– Nu är du orättvis.

– Jag vet att jag är orättvis. Men det är så jag känner.

– Vi måste nog ändå avvakta.

Louise visste att han hade rätt. Sanningen om vad som hade hänt, vad som orsakat Henriks död, skulle aldrig uppenbaras om de inte förlitade sig på den rättsmedicinska utredningen.

Louise var trött. Hon skulle just resa sig för att gå till sängs när Artur höll henne kvar.

– Jag har försökt igen att få tag på Aron.

– Har du hittat honom?

– Nej. Men jag har i alla fall försökt. Jag har på nytt kontaktat ambassaden i Canberra och dessutom talat med ytterligare personer på vänskapsföreningen. Men nån Aron Cantor har ingen hört talas om. Är du säker på att han bor i Australien?

– När det gäller Aron har aldrig nånting nånsin varit säkert.

– Det vore olyckligt om han inte fick veta vad som hänt och inte kunde vara med på begravningen.

– Han kanske inte vill vara med? Han kanske inte alls vill att vi ska hitta honom?

– Ingen vill väl låta bli att vara med på sitt eget barns begravning?

– Du känner inte Aron.

– Det kan du ha rätt i. Du lät mig knappast ens träffa honom.

– Vad menar du med det?

– Du behöver inte ta i. Du vet att jag har rätt.

– Du har inte alls rätt. Jag ställde mig aldrig emellan dig och Aron.

– Det är för sent på natten för den här diskussionen.

– Det är ingen diskussion. Det är ett meningslöst samtal. Jag tackar dig för att du tagit dig besväret. Men Aron kommer inte att vara med på begravningen.

– Jag tycker ändå vi borde försöka leta lite till.

Louise svarade inte. Och Artur fortsatte inte att tala om Aron.

Aron var inte med när hans son Henrik Cantor begravdes i Svegs kyrka två veckor senare. Efter att dödsannonsen införts hade många hört av sig till Nazrin som hjälpte Louise under de svåra veckorna. Många av Henriks vänner, de flesta människor Louise aldrig hört talas om, hade sagt sig vilja vara med på begravningen. Men Härjedalen var för långt borta. Nazrin hade föreslagit att de kunde ha en minnesceremoni i Stockholm efter begravningen. Louise insåg att hon borde träffa Henriks vänner i sökandet efter en förklaring. Men hon orkade inte organisera någonting annat än begravningen. Hon bad Nazrin hålla reda på alla som hörde av sig.

Begravningen skedde onsdagen den 20 oktober klockan ett. Nazrin hade kommit dagen innan tillsammans med en annan flicka som hette Vera och som tydligen också, om nu Louise förstod saken rätt, hade haft ett förhållande med Henrik. De skulle bli mycket få vid begravningen. Det var som ett jättelikt svek mot Henrik och alla de människor han mött under sitt liv. Men det kunde inte bli på annat vis än det som skedde.

Louise och Artur hade haft ett hetsigt gräl om vem som skulle förrätta begravningen. Louise hade envist hävdat att Henrik inte hade velat ha någon präst. Men Artur menade tvärtom att Henrik hade haft stort intresse för andliga frågor. Vem skulle kunna erbjuda en värdig ceremoni i Sveg? Prästen Nyblom predikade inte med överdriven nit Guds ord, han nöjde sig oftast med sina egna enkla vardagliga uttryck. Han kunde påverkas att hålla Gud och heligheten utanför hela begravningsceremonin.

Louise gav med sig. Hon orkade inte slåss. Hennes svaghet ökade för varje dag som gick.

Tisdagen den 19 oktober ringde Göran Vrede. Han kunde då meddela att den patologiska utredningen visade att dödsorsaken varit en kraftig överdos av sömntabletter. Han beklagade återigen att det tagit så orimligt lång tid. Louise lyssnade som i ett töcken på vad han sa. Hon visste att han aldrig skulle ge henne detta besked om det inte var alldeles säkert, en helgjuten sanning. Han lovade att sända all dokumentation till henne, beklagade ännu en gång sorgen och meddelade sedan att utredningen nu var avslutad. Polisen hade inget mer att tilllägga, någon åklagare skulle inte kopplas in på fallet eftersom självmordet var fastställt.

När Louise berättade det för Artur, sa han:

– Så vet vi ändå så mycket att vi inte behöver grubbla.

Louise visste att Artur inte talade sanning. Han skulle grubbla så länge han levde över vad som egentligen hade hänt. Varför hade Henrik beslutat sig för att ta sitt liv? Om det nu var det som hade hänt.

Inte heller Nazrin eller Vera kunde förmå sig att tro att Göran Vrede verkligen hade kommit med sanningen. Nazrin sa: "Skulle han ha tagit livet av sig hade han gjort det på ett annat sätt. Inte i sin säng med sömntabletter. Det hade varit för torftigt för Henrik."

Louise vaknade på morgonen den 20 oktober och såg att det varit frost under natten. Hon gick ner till järnvägsbron och stod länge vid räcket och stirrade ner i det svarta vattnet, lika svart som den jord där de skulle sänka ner Henriks kista. På den punkten hade Louise varit alldeles bestämd. Henrik skulle inte brännas, hans kropp skulle i jorden som den var, inte som aska. Hon såg ner i vattnet och mindes att hon stått på samma ställe när hon varit ung och olycklig och kanske enda gången övervägt att ta livet av sig. Det var som om Henrik fanns vid hennes sida. Inte heller han skulle ha hoppat. Han skulle ha hållit sig kvar, han skulle inte ha släppt greppet.

Hon stod länge på bron i den tidiga morgonen.

I dag begraver jag mitt enda barn. Något annat barn kommer jag aldrig att få. I Henriks kista vilar en avgörande del av mitt liv. En del som aldrig kommer tillbaka.

Kistan var brun, där fanns rosor, inga kransar. Organisten spelade Bach och något av Scarlatti som han själv föreslagit. Prästen talade stilla, utan åthävor och Gud fanns inte närvarande i kyrkorummet. Louise satt bredvid Artur, på motsatt sida av kistan fanns Nazrin och Vera. Louise upplevde hela begravningsakten som på långt avstånd. Ändå var det henne det handlade om. Den döde kunde man aldrig beklaga, den som är död är död och gråter inte. Men hon själv? Hon var redan en ruin. Men några valvbågar inuti henne var fortfarande oskadade. Och dem ville hon försvara.

Nazrin och Vera försvann tidigt för att börja den långa bussresan mot Stockholm. Men Nazrin lovade att hålla kontakten och när Louise orkade tänka på att tömma Henriks lägenhet skulle hon bistå henne.

På kvällen satt Louise tillsammans med Artur i köket med en flaska brännvin. Han drack med kaffe, hon utspätt med sockerdricka. Som i en tyst överenskommelse drack de sig berusade. Vid tiotiden på kvällen hängde de hålögda över köksbordet.

– Jag reser i morgon.

– Tillbaka?

– Reser man inte alltid tillbaka nånstans? Jag reser till Grekland. Jag måste avsluta mitt arbete och vad som händer sen vet jag inte.

Dagen efter, tidigt på morgonen, körde han henne till Östersunds flygplats. Ett svagt snöfall pudrade marken vit. Artur tog henne i hand och sa att hon skulle vara försiktig. Hon såg att han sökte efter något mer att säga utan att lyckas. När hon satt i flygplanet på väg mot Arlanda tänkte hon att han säkert samma dag skulle börja hugga ut Henriks ansikte i något av sina träd.

Hon reste vidare klockan 11.55 till Frankfurt för att byta till Aten. Men när hon kom till Frankfurt var det som om de beslut hon fattat föll samman. Hon avbokade sin plats på planet och satt länge och såg ut över den disiga flygplatsen.

Hon visste nu vad hon måste göra. Artur hade varken haft rätt eller fel, det var inte för honom hon gav efter. Det var hennes eget beslut, hennes egen insikt.

Aron. Han fanns. Han måste finnas.

Sent samma kväll steg hon på ett Quantasplan till Sydney. Det sista hon gjorde innan hon for var att ringa en av sina kollegor i Grekland och säga att hon ännu inte kunde komma.

En annan resa, ett annat möte, måste först ske.

Bredvid henne på flyget satt ett barn som reste utan ledsagare, en flicka omedveten om allt som fanns runt henne. Det enda hon hade ögon för var en docka som var ett egendomligt mellanting av en elefant och en gammal dam.

Louise Cantor såg ut i mörkret.

Aron. Han fanns. Han måste finnas.

7

Vid mellanlandningen i Singapore lämnade Louise flygplanet och strövade i den fuktiga värmen längs de långa korridorerna med brungula mattor som bara tycktes leda till nya avlägsna terminaler. Hon stannade vid en butik som sålde anteckningsböcker och köpte en almanacka med broderade fåglar på det violetta omslaget. Flickan som tog betalt log mot henne med vänliga ögon. Genast började hennes ögon fyllas med tårar. Hon vände snabbt och gick därifrån.

På vägen tillbaka fruktade hon att hon skulle drabbas av panik. Hon gick nära väggarna, ökade farten och försökte koncentrera sig på sina andetag. Hon var övertygad om att när som helst skulle allting bli svart och hon skulle falla omkull. Men hon ville inte vakna på den brungula mattan. Hon ville inte falla. Inte nu när hon hade fattat det viktiga beslutet att leta reda på Aron.

Planet lyfte mot Sydney strax efter två på morgonen. Hon hade redan i Frankfurt förlorat kontrollen över de tidszoner hon skulle passera. Hon färdades i både viktlöst och tidlöst tillstånd. Kanske var det just så hon skulle närma sig Aron? Under de år de hade levt tillsammans hade han alltid haft en egendomlig förmåga att märka när hon var på väg hem, när hon närmade sig honom. De gånger hon varit förbittrad över något han sagt eller gjort hade hon tänkt att hon aldrig skulle kunna överraska honom om han var henne otrogen.

Hon hade en ytterplats, 26 D. Bredvid henne sov en vänlig man som presenterat sig som pensionerad överste i det australiensiska flygvapnet. Han hade inte försökt inleda någon konversation och hon hade varit honom tacksam. Hon satt i det nedsläckta flygplanet och tog emot de vattenglas som de tysta flygvärdinnorna bar fram på brickor med jämna mellanrum. På andra sidan gången satt en kvinna i hennes egen ålder och lyssnade på en av radiokanalerna.

Hon tog fram den nyinköpta almanackan, tände sin läslampa, letade reda på en penna och började skriva.

Röd jord. Det var de första orden. Varför dök just de upp i hennes medvetande? Var det den viktigaste ledtråden hon hade? Den avgörande skärvan som de andra fragmenten tids nog skulle kunna grupperas runt?

I tankarna bläddrade hon igenom de två minnesböckerna över de döda eller döende kvinnorna.

Hur kom det sig att Henrik hade dem? Han var inget barn som behövde en påminnelse om sina föräldrar. Han visste, om inte allt, så mycket om sin mor. Och Aron var i alla fall en människa han hade regelbunden kontakt med, även om han för det mesta varit frånvarande. Var hade han fått böckerna ifrån? Vem hade gett dem till honom?

Hon skrev ner en fråga. *Varifrån kommer den röda jorden?* Längre kom hon inte. Hon la ifrån sig almanackan, släckte läslampan och slöt ögonen. *Jag behöver Aron för att tänka.* I sina bästa stunder var han inte bara en god älskare utan kunde också konsten att lyssna. Han var en av de sällsynta varelser som kunde ge råd utan att snegla på vilka egna fördelar han kunde uppnå.

Hon slog upp ögonen i mörkret. Kanske var det den sidan av Aron och deras samliv som hon saknade mest av allt? Den lyssnande och ibland omåttligt kloka man hon förälskat sig i och fått en son med?

Det är den Aron jag söker, tänkte hon. Utan hans hjälp kommer jag aldrig att förstå vad som har hänt. Jag kommer aldrig att kunna hitta tillbaka till mitt eget liv utan hans stöd.

Resten av natten slumrade hon i sin stol, letade bland radiokanalerna, men stördes av musiken som inte alls tycktes passa i nattmörkret. Jag befinner mig i en bur, tänkte hon. En bur med tunna väggar som ändå förmår stå emot den starka kylan och den höga farten. I denna bur slungas jag till en kontinent jag aldrig föreställt mig att jag skulle besöka. En kontinent jag aldrig har längtat efter.

Några timmar innan landningen i Sydney fick hon en känsla av att det beslut hon fattat på Frankfurts flygplats var meningslöst. Hon skulle aldrig hitta Aron. Ensam i världens utkant skulle hon bara drabbas av sorgeanfall och ökande desperation.

Men hon kunde inte vända buren och kasta den tillbaka mot Frankfurt. I den tidiga morgonen dunsade gummihjulen mot asfalten på Sydneys flygplats. Hon steg yrvaken ut i världen igen. En vänlig tulltjänsteman tog ifrån henne ett äpple hon hade i sin väska och slängde det i en soppåse. Hon letade sig fram till en informationsdisk och fick ett rum på Hilton. Hon hajade till när hon förstod vad det kostade men orkade inte ändra sig. Efter att ha växlat pengar tog hon en taxi till hotellet. Hon såg på staden i det växande gryningsljuset och tänkte att Aron någon gång måste ha åkt samma väg, längs samma motorvägar, över samma broar.

Hon fick ett rum där det inte gick att öppna fönstret. Hade hon inte varit så trött hade hon lämnat hotellet och sökt sig ett annat. Rummet gav henne omedelbart kvävningskänslor. Men hon tvingade sig in i duschen och kröp sedan naken ner mellan lakanen. Jag sover som Henrik, tänkte hon. Jag sover naken. Varför hade han pyjamas på sig den sista natten han levde?

Med frågan obesvarad somnade hon och vaknade först klockan tolv. Hon gick ut, sökte sig till hamnen, promenerade till Operahuset och satte sig på en italiensk restaurang för att äta. Det var kyligt i luften men solen värmde. Hon drack vin och försökte bestämma sig för hur hon nu skulle gå till väga. Artur hade talat med ambassaden. Han hade också varit i kontakt med någon föreningsmänniska som antogs hålla reda på invandrade svenskar. Men Aron är ingen invandrare, tänkte hon. Han låter inte registrera sig. Han är en man som alltid har minst två gångar som leder in och ut till hans gömställen.

Hon tvingade bort sin uppgivenhet. Det måste vara möjligt att hitta Aron, om han nu fanns i Australien. Han var en människa som inte lämnade någon likgiltig. Hade man träffat Aron så glömde man honom inte.

Hon skulle just lämna restaurangen när hon hörde en man tala svenska i en mobiltelefon vid ett bord intill. Han talade med en kvinna, det kunde hon höra, om en bil som måste repareras. Han avslutade samtalet och log mot henne.

– It is always problems with the cars. Always.

– Jag talar svenska. Men jag håller med om att bilar alltid krånglar.

Mannen reste sig och kom fram till hennes bord och hälsade. Han hette Oskar Lundin och hans handslag var kraftigt.

– Louise Cantor. Ett vackert namn. Är du tillfälligt besökande eller invandrad?

– En ytterst tillfällig besökare. Jag har ännu inte varit här i ett dygn.

Han gjorde en gest mot en stol, om han kunde slå sig ner. En kypare flyttade över hans kaffe.

– En vacker vårdag, sa han. Ännu kallt i luften. Men våren är på väg. Jag kan aldrig upphöra att förundras över den här världen, där vår och höst kan vara varandras följeslagare, även om hav och kontinenter skiljer dom åt.

– Har du bott här länge?

– Jag kom hit 1949. Då var jag 19 år. Jag hade en föreställning om att här skulle vara möjligt att tälja guld med den berömda täljkniven. Jag hade urusla skolstudier bakom mig. Men jag hade anlag för trädgårdar, för växter. Jag visste att jag alltid skulle kunna överleva genom att klippa häckar eller ansa fruktträd.

– Varför reste du hit?

– Jag hade så otäcka föräldrar. Om du ursäktar att jag är helt sanningsenlig. Min far var präst och hatade alla som inte trodde på samma Gud som han. Jag som inte trodde alls var en hädare som han slog så mycket han kunde innan jag blev gammal nog att kunna värja mig. Då slutade han tala med mig. Min mor var en ständig medlerska. Hon var en barmhärtig samarit som tyvärr hade en osynlig kassabok och aldrig gjorde något för att underlätta mitt liv utan att begära motprestationer. Hon tvingade ur mig mina känslor, mitt dåliga samvete, min skuld inför alla hennes uppoffringar, som man manglar en citron i en fruktpress. Så jag gjorde det enda möjliga. Jag gav mig av. Det är mer än 50 år sen. Jag återvände aldrig. Inte ens till deras begravningar. Jag har en syster där borta som jag talar med varje jul. Men annars är jag här. Och trädgårdsmästare blev jag. Med eget företag som inte bara klipper häckar och ansar fruktträd utan anlägger hela trädgårdar åt dem som är beredda att betala.

Han drack sitt kaffe och makade stolen så att hans ansikte hamnade i solen. Louise tänkte att hon inte hade något att förlora.

– Jag söker en man, sa hon. Han heter Aron Cantor. En gång var vi gifta. Jag tror han finns här i Australien.

– Du tror?

– Jag är inte säker. Jag har frågat ambassaden och vänskapsföreningen.

Oskar Lundin gjorde en avvisande grimas.

– Dom har ingen ordning på vilka svenskar som finns här i landet. Föreningen är en höstack där alla nålar kan gömma sig.

– Är det så? Att människor kommer hit för att dölja sig?

– Lika mycket som människor härifrån söker sig till ett land som Sverige för att dölja sina synder. Jag tror inte särskilt många svenska skurkar håller sig gömda här. Men en och annan finns säkert. För tio år sen fanns här en man från Ånge som begått ett mord. Honom hittade de svenska myndigheterna aldrig. Och nu är han död och ligger begravd under en alldeles egen gravsten i Adelaide. Men jag antar att den man du var gift med inte är efterlyst för något brott.

– Nej. Men jag måste hitta honom.

– Det måste vi alla. Hitta de människor vi söker efter.

– Vad skulle du göra om du vore jag?

Oskar Lundin rörde en stund eftertänksamt i den halvtomma kaffekoppen.

– Jag skulle nog be mig hjälpa dig att leta, sa han till sist. Jag har så oändligt många kontakter i det här landet. Australien är en kontinent där det mesta fortfarande sker genom kontakter människa till människa. Vi ropar och vi viskar till varandra och vi brukar få reda på det vi vill veta. Var kan jag nå dig?

– Jag bor på Hilton. Men det är egentligen för dyrt för mig.

– Stanna där i två dygn om du har råd. Mer ska inte behövas. Finns din man här ska jag hitta honom. Hittar jag honom inte får du leta nån annanstans. Nya Zeeland kan ibland vara ett bra andra steg.

– Jag har svårt att tro att jag kan ha sån tur att jag träffade dig. Och att du vill hjälpa en totalt okänd människa.

– Jag försöker kanske göra det goda som min far bara låtsades att han gjorde.

Oskar Lundin vinkade till sig servitören och betalade. Han lyfte på hatten när han gick.

– Inom 48 timmar ska jag höra av mig. Förhoppningsvis med goda nyheter. Men jag oroar mig redan för att jag ska ha lovat för mycket.

Ibland har jag lovat för mycket frukt på mina planterade äppelträd. Det förföljer mig fortfarande.

Hon såg honom gå rakt ut i solen och följa kajen mot färjestationen som låg mot en fond av skyskrapor. Hennes omdöme om människor visade sig ofta vara felaktiga. Men att Oskar Lundin verkligen skulle försöka hjälpa henne, det tvivlade hon inte på.

23 timmar senare ringde telefonen på hennes rum. Hon hade just återkommit från en lång promenad. Hon hade försökt föreställa sig vad hon skulle ta sig till om Oskar Lundin inte kunde ge henne några informationer eller om han lurat henne och aldrig hörde av sig. Samma dag hade hon också talat med sin far och dessutom ringt till Grekland och förklarat att hon skulle vara borta med sin sorg ännu en vecka, kanske till och med två. Hon möttes av samma förståelse som tidigare, men hon visste att hon mycket snart måste visa sig vid utgrävningarna om inte otåligheten över hennes frånvaro skulle börja ta överhanden.

Oskar Lundins stämma var som hon mindes den, en vänlig svenska som saknade många av de ord som kommit på mode under alla de år han varit borta från Sverige. Så talades svenska språket när jag var barn, hade hon tänkt efter deras första möte.

Oskar Lundin gick rakt på sak.

– Jag tror att jag har hittat din förrymda man, sa han. Om det nu inte finns fler svenskar med namnet Aron Cantor.

– Det kan bara finnas en.

– Har du en karta över Australien framför dig?

Louise hade köpt en karta. Hon vecklade ut den på sängen.

– Sätt ett finger på Sydney. Följ sen vägarna söderut mot Melbourne. Där fortsätter du ner mot sydkusten och så stannar du på en plats som heter Apollo Bay. Har du hittat den?

Hon såg namnet.

– Enligt vad jag lyckats utröna bor där en man sen några år som heter Aron Cantor. Exakt var han har sin lägenhet eller sitt hus kunde min sagesman inte uppge. Men han var nog så säker på att den man du söker kan finnas i Apollo Bay.

– Vem visste att han är där?

– En gammal trålarkapten som tröttnade så på Nordsjön att han flyttade till andra sidan av jordklotet. Han brukar tillbringa en del tid på sydkusten. Han är en omåttligt nyfiken människa som dessutom aldrig glömmer ett namn. Jag tror du kommer att hitta Aron Cantor vid Apollo Bay. Det är ett litet samhälle som bara lever upp under somrarna. Där finns inte mycket folk på den här tiden av året.

– Jag vet inte hur jag ska tacka dig.

– Varför ska svenskar alltid tacka så förbannat? Varför kan man inte vara hjälpsam utan att komma med en osynlig kassabok. Men jag ger dig mitt telefonnummer eftersom jag gärna vill veta om du hittade honom till slut.

Hon skrev upp Oskar Lundins telefonnummer på kartan. När han sa adjö och la på luren var det som om han lyfte på hatten. Hon stod alldeles orörlig på golvet och märkte att hjärtat slog hårt i bröstet.

Aron levde. Hon hade inte gjort fel som avbrutit resan till Grekland. Av en tillfällighet hade hon hamnat bredvid en vänlig fe med sommarhatt vid ett restaurangbord.

Oskar Lundin kunde vara min fars bror, tänkte hon. Två äldre män som aldrig skulle tveka att ge mig hjälp om jag behövde.

En fördämning inom henne brast och alla de krafter som hållits inspärrade släpptes lösa. Inom loppet av nästan ingen tid alls hade hon ordnat en hyrbil som levererats till hotellet och betalat sin räkning. Hon lämnade staden, kom ut på motorvägarna och styrde mot Melbourne. Hon hade bråttom nu. Aron befann sig kanske på den plats som hette Apollo Bay. Men risken fanns alltid att han skulle få för sig att försvinna. Kände han vittringen av någon som sökte efter honom gav han sig av. Hon tänkte övernatta i Melbourne, och sedan söka sig ut på kustvägen mot Apollo Bay.

Hon hittade en kanal med klassisk musik. Det var första gången efter Henriks död som hon lyssnade på musik igen. Strax före midnatt letade hon sig in i Melbournes centrala delar. Hon mindes vagt en olympiad som utspelats där när hon var mycket liten. Ett namn dök upp, en höjdhoppare som hette Nilsson och som hennes far hade hyst en stor beundran för. Artur hade märkt upp på ytterväggen hur högt denne hade hoppat över den ribba som gett honom en guldmedalj under tävlingarna. Men vad hade han hetat mer än Nilsson? Rickard hade hon för sig. Men hon var inte säker. Kanske blandade hon ihop två olika personer eller till och med två olika tävlingar. Hon bestämde sig för att fråga sin far.

Hon tog in på ett hotell i närheten av parlamentsbyggnaden, återigen alldeles för dyrt. Men hon var trött, hon orkade inte spilla tid på att leta. Några kvarter från hotellet hittade hon ett Chinatown i miniatyr. I en halvtom restaurang där de flesta av servitörerna orörligt stirrade på en teveskärm åt hon bambuskott och ris. Hon drack flera glas vin och blev berusad. Hela tiden tänkte hon på Aron. Skulle hon hitta honom dagen efter? Eller hade han hunnit ge sig av?

Hon tog en promenad efter måltiden för att lufta huvudet. Hon hittade en park med upplysta gångstigar. Hade hon inte druckit vin kunde hon mycket väl ha bestämt sig för att fortsätta resan nu, bära ner sin ouppackade väska till bilen. Men hon behövde sova. Vinet skulle hjälpa henne.

Hon la sig ovanpå sängen och svepte överkastet runt sig. Genom en orolig slummer där olika ansikten gled förbi lotsade hon sig fram till gryningen.

Klockan halv sju hade hon ätit frukost och lämnade Melbourne. Det regnade och vinden som kom från havet var byig och kall. Hon rös när hon satte sig i bilen.

Någonstans där ute i regnet fanns Aron.

Han väntar mig inte, inte heller att få höra om den tragedi som drabbat honom. Snart har verkligheten hunnit ikapp honom.

Vid elvatiden var hon framme. Det hade regnat oavbrutet under hela bilfärden. Apollo Bay var en smal remsa av hus som låg intill en havsbukt. Där fanns en pir som höll vågorna borta från en liten armada av fiskebåtar. Hon parkerade intill ett café och blev sittande och såg ut i regnet mellan vindrutetorkarna som slog av och an.

Här i regnet finns Aron. Men var hittar jag honom?

Uppdraget föreföll henne för ett ögonblick övermäktigt. Men hon tänkte inte ge sig, inte nu när hon rest till andra sidan jordklotet. Hon lämnade bilen och sprang över gatan och in i en affär som sålde sportkläder. Där hittade hon en regntät jacka och en skärmmössa. Expediten var en ung flicka, gravid och överviktig. Louise tänkte att hon inte hade något att förlora på att fråga.

– Känner du Aron Cantor? En man från Sverige. Som pratar bra engelska men som bryter. Han ska bo här i Apollo Bay. Vet du vem jag menar? Vet du var han bor? Om inte du vet, vem ska jag fråga?

Louise var inte säker på att expediten verkligen hade ansträngt sig när hon svarade.

– Jag känner ingen svensk.

– Aron Cantor? Ett ovanligt namn.

Expediten gav växelpengar tillbaka och skakade ointresserat på huvudet.

– Det är så mycket folk som kommer och går.

Louise satte på sig jackan och lämnade affären. Regnet hade börjat avta. Hon följde raden av hus och insåg att det var hela Apollo Bay. En gata längs bukten, en rad med hus, ingenting annat. Havet var grått. Hon gick in på ett café, beställde te och försökte tänka. Var kunde Aron finnas om han nu verkligen var här? *Han gav sig gärna ut när det regnade och blåste. Han tyckte om att fiska.*

Mannen som serverat henne te gick runt i lokalen och torkade av bordsskivorna.

– Var fiskar man här i Apollo Bay om man inte har båt?

– Dom brukar stå ytterst på piren. Eller så fiskar dom inne i hamnbassängen.

Hon frågade återigen om en främling som hette Aron Cantor. Mannen skakade på huvudet och fortsatte att torka sina bord.

– Han kanske bor på hotellet? Det ligger på vägen mot hamnen. Fråga där.

Louise visste att Aron aldrig skulle stå ut med att bo någon längre tid på ett hotell.

Regnet hade upphört, molnen började skingras. Hon återvände till bilen och körde mot hamnen utan att stanna vid hotellet som hette *Eagle's Inn.*

Vid infarten till hamnområdet parkerade hon bilen och började gå längs kajen. Vattnet var oljigt, smutsigt. En pråm med lastrummet fullt av blöt sand skavde mot kajens trasiga traktordäck. En fiskebåt med hummertinor hette *Pietá* och hon undrade frånvarande om namnet välsignade goda fångster. Hon fortsatte längst ut på den inre piren. Några pojkar fiskade sammanbitet och betraktade sina revar utan att ens kasta en blick mot henne. Hon såg ut mot den yttre pirarmen som sträckte sig långt bort från den inre bassängen. Det stod någon där ute och fiskade, kanske var det mer än en person. Hon gick tillbaka och vek av längs den längre pirarmen. Vinden hade tagit i, den blåste byigt mellan de stora stenblocken som bildade pirens yttre mur. Den var så hög att hon inte kunde se havet där bakom, bara höra dess ljud.

Det var en person som stod där ute och fiskade, det kunde hon se nu. Han rörde sig ryckigt, som om han drabbats av en plötslig otålighet.

Hon kände en blandning av glädje och förfäran. Det var Aron, ingen annan hade så ryckiga rörelser som han. Men det hade gått för lätt, för fort att hitta honom.

Det slog henne att hon inte hade någon aning om vilket liv han levde. Han kunde mycket väl vara omgift, han kanske hade andra barn. Den Aron hon hade känt och älskat kanske inte existerade längre. Den man som stod hundra meter ifrån henne i den bitande blåsten, med ett fiskespö i handen, kunde visa sig vara en man hon inte alls längre kände. Kanske borde hon vända tillbaka till bilen och sedan följa efter honom när han var färdig med sitt fiske?

Hon kände vrede över sin osäkerhet. Så fort hon kom i närheten av Aron tappade hon sin vanliga beslutsamhet. Han hade fortfarande sitt gamla övertag.

Hon bestämde sig för att det var här på piren de skulle träffas.

Han har ingenstans att ta vägen, annat än att hoppa ner i det kalla havet. Den här piren är en återvändsgränd. Han kommer inte undan. Den här gången har han glömt att ge grytet en hemlig reservutgång.

När hon kom ut på piren hade han ryggen vänd mot henne. Hon såg hans nacke, den kala fläcken uppe på hjässan hade blivit större. Det var som om han hade krympt, hans gestalt gav intryck av en vekhet som hon aldrig tidigare förknippat med honom.

Bredvid honom låg en plastduk med fyra stenar i hörnen som tyngder. Tre fiskar hade han fått. De liknade en korsning mellan torsk och gädda, tänkte hon, om en sån korsning överhuvudtaget kunde tänkas. Hon skulle just säga hans namn när han vände sig om. Rörelsen var snabb, som om han anat oråd. Han såg på henne men regnjackans huva var uppfälld och åtdragen, så han kände inte genast igen henne. Plötsligt insåg han vem hon var och hon kunde se att han blev rädd. Det hade nästan aldrig hänt under deras liv tillsammans, att Aron gav uttryck för osäkerhet, till och med rädsla.

Det tog bara några korta sekunder för honom att återvinna kontrollen. Han körde fast spöet mellan några stenar.

– Inte hade jag väntat mig det. Att du skulle hitta mig här.

– Minst av allt hade du väntat dig att jag skulle leta efter dig.

Han var allvarlig, väntade, fruktade det som skulle komma.

Redan under de långa timmarna ombord på flygplanet och under bilresan hade hon tänkt att vara varsam, vänta in det minst smärtsamma tillfället att berätta om Henrik. Nu insåg hon att det inte var möjligt.

Det hade börjat regna igen, vinden blev allt byigare. Han vände ryggen mot vinden och kom närmare henne. Hans ansikte var blekt. Ögonen röda, som om han druckit mycket, läpparna spruckna. *Läppar som inte kysser spricker sönder, brukade han säga.*

– Henrik är död. Jag har försökt på alla sätt att få tag på dig. Till sist fanns bara det här kvar, jag reste hit och letade reda på dig.

Han såg uttryckslöst på henne, som om han inte hade förstått. Men hon visste att hon stuckit en kniv i honom och att han kände smärtan.

– Jag hittade Henrik död i lägenheten. Han låg i sängen som om han sov. Vi begravde honom i Svegs kyrka.

Aron vacklade till som om han höll på att falla. Han lutade sig emot den våta stenväggen och sträckte ut sina händer. Hon tog emot dem.

– Det kan inte vara sant.

– Jag tror inte heller att det kan vara sant. Men det är det.

– Varför dog han?

– Vi vet inte. Polisen och rättsläkaren säger att han tog livet av sig.

Aron stirrade vilt på henne.

– Skulle pojken ha tagit livet av sig? Aldrig att jag kan tro det!

– Inte jag heller. Men han hade en stor mängd sömnmedel i kroppen.

Med ett rytande kastade Aron fiskarna i vattnet och slängde sedan hinken och fiskespöet över piren. Han tog Louise hårt i armen och förde henne bort därifrån. Han sa åt henne att följa efter hans bil, en rostig gammal folkvagnsbuss. De lämnade Apollo Bay, for den väg hon hade kommit. Sedan svängde Aron av längs en väg som brant slingrade mellan de höga kullar som stupade ner mot havet. Han körde fort och vingligt som om han varit berusad. Louise följde tätt efter. Djupt inne bland kullarna vek de av längs en väg som knappast var mer än en stig, hela tiden brant uppåt, tills de stannade vid ett trähus som balanserade ytterst på en bergskant. Louise steg ur bilen och tänkte att just så skulle hon ha kunnat föreställa sig ett av Arons gömställen. Utsikten var oändlig, havet sträckte sig mot horisonten.

Aron slet upp dörren, rev till sig en flaska whisky från ett bord intill den öppna spisen och fyllde ett glas. Han såg frågande på henne men hon skakade på huvudet. Nu måste hon vara nykter. Det räckte med att Aron kunde gå över alla gränser och komma till en punkt där han kunde bli våldsam om han drack. Hon hade upplevt alltför många krossade fönster och sönderslagna stolar för att önska sig det igen.

Det fanns ett stort träbord utanför det stora glasfönstret som vette mot havet. Hon såg färggranna papegojor landa där och picka efter brödsmulor. *Aron flyttade till papegojornas land. Det kunde jag aldrig ha föreställt mig att han skulle göra.*

Hon satte sig mitt emot honom i en stol. Han hängde hopsjunken i en grå soffa med sitt glas i händerna.

– Jag vägrar att tro att det är sant.

– Det hände för sex veckor sen.

Han brusade upp.

– Varför fick jag ingenting veta?

Hon svarade inte utan vände blicken mot de röda och ljusblå papegojorna.

– Förlåt, jag menade det inte. Jag förstår att du har sökt efter mig. Du skulle aldrig ha låtit mig få vara i ovisshet om du kunnat.

– Det är inte så lätt att hitta nån som har gömt sig.

Hon stannade där, mitt emot honom, hela natten. Samtalet kom och gick, med långa tysta uppehåll. Både hon och Aron kunde konsten att låta tystnaden vandra. Också det var en sorts samtal, det hade hon lärt sig under den första tiden de varit tillsammans. Även Artur var en människa som inte talade i onödan. Men Arons tystnad hade ett annat läte.

Lång tid efteråt skulle hon tänka att den natten med Aron var som att återvända till tiden innan Henrik hade funnits. Men naturligtvis var det honom de talade om. Sorgen var skriande. Ändå kom de aldrig så nära varandra att hon flyttade över till Aron i soffan. Det var som om hon inte litade på att hans smärta var så stark som den borde vara hos någon som mist sitt enda barn. Det gjorde henne förbittrad.

Hon frågade någon gång innan gryningen om han hade skaffat flera barn. Han svarade inte, såg bara förvånat på henne, och hon trodde att hon kunde tolka hans svar.

I gryningen återvände de röda papegojorna. Aron lade ut fågelfrö på bordet. Louise följde honom ut. Hon rös. Havet långt nedanför dem var grått, vågorna piskade.

– Jag drömmer om att någon gång få se ett isberg där ute, sa han plötsligt. Ett isberg som drivit ända nere från sydpolen.

Louise mindes brevet hon hittat.

– Det måste vara en mäktig syn.

– Det mest märkliga är att ett sådant jättelikt berg smälter bort utan att vi kan se det. Jag har alltid tänkt på mig själv som att jag också smälter, att jag rinner bort av mig själv. Min död kommer att vara resultat av en långsam temperaturökning.

Hon såg på honom från sidan.

Han är förändrad, men ändå den samma, tänkte hon.

Det var i gryningen. De hade talat hela natten.

Hon tog hans hand. Tillsammans såg de ut mot havet, spanade efter ett isberg som aldrig skulle komma.

8

Tre dagar efter mötet på piren, i blåsten och regnet och smärtan, skickade Louise ett vykort till sin far. Hon hade då redan ringt honom och berättat att hon återfunnit Aron. Linjen till Sveg hade varit häpnadsväckande klar, hennes far hade kommit mycket nära, och han hade bett henne att hälsa Aron och beklaga sorgen. Hon hade beskrivit de färggranna papegojorna som samlades på Arons bord och lovat honom att skicka ett kort. Hon hade hittat det i en affär nere vid hamnen som sålde allt från ägg till handstickade tröjor och vykort. Kortet fylldes av en svärm av röda papegojor. Aron väntade på henne i det café där han regelbundet inledde och avslutade sina fisketurer. Hon skrev kortet inne i affären och postade det i en låda bredvid det hotell där hon skulle ha övernattat om hon inte genast hade hittat Aron ute på hamnpiren.

Vad skrev hon till sin far? Att Aron levde som en bekväm eremit i en träkoja i skogen, att han hade magrat, och framförallt att han sörjde.

Du hade rätt. Det hade varit oansvarigt att inte söka reda på honom. Du hade rätt och jag hade fel. Papegojorna är inte bara röda utan även blåa, kanske turkosa. Hur länge jag stannar vet jag inte.

Hon postade vykortet och gick sedan ner till stranden. Det var en dag med kall och klar himmel, nästan vindstilla. Några barn lekte med en trasig fotboll, ett gammalt par vallade sina svarta hundar. Louise följde stranden alldeles intill vattenlinjen.

Tre dagar hade hon varit tillsammans med Aron. I gryningen efter den första långa natten, när hon hade tagit hans hand, hade han frågat henne om hon hade någonstans att bo. Hans hus hade två sovrum, hon kunde använda det ena om hon ville. Vilka var hennes planer? Hade sorgen krossat henne? Hon svarade inte, tog bara rummet i besittning, hämtade sin väska och sov till långt in på eftermiddagen. När hon vaknade var Aron borta. Han hade lagt ett meddelande på soffan, skrivet med hans vanliga otåliga och spretiga handstil. Han hade begett sig till sitt arbete. "Jag vaktar ett antal träd i en liten regnskog. Det finns mat. Huset är ditt. Min sorg är outhärdlig".

Hon gjorde en enkel måltid, satte på sig sina varmaste kläder och tog tallriken med sig ut till bordet. Snart satt de tama papegojorna runt henne och väntade på att få dela måltiden. Hon räknade fåglarna. Det var tolv stycken. En nattvard, tänkte hon. Den sista innan korsfästelsen. Det kom ett ögonblick av ro över henne, för första gången sen hon stigit över tröskeln till Henriks lägenhet. Hon hade någon mer än Artur att dela sorgen med. Till Aron kunde hon berätta om all undran och rädsla hon bar på. Henriks död var inte naturlig. Ingen kunde bortförklara sömnmedlen. Men Henriks död måste ha en orsak. Han hade begått självmord utan att göra det.

Det finns en annan sanning. På något sätt har den med president Kennedy och hans försvunna hjärna att göra. Om någon kan hjälpa mig att finna den sanningen är det Aron.

När Aron återvände hade det redan blivit mörkt. Han drog av sig sina stövlar, betraktade henne skyggt och försvann in i badrummet. När han kom ut satte han sig bredvid henne i soffan.

– Hittade du mitt meddelande? Har du ätit?

– Tillsammans med papegojorna. Hur har du gjort dom så tama?

– Dom är inte rädda för människor. Dom har aldrig blivit jagade eller fångade. Jag har vant mig att bryta mitt bröd tillsammans med dom.

– Du skrev att du vaktade träd? Det är vad du gör? Det du lever av?

– Jag tänkte visa dig i morgon. Jag sköter träd, jag fiskar och jag håller mig undan. Det sista är mitt största arbete. Du har vållat mig ett av mitt livs värsta nederlag genom att så enkelt finna mig. Naturligtvis är jag tacksam att det var du som kom med det hemska budet. Kanske hade jag undrat varför Henrik slutat att skriva till mig. Förr eller senare hade jag fått reda på det. Kanske av en tillfällighet. Den chocken hade jag aldrig uthärdat. Nu var du budbäraren.

– Vad hände med alla dina datorer? Du som skulle rädda världen från att förlora alla minnen som skapas i vår tid. Du sa en gång att ettorna och nollorna i världens datorer var demoner som skulle kunna lura människan på all hennes historia.

– Jag trodde länge på det. Vi kände oss som om vi höll på att rädda världen från en förgörande epidemi orsakad av tomhetens virus, den stora döden som dom blanka pappren innebar. Dom tomma arkiven, urgröpta av en cancer som var obotlig och som skulle göra vår samtid till en olöslig gåta för dom som skulle leva i framtiden. Vi trodde verkligen att vi var på väg att hitta ett alternativt arkivsystem som skulle bevara vår tid till eftervärlden. Vi sökte efter ett alternativ till ettorna och nollorna. Rättare sagt, vi försökte tillföra ett elixir som garanterat skulle innebära att datorerna en dag vägrade släppa ifrån sig sitt innehåll. Vi skapade en formel, en oskyddad källkod, som vi senare sålde till ett konsortium i USA. Vi fick en oändlig massa pengar för det. Vi hade dessutom skapat ett kontraktsförhållande som garanterade att patentet inom 25 år skulle bli fritt för alla länder i världen att använda utan att behöva betala licens. Jag stod en dag på gatan i New York med en check på 5 miljoner dollar i handen. Jag behöll en av dessa miljoner och gav bort resten. Förstår du vad jag säger?

– Inte allt. Men det viktigaste.

– Jag kan förklara i detalj.

– Inte nu. Gav du nånting till Henrik?

Aron ryckte till och betraktade henne undrande.

– Varför skulle jag ha gett honom pengar?

– Det hade väl inte varit alldeles orimligt att ge sin egen son ett bidrag till hans försörjning.

– Jag fick aldrig några pengar av mina föräldrar. Det tackar jag dom för än idag. Ingenting kan fördärva barn som att man ger dom det dom bör förtjäna själva.

– Vem gav du pengarna?

– Det finns så mycket att välja på. Jag gav allt till en stiftelse här i Australien som arbetar med att bevara ursprungsbefolkningens värdighet. Deras liv och deras kultur, om man ska uttrycka det en aning förenklat. Jag kunde ha gett bort pengarna till cancerforskning, till försvar av regnskogarna, kamp mot de tilltagande gräshoppssvärmarna i östra Afrika. Jag valde i hatten bland alla de tusen lapparna jag lagt dit. Upp kom Australien. Jag gav bort pengarna och jag for hit. Ingen vet att det var jag som skänkte dom. Det är den största glädjen.

Aron reste sig.

– Jag behöver sova några timmar. Tröttheten gör mig orolig.

Hon satt kvar i soffan och hörde snart hans snarkningar. De rullade som vågor genom hennes medvetande. Hon mindes dem från förr.

På kvällen tog han med henne till en restaurang som klängde som ett örnbo högt uppe på en klippavsats. De var nästan ensamma i restaurangen, Aron verkade känna servitören väl och försvann ut med honom till köket.

Måltiden blev en ny påminnelse för henne om den tid då hon och Aron hade levat tillsammans. Kokt fisk och vin. Det hade alltid varit deras festmåltid. Hon mindes en egenartad tältsemester där de ätit gäddor som Aron dragit upp ur mörka skogssjöar. Men de hade också ätit torsk och vittling i Nordnorge och sjötunga i Frankrike. Han talade till henne genom valet av måltid. Det var hans sätt att närma sig henne, att försiktigt ta reda på om hon hade glömt det som en gång varit eller om det fortfarande var levande för henne.

En vemodig vindkåre drog genom henne. Kärleken kunde inte återuppväckas, lika lite som de skulle kunna få tillbaka sin döde son.

Den natten sov de båda tungt. En gång vaknade hon med en känsla av att han hade kommit in i rummet. Men ingen var där.

Dagen efter steg hon upp tidigt för att följa med honom till den lilla regnskog han hade ansvaret för. Det hade ännu inte ljusnat när de lämnade huset. De röda papegojorna var försvunna.

– Du har lärt dig stiga upp på mornarna, sa hon.

– Idag förstår jag inte hur jag kunde leva så många år och avsky tidiga mornar.

De for genom Apollo Bay. Skogen låg i en dalgång som sluttade ner mot havet. Aron berättade att det var resterna av en urgammal regnskog som tidigare varit utbredd över de södra delarna av Australien. Nu ägdes den av en privat stiftelse som finansierades av en av de personer som samtidigt som Aron kunnat kvittera ut sina miljoner dollar för rättigheterna till den oskyddade källkod de sålt.

De parkerade på en grusplan. De höga eucalyptusträden bildade en mur framför dom. En stig ringlade nerför en sluttning och försvann.

De började gå, han först.

– Jag vårdar skogen, ser till att här inte brinner, att här inte skitas ner. Det tar en halvtimme att gå genom skogen tillbaka till utgångspunkten. Jag brukar betrakta människorna som gör den här vandringen. Många ser likadana ut när de kommer tillbaka, andra har förändrats. I regnskogen finns en stor del av vår själ.

Stigen sluttade brant neråt. Aron stannade då och då och pekade. Träden, deras namn, deras ålder, de små bäckarna långt nere under deras fötter där vatten rann, samma vatten som funnits för miljontals år sedan. Louise fick en känsla av att det han egentligen visade var sitt eget liv, hur han förändrats.

Längst ner i dalgången, på djupet av regnskogen fanns en bänk. Aron torkade av den med sin jackärm. Överallt dröp fuktigheten. De satte sig ner. Skogen var tyst, fuktig, kall. Louise tänkte att hon älskade den, på samma sätt som hon älskade de ändlösa skogarna långt borta i Härjedalen.

– Jag kom hit för att komma bort, sa Aron.

– Du som aldrig kunde leva utan människor runt dig. Du kunde plötsligt inte längre vara ensam?

– Nånting hände.

– Vad?

– Du skulle inte tro mig.

Det fladdrade till bland träden och de slingrande klätterväxterna och lianerna. En fågel försvann uppåt, mot det avlägsna solljuset.

– Jag förlorade nånting när jag insåg att jag inte kunde leva med er längre. Jag svek dig och Henrik. Men lika mycket svek jag mig själv.

– Det förklarar ingenting.

– Det finns ingenting att förklara. Jag är obegriplig för mig själv. Det är den enda absoluta sanningen.

– Jag uppfattar det som en undanflykt. Kan du inte för en gångs skull säga precis som det är? Som det var?

– Jag kan inte förklara. Nånting brast. Jag måste bort. Jag söp i ett år, irrade runt, brände broar, förbrukade pengar. Sen hamnade jag i det där sällskapet av galningar som bestämde sig för att rädda världens minne. Det var vad vi kallade oss, "Minnets Beskyddare". Jag har försökt supa ihjäl mig, arbeta ihjäl mig, lata ihjäl mig, fiska ihjäl mig, mata röda papegojor tills jag äntligen stupar. Men jag överlever.

– Jag behöver din hjälp med att förstå vad som egentligen hänt. Henriks död är också min död. Jag kan inte väcka mig själv till liv igen utan att ha förstått vad som verkligen hände. Vad gjorde han tiden innan han dog? Vart reste han? Vilka människor mötte han? Vad hände? Talade han med dig?

– Han slutade plötsligt skriva för tre månader sen. Innan fick jag ofta ett brev i veckan.

– Har du breven kvar?

– Jag sparade alla hans brev.

Louise reste sig.

– Jag behöver din hjälp. Jag vill att du går igenom ett antal cd-skivor som jag har med mig. Det är kopior av innehållet i hans dator som jag inte har hittat. Jag vill att du gör det du verkligen kan, gräver dig ner bland ettorna och nollorna och avslöjar vad som finns där.

De fortsatte stigen som klättrade brant uppåt tills de var tillbaka till utgångspunkten igen. En buss med skolbarn hade just stannat, barnen myllrade ut i färggranna regnjackor.

– Barnen ger mig glädje, sa Aron. Barn älskar höga träd, hemlighetsfulla raviner, bäckar som man bara hör, inte kan se.

De satte sig i bilen. Arons hand vilade på startnyckeln.

– Det jag sa om barnen gäller även för vuxna män. Även jag kan älska en bäck som man bara hör, som man inte kan se.

På vägen tillbaka till huset med papegojorna stannade Aron vid en affär och handlade mat. Louise följde med honom in. Han tycktes känna alla vilket förvånade henne. Hur stämde det med hans vilja att vara osynlig, okänd? När de for upp för den branta bergsvägen frågade hon honom om det.

– Dom vet inte vad jag heter eller var jag bor. Det är skillnad på att känna nån och att känna igen nån. Dom blir lugna av att mitt ansikte inte är främmande. Jag hör hemma här. Mer vill dom egentligen inte veta. Det räcker med att jag är en återkommande person som inte ställer till bråk och som betalar för mig.

Samma dag lagade han mat åt dem, återigen fisk. Någonting kändes lättare hos honom när de åt, tänkte hon. Som om en tyngd är borta, inte sorgen, utan något som har med mig att göra.

När de hade ätit bad han henne ännu en gång berätta om begravningen och om flickan som hette Nazrin.

– Skrev han aldrig om henne?

– Aldrig. Talade han om flickor var dom alltid namnlösa. Han kunde ge dom ansikten och kroppar, men inte namn. Han var på många sätt märklig.

– Han var lik dig. När han var liten och i tonåren tänkte jag alltid att han var som jag. Nu vet jag att det var dig han liknade. Jag trodde att om han levde tillräckligt länge skulle han ha gjort ett varv och komma tillbaka till mig.

Hon brast i gråt. Han reste sig och gick ut och tömde fågelfrö på bordet.

Senare på eftermiddagen la han två brevbuntar framför henne.

– Jag blir borta några timmar, sa han. Men jag kommer tillbaka.

– Ja, sa hon. Den här gången försvinner du inte.

Utan att fråga visste hon att han begav sig ner till hamnen för att fiska. Hon började läsa breven och tänkte att det var för att lämna henne ensam som han gett sig av. För ensamheten har han alltid haft förståelse, tänkte hon. Sin egen först och främst. Men kanske har han nu lärt sig att respektera även andras behov.

Läsningen av breven tog henne två timmar. Det blev en smärtsam resa in i ett okänt landskap. Henriks landskap som hon, alltefter det hon trängde djupare in, insåg att hon aldrig hade vetat särskilt mycket om. Aron hade hon aldrig kunnat förstå sig på. Nu begrep hon att hennes son varit lika förborgad. Det hon känt hade varit en yta. Hans känslor för henne hade varit äkta, han hade älskat henne. Men sin tankevärld hade han till största delen hållit okänd för henne. Det plågade henne under läsningen, som en dov svartsjuka hon inte lyckades mota bort. Varför hade han inte talat med henne på samma sätt som han talade med Aron? Trots allt var det hon som uppfostrat honom och tagit sitt ansvar medan Aron levat i sina försupna eller dator-fixerade världar.

Hon var tvungen att erkänna det för sig själv. Breven plågade henne, gjorde henne arg på honom som var död.

Vad var det som hon upptäckte, som hon inte vetat tidigare? Som gjorde att hon insåg att hon hade känt en Henrik medan Aron känt en helt annan? Henrik tilltalade Aron på ett främmande språk. Han försökte föra resonemang, inte som i breven till henne, beskriva känslor, infall.

Hon sköt undan breven och gick ut. Havet dansade grått långt under henne, papegojorna avvaktade i eucalyptusträden.

Jag är också delad. Inför en man som Vassilis var jag en, inför Henrik en annan, inför min far en tredje, inför Aron gud vet vem jag har varit. Tunna ulltrådar binder mig samman med mig själv. Men allt är bräckligt som en dörr som hänger på rostiga gångjärn.

Hon återvände till breven. De sträckte sig över en period av nio år. I början enstaka brev, sedan i perioder allt fler. Henrik beskrev sina resor. I Shanghai gick han på den berömda strandpromenaden och fascinerades av silhuettklippande kineser och deras skicklighet. *De lyckas klippa silhuetterna så att något av personens inre blir synligt. Jag undrar hur det är möjligt?* I november 1999 var han i Phnom Penh, på väg mot Angkor Vat. Louise försökte leta i sitt minne. Han hade aldrig berättat om den resan, bara sagt att han varit på olika platser i Asien tillsammans med en väninna. I två brev till Aron beskrev han väninnan som *vacker, tystlåten och mycket tunn.* De reste runt i landet tillsammans, skrämdes av *den stora tystnaden efter allt det fasansfulla som utspelats. Jag har börjat inse vad jag vill ägna mitt liv åt. Minska plågan, göra det lilla jag kan, se det stora i det lilla.* Ibland blev han känslosam, nästan patetisk i sin stora smärta över världens tillstånd.

Men ingenstans i breven till Aron talade han om president Kennedys försvunna hjärna. Ingen av de flickor eller kvinnor han beskrev överensstämde heller med Nazrin.

Det mest påfallande, det som smärtade henne mest, var att han i sina brev aldrig nämnde henne. Inte ett ord om sin grävande mor under Greklands heta sol. Inte en antydan om deras förhållande, deras förtroenden. I tystnaden förnekade han henne. Hon förstod att han kanske var tyst av hänsyn, men ändå var det som ett svek. Tystnaden plågade henne.

Hon tvingade sig vidare, läste med alla sinnen vidöppna när hon kom till de sista breven. Då kom det hon kanske omedvetet väntat på, ett kuvert med ett avläsbart frimärke. *Lilongwe i Malawi, maj 2004.* Han berättade om en skakande upplevelse i Moçambique, om ett besök på en plats där sjuka och döende togs om hand. *Katastrofen är så outhärdlig att man tystnar. Men mest av allt skrämmande; i västvärlden förstår inte människor vad som pågår. Man har övergivit humanis-*

mens sista skansar utan att ens vara beredda att hjälpa till med att för-
svara dessa människor, mot att de infekteras, eller för att hjälpa de dö-
ende till värdiga liv, så långa eller korta de än blir.

Det fanns ytterligare två brev, båda utan kuvert. Louise antog att han var tillbaka i Europa. Breven skickades med två dagars mellanrum, den 12 och 14 juni. Han gav intryck av att vara ytterst labil, det ena brevet uttryckte nerstämdhet, det andra glädje. I det ena brevet hade han givit upp, i det andra stod det: *Jag har gjort en förfärande upptäckt som ändå fyller mig med verksamhetslust. Men också rädsla.*

Hon läste om meningarna flera gånger. Vad menade han? En upptäckt, verksamhetslust och rädsla? Hur reagerade Aron på detta brev?

Hon läste breven på nytt, försökte hitta betydelser mellan raderna, men fann ingenting. I det sista brevet, avsänt den 14 juni, återvände han en sista gång till rädslan. *Jag är rädd men gör det jag måste göra.*

Hon sträckte ut sig i soffan. Breven trummade som upprört blod mot tinningarna.

Jag kände bara en liten del av honom. Aron kanske kände honom bätt-
re. Men framförallt kände han honom på ett helt annat sätt.

Aron återvände när det var mörkt och hade fisk med sig. När hon ställde sig bredvid honom i köket för att borsta potatis grep han plötsligt tag i henne och försökte kyssa henne. Hon drog sig undan. Det kom helt oväntat, hon hade inte kunnat föreställa sig att han skulle försöka närma sig henne.

– Jag trodde du ville.
– Ville vad?
Han ryckte på axlarna.

– Jag vet inte. Det var inte meningen. Jag ber om ursäkt.

– Naturligtvis var det meningen. Men nånting sånt finns inte längre mellan oss. Åtminstone inte hos mig.

– Det ska inte hända igen.

– Nej. Det ska inte hända igen. Jag har inte kommit hit för att hitta en man.

– Har du nån annan?

– Det bästa vi kan göra nu är att lämna våra privata liv i fred. Var det inte så du alltid sa? Att man ska undvika att gräva för djupt i varandras själar?

– Jag sa så och jag menar så fortfarande. Tala bara om för mig om det finns nån i ditt liv som är där för att stanna.

– Nej. Det finns ingen.

– Inte heller i mitt liv finns nån.

– Du behöver inte svara på frågor jag inte ställer.

Han såg undrande på henne. Hennes röst höll på att bli gäll, anklagande.

De åt under tystnad. Radion stod på, sände australiska nyheter. En tågkollision i Darwin, ett mord i Sydney.

Efteråt drack de kaffe. Louise hämtade cd-skivorna och de papper hon tagit med sig och la dem framför Aron. Han betraktade det hon gett honom utan att röra det.

Han försvann ut igen, hon hörde bilen starta och först efter midnatt kom han tillbaka. Då hade hon redan somnat men vaknade av bildörren som slog igen. Hon hörde honom röra sig tyst i huset. Hon trodde att han hade somnat när hon plötsligt hörde att han hade slagit på sin dator och börjat knappa på tangenterna. Försiktigt lämnade hon sängen och betraktade honom genom dörrspringan. Han hade rättat in en lampa och studerade skärmen. Hon kunde plötsligt minnas honom från den gång de hade levt tillsammans. Den stora koncentrationen som gjorde att hans ansikte blev alldeles orörligt. För första gången sen hon träffat honom på hamnpiren i regnet kände hon en våg av tacksamhet inom sig.

Nu hjälper han mig. Nu är jag inte ensam längre.

Hon sov oroligt under natten. Då och då steg hon upp och betraktade honom genom dörrspringan. Han arbetade med datorn eller läste han i Henriks dokument som hon hade haft med sig. Vid fyratiden på morgonen låg han på soffan med öppna ögon.

Strax före sex hörde hon svaga ljud från köket och steg upp. Han stod vid spisen och kokade kaffe.

– Väckte jag dig?

– Nej. Har du sovit?

– Lite. Tillräckligt, trots allt. Du vet att jag aldrig sovit särskilt mycket.

– Som jag minns det kunde du sova till både tio och elva.

– Bara när jag arbetat hårt under lång tid.

Hon märkte strimman av otålighet i hans röst och retirerade genast.

– Hur har det gått?

– Det har varit en egendomlig upplevelse att försöka gå in i hans värld. Jag har känt mig som en tjuv. Han hade goda spärrar mot obehöriga som jag inte tog mig igenom. Det var som om jag utkämpade en duell med min son.

– Vad har du upptäckt?

– Jag måste dricka kaffe först. Du med. När vi levde tillsammans hade vi en oskriven regel, att aldrig tala allvar med varandra innan vi druckit kaffe under hövlig tystnad. Har du glömt det?

Louise hade inte glömt. I minnet fanns ett radband av tysta frukostbord som de delade med varandra.

De drack sitt kaffe. Papegojorna virvlade runt i en rödskimrande svärm över träbordet.

De ställde undan kopparna och satte sig i soffan. Hon var hela tiden beredd att han skulle gripa tag i henne. Men han tryckte på datorns starttangent och väntade på att skärmen skulle börja lysa. Den tändes till ljudet av ettriga trummor.

– Han har gjort den här musiken själv. Det är inte alltför besvärligt om man arbetar yrkesmässigt med datorer. Men för en vanlig användare är det svårt. Hade Henrik nån utbildning inom datavetenskap?

Du vet inte eftersom du aldrig var där. I breven till dig skrev han aldrig om vad han arbetade med eller vad han studerade. Han visste att du egentligen inte var intresserad.

– Inte vad jag vet.

– Vad gjorde han? Han skrev att han studerade, men aldrig vad.

– Han läste religionshistoria en termin i Lund. Sen tröttnade han. Efter det tog han taxikort och livnärde sig på att sätta upp persienner.

– Klarade han sig på det?

– Han var sparsam, även när han reste. Han sa att han inte ville bestämma sig för vad han skulle arbeta med innan han var helt säker. I alla fall sysslade han inte med datorer, annat än att han använde dom. Vad har du hittat?

– Egentligen ingenting.

– Du satt ju uppe hela natten?

Han kastade en blick mot henne.

– Jag tyckte jag hörde att du var vaken ibland.

– Naturligtvis var jag vaken. Men jag ville inte störa. Vad hittade du?

– En känsla för hur han använde sin dator. Det jag inte har kunnat öppna, alla dessa stängda dörrar, alla de höga murar och återvändsgränder han har byggt, berättar om det som låg bakom.

– Och vad var det?

Aron verkade plötsligt orolig.

– Rädsla. Det var som om han byggde upp alla tänkbara garderingar för att ingen skulle kunna komma åt det han dolde i datorn. Dom här cd-skivorna är ett säkerhetsvalv, djupt nere i Henriks egen underjord. Jag vet hur jag själv dolde innehållet i mina datorer. Men aldrig att jag gjorde det på detta sätt. Det är mycket skickligt gjort. Jag är en duktig tjuv, jag brukar kunna hitta kryphålen om jag bestämmer mig för det. Men inte här.

Rädslan. Nu kommer den tillbaka. Nazrin talade om glädjen. Men själv talade Henrik under sin sista tid i livet om rädslan. Och Aron upptäcker den genast.

– Dom filer som jag kan öppna innehåller ingenting särskilt. Han bokför sin dåliga ekonomi, han har kontakt med några auktionssiter, mest för böcker och film. Under hela natten har jag stångat mot hans pansardörrar.

– Och du har inte upptäckt nånting oväntat?

– Jag har faktiskt hittat en sak. Nånting som låg på fel ställe, sparat bland systemfilerna. Det var en ren tillfällighet som gjorde att jag stannade upp. Se här!

Louise lutade sig närmare skärmen. Aron pekade.

– En liten fil som inte har bland systemen att göra. Det besynnerliga är att han inte alls har försökt dölja den. Här finns inga spärrar alls.

– Varför tror du att han gjorde det?

– Det finns egentligen bara ett skäl. Varför lämnar man en fil åtkomlig när man döljer alla andra?

– För att han ville att den skulle hittas?

Aron nickade.

– Det är i varje fall en möjlighet. Vad som står där är att Henrik har en lägenhet i Barcelona. Visste du om det?

– Nej.

Louise tänkte på det "B" som dykt upp i Henriks dagböcker. Kunde det vara ett namn på en stad, inte en person?

– Han har en liten lägenhet på en gata som egendomligt nog heter *"Kristus återvändsgränd"*. Den ligger i den centrala delen av staden. Han har antecknat portvaktens namn, fru Roig, vad han betalar i hyra. Om jag förstår hans anteckningar rätt har han haft lägenheten i drygt fyra år, sen december 1999. Han tycks ha skrivit på kontraktet den sista dagen under det förra millenniet. Tyckte Henrik om ritualer? Nyårsnätter? Skickade han flaskpost? Var det viktigt för honom att signera ett kontrakt på en viss bestämd dag?

– Det har jag aldrig tänkt på. Men han återvände gärna till platser där han varit tidigare.

– Där skiljs mänskligheten i två grupper. Dom som hatar att återvända och dom som älskar det. Du vet vilken grupp jag tillhör. Vilken tillhör du?

Louise svarade inte. Hon drog till sig datorn och läste vad som stod på skärmen. Aron reste sig och gick ut till sina fåglar. Louise kände en instinktiv oro för att han plötsligt skulle försvinna.

Hon satte på sig sin kappa och följde efter honom. Fåglarna lyfte och försvann till sina träd. De stod bredvid varandra och såg ut över havet.

– En dag kommer jag att få se ett isberg. Det är jag säker på.

– Jag ger fullständigt fan i dina isberg. Jag vill att du följer med mig till Barcelona och hjälper mig förstå vad som hände med Henrik.

Han svarade inte. Men hon visste att han den här gången skulle göra det hon ville.

– Jag åker ner till hamnen och fiskar, sa han efter en stund.

– Gör det. Men se till att skaffa nån som kan vakta dina träd medan du är borta.

Två dagar senare lämnade de de röda papegojorna och for mot Melbourne. Aron var klädd i en skrynklig brun kostym. Louise hade köpt biljetterna men inte protesterat när Aron gett henne pengar. Kvart över tio gick de ombord på ett Lufthansaplan som skulle föra dem till Barcelona över Bangkok och Frankfurt.

De talade om hur de skulle göra när de kom fram. De hade ingen nyckel till lägenheten, de visste inte hur portvakten skulle reagera. Vad hände om hon vägrade att släppa in dem? Hade Sverige ett konsulat i Barcelona? De kunde inte förutse vad som skulle hända. Men Louise insisterade på att de måste ställa frågor. Med tystnaden som instrument skulle de vare sig komma framåt eller närmare Henrik. Då skulle de fortsätta att leta efter honom bland skuggorna.

När Aron somnade med sitt huvud mot hennes axel spände hon sig men lät hans huvud vara kvar.

De kom till Barcelona 27 timmar senare. På kvällen den tredje dagen efter resan från de röda papegojorna stod de utanför det hus i den trånga gränden som bar Kristus namn.

Aron grep hennes hand och de steg in tillsammans.

Del 2

Lyktbäraren

"Bättre tända ett ljus
än att förbanna mörkret."
Konfucius

9

Portvakterskan fru Roig bodde på nedre botten till vänster i trapphallen. Ljuset slogs på med ett knattrande läte.

De hade bestämt sig för att säga sanningen. Henrik var död, de var hans föräldrar. Aron ringde på klockan. Louise föreställde sig portvakterskan som hon mindes från det halvår hon bott i Paris i mitten av 1970-talet. Kraftig, ilsket uppkammat hår, en och annan anfrätt tand i munnen. I bakgrunden en teve som stod på och kanske skymten av mannens nakna fötter upplagda på ett bord.

Dörren slogs upp av en kvinna i 25-årsåldern. Hon såg att Aron hajade till inför hennes skönhet. Aron talade en halvt begriplig spanska. I sin ungdom hade han levt i Las Palmas i ett halvår och serverat på olika barer.

Roig hette Blanca i förnamn och hon nickade vänligt när Aron förklarade att han var Henriks far och att kvinnan vid hans sida var Henriks mor.

Blanca Roig log och anade inte vad som skulle komma. Louise tänkte desperat att han sa allting i fel ordning. Aron insåg sitt misstag och betraktade henne vädjande. Men Louise slog bort blicken.

– Henrik är död, sa han. Det är därför vi är här. För att besöka hans lägenhet, hämta hans efterlämnade saker.

Blanca tycktes först inte förstå, som om Arons spanska plötsligt hade blivit helt obegriplig.

– Henrik är död, upprepade han.

Blanca bleknade och la armarna hårt i kors över bröstet.

– Är Henrik död? Vad är det som har hänt?

Återigen kastade Aron en blick på Louise.

– En bilolycka.

Louise ville inte låta Henrik dö i en bilolycka.

– Han blev sjuk, sa Louise på engelska. Talar du engelska?

Blanca nickade.

– Han blev sjuk och ramlade ihop.

Blanca tog ett steg bort från dörren och bad dem stiga in. Lägenheten var liten, två små rum, ett ännu mindre kök, ett plastdraperi framför ett badrum. Louise upptäckte till sin förvåning två stora färgaffischer med klassiska hellenska motiv på en vägg. Blanca tycktes bo ensam i lägenheten, Louise såg inga spår av vare sig en man eller några barn. Hon bad dem sätta sig ner. Louise kunde se att hon var skakad. Hade Henrik varit en vanlig hyresgäst eller någonting mer? De var i samma ålder.

Blanca hade tårar i ögonen. Louise tänkte att hon liknade Nazrin, de kunde ha varit systrar.

– När var han här i lägenheten senast?

– I augusti. Han kom sent på natten, jag sov och han rörde sig alltid mycket tyst. Dagen efter knackade han på dörren. Han gav mig blomsterfröer. Det brukade han göra när han varit ute på en resa.

– Hur länge stannade han?

– En vecka. Kanske tio dagar. Jag såg inte mycket av honom. Vad han höll på med vet jag inte. Men vad han än gjorde så gjorde han det på nätterna. På dagarna sov han.

– Vet du inte alls vad han sysslade med?

– Han sa att han skrev tidningsartiklar. Han hade alltid ont om tid.

Louise och Aron såg hastigt på varandra. Försiktigt nu, tänkte Louise. Rusa inte på som en vildhäst.

– Man har alltid lite tid när man arbetar för en tidning. Vet du vad han skrev om?

– Han brukade säga att han ingick i en motståndsrörelse.

– Använde han det ordet?

– Jag förstod nog inte riktigt vad han menade. Men han sa att det var som i Spanien under inbördeskriget och att den sida han stod på skulle ha kämpat mot Franco. Men vi pratade inte särskilt ofta om vad han höll på med. Det var mest om praktiska saker. Jag tvättade åt honom. Jag städade. Han betalade bra.

– Hade han gott om pengar?

Blanca rynkade pannan.

– Om ni är hans föräldrar borde ni väl veta det.

Louise insåg att hon måste gripa in.

– Han var i den ålder när han inte berättade allt för sina föräldrar.

– Han talade faktiskt aldrig om er. Men det borde jag kanske inte ha sagt?

– Vi stod varandra nära. Han var vårt enda barn, sa Aron.

Louise undrade med en känsla av förfäran hur han kunde ljuga så övertygande. Hade Henrik ärvt hans förmåga? Hade han också varit så övertygande när han inte talat sanning?

Blanca reste sig och lämnade rummet. Louise ville säga någonting men Aron skakade på huvudet och formade ordet "vänta" med läpparna. Blanca kom tillbaka med en nyckelknippa.

– Han bodde överst i huset.

– Vem hyrde han av?

– En pensionerad överste som bor i Madrid. Egentligen är det hans hustrus hus. Men överste Mendez sköter allt som har med fastigheten att göra.

– Vet du hur han hittade lägenheten?

– Nej. Han bara kom en dag och hade ett hyreskontrakt. Innan hade där bott två besvärliga amerikanska studenter som ägnade sin mesta tid åt att spela hög musik och bjuda hem flickor. Jag tyckte aldrig om dom. När Henrik kom hit blev allting annorlunda.

Blanca ledde dem ut i trapphallen och öppnade hissdörren. Louise stannade.

– Har nån varit här de senaste veckorna och frågat efter honom?

– Nej.

Louise skärpte sin uppmärksamhet. Vaksamheten kom från ingenstans. Svaret hade kommit för fort, alltför väl förberett. Blanca Roig hade väntat sig den frågan. Någon hade varit där utan att hon ville avslöja det. Hon såg på Aron när hon steg in i den trånga hissen. Men han tycktes inte ha märkt någonting.

Hissen knarrade på sin väg uppåt.

– Brukade Henrik få besök?

– Aldrig. Åtminstone mycket sällan.

– Det låter märkligt. Henrik tyckte om att ha människor runt sig.

– Då måste han ha träffat dom nån annanstans än här.

– Fick han några brev? frågade Aron.

Hissen stannade. När Blanca låste upp upptäckte Louise att dörren hade tre lås. Åtminstone ett verkade nyligen vara ditsatt.

Blanca öppnade dörren och steg åt sidan.

– Hans post ligger på köksbordet, sa hon. Jag finns där nere om ni behöver mig. Jag förstår fortfarande inte att han är död. Er sorg måste vara förfärlig. Jag kommer aldrig att våga skaffa barn eftersom jag är så rädd för att dom ska dö.

Hon räckte över nycklarna till Aron. Louise kände en vag irritation. Alltid var Aron den viktigaste i andras ögon.

Blanca försvann nerför trapporna. De väntade med att gå in i lägenheten tills hennes dörr på bottenvåningen stängdes. Någonstans ifrån hördes musik. Trappljuset slocknade. Louise ryckte till.

För andra gången stiger jag in i en lägenhet där Henrik ligger död. Här finns han inte, han ligger i sin grav. Ändå är han här.

De gick in i tamburen och stängde dörren. Lägenheten var liten och trång, den hade ursprungligen varit en del av vinden. Det fanns ett takfönster, frilagda bjälkar, sluttande väggar. Ett rum, ett litet kök, badrum med toalett. Från hallen kunde de överblicka hela lägenheten.

Posten låg på bordet i köket. Louise bläddrade igenom den, flera reklamlappar, en elektricitetsräkning och ett erbjudande om ett nytt telefonabonnemang. Aron hade gått in i lägenhetens enda rum. Han stod mitt på golvet när hon kom in. Hon såg vad han såg. Ett rum med nakna väggar, ett rum utan prydnadsföremål. En säng med rött överkast, ett arbetsbord, en dator och en hylla med böcker och pärmar. Ingenting annat.

Här levde Henrik i hemlighet. För ingen av oss berättade han om den här lägenheten. Genom Aron lärde han sig att inrätta olika gömställen.

De sa ingenting, gick bara runt i lägenheten. Louise drog undan ett förhänge till ett garderobsutrymme. Skjortor, byxor, en jacka, en korg med underkläder, några skor. Hon tog upp ett par grova kängor och lyfte upp dem mot ljuset. I gummisulan fanns röd jord. Aron hade satt sig vid skrivbordet och drog ut den enda lådan. Hon ställde undan skorna och lutade sig över hans axel. Ett kort ögonblick hade hon lust att stryka sin hand över hans tunna hår. Lådan var tom.

Louise satte sig på en pall intill skrivbordet.

– Blanca talade inte sanning.

Aron såg undrande på henne.

– När jag frågade om nån hade varit här svarade hon för fort. Det kändes inte rätt.

– Varför skulle hon ljuga?

– Förr brukade du säga att du respekterade min intuition.

– Jag sa mycket förr som jag inte skulle säga idag. Nu slår jag på datorn.

– Inte än! Vänta! Kan du tänka dig Henrik i den här lägenheten?

Aron vred på stolen och lät blicken vandra.

– Egentligen inte. Men jag kände honom ju knappast. Det är du som kan svara på den frågan, inte jag.

– Han har bevisligen bott här. Han har haft lägenheten i hemlighet i fem år. Men jag kan inte föreställa mig honom här.

– Du menar alltså att det är en annan Henrik som har bott här?

Louise nickade.

Aron hade alltid haft lätt att följa hennes tankar. En gång, under den tid de varit nära varandra, hade det varit en lek att gissa varandras reaktioner. Även om kärleken hade dött så kanske leken fortfarande var levande.

– En annan Henrik, som han ville dölja.

– Men varför?

– Är det inte du som är lämpligast att svara på det?

Aron gjorde en otålig grimas.

– Jag var ett fyllesvin som rymde från allt och alla, från ansvar för andra och mest av allt från mig själv. Jag kan inte tänka mig att Henrik kan ha varit sån.

– Hur kan du vara säker? Han var din son.

– Du skulle aldrig ha tillåtit honom att likna mig så mycket.

– Hur kan du vara så säker på att du har rätt?

– Jag har aldrig varit säker på nånting i hela mitt liv, annat än att osäkerheten och tvivlet, alltid har varit mina följeslagare.

Aron kontrollerade stickkontakten till datorns eluttag och lyfte på locket. Han rörde fingertopparna mot varandra, som om han bar osynliga gummihandskar och snart skulle påbörja en operation.

Han såg på henne.

– Det finns ett brev från Henrik som jag aldrig visat dig. Det var som om han gav mig ett förtroende som han inte ville att jag skulle dela med nån annan. Det kanske inte alls var så. Men det han berättade var så stort att jag inte ville dela det med nån annan, inte ens med dig.

– Du har aldrig velat dela nånting med mig.

Han blev irriterad.

– Jag ska berätta.

Det var ett av de sista breven som kommit innan Aron bröt upp från sina ettor och nollor, fast besluten att lämna arkiven bakom sig. Han hade just varit i New York och tagit emot den stora checken, fribrevet för resten av hans liv och återvänt till New Foundland för att samla ihop sina ägodelar, av vilka han brände det mesta – för honom var det lika avgörande att bränna en gammal soffa eller en säng som att bränna en bro – då han fått ett brev från Henrik. Det var poststämplat i

Paris. En av Henriks vänner, en ung cellist från Bosnien – det framgick aldrig hur de hade blivit vänner, inte ens om det var en manlig eller en kvinnlig vän – hade vunnit en tävling för unga solister och skulle spela med en av Paris största orkestrar. Henrik hade under en tidig repetition fått möjlighet att sitta mitt i orkestern, bakom stråkarna, framför blåsarna. Det hade varit en omskakande upplevelse, det starka ljudet genomborrade honom som en stor smärta. Men Henrik hade beskrivit ögonblicket som att han alltid kunde återvända till det för att hämta den *besynnerliga kraft som utgår från smärtan.* Han hade aldrig senare nämnt händelsen.

– Vi hade en son som en gång satt mitt i en orkester och lärde sig nåt om smärta, sa Aron. Han var en märklig människa.

– Slå på datorn, sa hon. Fortsätt att leta.

Hon grep några av de pärmar som låg på hyllan och gick ut i köket. Det dunkade i hennes tinningar, som om hon hade övertagit den smärta Henrik berättat om i sitt brev. Varför hade han inte sagt någonting till henne? Varför hade han valt att berätta om orkestern för Aron, hans far som aldrig hade brytt sig om honom?

Hon såg ut över de mörka hustaken. Tanken gjorde henne upprörd. Mitt i sorgen vållade Henrik henne en annan smärta som hon skämdes för.

Hon slog undan tanken.

Någonting annat var viktigare. Allt annat var viktigare. Blanca talade inte sanning. Det är en ny skärva som jag hittat och som nu måste pusslas ihop med andra skärvor för att det ska uppstå ett sammanhang. Jag vet inte om hennes lögn är början på en historia eller slutet. Ljög hon för att Henrik hade bett henne? Eller fanns det någon annan som krävde det av henne?

Hon började bläddra i pärmarna. Varje sida ett nytt fragment, bort-slitet från en okänd helhet. Henrik levde ett dubbelliv, han hade en lägen-het i Barcelona som ingen kände till. Var fick han pengarna ifrån? En lägenhet i centrala Barcelona kunde inte vara billig. Jag ska följa hans vägar, varje sida är som en ny korsning.

Hon upptäckte snart att hon inte hittade något om Kennedy och hans hjärna, varken fotostatkopior av arkivmaterial och artiklar eller egna noteringar. Däremot hade Henrik samlat material om de största med-icinska företagen i världen. Framförallt var det kritiska artiklar och uttalanden av organisationer som "Läkare utan gränser" och "Forska-re för den fattiga världen". Han hade gjort markeringar och under-strykningar. Han hade ritat en röd fyrkant runt en rubrik om att ingen människa idag behövde dö av malaria och satt utropstecken i margi-nalen. I en annan pärm hade han samlat artiklar och utdrag ur böcker om pestens historia.

Skärva efter skärva. Fortfarande ingen helhet. Hur hängde detta ihop med Kennedy och hans hjärna? Hängde det överhuvudtaget ihop?

Från rummet intill hörde hon Aron harkla sig. Då och då knappa-de han på tangentbordet.

Så satt vi ofta under den tid vi levde tillsammans. Han i ett rum, jag i ett annat, men alltid med dörren öppen mellan oss. En dag stängde han den. När jag öppnade den igen var han borta.

Aron kom ut i köket och drack vatten. Han såg trött ut. Hon frågade om han hade hittat någonting men han skakade på huvudet.
– Inte än.

– Vad tror du att han betalade för den här lägenheten? Den kan inte ha varit billig?

– Vi får väl fråga Blanca. Vad hittar du i hans pärmar?

– Han har samlat ett stort material om sjukdomar. Malaria, pest, aids. Men ingenting om dig, ingenting om mig. Han markerar ibland vissa partier eller meningar, till och med enskilda ord, med röda streck och utropstecken.

– Då är det i understrykningarna du ska leta. Eller kanske ännu hellre i det han inte stryker under.

Aron återvände till datorn. Louise öppnade det lilla kylskåpet. Det var nästan tomt.

Klockan passerade midnatt. Louise satt vid köksbordet och bläddrade långsamt igenom en av de sista pärmarna. Återigen tidningsurklipp, framförallt ur engelska och amerikanska tidningar, men också en artikelserie som hämtats ur Le Monde.

Kennedys hjärna. Någonstans finns ett samband mellan din besatthet för den döde presidentens hjärna och det jag nu har framför mig. Jag försöker se det med dina ögon, röra vid pärmarna med dina händer. Vad var det du sökte efter? Vad var det som dödade dig?

Hon ryckte till. Utan att hon hade uppfattat det hade Aron kommit in i köket. Hon insåg omedelbart att han hade hittat något.

– Vad är det?

Han satte sig mitt emot henne. Hon kunde se att han var förvirrad, kanske rädd. Det skrämde henne mer än någonting annat. Ett av skälen till att hon en gång fallit för honom var att hon var övertygad om att han skulle beskydda henne från alla faror som hotade.

– Jag hittade en hemlig fil inuti en annan. Som ryska dockor som man plockar ut ur varandra.

Han tystnade. Louise väntade på fortsättningen. Men Aron var stum. Till sist gick hon in i rummet och satte sig vid datorn och läste. Orden var få. Vad hon hade föreställt sig att hon skulle hitta kunde hon efteråt aldrig helt reda ut. Vad som helst, men inte detta.

Så bär också jag döden inom mig. Det gör allting outhärdligt. Jag kanske berövas livet innan jag ens har fyllt 30. Nu måste jag vara stark och vända detta till sin motsats. Det outhärdliga som hänt måste bli ett vapen. Ingenting får längre skrämma mig. Inte ens att jag är hivpositiv.

Louise kände hur hennes hjärta hamrade. Förvirrad tänkte hon att hon borde ringa till Artur och berätta. Samtidigt undrade hon vad Nazrin visste. *Var hon också smittad? Hade han smittat henne? Var det därför han inte orkat leva längre?*

Frågorna snurrade runt i hennes huvud. Hon var tvungen att ta stöd med armarna mot bordsskivan för att inte ramla. Avlägset hörde hon hur Aron reste sig ute i köket och kom in i rummet.

I samma ögonblick som hon föll grep hans händer tag i henne.

10

Många timmar senare, låste de dörren till lägenheten och gick ut för att få luft och äta frukost. Blanca sov, eller gav åtminstone inget livstecken ifrån sig, när de lämnade huset.

Den tidiga morgonen överraskade dem med sin milda luft.

– Om du vill sova kan du gå till hotellet. Jag behöver luft. Men jag kan gå ensam.

– Vid den här tiden i Barcelona? Då blir du en lysande magnet. En ensam kvinna på en gata i Barcelona, vem är det?

– Jag är van att klara mig själv. Jag har lärt mig att skaka av mig efterhängsna män med kuken i ena handen och plånboken i den andra. Fast den visar dom inte.

Aron lyckades inte dölja sin häpnad.

– Jag har aldrig hört dig tala så tidigare.

– Det är mycket du inte vet om mig. Inte heller hur jag väljer mina ord.

– Om du vill vara ensam, tänk dig mig som en extra skugga. Som en jacka man tar med sig över armen, om man tvekar om det ska bli regn eller inte.

De följde en av huvudgatorna som sluttade neråt mot ett torg. Trafiken var gles, restaurangerna tomma. En ensam polisbil gled långsamt förbi.

Louise var mycket trött. Aron gick stum vid hennes sida och dolde som han alltid gjort vad han egentligen tänkte eller kände. Hennes tankar snurrade kring upptäckten att Henrik varit hivsmittad. Nu var han död, han var oåtkomlig för den infektion som invaderat honom. Men hade den ändå orsakat hans död? Hade han inte orkat bära det öde han plötsligt blivit medveten om?

– Hur kan det komma sig att den patologiska undersökningen inte avslöjade innehållet i Henriks blod? undrade Aron plötsligt. Var det för tidigt, hade han blivit smittad så sent att antikroppar inte hade hunnit bildas? Men hur kunde han då vara säker på att han verkligen hade infektionen?

Aron brast i gråt. Det kom plötsligt, utan förvarning. Han grät häftigt, Louise kunde inte påminna sig att hon överhuvudtaget sett honom gråta annat än när han varit full och sentimental och bedyrade sin gränslösa kärlek till henne. För henne var Arons tårar alltid förknippade med en stank av sprit eller bakfylla. Men här fanns ingendera. Här fanns bara hans sorg.

De stod på en gata i Barcelona. Det var gryning, och Aron grät. När han lugnat sig letade de reda på ett café som var öppet. De åt frukost och återvände sedan till lägenheten.

Aron försvann ut i badrummet när de öppnat dörren. Han kom tillbaka med vattenkammat hår och gnuggade ögon.

– Jag ber om ursäkt för min brist på värdighet.

– Tänk att det alltid ska komma så mycket skit ur din mun.

Aron svarade inte. Han lyfte bara händerna avvärjande.

De fortsatte att söka igenom Henriks dator med Aron som den beslutsamme stigfinnaren.

– Uncas, sa hon. Minns du honom?

– Den siste mohikanen. James Fennimore Cooper. Jag läste den hänfört som barn. Jag drömde om att bli den siste av min stam, Aronstammen. Men läste verkligen flickor den boken?

– Artur läste den högt. Jag tror aldrig han tänkte på att den inte skulle passa för flickor. Han läste bara det för mig som han själv ville höra. En och annan bok om tjuvjägare fick jag väl också med mig när jag var sju, åtta år gammal. Men boken om Uncas minns jag.

– Vad minns du mest?

– När en av döttrarna till överste Munroe tar steget ut från klippan och väljer döden framför den blodtörstige indianen. Det var jag, modig in i det sista. Jag skulle satsa på klippavsatser i mitt liv.

Den dagen i Barcelona tvingade Aron sig in i Henriks liv med Louise som åskådare. Han arbetade febrilt med att bryta sig in i de olika rum som Henrik försökt låsa. Dörrar bräcktes loss från sina fästen, andra fick låsen uppdyrkade, men det som de fann i de olika rummen var bara nya frågor, sällan några svar. Hur länge hade Henrik varit sjuk? Hur länge hade han varit smittad? Av vem hade han blivit smittad? Visste han vem som smittat honom? Han noterade i juli 2004 att han var sjuk: *smittan finns i mig, jag har fruktat det men nu har jag visshet. Med dagens bromsmediciner kan jag leva tio år, med morgondagens säkert längre. Ändå är detta en dödsdom. Det blir det svåraste att befria sig ifrån.* Inte ett ord om hur det gått till, var, av vem, i vilket sammanhang. De försökte leta sig bakåt, bläddrade i hans fragmentariska och kaotiska dagböcker, hittade uppgifter om olika resor men ingenting var alldeles klart, där fanns hela tiden någonting undanglidande. Louise försökte leta efter gamla flygbiljetter utan att hitta några.

Aron trängde in i ett ekonomiprogram där Henrik med viss regelbundenhet försökte föra bok över sina tillgångar. De reagerade samtidigt. I augusti 1998 hade Henrik bokfört ett betydande belopp som tillgång, 100 000 dollar.

– Över 800 000 svenska kronor, sa Aron. Var i herrans namn har han fått det ifrån?

– Står det inte?

– Här finns bara hans kontonummer hos banken i Spanien.

Aron letade sig vidare och de fortsatte att förbryllas. I december samma år dyker 25 000 dollar plötsligt upp från ingenstans. En dag finns pengarna på kontot, Henrik skriver in summan utan att ange avsändare. Betalning för vad? Aron såg undrande på Louise, men hon hade inget svar. Det fanns ytterligare poster. Stora summor hade kommit in på Henriks konto under våren 2000. Aron räknade ut att han hade mottagit sammanlagt 250 000 dollar.

– Han har haft tillgång till stora summor pengar. Han har förbrukat det mesta. Vi vet inte på vad. Men han har haft råd med den här lägenheten många gånger om. Och han har kunnat resa så mycket han har velat.

Louise märkte att Aron försvann allt djupare in i Henriks värld. Hon insåg att Aron var orolig.

Han kanske ser det tydligare än jag gör. Det är allt för mycket pengar som kommit från ingenstans.

Aron letade och mumlade om återvändsgränder.

– Precis som adressen hit. *"Kristus återvändsgränd"*.

– Henrik talade ofta om att han inte trodde på tillfälligheter.

– Med så mycket pengar till sitt förfogande kunde han naturligtvis välja vilken adress han ville.

Aron fortsatte att knappa på tangenterna. Plötsligt stannade han upp. Louise satt på huk framför en bokhylla.

– Vad är det?

– Nånting öppnar sig. Jag vet inte vad det är.

På skärmen gnistrade något som liknade ett tätt snöfall. Sen klarnade bilden. Båda lutade sig framåt, Louise tätt intill Arons kind.

En text framträdde: *Lyktan i Diogenes hand. Jag inser nu att jag lever i en tid där döljande av sanningar har upphöjts till både konst och vetenskap. Sanningar som tidigare alldeles självklart tilläts framträda hålls idag dolda. Utan lyktan i handen är sökandet efter en människa nästan omöjligt. Kalla vindkårar släcker lyktans ljus. Man kan välja, låta den vara släckt eller tända den på nytt. Och fortsätta att söka efter människor.*

– Vad menar han? sa Aron.

– Diogenes bad Alexander flytta sig eftersom han skymde solljuset, svarade Louise. Diogenes gick runt med en lykta och letade efter en människa. En riktigt helgjuten människa, en moralisk varelse. Han hånade girigheten och enfalden. Jag har hört om både säkerhetsföretag och detektivbyråer som använt hans namn som symbol. *Lyktbärarna*, de som bjuder mörkret motstånd.

De fortsatte att läsa Henriks programförklaring till sig själv: *Det är tre av alla troll som bockarna Bruse bekämpar, som framförallt skrämmer mig. "Winkelman and Harrison", med sin hemliga genforskning i det stora komplexet i Virginia, märkligt nog inte långt från CIA:s högkvarter i Langley. Ingen vet vad som egentligen händer bakom de grå murarna, men engelska huvudjägare som spårar illegala pengar från narkotika- och vapenförsäljningar, till och med överskott från hanteringen av sexslavar i Europa och Sydamerika, har hittat kanaler in i "Winkelman and Harrison". Huvudägare är en obetydlig man vid namn Riverton som lär bo på Kayman Islands, men ingen vet alldeles bestämt. Det andra trollet är den schweiziska koncernen Balco som på ytan påstår sig bedriva forskningsprojekt kring nya antibiotika, verksamma mot resistenta bakteriestammar. Men där bakom sker nånting annat. Rykten går om hemliga försöksstationer i Malawi och Tanzania där aidsmediciner utprovas och där ingen har insyn i vad som egentligen händer. Till sist det tredje trollet som inte ens har ett namn. Men i Sydafrika finns ett antal forskare som arbetar i all hemlighet med aids. Rykten går om egendomliga dödsfall, om människor som bara försvinner. Ingen vet, men slocknar lyktorna måste de tändas igen.*

Aron lutade sig bakåt i stolen.

– Först talar han om en ensam lykta. Sen är dom plötsligt fler. Vad betyder det? En grupp människor som försöker krypa bakom skinnet på de här medicinbolagen?

– Det skulle kunna vara Henrik. Även om jag trodde jag hade gjort honom immun mot alla tankar på att gräva efter hemligheter i jorden.

– Har han aldrig velat bli som du?

– Arkeolog? Aldrig. Han avskydde till och med att leka i sandlådor när han var barn.

Aron pekade på den lysande skärmen.

– Han måste haft goda datorkunskaper. Hans program är dessutom inte de allra senaste. Också det kan man undra över. Med så mycket pengar, varför unnade han sig inte den senaste programvaran? Jag kan bara tänka mig en förklaring.

– Att han ville använda pengarna till nåt annat?

– Varje öre var viktigt. För nånting annat. Frågan är bara vad?

Aron öppnade upp ett nytt schakt i datorns underjord och hissade upp ännu en av Henriks hemligheter. Det var en serie tidningsartiklar som blivit scannade direkt in i datorn.

– Det har inte skett här, sa Aron. Här finns ingen scanner. Fanns det en sån i hans lägenhet i Stockholm?

– Jag såg ingen.

– Vet du vad en scanner är?

– Vi gräver knappast upp dom som antika reliker ur jorden. Men det händer att vi använder dom.

De läste artiklarna, två från den engelska tidningen *The Guardian*, två från *New York Times* och *Washington Post*. Artiklarna handlade om sjukvårdspersonal som mutats för att lämna ut journaler om två olika personer, en man som ville vara anonym, och en annan, Steve Nichols, som framträdde med sitt ansikte. Båda männen hade pressats på stora belopp på grund av att de var hivsmittade.

Ingenstans hade Henrik gjort några kommentarer. Artiklarna stod som stumma pelare i ett rum där Henrik inte var närvarande. Kunde Henriks stora penningsummor komma från utpressning? Kunde han vara en utpressare? Louise var säker på att Aron funderade på samma sak. Tanken var så motbjudande och omöjlig att hon slog bort den. Men Aron satt stum och strök med ett finger över tangentbordet. Kunde sanningen om det Henrik hållit på med visa sig vara en mörk tunnel som mynnade ut i ett ännu mörkare rum?

De visste inte. Och det var där de stoppade. De låste och lämnade huset utan att Blanca visade sig. De tog en promenad genom staden och när de till sist återvände till hotellet frågade Aron om han kunde få sova i hennes rum.

– Jag orkar inte vara ensam.

– Ta med dina egna kuddar, svarade hon. Väck mig inte om jag sover när du kommer.

Louise vaknade efter några få timmars sömn av att Aron hade stigit upp. Han hade byxorna på sig men överkroppen var bar. Hon såg på honom med halvslutna ögon och upptäckte ett ärr som gick tvärsöver vänster skulderblad. Det såg ut som om någon hade skurit honom. Den gången, för länge sedan, när hon ofta vilat huvudet mot hans rygg hade där inte funnits något ärr. När hade han fått det? I något av alla de fylleslagsmål han med dödsföraktande envishet alltid kastade sig in i, oftast dessutom orsakade av honom själv. Han drog på sig skjortan och satte sig på hennes sängkant.

– Jag ser att du är vaken.

– Vart är du på väg?

– Ingenstans. Ut. Kaffe. Jag kan inte sova. Kanske går jag till en kyrka.

– Du har väl aldrig brytt dig om att gå i kyrkor?

– Jag har fortfarande inte ens tänt ett ljus för Henrik. Det gör man nog bäst ensam.

Aron grep jackan, nickade mot henne och försvann ut genom dörren.

Hon steg upp och hängde ut skylten om att hon inte ville bli störd. På väg tillbaka till sängen stannade hon till vid väggspegeln och betraktade sitt ansikte. *Vilket ansikte är det Aron ser?* Jag har alltid fått höra att mitt ansikte växlar. Mina kollegor, de som står mig nära och vågar säga vad de tänker, påstår att jag byter ansikte varje morgon. Jag har inte som Janus två ansikten, jag har tio, femton masker som alltid skiftar. Osynliga händer placerar en mask i mitt ansikte i gryningen och sen vet jag inte vilket uttryck jag bär just denna dag.

Bilden brukade besöka henne i drömmarna.

Louise Cantor, arkeolog, lutad över en utgrävning med en klassisk hellensk teatermask över ansiktet.

Hon återvände till sängen men lyckades inte somna om. Den gnagande känslan av förtvivlan vek inte undan. Hon ringde till Artur. Han svarade inte, linjen var tom. Av en ingivelse plockade hon fram telefonnumret till Nazrin. Inte heller där fick hon svar. Hon lämnade ett meddelande och sa att hon skulle höra av sig igen, men att hon var svår att nå eftersom hon befann sig på resa.

När hon skulle lämna rummet för att dricka kaffe upptäckte hon att Aron hade lämnat sin rumsnyckel på bordet.

Under den misstänksamma tiden, när jag trodde att han var otrogen, åren innan vårt äktenskap havererade, letade jag igenom hans väskor och fickor i hemlighet. Jag bläddrade i hans almanacka, jag försökte alltid vara den första när posten kom. Hade det varit då, hade jag tagit nyckeln och låst upp hans dörr.

Hon skämdes vid tanken. Under besöket i Australien, i huset med de röda papegojorna, hade hon aldrig haft någon känsla av att det fanns en kvinna i Arons liv, någon han dolde eftersom hon hade kommit. Även om det funnits en annan kvinna hade det inte varit hennes sak. Kärleken hon en gång känt för honom kunde inte grävas upp ur jorden och restaureras igen.

Hon drack kaffe och tog en promenad. Hon tänkte att hon borde ringa till Grekland och tala med sina kollegor. Men vad skulle hon säga?

Hon stannade på trottoaren och insåg att hon kanske aldrig skulle återvända till Grekland för att arbeta, bara några dagar för att hämta sina tillhörigheter och stänga huset. Framtiden var alldeles blank. Hon vände och gick tillbaka till hotellet. En städerska höll på att göra i ordning hennes rum. Louise väntade nere i receptionen. En vacker kvinna klappade en hund, en man läste en tidning med förstoringsglas. Hon återvände till rummet igen. Nyckeln låg kvar, Aron var fortfarande borta. Hon såg honom framför sig i en kyrka med ett ljus i handen.

Jag vet ingenting om hans sorg, ingenting om hans smärta. En dag kommer han att förvandlas till ett vulkanutbrott. Den heta lavan som dämts upp kommer att tränga fram genom sprickor i hans kropp. Han kommer att dö som en eldsprutande drake.

Hon ringde till Artur igen. Den här gången svarade han. Det hade fallit snö under natten. Artur älskade snö, det gav honom en trygghet, det visste hon. Hon sa att hon var i Barcelona med Aron, att de hade hittat en okänd lägenhet som tillhörde Henrik. Men hon sa inte att han varit smittad av hiv. Hon var osäker på hur Artur skulle reagera. Samtalet blev kort, Artur tyckte inte om att tala i telefon. Han höll alltid luren en bit från örat och det tvingade henne att ropa.

Hon avslutade samtalet och ringde sedan till Grekland. Hon hade tur och fick tag på den arbetsledare, en kollega från Uppsala, som ersatt henne. Louise frågade om arbetet och förstod att höstens utgrävningar var inne i den sista fasen för året. Allt gick som planerat. Hon hade bestämt sig för att vara mycket tydlig när det gällde sin egen roll. Hon visste inte när hon kunde återta ansvaret. Nu spelade det inte så stor roll, det var vintersäsong, fältarbetet skulle ligga nere. Vad som skulle hända efteråt, till nästa år, om de nya anslagen beviljades, visste ingen.

Samtalet bröts. När hon försökte ringa upp igen hördes en kvinnlig röst som talade grekiska. Louise visste att det var en uppmaning att försöka igen senare.

Hon la sig på sängen och somnade. Klockan var halv ett när hon vaknade. Fortfarande hade Aron inte kommit tillbaka.

För första gången kände hon en vag oro inom sig. Fyra timmar för att dricka kaffe och tända ett ljus i en kyrka? Hade han gett sig iväg?

Orkade han inte mer? Skulle hon återigen tvingas vänta ett halvår innan han ringde henne, berusad och gråtmild, från någon avlägsen plats på jorden? Hon tog nyckeln och gick till hans rum. Hans väska låg uppslagen på uppackningsbänken. Slarvigt nerlagda kläder, en rakapparat i ett trasigt fodral. Hon kände med händerna bland kläderna. I ett plastfack hittade hon en mycket stor summa pengar. Hon stoppade ner dem i sin egen plånbok för att de inte skulle försvinna. Längst ner i väskan fanns en bok där Bill Gates mediterade över datorerna och framtiden. Hon bläddrade bland sidorna och såg att Aron markerat vissa avsnitt och gjort anteckningar i kanten. Som Henrik, tänkte hon. Där liknade de varandra. Själv har jag aldrig skrivit ett enda ord i marginalen på en bok. Hon la tillbaka boken och tog upp en annan. Det var en studie i olösta klassiska matematiska problem. En sida var invikt där Aron slutat läsa. Ett nytt kapitel skulle börja som handlade om Fermats gåta.

Louise la tillbaka boken och såg sig runt i rummet. Hon kastade en blick i papperskorgen. Där låg en tom flaska vodka. Han hade inte doftat sprit på mornarna under de dagar som gått sedan de möttes på hamnpiren. Men sedan de kom till Barcelona hade han alltså tömt en flaska. Det stod inget glas framme. Han hade halsat. Men när hade han gjort det? De hade ju varit tillsammans nästan hela tiden?

Louise återvände till sitt rum och insåg att hon nu bara satt och väntade på Aron. Jag står still när stigfinnaren stannar, tänkte hon och kände olust. Varför rör jag mig inte?

Hon la ett meddelande på bordet och lämnade rummet. På en liten restaurang som låg i närheten av hotellet åt hon lunch. När hon betalade och såg att klockan var över tre tänkte hon att Aron nu måste vara tillbaka på hotellet. Hon tittade på sin mobiltelefon, men han hade inte ringt och lämnat något meddelande.

Det började regna. Hon skyndade sig tillbaka med jackan dragen över huvudet. Mannen i receptionen skakade på huvudet. *Herr Cantor har fortfarande inte återvänt. Om han har ringt? Här finns inget meddelande till fru Cantor.*

Då blev hon orolig på allvar. Men nu var det en annan oro, inte för att Aron rymt från henne. Någonting hade hänt. Hon ringde hans mobiltelefon men fick inget svar.

Hon stannade på sitt rum tills det blivit kväll. Fortfarande ingen Aron. Hon hade flera gånger ringt hans mobiltelefon, men den var avstängd. Vid sjutiden gick hon ner i receptionen. Hon satte sig i en fåtölj och såg på människorna som rörde sig mellan hotellets utgång, receptionen, baren och butiken som sålde tidningar. En man satt och studerade en karta i ett hörn intill dörren till baren. Hon såg i smyg på honom. Någonting hade fångat hennes uppmärksamhet. Kände hon igen honom? Hade hon sett honom tidigare? Hon gick in i baren och drack ett glas vin, sedan ännu ett. När hon återvände ut i foajén var mannen med kartan borta. Där satt nu en kvinna. Hon talade i telefon. Avståndet var så stort att hon inte kunde uppfatta vad kvinnan talade för språk, än mindre vad hon sa.

Vid halv niotiden drack Louise ännu ett glas vin. Sedan lämnade hon hotellet. Nycklarna till Henriks lägenhet hade Aron tagit med sig. Det var naturligtvis där han befunnit sig hela dagen, framför Henriks dator. Hon gick fort och vek in på *"Kristus återvändsgränd"*. När hon kom fram till porten vände hon sig om. Anade hon en skugga som dolde sig i mörkret dit ljuset från gatlyktorna inte nådde? Rädslan kom från ingenstans över henne igen.

Var det denna rädsla Henrik hade talat om i sina samtal med Nazrin och med sig själv, i sina anteckningar?

Louise sköt upp porten och ringde på Blancas dörr. Det dröjde innan hon öppnade.

– Jag satt i telefon. Min far är sjuk.

– Har du sett min man här idag?

Blanca skakade bestämt på huvudet.

– Alldeles säkert?

– Han har inte kommit och inte gått.

– Han har nycklarna. Vi måste ha missförstått varandra.

– Jag kan öppna för dig. Sen slår du bara igen dörren.

Louise tänkte att hon borde fråga om varför Blanca inte talat sanning. Men någonting hindrade henne. Just nu måste hon framför allt få veta var Aron befann sig.

Blanca låste upp och försvann nerför trapporna. Louise stod stilla i halvmörkret och lyssnade. Hon tände lamporna, en efter en och gick runt i lägenheten.

Plötsligt var det som om ett antal av de lösa bitarna hittade sina platser och ett oväntat mönster framträdde.

Någon ville ha bort Aron. Det hade med Henrik att göra, det hade med den fördömda presidenthjärnan att göra, Henriks resor, hans upprördhet, hans sjukdom och hans död. Aron var stigfinnaren. Han var den farligaste, den som först måste bort så att stigen inte skulle kunna beträdas.

Louise blev kall av rädsla. Försiktigt gick hon fram till fönstret och såg ner på gatan.

Det fanns ingen där. Men hon fick en känsla av att någon nyss hade gått därifrån.

11

Sömnlösheten jagade Louise Cantor när hon återvänt till hotellet. Hon påminde sig hur hon haft det när det hade varit som värst. När Aron gett sig av. När han börjat skicka sina tårdrypande fyllebrev från olika supstationer runt om i världen. Nu var han försvunnen igen. Och hon vakade.

I ett försök att besvärja de krafter som höll honom borta, gick hon in i hans rum och kröp ner i den säng han inte hade använt. Men hon kunde fortfarande inte sova. Tankarna störtdök. Hon måste hinna gripa dem innan de krossades mot marken. Vad hade hänt? Kunde hon trots allt ha misstagit sig? Hade han gett sig av, övergett henne och Henrik nu igen? För andra gången bara smugit i väg? Kunde han verkligen vara så brutal att han låtsades sörja och gå till en kyrka för att tända ljus för sin döde son när han i själva verket redan hade bestämt sig för att försvinna?

Hon steg upp och tog fram småflaskor ur minibaren. Vad hon drack brydde hon sig inte om. Hon hällde i sig en blandning av vodka, cacaolikör och konjak. Med spriten inträdde en sorts lugn, men det var naturligtvis bedrägligt. Hon låg i sängen och kunde höra Arons röst.

Ingen människa kan måla en våg. En människas rörelse, ett leende, en blinkning kan fästas på duk av en skicklig konstnär. Likaså smärtan, ångesten, som hos Goya, mannen som sträcker ut armarna i desperation mot exekutionsplutonen. Allt detta kan fångas, allt detta har jag

143

sett återgivit på ett trovärdigt sätt. Men aldrig en våg. Havet undkommer alltid, vågorna befriar sig ständigt från dem som försöker fånga dem.

Hon mindes resan till Normandie. Det hade varit deras första tillsammans. Aron skulle föreläsa om sina tankar kring närmandet av telefoni och datorer i framtiden. Hon hade tagit tjänstledigt från universitetet i Uppsala och följt med på resan. De hade tillbringat en natt i Paris på ett hotell där orientalisk musik trängt in genom väggarna.

Tidigt på morgonen hade de fortsatt med tåg till Caen. Passionen var stark. Aron hade lockat med henne till vagntoaletten och hon hade älskat med honom i det trånga utrymmet och tänkt att hon aldrig i sina fantasier kunnat föreställa sig något sådant.

I Caen hade de tillbringat flera timmar i den vackra katedralen. Hon hade sett Aron på avstånd och tänkt: Där står den man jag ska leva med resten av mitt liv.

Samma kväll, efter det att han hållit sitt föredrag och fått långa applåder, berättade hon om sin upplevelse från katedralen. Han hade sett på henne, kramat henne och sagt att han tänkte på samma sätt. De hade träffats för att leva tillsammans tiden ut.

Dagen efter, mycket tidigt, i strilande regn, hade de kört en hyrbil ut ur Caen och sökt sig mot stränderna där invasionen skett i juni 1944. Aron hade haft en släkting på sitt stamträd, en gren som ledde till USA. *Private Lucas Cantor* som dött vid Omaha Beach, innan han ens tagit sig iland på stranden. De letade sig fram till en parkeringsplats och strövade sedan i regnet och blåsten på den ödsliga stranden. Aron hade varit innesluten och stum, Louise hade inte velat störa honom. Hon hade trott att han var rörd, men långt senare hade han sagt till henne att han bara varit tyst eftersom han hade frusit i den förbanna-

144

de kylan och vätan. Vad brydde han sig om Lucas Cantor? Den som var död var död, och särskilt efter 35 år.

Men det var där ute på Normandies stränder som han till sist stannat, brutit tystnaden, pekat på havet och sagt att det inte fanns en konstnär som kunde måla en våg på ett trovärdigt sätt. Inte ens Michelangelo hade kunnat måla en våg, inte ens Fidias hade kunnat skulptera den. Vågor berättar för människor om deras begränsning, hade han sagt.

Hon hade försökt protestera, gett exempel. Nog hade marinmålaren Hägg kunnat avbilda vågor? Alla de bibliska motiven med ensamma herrelösa flottar i storm eller havet i japanska träsnitt? Men Aron insisterade, han höjde till och med rösten vilket förvånade henne eftersom han aldrig gjort det tidigare.

Det var inte en människa förunnad att kunna måla en våg på ett sätt som vågen skulle godkänna. Sa Aron, och så måste det alltså vara.

De hade aldrig talat om vågen igen, bara denna enda gång på de kalla stränderna där Lucas Cantor hade stupat innan han ens nått land. Varför kom hon att tänka på det nu? Fanns det ett meddelande i det, ett budskap om Arons försvinnande, som hon sände till sig själv?

Hon steg upp ur hans säng och gick fram till fönstret som stod öppet. Det var natt, en mild vind drog in i rummet. Trafiken var avlägsen, det slamrade från ett restaurangkök.

Plötsligt visste hon att den milda natten var bedräglig. Aron skulle inte återvända. Skuggorna ute i mörkret som hon anat, Blancas lögn, Henriks pyjamas, allt sa henne att också hon kunde vara i fara. Hon lämnade fönstret och kontrollerade att dörren var låst. Hjärtat slog hårt i hennes bröst. Hon förmådde inte kontrollera sina tankar.

Hon öppnade minibaren igen och plockade fram resten av småflaskorna. Vodka, gin, whisky. Hon klädde sig, klockan var kvart över fyra och hon drog häftigt efter andan innan hon vågade öppna dörren. Korridoren låg öde. Ändå tyckte hon sig skymta en skugga vid hissen. Hon stod orörlig. Det var inbillning, det var skuggor hon själv framkallade.

Hon tog hissen ner till den övergivna receptionen.

Genom ett fönster till ett bakrum skymtade en teves blå ljus. Ljudet var svagt, en gammal film, gissade hon. Nattportieren hade hört hennes steg och kom ut. Han var ung, knappast äldre än Henrik. På kavajslaget stod hans namn, Xavier.

– Fru Cantor är tidigt uppe. Natten är mild men det regnar. Jag hoppas ingenting har väckt er?

– Jag har inte sovit. Min man har försvunnit.

Xavier kastade en blick mot nyckelskåpet.

– Jag har hans nyckel. Han finns inte på sitt rum. Han har varit borta sen i går förmiddag, snart ett dygn.

Xavier tycktes inte påverkas av hennes oro.

– Finns hans tillhörigheter kvar i rummet?

– Allting är orört.

– Då kommer han säkert tillbaka. Det kanske bara är ett missförstånd?

Han tror att vi har grälat, tänkte Louise ilsket.

– Det är inget missförstånd. Min man är försvunnen. Jag fruktar att nånting allvarligt har hänt. Jag behöver hjälp.

Xavier såg tveksamt på henne. Louise vek inte undan med blicken.

Xavier nickade och lyfte en telefonlur. Han sa någonting på katalanska. Försiktigt la han tillbaka luren, som för att inte väcka resten av hotellet.

– Hotellets säkerhetschef, señor Castells, bor alldeles intill. Han kommer hit om tio minuter.

– Tack för att ni hjälper mig.

För trettio år sedan hade jag fallit för honom, tänkte hon. På samma sätt som jag föll för en man i ett flygplan på väg till Skottland. Men inte nu längre. Varken för honom eller Aron som jag grävde upp i Australien och som nu är borta igen.

Hon väntade. Xavier serverade henne en kopp kaffe. Rädslan grävde djupa hål i henne. En gammal man med städförkläde tassade förbi.

Señor Castells var en man i sextioårsåldern. Han kom ljudlöst in genom ytterporten, bar en lång rock och hade en hatt av Borsalinosnitt på huvudet. Xavier nickade mot Louise.

– Fru Cantor, rum 533, som har förlorat sin man.

Hon tänkte att det lät som en replik ur en film. Señor Castells tog av hatten, betraktade henne granskande med skarpa ögon och tog sedan med henne till ett rum alldeles intill receptionen. Det var litet, saknade fönster, men hade bekväma möbler. Han bjöd henne att sitta ner och tog av sig sin rock.

– Berätta. Utelämna ingenting. Ta all tid ni behöver.

Hon talade långsamt, sammanfattade lika mycket för sig själv som för señor Castells som då och då noterade något på ett block. Han tycktes skärpa uppmärksamheten varje gång hon berörde Henrik och hans död. Hon talade till punkt utan att han avbröt henne. Efteråt var han för ett ögonblick förlorad i tankar innan han rätade på sig i stolen.

– Ni ser ingen rimlig förklaring till att han skulle hålla sig undan?

– Han håller sig inte undan.

– Jag förstår sorgen över er sons död. Men om jag har uppfattat saken rätt så finns inga bevis för att den orsakades av nån annan än honom själv. Den svenska polisen har sagt sin mening. Kan det inte vara så att er man helt enkelt blivit upprörd? Han kanske känner behov av att vara ensam?

– Jag vet att nånting har hänt. Men jag kan inte bevisa det. Det är därför jag behöver hjälp.

– Kanske vi trots allt bör försöka ha tålamod och vänta?

Louise reste sig häftigt ur stolen.

– Jag tror inte ni förstår, sa hon. Jag kommer att ställa till ett helvete för det här hotellet om jag inte får hjälp. Jag vill tala med polisen.

– Naturligtvis ska ni få tala med en polis. Jag förstår er upprördhet. Men jag föreslår att ni sätter er i stolen igen.

Han tycktes oberörd av hennes utbrott, lyfte telefonluren och slog ett inprogrammerat nummer. Ett kort samtal följde. Señor Castells la tillbaka telefonluren.

– Två engelsktalande kriminalpoliser är på väg hit. Dom kommer att skriva ner er berättelse och se till att letandet efter er man börjar omedelbart. Tills dom kommer föreslår jag att vi dricker kaffe.

Poliserna var en äldre man och en yngre. De satte sig i den tomma baren. Hon upprepade sin berättelse, den yngre polismannen skrev, frågorna var få. När samtalet var över bad den äldre polismannen om ett fotografi av Aron.

Hon hade tagit med hans pass. Aron skulle inte ha gett sig av utan det, påpekade hon. De bad att få ta med sig passet för att kopiera fotografiet och anteckna de olika uppgifterna. Hon skulle få tillbaka passet inom några timmar.

Det var gryning när poliserna gav sig av. Säkerhetschefen var försvunnen, dörren till hans kontor stängd och låst. Xavier syntes inte till i receptionen.

Hon gick upp till sitt rum, la sig på sängen och slöt ögonen. *Aron hade gått till en kyrka, han hade tänt ett ljus. Sedan hade någonting hänt.*

Hon satte sig upp i sängen. Hade han någonsin kommit fram till kyrkan? Hon steg upp ur sängen och vecklade ut en karta över centrala Barcelona.

Vilken kyrka låg närmast hotellet eller gatan där Henrik hade bott? Kartan var otydlig, hon kunde inte veta med säkerhet vilken kyrka han hade valt. Men han hade säkert tagit en som legat nära. Aron gick inte onödiga omvägar när han hade ett utstakat mål.

När passet kom tillbaka efter två timmar tog hon jackan, sin väska och lämnade rummet.

Blanca torkade fönstret i ytterporten när hon kom.

– Jag måste tala med dig. Nu, genast.

Hennes röst var gäll, som om hon skällde på någon osedvanligt oduglig student som inte klarade att sköta sin uppgift på en utgrävningsplats. Blanca hade gula gummihandskar på händerna. Louise la en hand på hennes arm.

– Aron gick till en kyrka igår. Han har inte kommit tillbaka. Vilken kyrka kan han ha valt? Det måste ha varit en här i närheten.

Blanca skakade på huvudet. Louise upprepade sina ord.

– En kyrka eller ett kapell?

– Någonstans där porten är öppen. Där han kunde tända ett ljus.

Blanca tänkte efter. Louise irriterade sig på de gula plasthandskarna och fick tvinga sig att inte slita av dem.

– Det finns många små och stora kyrkor i Barcelona. Närmast ligger Eglesia de San Felip Neri, sa hon.

Louise reste sig.

– Vi går dit.

– Vi?

– Du och jag. Ta av handskarna.

Kyrkan hade en sprucken fasad, porten av mörkt trä stod på glänt. Kyrkorummet låg i halvmörker. Louise stod stilla för att vänja ögonen vid ljusförändringen. Blanca gjorde korstecken vid hennes sida, knäböjde och korsade sig igen. Längst framme vid altaret gick en kvinna och dammade.

Louise gav Blanca Arons pass.

– Visa henne fotografiet, viskade hon. Fråga om hon känner igen Aron.

Louise höll sig i bakgrunden när Blanca visade fotografiet. Kvinnan studerade det i ljuset som föll in genom ett vackert målat fönster. *Maria med sin döde son på korset, Magdalena med bortvänt ansikte.* Från himlen ett ljus som skimrade i blått.

En himmel kan man måla. Men inte en våg.

Blanca vände sig till Louise.

– Hon känner igen honom. Han var här igår.

– Fråga henne när.

Frågor och svar, Blanca, kvinnan, Louise.

– Hon minns inte.

– Hon måste minnas. Betala henne för att minnas!

– Jag tror inte hon vill ha pengar.

Louise förstod att hon hade sårat Blanca på alla katalanska kvinnors vägnar. Men just nu brydde hon sig inte om det. Hon insisterade på att Blanca skulle upprepa frågan.

Blanca sa:

– Kanske mellan klockan ett och klockan två. Fader Ramon kom förbi strax innan och berättade att hans bror hade brutit ett ben.

– Vad gjorde mannen på fotografiet när han kom hit?

– Han satte sig på första bänkraden.

– Tände han något ljus?

– Det märkte hon inte. Han såg på fönstren. På sina händer. Eller så satt han med slutna ögon. Hon såg bara på honom ibland. Som man ser på människor man egentligen inte ser.

– Fråga henne om det fanns någon mer i kyrkan? Kom han ensam?

– Hon vet inte om han kom ensam. Men det satt ingen bredvid honom på bänken.

– Kom det in någon under tiden?

– Bara dom två systrarna Perez som kommer varje dag. Dom tänder ljus för sina föräldrar och går genast härifrån.

– Ingen annan?

– Inte som hon kommer ihåg.

Trots att Louise inte förstod den dammande kvinnans katalanska anade hon en osäkerhet i hennes röst.

– Fråga igen. Förklara för henne att det är mycket viktigt för mig att hon minns. Säg att det har med min döde son att göra.

Blanca skakade på huvudet.

– Det behövs inte. Hon svarar så gott hon kan ändå.

Kvinnan trummade med dammvippan mot sitt ben utan att säga något mer.

– Kan hon peka ut exakt var Aron satt?

Kvinnan verkade förvånad men pekade. Louise satte sig ner.

– Var fanns hon?

Kvinnan pekade mot altaret och sidan av en valvbåge. Louise vände sig om. Från sin plats kunde hon bara se ena halvan av ytterporten. Fortfarande stod den på glänt. *Någon kunde ha kommit in utan att Aron hade hört det. Men någon kunde också ha väntat utanför.*

– När gick han?

– Det vet hon inte. Hon var ute och hämtade en ny dammvippa.

– Hur länge var hon borta?

– Kanske tio minuter.

– Och när hon kom tillbaka var han borta?

– Ja.

Louise tänkte att hon hade fått veta något mycket viktigt. Aron hade inte lämnat några spår eftersom han inte anade att någonting skulle hända. Och någonting hade hänt.

– Tacka henne och säg att hon har varit till stor hjälp.

De gick tillbaka till Blancas lägenhet. Louise försökte fatta ett beslut. Skulle hon konfrontera Blanca med sin misstanke om att hon ljugit om att Henrik hade haft besök? Eller skulle hon försiktigt närma sig henne tills Blanca frivilligt valde att säga som det var? Var Blanca rädd? Eller fanns det något annat skäl?

De satte sig i Blancas vardagsrum.

– Jag tänker säga precis som det är. Aron är borta och jag fruktar att nånting har hänt honom.

– Vad skulle ha hänt?

– Jag vet inte. Men Henriks död var onaturlig. Kanske han visste nåt han inte borde ha vetat.

– Vad skulle det ha varit?

– Jag vet inte. Vet du?

– Han berättade aldrig för mig vad han höll på med.

– Förra gången sa du att han talade om sina tidningsartiklar. Visade han dom för dig?

– Aldrig.

Återigen uppfattade Louise den svaga skiftningen i hennes röst. Blanca tänkte sig för innan hon svarade.

– Aldrig nånsin?

– Inte som jag kan minnas.

– Och ditt minne är bra?

– Inte sämre än andras, tror jag.

– Jag skulle vilja gå tillbaka till nånting som du redan har svarat på. För att kontrollera att jag uppfattat rätt.

– Jag har arbete som väntar.

– Det kommer att gå fort. Du sa att ingen hade varit och sökt Henrik under den senaste tiden?

– Det har du uppfattat rätt.

– Kan nån ha sökt honom utan att du märkt det?

– Det händer knappast att nån kommer och går utan att jag ser eller hör det.

– Men du måste vara ute ibland för att handla?

– Då har jag min syster här. Hon berättar för mig vad som har hänt när jag kommer tillbaka. Skulle Henrik ha fått besök eller nån hade frågat efter honom skulle jag ha vetat det.

– När Aron och jag gick härifrån på natten, hörde du det?

– Ja.

– Hur kunde du veta säkert att det var vi?

– Jag lyssnar alltid på fotstegen. Inga fotsteg låter exakt som nån annans.

Jag kommer inte åt henne, tänkte Louise. Hon är inte rädd, men det är nånting som gör att hon inte berättar hela sanningen för mig. Vad är det hon håller tillbaka?

Blanca såg på sin klocka. Hennes otålighet verkade äkta. Louise bestämde sig för att höja insatsen och riskera att Blanca tystnade helt.

– Henrik berättade om dig i flera av sina brev.

Återigen en snabb skiftning, den här gången i Blancas kroppshållning. Knappt synlig, men Louise uppfattade den.

– Han talade om dig som sin hyresvärdinna, fortsatte hon. Jag trodde att det var du som ägde huset. Nån pensionerad överste nämnde han aldrig.

– Jag hoppas att han inte hade ofördelaktiga saker att berätta om mig.

– Inte alls. Snarare tvärtom.

– Vad menar du med det?

Insatsen var gjord. Louise kunde inte backa.

– Jag tror han var förtjust i dig. I hemlighet. Jag tror han var förälskad.

Blanca slog bort blicken. Louise skulle just fortsätta när hon lyfte handen.

– Jag hade en mor som bedrev utpressning mot mig i hela sitt liv. Hon rev och slet i mina känslor från det jag var 12 år och första gången blev förälskad. För henne var min kärlek till en man aldrig nåt annat än ett förräderi mot hennes kärlek till mig. Älskade jag en man hatade jag henne. Ville jag vara med en man övergav jag henne. Hon var fruktansvärd. Hon lever fortfarande men minns inte längre vem jag är. Jag tycker att det är underbart att besöka henne nu när hon inte känner igen mig. Jag förstår att det låter brutalt och det är det också. Men jag säger som det är, jag kan klappa henne på kinden och säga att jag alltid har hatat henne och hon förstår inte vad jag talar om. Men en sak lärde hon mig, att aldrig gå omvägar, aldrig trampa runt i oändlighet i onö-dan. Aldrig göra som du gör nu. Har du frågor så ställ dom.

– Jag tror han var förälskad i dig. Mer vet jag inte.

– Han älskade mig. När han var här låg vi med varandra nästan varje dag. Aldrig på nätterna, då ville han vara ensam.

Louise kände hur någonting svartnade inom henne. Hade Henrik smittat Blanca? Bar hon på det dödliga viruset i sin blodbana utan att hon visste om det?

– Älskade du honom?

– För mig är han inte död. Jag åtrådde honom. Men jag tror inte jag älskade honom.

– Då måste du veta mycket om honom som du inte har sagt?

– Vad vill du att jag ska berätta om honom? Hur han älskade, vilka ställningar han föredrog, om han ville göra saker som man inte talar om?

Louise kände sig kränkt.

– Jag vill inte veta nånting om det där.

– Inte kommer jag heller att säga nånting. Men ingen var här och sökte honom.

– Nånting i din röst gör att jag inte tror dig.

– Du väljer vad du tror eller inte tror. Varför skulle jag ljuga om det?

– Det är just det jag undrar över. Varför?

– Jag trodde att du menade mig när du frågade om han fick besök. En underlig omskrivning för nåt du ville veta men inte vågade fråga om.

– Jag tänkte inte på dig. Henrik skrev aldrig om dig. Det var bara en gissning.

– Låt oss avsluta det här samtalet med att tala sanning. Har du fler frågor?

– Hade Henrik nånsin besök?

Det som skedde sedan överraskade Louise och kom att förändra hela hennes sökande efter svaret på vad som hade orsakat Henriks död. Blanca reste sig hastigt, öppnade en låda i ett litet skrivbord och tog fram ett kuvert.

– Henrik gav mig det här när han kom hit senaste gången. Han sa att han ville att jag skulle ta hand om det. Varför vet jag inte.

– Vad finns i kuvertet?

– Det är igenklistrat. Jag har inte öppnat det.

– Varför visar du mig det först nu?

– Därför att det var till mig. Han nämnde aldrig dig eller din man när han gav det till mig.

Louise vände på kuvertet. Hade Blanca trots allt öppnat det? Eller talade hon sanning? Var det överhuvudtaget av betydelse? Hon öppnade kuvertet. Det innehöll ett brev och ett fotografi. Blanca lutade sig fram över bordet för att se. Hennes nyfikenhet var äkta.

Fotografiet var svartvitt, kvadratiskt, en förstoring av något som kanske varit ett passfoto. Bildytan var kornig, det vilade en lätt oskärpa över ansiktet som såg rakt mot Louise. Ett svart ansikte, en vacker ung kvinna som log. De vita tänderna skymtade mellan läpparna, håret var sinnrikt flätat tätt mot huvudet.

Louise vände på bilden. Henrik hade skrivit ett namn, ett datum. *Lucinda, 12 april 2003.*

Blanca såg på Louise.

– Jag känner igen henne. Hon var här på besök.

– När?

Blanca tänkte efter.

– Efter ett regn.

– Vad menar du med det?

– Ett skyfall som dränkte hela centrala Barcelona. Det rann in vatten över yttertröskeln. Hon kom dagen efter. Henrik måste ha hämtat henne på flygplatsen. I juni 2003, i början av juni. Hon stannade i två veckor.

– Var kom hon ifrån?

– Det vet jag inte.

– Vem var hon?

Blanca såg på henne med ett egendomligt ansiktsuttryck.

– Jag tror Henrik älskade henne väldigt mycket. Han var alltid reserverad när jag nån gång mötte dom två tillsammans.

– Sa Henrik aldrig nånting om henne efter hennes besök?

– Aldrig.

– Hur gick det med ert förhållande?

– En dag kom han ner till mig och frågade om jag ville äta middag med honom. Jag tackade ja. Maten var inte god. Men jag stannade med honom över natten. Det var som om han hade bestämt sig för att allt skulle bli som innan flickans besök.

Louise grep brevet som legat i kuvertet och började läsa. Henriks handstil, som han skrev när han hade bråttom, vilda slängar med pennan, ibland knappt läsliga meningar på engelska. Ingen hälsning till Blanca, brevet började direkt, som om det slitits ut ur ett okänt sammanhang.

Genom Lucinda börjar jag se allt klarare vad det är jag försöker förstå. Vad hon har kunnat berätta för mig om det skamlösa lidande som människor utsätts för, i girighetens namn, trodde jag inte kunde vara möjligt. Fortfarande måste jag befria mig från den svåraste av alla de illusioner jag lider av, att det inte är värre ställt i världen än jag har trott när det varit som mörkast. Lucinda kan berätta för mig om ett annat mörker som är lika hårt och ogenomträngligt som järn. Där döljer sig reptilerna som pantsatt sina hjärtan, dom som dansar på gravarna till alla de som dött i onödan. Lucinda blir min vägvisare, om jag blir borta länge, så är det hos henne jag finns. Hon bor i ett ruckel av cement och korrugerade plåtar som ligger på baksidan av husruinen på Avenida Samora Machel nummer 10 i Maputo. Om hon inte är där kan man hitta henne på baren Malocura på Feira Popular i centrala staden. Där serverar hon från elva på kvällarna.

Louise räckte brevet till Blanca som läste det långsamt, tyst formande varje ord med läpparna. Hon vek ihop brevet och la det på bordet.

– Vad menar han med att hon ska bli hans vägvisare? frågade Louise.

Blanca skakade på huvudet.

– Jag vet inte. Men hon måste ha varit viktig för honom.

Blanca stoppade tillbaka brevet och fotografiet i kuvertet och gav det till Louise.

– Det är ditt. Ta det.

Louise stoppade ner brevet i sin väska.

– Hur betalade Henrik sin hyra?

– Han gav den till mig. Tre gånger om året. Ingenting behöver betalas före nyår.

Blanca följde henne ut. Louise såg längs gatan. Där fanns en stenbänk på den motsatta trottoaren. En man satt och läste en bok. Först när han långsamt vände blad, tog hon bort blicken.

– Vad händer nu? frågade Blanca.

– Jag vet inte. Men jag kommer att höra av mig.

Blanca strök henne hastigt över kinden och sa:

– Män springer alltid bort när det blir för mycket för dom. Aron kommer säkert tillbaka.

Louise vände sig hastigt om, började gå för att inte brista i gråt.

När hon kom tillbaka till hotellet väntade de två polismännen på henne. De slog sig ner i en soffgrupp i ett hörn av den stora foajén.

Det var den yngre polismannen som talade. Han läste från ett block, hans engelska var ibland svår att förstå.

– Vi har tyvärr inte kunnat hitta er man, herr Aron Cantor. Han finns inte på nåt sjukhus eller bårhus. Inte heller befinner han sig inlåst på nån av våra polisstationer. Hans uppgifter finns nu i vårt operativa system. Nu gäller det bara att avvakta.

Det var som om hon inte kunde andas längre, hon orkade inte mer.

– Jag tackar för er hjälp. Ni har mitt telefonnummer, det finns en svensk ambassad i Madrid.

Polismännen gjorde honnör och lämnade henne. Hon sjönk tillbaka i den mjuka fåtöljen och tänkte att hon hade förlorat precis allt. Det fanns ingenting kvar längre.

Tröttheten härjade i henne som ett krampanfall. Jag måste sova, tänkte hon. Ingenting annat. Nu ser jag ingenting klart längre. I morgon reser jag härifrån.

Hon reste sig och gick bort mot hissarna. Såg sig runt ytterligare en gång i foajén. Men ingen var där.

12

När flygplanet sent på kvällen lyfte från Madrids flygplats var det som om alla de hundratusentals hästkrafterna utgick från henne själv. Louise Cantor hade en fönsterplats, 27 A, och hon satt med kinden tryckt mot fönsterrutan när hon tvingade planet att lyfta. Hon var onykter, redan mellan Barcelona och Madrid hade hon druckit både vodka och rödvin utan att äta något. Under väntetiden i Madrid hade hon fortsatt. Först när hon börjat bli illamående hade hon motvilligt tvingat i sig en omelett. Under resten av tiden hade hon otåligt rört sig på flygplatsen. Hon tänkte att hon skulle upptäcka ett ansikte hon kände igen. Det var en växande fruktan och visshet, att någon hela tiden höll henne under uppsikt.

Från flygplatsen ringde hon både till Nazrin och sin far. Nazrin stod på en gata någonstans i Stockholm, förbindelsen var dålig, och Louise blev aldrig säker på att Nazrin verkligen uppfattade det hon sa om Henriks lägenhet i Barcelona. Samtalet bröts, som om någon tystat radiovågen. Louise försökte ringa upp igen fyra gånger men blev bara ombedd av en röst att försöka igen senare.

Artur satt i köket när hon ringde. Han har sin kafferöst, tänkte hon. Som jag minns att vi lekte den gång jag hade flyttat till Östersund och ringde hem. Jag gissade om han drack kaffe, eller om han satt och läste eller kanske till och med lagade mat. Han förde poäng. En gång om året gav han mig resultatet. Flest rätt hade jag haft när jag gissat att han druckit kaffe.

Hon försökte samla ihop sig, tala långsamt, men han genomskådade henne genast.

– Vad är klockan i Madrid?

– Samma som hos dig. Kanske en timme åt ena eller andra hållet. Varför undrar du?

– Det är alltså inte kväll?

– Det är eftermiddag. Det regnar.

– Varför är du berusad mitt på dagen?

– Jag är inte berusad.

Det blev tyst i hennes öra. Artur drog sig genast undan, lögner drabbade honom alltid som ett hårt slag. Hon skämdes.

– Jag har druckit vin. Är det så konstigt? Jag är flygrädd.

– Det har du aldrig varit tidigare.

– Jag är inte flygrädd. Jag har förlorat min son, mitt enda barn. Och nu är Aron borta.

– Du kommer aldrig att klara av det här, om du inte förmår att hålla dig nykter.

– Fan ta dig!

– Fan ta dig själv!

– Aron är borta.

– Han har försvunnit tidigare. Han har alltid placerat sin svans mellan benen när det passat honom. Aron rymmer om trycket blir för hårt. Då smiter han ut genom någon av sina lönndörrar.

– Det handlar varken om svansar eller lönndörrar den här gången.

Hon berättade vad som hade hänt. Han ställde inga frågor. Det enda hon hörde i sitt öra var hans andetag. *Den största tryggheten när jag var barn. Att se och känna och höra hur han andades.* När hon slutat vandrade tystnaden mellan dem, från Härjedalen till Madrid och tillbaka.

– Jag följer Henriks spår. Brevet och fotografiet på flickan som heter Lucinda.

– Vad vet du om Afrika? Du kan inte resa dit ensam.

– Vem skulle följa med mig? Du?

– Jag vill inte att du reser dit.

– Du lärde mig att ta vara på mig själv. Min rädsla garanterar att jag inte gör nånting dumt.

– Du är berusad.

– Det går över.

– Har du pengar?

– Jag har Arons pengar.

– Är du säker på vad du gör?

– Nej. Men jag måste resa.

Artur var länge tyst.

– Här regnar det, sa han till sist. Men snart börjar det snöa. Det syns över fjällen, molnen blir allt tyngre. Snart kommer snön.

– Jag måste göra det jag gör. Jag måste få veta vad som har hänt, svarade hon.

När samtalet var över ställde hon sig under en utskjutande trappa, gömde sig bland några övergivna bagagevagnar. Det var som om någon hade slagit en slägga i den hög av skärvor hon så mödosamt hade samlat ihop. Nu blev de ännu mindre, ännu svårare att para ihop.

Det är jag som är mönstret, tänkte hon. Just nu är det mitt ansikte skärvorna föreställer. Ingenting annat.

Hon gick ombord på planet till Johannesburg strax före elva på kvällen. Just när hon skulle ta det avgörande steget från rampen in i planet tvekade hon. *Det jag gör är galenskap. Jag är på väg in i dimman istället för ut ur den.*

Hon fortsatte att dricka under natten. Bredvid henne satt en svart kvinna som tycktes plågas av magsmärtor. De talade inte med varandra, bytte bara enstaka blickar.

Redan på flygplatsen, medan de stod och väntade på att gå ombord, hade Louise tänkt att ingenting egentligen tydde på att de var på väg till ett afrikanskt land. De svarta eller färgade passagerarna var få, de flesta som gick ombord var européer.

Vad visste hon egentligen om den svarta kontinenten? Var fanns Afrika i hennes medvetande? Under studieåren i Uppsala hade kampen mot apartheid i Sydafrika varit en del av den omfattande solidaritetsrörelsen. Hon hade deltagit i spridda manifestationer utan att egentligen helhjärtat vara närvarande. Nelson Mandela var för henne en gåtfull person som besatt nästan övermänsklig förmåga, som de grekiska filosofer hon läste om i sina läroböcker. Afrika fanns egentligen inte. Det var en kontinent av suddiga bilder, ofta outhärdliga. Döda, uppsvullna kroppar, likhögarnas kontinent. Flugor som täckte hungriga barns ögon, apatiska mödrar med sinande bröst. Hon mindes bilderna på Idi Amin och hans son, utklädda som tennsoldater i sina groteska uniformer. Hon hade alltid tyckt sig se ett hat i afrikanernas ögon. Men var det inte egentligen sin egen rädsla hon upptäckt i de mörka speglarna?

Under natten flög de över Sahara. Hon reste till en kontinent som för henne var lika vit och outforskad som för de européer som kom hundratals år tidigare. Det slog henne plötsligt att hon inte hade tänkt på att ta några sprutor. Skulle hon vägras inresetillstånd? Skulle hon bli sjuk? Borde hon inte äta medicin för att inte drabbas av malaria? Hon visste inte.

Hon försökte se en film under natten när den stora flygkabinen hade släckts ner. Men hela tiden splittrades hennes koncentration. Hon drog upp filten till hakan, fällde ner sätet och slöt ögonen.

Nästan genast ryckte hon till och slog upp ögonen i mörkret. *Vad var det hon hade sagt till sig själv? Hur letar man efter det någon har letat efter?* Hon klarade inte att fullfölja tanken, den gled undan. Hon slöt ögonen igen. Då och då slumrade hon till, klättrade vid två tillfällen över den sovande kvinnan vid hennes sida och letade reda på en flygvärdinna som kunde ge henne vatten.

Över tropikerna flög de in i en plötslig turbulens, kraftiga skakningar, skylten med säkerhetsbältena tändes på nytt. Genom fönstret kunde hon se att de passerade ovanför ett kraftigt åskväder. Blixtarna skar hål i mörkret, som om någon hade hållit en jättesvets i sina händer. Vulcanus, tänkte hon. Han står i sin smedja och slår mot städet.

I gryningen såg hon den första svaga strimman av ljus vid horisonten. Hon åt frukost, kände ångesten knyta sin näve i magen, och kunde till sist se det brungrå landskapet under sig. Men var inte Afrika tropiskt grönt? Det hon såg liknade mest en öken eller en söndersvedd stubbåker.

Hon hatade att landa, det gjorde henne alltid rädd. Hon blundade och grep hårt om armstöden. Planet dunsade ner på asfalten, saktade ner, svängde in vid en terminalbyggnad och stannade. Hon satt länge kvar, brydde sig inte om att trängas med dem som tycktes ha en våldsam brådska att slippa ut ur buren. Den afrikanska värmen med sina främmande dofter trängde långsamt undan den sterila luftkonditioneringen. Hon började andas igen. Värmen och dofterna påminde om Grekland även om de var annorlunda. Det var inte timjan och korint. Andra kryddor, kanske peppar eller kanel, tänkte hon. Rök från eldar.

Hon lämnade flygplanet, sökte sig fram till transithallen och fick sin biljett kontrollerad. Mannen bakom disken frågade efter hennes pass.

Han bläddrade igenom det och såg på henne.

– Ni har inget visum?

– Jag fick veta att man kunde köpa ett på flygplatsen i Maputo.

– Ibland går det, ibland inte.

– Vad händer om det inte går?

Mannen bakom disken ryckte på axlarna. Hans svarta ansikte glänste av svett.

– Då är ni välkommen att tillbringa er tid här i Sydafrika. Såvitt jag vet finns inte ett lejon eller en leopard eller ens en flodhäst att se i Moçambique.

– Jag har inte kommit hit för att titta på djur!

Jag skriker, tänkte hon uppgivet. Nu har jag min trötta och gnälliga röst. Jag är utmattad, svettig, min son är död. Hur ska han kunna förstå det?

– Min son är död, sa hon plötsligt, en oväntad upplysning som ingen frågat efter.

Mannen bakom disken rynkade pannan.

– Ni kommer säkert att få ert visum i Maputo, sa han. Särskilt om er son är död. Jag beklagar.

Hon gick in i den stora avgångshallen, växlade till sig sydafrikanska rand och drack kaffe. Efteråt skulle hon minnas de timmar hon tillbringade på flygplatsen som en lång väntan, innesluten i ett tomrum. Hon kunde efteråt inte påminna sig några ljud, ingen musik från osynliga högtalare, inga utrop om avgångar eller säkerhetsföreskrifter. Det fanns bara en stor tystnad och ett otydligt flimmer av färger.

Minst av allt kunde hon påminna sig några människor. Det var först när hennes plan plötsligt annonserades, "South African Airways 143 to Maputo", som hon kastades tillbaka in i verkligheten.

Hon somnade av ren utmattning och vaknade med ett ryck när planet landade i Maputo. Genom fönstret kunde hon se att det var grönare här. Men fortfarande blekt, slitet, en öken som nödtorftigt täcktes av tunt gräs. Landskapet påminde henne om Arons tunna hår över hjässan.

Värmen träffade henne som ett hårt slag när hon lämnade flygplanet och gick mot terminalbyggnaden. Solljuset tvingade henne att kisa med ögonen. Vad i helvete gör jag här? tänkte hon. Jag ska söka reda på en flicka som heter Lucinda. Men varför?

Hon fick köpa ett visum utan problem, även om hon starkt misstänkte att hon tvingades betala alltför mycket för stämpeln i passet. Hon badade i svett och hon blev stående med sin väska. Jag behöver en plan, tänkte hon. Jag behöver en bil och jag behöver ett hotell, mest av allt ett hotell.

Det stod en svart man bredvid henne i uniform. På en skylt läste hon Hotel Polana. Han såg att hon betraktade honom.

– Hotel Polana?

– Ja.

– Ert namn?

– Jag har inte beställt rum.

Hon hade lyckats läsa hans namnskylt nu. Rogerio Mandlate.

– Tror herr Mandlate att det finns rum ändå?

– Jag kan inte lova nåt.

Tillsammans med fyra sydafrikanska vita män och kvinnor for hon iväg i en buss. Staden jäste i värmen. De passerade områden av stor fattigdom. Överallt människor, barn, framförallt barn.

Då slog det henne att Henrik måste ha åkt samma väg. Han hade sett samma syn som hon. Men hade han tänkt samma tankar? Det kunde hon inte veta. Det var en fråga hon aldrig skulle få svar på.

Solen stod rakt ovanför hennes huvud när hon kom fram till det vita, palatsliknande hotellet. Hon fick ett rum med utsikt över Indiska Oceanen. Hon reglerade luftkonditioneringen till att kyla ner rummet och tänkte på de bistra vintermornarna i Härjedalen. Stark värme och stark kyla tar ut varandra, tänkte hon. I Grekland lärde jag mig att jag tålde den starka värmen eftersom min kropp var van vid den andra ytterligheten. Både Härjedalen och Grekland har rustat mig för detta vanvettigt heta klimat.

Hon klädde av sig naken, ställde sig i det kalla luftdraget från apparaten på väggen och steg sedan in i duschen. Långsamt började hon befria sig från den långa flygresan.

Efteråt satte hon sig på sängkanten, slog på sin mobiltelefon, och ringde till Aron. Han svarade inte, där fanns bara rösten som bad henne att försöka senare. Hon sträckte ut sig på sängen, drog det tunna täcket över kroppen och somnade.

När hon vaknade visste hon inte var hon befann sig. Rummet var utkylt, klockan visade på tio minuter i ett. Hon hade sovit i över tre timmar, drömlöst, tungt. Hon steg upp, klädde sig, kände att hon var hungrig. Hon la in sitt och Arons pass samt större delen av sina pengar i säkerhetsskåpet och knappade in en kod, de fyra första siffrorna i Arturs telefonnummer, 8854. Hon borde ringa honom och tala om var hon fanns. Men först måste hon äta någonting och känna efter vad det innebar att befinna sig i ett land hon inte visste något om.

I den vackra foajén var det bara de svarta kvinnorna som gick runt och dammade som påminde henne om att hon befann sig i Afrika.

Nästan alla gäster var européer. I matsalen beställde hon en sallad. Hon såg sig runt. Svarta servitörer, vita gäster. Hon letade reda på en bank där hon kunde växla. Hon strövade vidare genom hotellet. I en tidningsbutik köpte hon en karta över Maputo och en guidebok till landet. I en annan del av hotellet hittade hon ett casino. Hon gick inte in, kikade bara på de ensamma överviktiga män som satt och drog i sina körsbärsspakar. Hon gick runt på baksidan av hotellet, kring den stora swimmingpoolen, ner mot räcket där hotellträdgården sluttade mot stranden och havet. Hon ställde sig i skuggan av en markis. Havet påminde henne om det Egeiska, samma turkosa färg, samma skiftningar i den skarpa solen.

En servitör dök upp och frågade om hon önskade någonting. *Min son*, tänkte hon. *Henrik i livet och Arons röst i telefonen, som säger att allting är bra.*

Hon skakade på huvudet, servitören hade brutit hennes tankegång.

Hon gick ut på hotellets framsida som vette mot en parkeringsplats. Gatuförsäljarna flockades utanför hotellmuren. Hon tvekade ett ögonblick men fortsatte ut på trottoaren, passerade försäljarna med sina skulpturer av doftande sandelträ, giraffer, lekfulla elefanter, små förvaringsaskar, stolar och utsnidade människor med groteska ansikten. Hon sneddade över gatan, noterade att Avis hade ett av sina hyrkontor i gathörnet och fortsatte sedan längs en bred aveny som till hennes förvåning var döpt efter Mao Tse-Tung.

Några gatubarn satt runt en eld av brinnande sopor. En av dem kom rusande mot henne och sträckte fram handen. Hon skakade på huvudet och ökade takten. Pojken var van, han följde inte efter utan gav genast upp. Det är för tidigt, tänkte hon. Tiggarna får jag ägna mig åt senare.

Hon svängde av längs en gata som inte var så hårt trafikerad, sedan ännu en mellan murar, bakom vilka ilskna hundar skällde. Gatan var övergiven, det var de varmaste timmarna på dagen, siestan. Hon såg sig noga för var hon satte ner fötterna. Trottoarstenen var sönderbruten, avfallsluckor hade slitits loss. Hon undrade hur det var möjligt att gå längs dessa gator när det var mörkt.

Då blev hon överfallen. De var två och de kom bakifrån. Ljudlöst slog en av männen armarna runt henne och låste hennes rörelser. Den andre tryckte en kniv mot hennes kind. Hon såg att hans ögon var röda, pupillerna uppspärrade, han var påverkad av droger. Hans engelska bestod mest av ordet *fuck*. Den man som låste hennes armar, vars ansikte hon inte kunde se, ropade i hennes öra: "*Give me money.*"

Hon blev alldeles kall, lyckades hålla chocken ifrån sig. Hon svarade långsamt: "*Ta det ni vill ha, jag gör inte motstånd.*"

Mannen bakom henne ryckte till sig handväskan som hängde över hennes vänstra axel och började springa därifrån. Hon uppfattade aldrig hans ansikte, bara att han var barfota, hans kläder trasiga och att han sprang mycket fort. Mannen framför henne med de uppspärrade pupillerna stack till med kniven under hennes öga och sprang sedan därifrån. Inte heller han hade skor på fötterna.

De var båda i Henriks ålder.

Sedan började hon skrika. Men ingen tycktes höra henne, det var bara de osynliga hundarna som skällde bakom murarna. En bil kom körande på gatan. Hon ställde sig framför den och fäktade med armarna. Det blödde under ögat, droppade på hennes vita blus. Bilen stannade tvekande, hon såg att det var en vit man bakom ratten. Hon fortsatte att skrika och sprang mot bilen. Då började den backa med en rivstart, gjorde en tvärvändning och försvann. Hon började bli yr i huvudet, kunde inte hålla chocken ifrån sig längre.

Det här skulle den förbannade Aron ha förhindrat. Han skulle ha varit här, skyddat mig. Men han är borta, alla är borta.

Hon sjönk ner på trottoaren och tog djupa andetag för att inte svimma. När en hand rörde vid hennes axel skrek hon till. En svart kvinna stod där. Hon hade ett fat med jordnötter i händerna, luktade starkt av svett, hennes blus var trasig, tygstycket hon virat runt kroppen smutsigt.

Louise försökte förklara att hon hade blivit överfallen. Kvinnan förstod uppenbarligen inte, hon talade sitt eget språk och sedan portugisiska.

Kvinnan hjälpte henne upp. Hon formade ordet "hospital" men Louise svarade "Polana, Hotel Polana". Kvinnan nickade, tog ett kraftigt tag i hennes arm, balanserade det flätade fatet med jordnötter på huvudet och stöttade henne när de började gå. Med en näsduk stoppade Louise blodflödet. Det var inget djupt sår, egentligen inte mer än en rispa i huden. Men hon tyckte att det kändes som om kniven hade stuckits rakt in i hennes hjärta.

Kvinnan vid hennes sida log uppmuntrande. De kom till hotellingången. Louise hade inga pengar, de hade hon förvarat i väskan. Hon slog ut med armarna. Kvinnan skakade på huvudet, hela tiden log hon, hennes tänder var vita och jämna och hon gick vidare längs gatan. Louise såg efter henne, hur hon vandrade rakt in i soldiset och försvann.

När hon kommit till sitt rum och tvättat ansiktet störtade allting samman. Hon svimmade på badrumsgolvet. Hur länge hon var borta visste hon inte när hon vaknade, kanske bara några sekunder.

Hon låg alldeles stilla på kakelgolvet. Någonstans ifrån hördes en man som skrattade, strax efteråt en kvinna som gav upp ett jublande läte. Hon låg kvar på golvet och tänkte att hon hade haft tur som inte blivit allvarligt skadad.

En gång när hon varit mycket ung och tillbringat några dagar i London hade en man kommit emot henne på kvällen och gripit tag i henne och försökt dra in henne i en port. Då hade hon sparkat och skrikit och bitit sig fri. Efter det hade våldet aldrig kommit i hennes väg.

Var det hennes eget fel, borde hon ha förvissat sig om att hon utan risk kunde röra sig fritt på gatorna, även under dagtid? Nej, det var inte hennes fel, hon vägrade att ta på sig någon skuld. Att de som attackerat henne varit utan skor och burit trasiga kläder gav dem ändå inte rätt att sticka en kniv i hennes ansikte och stjäla hennes väska.

Hon satte sig upp. Försiktigt reste hon sig och sträckte sedan ut sig på sängen. Det gick som en skakning genom henne. Hon var själv en kruka som krossades framför hennes ögon. Skärvorna yrde runt henne. Hon insåg att Henriks död hade hunnit ifatt henne. Nu kom sammanbrottet, det fanns ingenting längre som kunde hålla ihop henne. Hon satte sig upp i sängen i ett tafatt försök att bjuda motstånd men la sig genast ner igen och lät det komma.

Flodvågen som hon hade hört om, vågen som ingen kunde avbilda, vågen som växte till ett raseri ingen kunde föreställa sig. Jag har försökt springa ikapp honom. Nu är jag i Afrika. Men han är död och jag vet inte varför jag är här.

Först kom vågen, sedan kraftlösheten. I mer än ett dygn låg hon kvar i sängen. På morgonen när städerskan låste upp dörren lyfte hon bara avvärjande på handen. Det fanns vatten i flaskor på nattygsbordet, hon åt ingenting annat än ett äpple hon tagit med sig från Madrid.

En gång under natten gick hon fram till fönstret och såg ut mot den upplysta trädgården med den glittrande swimmingpoolen. Där bortom låg havsbukten, ett fyrljus slog genom mörkret, lanternor gungade på osynliga fiskebåtar. En ensam nattvakt gick runt nere i trädgården. Någonting påminde henne om Argolis, utgrävningarna i Grekland. Men hon befann sig långt därifrån och hon undrade om hon någonsin skulle återvända. Kunde hon överhuvudtaget se en fortsättning på sitt liv som arkeolog?

Henrik är död på samma sätt som jag är död. En människa kan förvandlas till en ruin en gång i sitt liv, men aldrig två. Var det därför Aron försvann? För att han var rädd att ännu en gång förvandlas till en hammare som slog sönder mig?

Hon återvände till sängen. Då och då slumrade hon till. Först på eftermiddagen började hon känna att krafterna återkom. Hon tog ett bad och gick sedan ner och åt. Hon satte sig ute under en markis. Det var varmt men vinden från havet svalkade. Hon betraktade den karta hon hade köpt. Hon hittade hotellet och sökte länge på kartan innan hon fann det område som kallades *Feira Popular.*

När hon ätit satte hon sig i skuggan av ett träd och betraktade några barn som lekte i simbassängen. Hon hade telefonen i handen och bestämde sig slutligen för att ringa till Artur.

Hans röst kom från en annan värld. Det var en eftersläpning i tid mellan deras röster. De kolliderade med varandra, började tala samtidigt.

– Egendomligt att det kan höras så väl på så långt avstånd.

– Australien var ännu längre bort.

– Är allt väl?

Hon var på väg att berätta att hon blivit rånad, ett kort ögonblick ville hon luta sig mot honom genom etern och gråta. Men hon besinnade sig och sa ingenting.

– Hotellet där jag bor är som ett palats.

– Jag trodde det var ett fattigt land.

– Inte för alla. Rikedomen gör att man ser alla som inget har.

– Jag förstår fortfarande inte vad du tänker göra.

– Det jag sa. Söka reda på Henriks väninna, en flicka som heter Lucinda.

– Har du hört nånting från Aron?

– Varken från honom eller om honom. Han är fortfarande försvunnen. Jag tror han har blivit dödad.

– Varför skulle nån vilja döda honom?

– Jag vet inte. Men jag försöker ta reda på det.

– Jag har bara dig. Jag är rädd när du är så långt borta.

– Jag är alltid försiktig.

– Ibland är det inte tillräckligt.

– Jag ringer tillbaka. Har det snöat?

– Det kom i natt, först enstaka flingor, sen allt tätare. Jag satt här i köket och såg det komma. Det är som en vit stillhet faller mot marken.

En vit stillhet faller mot marken. Två män som överföll mig. Hade de följt efter mig från hotellet? Eller hade de funnits där i skuggorna utan att jag upptäckt dem?

Hon hatade dem, ville se dem pryglade, blodiga, skrikande.

Klockan var elva när hon gick ner till receptionen och bad om en taxi som kunde ta henne till *Feira Popular*. Mannen vid informationsdisken såg först undrande, sedan leende på henne.

– Dörrvakten hjälper er. Det tar inte mer än tio minuter att ta sig dit.

– Är det farligt där?

Hon förvånades över sin fråga som hon inte alls hade förberett.

Men rånarna skulle komma på ovälkommet besök i hennes föreställningar var hon än befann sig, det visste hon. Även mannen som attackerat henne i London för så många år sedan kunde då och då fortfarande dyka upp i hennes medvetande.

– Varför skulle det vara farligt?

– Jag vet inte. Jag frågar er.

– Möjligen finns det ett antal farliga kvinnor där. Men dom är knappast intresserade av er.

Prostituerade, tänkte hon. Finns de inte överallt?

Hon for genom staden. Det luktade fisk i taxibilen, mannen bakom ratten körde fort och tycktes inte sakna den backspegel som inte fanns. I mörkret kändes resan som ett nedstigande i underjorden. Han lämnade av henne vid entrén till något som liknade ett nöjesfält. Hon betalade entré, återigen osäker på om hon blev lurad och steg sedan in bland ett gytter av små restauranger och barer. En förfallen karusell där många av trähästarna saknade huvuden stod övergiven, ett pariserhjul med nedrostade korgar hade sedan länge slutat snurra. Överallt musik, skuggor, svagt upplysta rum där människor hukade över flaskor och glas. Unga svarta flickor med minimala kjolar, halvt blottade bröst, stilettklackar gungade förbi. De farliga kvinnorna på jakt efter de ofarliga männen.

Louise letade efter baren som hette "Malocura". Hon förirrade sig i gyttret, dök upp där hon nyss hade varit och fick börja om igen. Då och då ryckte hon till, som om rånarnas händer på nytt hade gripit tag i henne. Överallt i hennes inbillning tycktes knivar blänka. Hon gick in i en bar som skiljde sig från andra genom att vara väl upplyst. Där drack hon en öl och ett glas vodka. Till hennes förvåning satt två av de sydafrikaner hon gjort sällskap med från flygplatsen i ett hörn av baren. Både mannen och kvinnan var berusade. Han slog handen mot hennes axel, gång på gång, som om han ville att hon skulle falla omkull.

Klockan hade passerat midnatt. Louise fortsatte att söka efter "Malocura". Till sist kom hon rätt. Baren hette verkligen "Malocura" – det stod textat på en pappskylt – och låg i ett hörn av området intill yttermuren. Louise såg in i dunklet innan hon satte sig vid ett bord.

Lucinda stod vid bardisken och fyllde en bricka med ölflaskor och glas. Hon var smalare än Louise hade föreställt sig. Men det var hon, det rådde ingen tvekan.

Lucinda gick fram till ett bord och tömde sin bricka.

Sedan möttes deras ögon. Louise lyfte handen. Lucinda kom fram till hennes bord.

– Vill du äta?

– Jag vill bara ha ett glas vin.

– Vi har inte vin. Bara öl.

– Kaffe?

– Ingen här frågar efter kaffe.

– Då tar jag en öl.

Lucinda kom tillbaka och ställde ner glaset och den bruna flaskan.

– Jag vet att du heter Lucinda.

– Vem är du?

– Jag är Henriks mor.

Då insåg hon vad hon hade glömt, att Lucinda inte visste att Henrik var död. Nu var det för sent, hon kunde inte ta ett steg bakåt, det fanns ingen reträtt.

– Jag har kommit för att berätta att Henrik är död. Jag har kommit för att fråga om du vet varför.

Lucinda var orörlig. Hennes ögon var mycket djupa, läpparna sammanpressade.

– Jag heter Louise. Men det kanske han berättade?

Sa han någonsin att han hade en mor? Sa han det? Eller är jag lika okänd för dig som du är för mig?

13

Lucinda tog av sig förklädet, talade hastigt med mannen bakom bardisken som tycktes vara den som bestämde och förde sedan med sig Louise till en annan dunkelt upplyst och undangömd bar, där unga kvinnor satt uppradade längs väggarna. De satte sig vid ett bord och Lucinda beställde öl utan att fråga. Det var alldeles tyst i rummet. Där fanns varken radio eller skivspelare. De hårt sminkade kvinnorna talade inte med varandra. Antingen satt de tysta och rökte, betraktade sina livlösa ansikten i små fickspeglar, eller gungade oroligt med sina ben. Louise såg att flera av dem var mycket unga, 13 år, kanske 14, inte mer. Kjolarna var korta, dolde knappast någonting alls, skornas klackar spetsiga och höga, brösten nästan blottade. De är sminkade som lik, tänkte Louise. Lik som ska begravas, kanske mumifieras. Men inga prostituerade bevaras för eftervärlden. De ruttnar bort bakom sina hårt sminkade ansikten.

Två flaskor kom på bordet, glas och servetter. Lucinda lutade sig fram mot Louise. Hennes ögon var röda.

– Säg det igen. Långsamt. Berätta vad som har hänt.

Louise kunde inte märka någon förställning hos Lucinda. Hennes ansikte där svetten glänste var alldeles öppet. Lucindas skräck för det hon alldeles oförberett tvingats lyssna till var uppenbar.

– Jag hittade Henrik död i hans lägenhet i Stockholm. Har du besökt honom där nån gång?

– Jag har aldrig varit i Sverige.

– Han låg död i sin säng. Hans kropp var full med sömnmedel. Det var vad han dog av. Men varför hade han tagit sitt liv?

En av de unga kvinnorna kom fram till bordet och frågade efter eld. Lucinda tände hennes cigarett. När eldslågan flammade upp såg Louise den unga flickans utmärglade ansikte.

Svarta fläckar på kinderna, hjälpligt översmetade, pudrade. Symptomen på aids har jag läst om. Dödens svarta punkter och svårläkta sår.

Lucinda satt orörlig.

– Jag kan inte förstå det.

– Ingen kan förstå. Men du kanske kan hjälpa mig. Vad kan ha hänt? Kan det ha med Afrika att göra? Han var här i början av sommaren. Vad hände då?

– Ingenting som skulle fått honom att vilja dö.

– Jag måste få veta vad som hände. Vem var han när han kom, vilka människor träffade han? Vem var han när han reste härifrån?

– Henrik var alltid densamma.

Jag måste ge henne tid, tänkte Louise. Hon är chockad av det jag berättat. Åtminstone vet jag nu att Henrik betydde något för henne.

– Han var mitt enda barn. Jag hade bara honom, ingen annan.

Louise uppfattade ett hastigt blänk i Lucindas ögon, en undran, kanske oro.

– Hade han inga syskon?

– Nej, han var ensamt barn.

– Han sa att han hade en syster. Han var yngst.

– Det är inte sant. Jag är hans mor. Jag borde veta.

– Hur ska jag kunna veta att du talar sanning?

Louise blev ursinnig.

– Jag är hans mor och jag är fullständigt förintad av sorg. Du kränker mig om du undrar vem jag är.

– Jag menade inget illa. Men Henrik talade alltid om sin syster.

– Han hade ingen syster. Men han kanske ville ha.

Flickorna längs väggarna försvann en efter en ur baren. Snart var de ensamma i tystnaden och dunklet, bara servitören bakom disken, försjunken i uppgiften att fila på en tumnagel.

– Dom är så unga. Flickorna som satt här.

– Dom yngsta är mest eftertraktade. Sydafrikanska män som kommer hit älskar 12- och 13-åringar.

– Drabbas dom inte av sjukdomar?

– Du menar aids? Hon jag tände cigaretten åt är sjuk. Men inte alla dom andra. Till skillnad mot många i deras ålder vet dom här flickorna vad som gäller. Dom aktar sig. Det är inte dom som i första hand dör eller sprider smittan vidare.

Men det gör du, tänkte Louise. *Du gav det till honom, du öppnade dörren och lät döden smyga sig in i hans blodomlopp.*

– Flickorna hatar det dom gör. Men dom har bara vita män som kunder. Därför kan dom säga till sina pojkvänner att dom inte varit otrogna. Dom har bara legat med vita män. Det räknas inte.

– Är det så?

– Varför skulle det inte vara så?

Louise ville kasta frågan rakt ut, rätt i ansiktet på Lucinda. Smittade du honom? Visste du inte om att du var sjuk? Hur kunde du göra det?

Men hon sa ingenting.

– Jag måste få veta vad som hände, sa hon efter en stund.

– Det hände ingenting när han var här. Var han ensam när han dog?

– Han var ensam.

Det vet jag faktiskt inte, tänkte Louise. Det kan ha varit någon där. Plötsligt tyckte hon sig få en förklaring på pyjamasen. Henrik hade inte dött i sängen. Först efter att han hade förlorat medvetandet eller inte längre kunnat göra motstånd hade han blivit avklädd och fått på sig pyjamasen. De som varit i lägenheten hade inte känt till hans vana att sova naken.

Lucinda började plötsligt gråta. Hela hennes kropp skakade. Mannen vid bardisken som studerade sin tumnagel såg undrande på Louise. Hon skakade på huvudet, de behövde ingen hjälp.

Louise tog hennes hand. Den var varm, svettig. Hon höll den hårt. Lucinda lugnade sig, torkade ansiktet med en servett.

– Hur kunde du hitta mig?

– Henrik hade lämnat ett brev i Barcelona. Han berättade om dig.

– Vad sa han?

– Att du skulle veta om något hände honom.

– Veta vad?

– Jag har ingen aning.

– Har du rest hela vägen hit för att tala med mig?

– Jag måste försöka förstå vad som hände. Kände han någon annan här förutom dig?

– Henrik kände många människor.

– Det är inte samma sak som att ha vänner.

– Han hade mig. Och Eusebio.

– Vem?

– Han kallade honom så, Eusebio. En tjänsteman på den svenska ambassaden som brukade vara med och sparka fotboll på stranden på söndagarna. En mycket klumpig person, han påminde på inget sätt om fotbollsspelaren. Henrik bodde hos honom ibland.

– Jag trodde han var tillsammans med dig?

– Jag bor med mina föräldrar och syskon. Han kunde inte sova där. Ibland lånade han en lägenhet av någon på ambassaden som var bortrest. Eusebio hjälpte honom.

– Vet du hans riktiga namn?

– Lars Håkansson. Om jag uttalar namnet rätt vet jag inte.

– Bodde du där tillsammans med Henrik?

– Jag älskade honom. Jag drömde om att gifta mig med honom. Men jag bodde aldrig med honom i Eusebios hus.

– Talade ni om det? Att gifta er?

– Aldrig. Jag bara drömde om det.

– Hur träffades ni?

– Som man alltid träffas, av en tillfällighet. Man går på en gata och viker av runt ett gathörn. Allt i livet handlar om det okända som väntar bakom gathörn.

– I vilket gathörn stötte ni ihop?

Lucinda skakade på huvudet. Louise såg att hon var orolig.

– Jag måste gå tillbaka till baren. I morgon kan vi tala. Var bor du?

– På Hotel Polana.

Lucinda gjorde en demonstrativ grimas.

– Där skulle aldrig Henrik ha bott. Han hade inte pengar till det.

Det var just vad han hade, tänkte Louise. Inte heller för Lucinda berättade han allt.

– Det är dyrt, svarade hon. Men min resa var oplanerad, som du kanske förstår. Jag ska byta hotell.

– Hur länge är det sen han dog?

– Några veckor.

– Jag måste få veta dagen.

– Den 17 september.

Lucinda reste sig från bordet.

– Inte än, sa Louise och höll henne kvar. Det är en sak som jag inte har talat om för dig.

Lucinda satte sig ner igen. Mannen från bardisken kom fram. Lucinda betalade för det de druckit. Louise tog upp pengar ur sin jackficka, men Lucinda skakade nästan fientligt på huvudet. Mannen återvände till bardisken och tumnageln. Louise tog sats för att orka med de oundvikliga orden.

– Henrik var sjuk. Han var hivsmittad.

Lucinda blev inte upprörd. Hon väntade på att Louise skulle säga någonting mer.

– Förstår du inte vad jag säger?

– Jag hörde vad du sa.

– Var det du som smittade honom?

Lucindas ansikte förlorade alla uttryck. Hon såg på Louise, som från stort avstånd.

– Innan jag kan tala om nånting annat måste jag få svar på den frågan.

Lucindas ansikte var fortfarande uttryckslöst. Ögonen vilade i halvskugga. Hennes röst var alldeles lugn när hon svarade. Men Louise hade lärt av Aron att vrede kunde döljas alldeles under ytan, inte minst hos människor där man minst av allt anade det.

– Jag menade inte att såra dig.

– Hos Henrik upptäckte jag aldrig det jag ser hos dig. Du föraktar svarta människor. Kanske omedvetet men det finns där. Du anser att det är vår egen svaghet som har gjort kontinentens elände så stort. Precis som dom flesta andra vita tror du att det viktigaste är att veta hur vi dör. Hur vi lever behöver ni inte bry er om. En svag skiftning i vinden, det är afrikanens eländiga liv. Jag märker det där föraktet

182

hos dig men aldrig hos Henrik.

– Du kan inte beskylla mig för att vara rasistisk.

– Om det är en befogad beskyllning eller inte avgör du själv. Om du vill veta det så har jag inte smittat Henrik.

– Hur fick han då sjukdomen?

– Han horade runt. Flickorna du såg här nyss kan mycket väl ha varit tillsammans med honom.

– Du sa nyss att dom inte bar på smittan?

– Det räcker att en gör det. Han slarvade. Han använde inte alltid kondom.

– Gode gud!

– Han glömde dom när han var full och gick från kvinna till kvinna. När han sedan kom krypande tillbaka till mig efter sina utflykter var han ångerfull. Men han glömde fort.

– Jag tror dig inte. Henrik var inte sån.

– Vad han var eller inte var är ingenting som du och jag kommer att bli överens om. Jag älskade honom, du var hans mor.

– Men smittade han inte dig?

– Nej.

– Jag ber om ursäkt för min beskyllning. Men jag har svårt att tro att han levde på det sätt du säger.

– Han är inte den förste vite man som kommit till ett fattigt afrikanskt land och kastat sig över de svarta kvinnorna. Ingenting är så viktigt för en vit man som att tränga in mellan benen på en svart kvinna. För en svart man är det lika viktigt att lägra en vit kvinna. Du kan gå runt i den här staden och tusen svarta män kommer att vara beredda att offra sin tillvaro för att lägga sig över dig.

– Du överdriver.

– Sanningen kan ibland bara hittas bland överdrifterna.

– Det är sent. Jag är trött.

– Det är tidigt för mig. Först i morgon bitti kan jag gå hem.

Lucinda reste sig.

– Jag följer dig till utgången och ser till att du får en taxi. Åk till ditt hotell, sov ut. I morgon kan vi träffas igen.

Lucinda föste Louise mot en av grindarna, sa några ord till vakten. En man med bilnycklar i händerna dök upp ur skuggorna.

– Han kör dig hem.

– Vilken tid i morgon?

Lucinda hade redan vänt sig om och gått därifrån. Louise såg henne försvinna bland skuggorna.

Taxibilen luktade bensin. Louise försökte låta bli att föreställa sig Henrik bland de magra flickorna med sina korta kjolar och hårda ansikten.

När hon kom till hotellet drack hon två glas vin i baren. Återigen såg hon de vita sydafrikaner hon delat buss med från flygplatsen.

Hon hatade dem.

Luftkonditioneringen brusade i mörkret när hon lagt sig och släckt ljuset. Hon grät sig till sömns, som ett barn. I drömmarna återvände hon från den brända afrikanska jorden till de vita slätterna i Härjedalen, de stora skogarna, tystnaden och hennes far som betraktade henne med ett uttryck av förvåning och stolthet.

På morgonen upplyste en ung kvinna i receptionen Louise om att svenska ambassaden var en av hotellets närmaste grannar. Om hon passerade gatuförsäljarna och en bensinstation skulle hon befinna sig vid ambassadens brungula byggnad.

– Igår blev jag rånad när jag gick åt andra hållet och vek in på en av smågatorna.

Flickan bakom disken skakade medlidsamt på huvudet.

– Det händer tyvärr alltför ofta. Människor är fattiga, de lurpassar på dom som är gäster här.

– Jag vill inte bli rånad igen.

– Ingenting händer på den korta vägen till ambassaden. Blev du skadad?

– Jag blev inte slagen. Men dom körde upp en kniv i ansiktet på mig, under ögat.

– Jag kan se märket. Jag är mycket ledsen.

– Ingenting blir bättre av det.

– Vad tog dom?

– Min handväska. Men jag hade lämnat det mesta här på hotellet. Dom fick med sig lite pengar. Inget pass, ingen telefon, inga kreditkort. Min bruna kam, om dom kan använda den.

Louise åt frukost på terrassen och upplevde en kort och förvirrande känsla av välbefinnande. Det var som om ingenting hade hänt.

Men Henrik var död, Aron försvunnen, det hade funnits skuggor där ute i mörkret, människor som av något skäl höll både henne och Aron under uppsikt.

På vägen till den svenska ambassaden vände hon sig om hela tiden. Ett stort stycke svensk järnmalm stod som skulptur utanför det grönmålade staketet. En uniformerad vakt öppnade åt henne.

Inne i receptionen hängde det vanliga officiella porträttet av kungen och drottningen. I en soffa satt två män och förde ett samtal på svenska om "vattenbristen och de nödvändiga insatserna i Niassaprovinsen så fort medel beviljades". Hon tänkte hastigt med sorg på att hon alldeles hade tappat kontakten med arbetet i Argolis. Vad hade hon egentligen föreställt sig när hon hade stått där på natten och rökt medan Mitsos hundar skällde? Det fruktansvärda som väntade på henne hade inte lämnat några förvarningar.

Den människa som stått där i mörkret med en cigarett i handen fanns inte längre.

I receptionsluckan bad hon att få tala med Lars Håkansson. Kvinnan som tog emot hennes förfrågan ville veta ärendet.

– Han kände min son. Säg bara att Henriks mor är här. Det räcker säkert.

Kvinnan invecklade sig i ett intensivt knapptryckande på interntelefonen innan hon fick tag på den man som hette Håkansson.

– Han kommer ner.

De två männen som talat om vatten hade försvunnit. Hon satte sig i den mörkblå soffan och väntade.

En kortvuxen man med glest hår, ansiktet sönderbränt av för mycket oförsiktigt solande, klädd i kostym, kom ut genom glasdörren. Han närmade sig henne och hon märkte omedelbart att han var reserverad.

– Du är alltså Henrik Cantors mamma?

– Ja.

– Tyvärr måste jag be dig visa legitimation. I dessa tider måste vi vara försiktiga. Terroristerna har knappast tänkt sig att spränga våra hus och hem i luften. Men utrikesdepartementets säkerhetsförordningar har hårdnat. Jag kan inte ta med mig en person in genom glasdörren utan att vara helt säker på vem hon är.

Louise tänkte på sitt pass och id-kort som låg i säkerhetsfacket i hennes hotellrum.

– Jag har inget pass med mig.

– Då måste vi tyvärr stanna här i receptionen.

De satte sig ner. Fortfarande undrade hon över hans reserverade hållning. Den sårade henne.

– Kan vi inte för enkelhets skull utgå ifrån att jag verkligen är den jag utger mig för att vara?

– Naturligtvis, jag beklagar att världen ser ut som den gör.

– Henrik är död.

Han satt tyst, hon väntade.

– Vad är det som har hänt?

– Jag hittade honom död i hans säng i Stockholm.

– Jag trodde han bodde i Barcelona?

Försiktigt nu, tänkte Louise. *Han vet det du inte visste.*

– Innan han dog anade jag inte ens att han hade en lägenhet i Barcelona. Jag har rest hit för att försöka förstå. Träffade du Henrik när han var här?

– Vi lärde känna varandra. Han måste ha talat om mig.

– Aldrig. Däremot berättade en svart kvinna som heter Lucinda om dig.

– Lucinda?

– Hon arbetar på en bar som heter "Malocura".

Louise tog fram fotografiet och visade det.

– Jag känner henne. Men hon heter inte Lucinda. Hon heter Julieta.

– Hon kanske har två namn.

Lars Håkansson reste sig ur soffan.

– Jag bryter nu mot alla säkerhetsföreskrifter. Vi går upp till mitt kontor. Där är knappast trevligare, men inte fullt så varmt.

Hans rum hade fönster som vette mot Indiska Oceanen. Några fiskebåtar med trekantiga segel var på väg in i bukten. Han hade frågat om hon ville ha kaffe och hon hade tackat ja.

Han kom med två koppar i händerna. Kopparna var vita med blågula flaggor.

– Jag inser att jag inte har beklagat sorgen. Det kommer som en förfärlig nyhet även för mig. Jag höll mycket av Henrik. Jag tänkte flera gånger att jag hade önskat mig en son som han.

– Har du inga barn?

– Fyra döttrar i ett tidigare äktenskap. Ett knippe unga kvinnor som världen nog kommer att ha nytta av. Men ingen son.

Han stoppade tankfullt en sockerbit i sin kopp och rörde om med en penna.

– Vad var det som hände?

– Obduktionen påvisade en stor koncentration sömnmedel i hans kropp, vilket skulle innebära att han begick självmord.

Han såg undrande på henne.

– Kan det verkligen stämma?

– Nej. Därför söker jag efter den verkliga orsaken. Och jag tror att vad som än har hänt så har det sin utgångspunkt här.

– I Maputo?

– Jag vet inte. I det här landet, på den här kontinenten. Jag hoppas att du kan hjälpa mig att hitta ett svar.

Lars Håkansson satte ifrån sig kaffekoppen och kastade en blick på sin klocka.

– Var bor du?

– Tills vidare som ambassadens granne.

– Polana är ett bra hotell. Men dyrt. Under andra världskriget vimlade där av tyska och japanska spioner. Idag vimlar det av sysslolösa sydafrikaner.

– Jag tänker byta hotell.

– Jag bor ensam och jag har gott om plats. Du kan få bo hos mig. På samma sätt som Henrik bodde där.

Hon bestämde sig genast för att tacka ja.

Han reste sig.

– Jag har ett möte med ambassadören och biståndshandläggarna. Det gäller pengar som på ett mystiskt sätt försvunnit från ett av departementens konton. Det rör sig naturligtvis om korruption, klåfingriga ministrar som behöver pengar för att bygga hus åt sina barn. Vi ägnar en ofattbart stor mängd tid åt sådana företeelser.

Han följde henne ner till receptionen.

– Henrik lämnade en sportbag när han var här senast. Vad som finns i den vet jag inte. Men när jag ställde in den i en garderob märkte jag att den var tung.

– Den kan alltså inte innehålla kläder?

– Nej, troligtvis böcker och papper. Jag kan ta den till hotellet ikväll. Tyvärr har jag en middag med en fransk kollega som jag inte kan tacka nej till. Helst av allt vill jag vara ensam. Jag är djupt bedrövad över att Henrik inte längre finns. Jag har nog ännu inte riktigt förstått det.

De skiljdes på den lilla gården framför ambassadbyggnaden.

– Jag kom hit igår och blev genast rånad.

– Du blev inte skadad?

– Nej, men det var mitt eget fel. Jag vet att man aldrig ska gå på tomma gator, alltid röra sig bland människor.

– Dom mest förslagna rånarna har en imponerande förmåga att genast se på en människa om han eller hon just har kommit till landet. Men man kan knappast kalla människorna här kriminella. Fattigdomen är gastkramande. Vad gör man om man har fem barn och inget arbete? Hade jag varit en av de fattiga i den här staden hade jag rånat just en sån som jag. Jag lämnar väskan vid sjutiden.

Hon återvände till hotellet. I ett försök att skaka av sig sin olust köpte hon en baddräkt som var alldeles för dyr i en affär som fanns på hotellet. Sedan steg hon ner i den stora simbassängen och tröttade ut sig med att simma många längder fram och tillbaka i den tomma bassängen.

Jag flyter i Röstjärn, tänkte hon. *Där simmade min far och jag när jag var barn. Det svarta vattnet var omöjligt att se igenom. Han brukade skrämma mig med att tjärnen var bottenlös. Vi simmade där på sommarkvällarna när myggen ven och jag älskade honom eftersom han kunde ta så kraftiga simtag.*

Hon återvände till sitt rum och la sig naken ovanpå lakanen. Tankarna vandrade.

Lucinda och Nazrin? Lägenheten i Barcelona och lägenheten i Stockholm? Varför hade han lagt ut sina ridåer? Och varför hade han pyjamas på sig när han dog?

Hon somnade och vaknade av telefonen.

– Det är Lars Håkansson. Jag är här i receptionen med Henriks väska.

– Är klockan redan sju? Jag står i duschen.

– Jag kan vänta. Jag kom tidigare än jag trott. Klockan är bara fyra.

Hon klädde sig hastigt och skyndade nerför trappan. Håkansson reste sig när hon kom. I handen höll han en svart sportbag med Adidas i röd text.

190

– Jag hämtar dig klockan elva i morgon.

– Jag hoppas att jag inte är till besvär?

– Inte alls. Inte på några villkor.

Hon återvände till sitt rum och öppnade väskan. Överst låg ett par byxor och en jacka av tunn kaki. Det var kläder som hon aldrig hade sett Henrik bära. Därunder fanns plastfickor med papper, några pärmar av samma typ som hon hittat både i Stockholm och Barcelona. Hon tömde väskan på sängen. I botten fanns jord som rann ut. Hon tog den mellan fingrarna. *Återigen den röda jorden.*

Hon började gå igenom hans papper. En torkad insekt, en fjäril, föll ut från en bunt fotostatkopior. Det var en artikel på engelska, skriven av professor Ronald Witterman vid universitetet i Oxford. Titeln var *Dödens väntrum, en resa genom dagens fattiga värld.* Artikeln bars fram av ett ursinne. Här fanns ingenting av den lugna och behärskade stil som oftast präglade debatterande professorer. Witterman sprutade av raseri. "Aldrig har vi haft så stora resurser till vårt förfogande för att skapa en uthärdlig värld för alltfler människor. Istället kränker vi all vår medvetenhet, vår intellektuella kraft, våra materiella resurser, genom att låta den ohyggliga misären öka. Vårt ansvar har vi för länge sedan sålt ut genom att lägga resurser på internationella institutioner som Världsbanken, vars politiska åtgärder oftast inte innebär annat än att det mänskliga lidandet hamnar på den arroganta ekonomiska rådgivningens altare. Våra samveten har vi för länge sedan gjort oss av med."

Witterman var en man som inte satte punkt, tänkte hon. En man vars ursinne hade fångat Henriks uppmärksamhet.

I plastfickorna fanns också sidor utrivna ur ett kollegieblock. Henrik hade börjat översätta professor Wittermans artikel till svenska. Hon kunde se att han hade haft svårt att hitta orden, svårt att inordna sig i de långa meningarnas rytm. Hon la artikeln åt sidan och bläddrade vidare. Plötsligt dök Kennedys hjärna upp igen. Henriks anteckningar var nedkrafsade på olika lösa blad. Hon la dem i ordning och började läsa.

Den 21 januari 1967 ringde den amerikanske riksåklagaren Ramsey Clark ett telefonsamtal. Han var orolig och osäker på vilken reaktion han skulle möta. Efter att ha slagit numret, talade han med en sekreterare som bad honom vänta. En vresig röst kom i telefonen. President Lyndon Baines Johnson kunde vara en trevlig och gemytlig person men lika ofta vresig när saker gick honom emot.

– God morgon, herr president.

– Vad är det egentligen som pågår? Jag trodde allting var klart redan när obduktionen av Jack skedde på marinbasen?

– Vi bad dom tre patologerna komma hit till Washington. Vi var tvungna att hämta Fink från Vietnam.

– Jag ger fan i Fink! Jag har en delegation från Arkansas som står och trampar här utanför dörren. Dom vill prata havre och vete. Jag har förbanne mig inte tid med det här.

– Ursäkta, herr president. Jag ska fatta mig kort. Dom var inne i arkiven igår. Bland andra doktor Humes som vittnade inför Warrenkommissionen, om ett foto av högra lungan. Det var viktigt för fastställandet av hur Kennedy hade dött.

– Det där har jag läst i kommissionens rapport. Vad är det egentligen du vill?

– Det verkar som om vi har fått ett problem. Fotografiet är borta.

– Vad menar du med att det är borta?

– Det har försvunnit. Förmodligen också en annan bild som visade ingångshålet för den kula som var direkt dödande.

– Hur i helvete kan fotografier från Kennedys obduktion försvinna?

– Hur kan hans hjärna försvinna?

– Vad händer nu?

– Läkarna är naturligtvis bekymrade eftersom dom tidigare avlagt vittnesbörd under ed att fotografierna funnits. Nu är dom borta. Åtminstone ett.

– Kommer tidningarna att börja gräva i det här?

– Med största sannolikhet. Allt kommer att rivas upp igen. Konspirationsteorierna, Oswald var inte ensam, allt som vi försökt stänga till kan öppnas på nytt.

– Jag har inte tid med Jack längre. Han är död. Jag försöker vara president här, jag försöker reda ut ett vansinnigt krig i Vietnam och negrer som löper amok på gatorna om vi snart inte löser medborgarrättsfrågorna. Du får se till att dom där läkarna inte pratar för mycket. Och skicka tillbaka Fink till Vietnam så fort som möjligt.

Henrik slutade referatet med att notera att det var hämtat från "Justice Department, recently opened archives". Han gjorde också en egen kommentar.

Allt tycks begravas. Besvärande fakta sopas under mattan. Sanningen ska förkläs. Vi lever i en värld där det är viktigare att dölja fakta än att avslöja dem. Den som i hemlighet lyser med lampor in i de mörkaste hörnen kan aldrig vara säker på vad han eller hon kan finna. Jag måste fortsätta att lysa. Snart ska jag lägga undan alla dessa dokument om Kennedy och hans fördömda hjärna. Men de är som en handbok till lögnens värld, och därmed till sanningens.

Louise fortsatte att gå igenom pappersbuntarna. Där fanns ett kartblad över södra delarna av Moçambique. Henrik hade ritat en ring runt en stad som hette Xai-Xai och ett område strax nordväst om staden.

Louise la kartan åt sidan. Längst ner i sportbagen låg ett brunt kuvert. Hon öppnade det. Det innehöll fem silhuetter i svart papper. Två av dem var geometriska mönster. De tre andra var profiler av människor. Genast såg hon att en av dem föreställde Henrik. Det var hans profil, det rådde inget tvivel. Hon kände ett obehag växa inom sig, silhuetten var skickligt gjord. Men Henrik var bara en skugga, det svarta pappret förebådade på något sätt det som hade hänt.

Hon betraktade de två andra silhuetterna. En föreställde en man, den andra en kvinna. Kvinnans profil tydde på att hon var afrikanska. Ingenting stod skrivet på baksidorna. Silhuetterna var uppklistrade på vita styva ark. Där fanns ingen signatur, inget som angav vem som klippt dem. Kunde det ha varit Henrik själv?

Hon gick igenom väskans innehåll ytterligare en gång. Till sist satt hon igen med silhuetterna. Vad betydde de?

Hon gick ner till receptionen, ut i trädgården. Vinden från havet var mild, fylld av dofter från hemlighetsfulla kryddor.

Hon satte sig på en bänk och såg ut över det mörka havet. En fyrboj blinkade, långt ute vid horisonten passerade ett fartyg söderut.

Hon hajade till när Lucinda plötsligt dök upp bakom henne.

Varför rör sig alla människor här ljudlöst? Varför hör jag dem inte komma?

Lucinda satte sig bredvid henne.

– Vad hittade du i väskan?

Louise ryckte till.

– Hur kan du känna till den?

– Jag träffade Håkansson. Det här är en stor stad som samtidigt är mycket liten. Jag träffade honom av en tillfällighet och han berättade.

– Han sa att du hette Julieta, att han inte kände nån vid namn Lucinda.

Lucindas ansikte vilade i skugga.

– Män ger ibland kvinnor dom namn dom vill.

– Varför skulle kvinnorna gå med på det?

I samma ögonblick, men ändå för sent, insåg Louise vad Lucinda menade.

– Han tyckte att jag såg ut som en kvinna som borde heta Julieta. Under tre månader träffades vi två kvällar i veckan, alltid på bestämda tider, nästan alltid i de diskreta lägenheter som hyrs ut till möten som våra. Sen hittade han nån annan, eller så kom hans fru hit. Jag minns inte.

– Ska jag tro på det här?

Svaret kom som ett rapp.

– Att jag var hans hora? Att jag var hans svarta lilla mus som han kunde leka med mot kontant betalning, alltid i dollar eller i sydafrikanska rand?

Lucinda reste sig.

– Jag kan inte hjälpa dig om du inte vill förstå vad som händer i ett fattigt land.

– Jag menade inget illa.

– Du kommer aldrig att förstå, du som aldrig nånsin kommer att behöva reflektera över att sära på benen för att få mat i din egen mage eller mat till dina barn och föräldrar?

– Du kanske kan förklara för mig.

– Det var därför jag kom. I morgon eftermiddag vill jag att du följer med mig. Det är nånting jag vill visa dig. Nåt som också Henrik såg. Ingenting kommer att hända, du behöver inte vara rädd.

– Jag är rädd för allt här, för mörkret, för att bli rånad av människor jag varken ser eller hör. Jag är rädd eftersom jag inte förstår.

– Henrik var också rädd. Men han försökte slå sig fri från rädslan. Han försökte förstå.

Lucinda gick därifrån. Vinden var fortfarande mjuk. Louise såg henne framför sig, hur hon längs mörka gator gick till baren där hon arbetade.

Hon såg sig runt i den stora hotellträdgården. Överallt anade hon skuggor i mörkret.

14

Hon stod vid fönstret och såg solen ta ett språng ur havet. En gång när hon var barn hade hennes far talat om världen som ett ofantligt bibliotek av lagrade soluppgångar och skymningstimmar. Hon hade aldrig helt förstått vad han menat, hur solens rörelser kunde liknas vid skrifter innanför pärmar. Inte heller nu när hon stod där och såg ljuset sprida sig över vattnet, kunde hon fånga hans tanke.

Hon övervägde om hon skulle ringa honom och fråga. Men hon lät det bero.

Istället satte hon sig på den lilla balkongen och slog numret till hotellet i Barcelona. Det var Xavier som svarade. *Herr Cantor hade inte hört av sig, inte heller polisen.* Herr Castells skulle ha meddelat honom om det framkommit något nytt om herr Cantor.

– Vi har heller inte mottagit några dåliga nyheter, ropade han, som om avståndet mellan Barcelona och södra Afrika var för långt för att man skulle kunna använda normal samtalston.

Förbindelsen bröts. Hon ringde inte igen, hon hade fått bekräftat det hon redan visste. Aron var fortfarande borta.

Hon klädde sig och gick ner till matsalen. Vinden från havet var svalkande. Hon hade just ätit färdigt när någon tilltalade henne med hennes namn. "Fru Cantor", med betoningen på sista stavelsen. När hon vände sig om såg hon rakt in i ett skäggigt ansikte, en man av blandad hudfärg, lika mycket europé som afrikan. Ögonen var skarpa. När han talade kunde hon skymta hans dåliga tänder. Han var kortvuxen, korpulent och otålig.

– Louise Cantor?

– Det är jag.

Hans engelska bar spår av portugisiska men var lätt att förstå. Utan att fråga drog han ut stolen mitt emot henne och satte sig ner. Servitrisen som närmade sig vinkade han undan.

– Jag är Nuno, vän till Lucinda. Jag fick höra att du var här och att Henrik är död.

– Jag vet inte vem du är.

– Naturligtvis vet du inte det. Jag har varit här i mindre än en minut.

– Nuno vem? Kände du min son?

– Nuno da Silva. Jag är journalist. Henrik sökte upp mig för några månader sen. Han ställde frågor, viktiga frågor. Jag är van att människor söker upp mig men inte alltid att de har frågor som intresserar mig.

Louise försökte komma ihåg om Henrik i sina anteckningar någonsin hade nämnt hans namn. Men hon hittade ingen Nuno da Silva i minnet.

– Vad var det för frågor?

– Säg mig först vad som hänt. Lucinda sa att han dött i sin säng. Var stod hans säng?

– Varför frågar du något så egendomligt?

– Därför att han verkade vara en man som ofta bytte plats för sin säng, en ung man i rörelse. När jag träffade honom tänkte jag genast att han påminde mig om hur jag var för 25 år sen.

– Han dog i Stockholm.

– En gång har jag besökt den staden. Det var 1974. Portugiserna höll på att förlora sina krig i de afrikanska kolonierna. Kaptenerna skulle snart revoltera i Lissabon. Det var en konferens, vem som betalade min resa eller gav mig visum vet jag fortfarande inte. Men det var uppmuntrande att se dessa trygga svenska ungdomar, utan minsta erfarenhet av krigets och det koloniala förtryckets vidrigheter, så helhjärtat bjuda på sitt stöd. Men jag tyckte också att det var ett egendomligt land.

– På vilket sätt?

– Vi talade hela dagarna om friheten. Men det var omöjligt att hitta nånstans där man kunde dricka öl efter klockan tio på kvällen. Allting var stängt eller så var alkohol förbjudet. Ingen kunde förklara varför. Svenskarna förstod oss men inte sig själva. Vad var det som hände med Henrik?

– Läkarna sa att hans kropp var full av sömnmedel.

– Han skulle aldrig ha begått självmord! Var han sjuk?

– Han var inte sjuk.

Varför ljuger jag? Varför säger jag inte att det kanske var rädslan för sjukdomen som dödade honom. Men jag kanske fortfarande inte kan tro att det verkligen var så. Han var sjuk men han skulle ha kämpat emot. Och han skulle ha talat om det för mig.

– När hände det?

– Den 17 september.

Den lille mörkhårige mannens reaktion på Louises svar kom med full kraft.

– Han ringde mig några dagar innan.

– Är du säker?

– Jag är journalist, men också tidningsutgivare. Min lilla faxade dagstidning kommer ut alla dagar utom söndagar. Jag har en inbyggd almanacka i min hjärna. Det var en tisdag han ringde och du säger att du hittade honom på fredagen.

– Vad ville han?

– Han hade några frågor som inte kunde vänta.

Frukostmatsalen började fyllas. De flesta gästerna var högröstade sydafrikaner med svällande magar. Louise såg att Nuno blev alltmer irriterad.

– Jag går aldrig hit. Här finns ingenting som berättar sanningen om det här landet. Det kunde vara ett hotell i Frankrike eller England, eller varför inte i Lissabon. Här är fattigdomen bortsopad, belagd med förbud att visa sig.

– Jag ska flytta idag.

– Henrik skulle aldrig ha satt sin fot här om han inte hade haft ett ärende.

– Vilket då?

– Att möta sin mor och tala om för henne att hon borde lämna hotellet. Kan vi inte sätta oss ute?

Han reste sig utan att vänta på svar och försvann hastigt över terrassen.

– En mycket bra man, sa servitrisen till Louise. Han berättar det alla andra tiger om. Men han lever farligt.

– På vilket sätt?

– Sanningen är alltid farlig. Nuno da Silva är inte rädd. Han är mycket modig.

Nuno stod lutad mot räcket och såg frånvarande ut över havet. Hon ställde sig bredvid honom. Solen skymdes av en uppspänd markis som rörde sig i den svaga vinden.

– Han kom till mig med sina frågor. Men det var lika mycket påståenden som frågor. Jag förstod genast att han var nånting på spåren.

– Vad för spår?

Nuno da Silva skakade otåligt på huvudet, han ville inte bli avbruten.

– Vårt första möte inleddes av en mindre katastrof. Han dök upp på tidningsredaktionen och frågade om jag ville bli hans Vergilius. Jag hörde knappt vad han sa, men Vergilius och Dante kände jag till. Jag tänkte att han var en förvuxen student som av något outgrundligt skäl ville göra sig märkvärdig. Så jag svarade som jag gjorde. Jag bad honom dra åt helvete, att inte störa mig. Då bad han om ursäkt, han sökte ingen Vergilius, han var ingen Dante, han ville bara prata. Jag frågade varför han kommit just till mig. Han sa att Lucinda hade sagt åt honom att kontakta mig. Men mest av allt eftersom alla han talade med förr eller senare alltid nämnde mitt namn. Jag är själva bekräftelsen på hur hopplöst det är här just nu. Jag är nästan ensam om att ifrågasätta sakernas tillstånd, maktövergreppen, korruptionen. Jag bad honom vänta eftersom jag måste skriva färdigt en artikel. Han satt på en stol, sa ingenting, väntade. Efteråt gick vi ut, min tidning är inrymd i ett garage på en gård. Vi satt på några bensinfat som vi har klämt ihop till två obekväma bänkar. Det är bra sittplatser eftersom det blir alltför tröttsamt att vila. Ryggvärk får man av lättja.

– Inte min far. Han har varit skogshuggare. Hans rygg är slut, men sannerligen inte på grund av att han varit lat.

Nuno da Silva tycktes inte höra vad hon sa.

– Han hade läst några artiklar som jag skrivit om aids. Han var övertygad om att jag hade rätt.

– Om vad?

– Om orsakerna till epidemin. Jag tvivlar inte på att döda schimpanser och människor som ätit apkött har med sjukdomen att göra. Men att ett virus som är så skickligt på att dölja sig, gömma sig, manipulera sig själv och ständigt dyka upp i nya skepnader, inte haft förlossningshjälp – det vägrar jag tro på. Ingen ska kunna övertyga mig om att detta virus inte har sitt ursprung i nåt hemligt laboratorium, av den sort den amerikanska regimen förgäves letade efter i Irak.

– Finns det några bevis för det här?

Nuno da Silvas otålighet övergick till öppen irritation.

– För det självklara finns inte alltid ett omedelbart behov av bevis. Förr eller senare hittar man dom. Det som de gamla kolonialisterna sa på sin tid har fortfarande giltighet. "Afrika vore paradiset på jorden, om det inte vore för alla dessa fördömda afrikaner som bor här." Aids är ett instrument för att döda de svarta på den här kontinenten. Att det åker med en del homosexuella i USA och andra som ägnar sig åt ett vanligt vänligt sexualliv är ett svinn i marginalen. Den cyniska uppfattningen hittar du hos dom människor som menar sig ha rätt att dominera världen. Henrik hade tänkt samma tanke själv. Men han hade gjort ett eget tillägg, jag minns det ordagrant. *Männen i Afrika håller på att utrota kvinnorna.*

– Vad menade han med det?

– Kvinnorna har väldigt små möjligheter att skydda sig. Männens dominans på den här kontinenten är förfärande. Här härskar patriarkala traditioner som jag minst av allt vill försvara. Men det ger sannerligen inte västerländska laboratorier rätt att förgöra oss.

– Vad hände sen?

– Vi satt kanske en timme och pratade. Jag tyckte om honom. Jag föreslog att han skulle skriva om det i europeiska tidningar, men han svarade att det var för tidigt. *Inte än.* Det minns jag tydligt.

– Varför sa han så?

– Han ville följa upp ett spår, men han sa aldrig vilket. Jag märkte att han inte ville tala om det. Han visste kanske inte tillräckligt. Sen skiljdes vi. Jag bad honom besöka mig igen. Men det gjorde han aldrig.

Han kastade en hastig blick på sin klocka.

– Jag måste gå.

Hon försökte hålla honom kvar.

– Någon dödade honom. Jag måste få veta vem och varför det hände.

– Han sa ingenting som jag inte sagt. Vad han letade efter vet jag inte. Även om jag kan ana.

– Vad är det du anar?

Han skakade på huvudet.

– Aningar. Ingenting annat. Kanske blev det han visste för tungt för honom att bära. Människor kan dö av för stor kunskap om andras lidande.

– Du sa att han hade ett spår?

– Jag tror det fanns inom honom. Ett spår som var en tanke. Jag förstod aldrig helt vad han menade. Kopplingen som han letade efter var ytterst oklar. Han talade om narkotikasmuggling. Stora omlastningar av heroin från vallmoodlingarna i Afghanistan. Fartyg som låg ute på Moçambiques redder om natten, snabba motorbåtar som hämtade, transporter i mörkret genom obevakade gränskontroller till Sydafrika och vidare mot resten av världen. Även om stora summor i mutor måste betalas ut till poliser, tulltjänstemän, åklagare, domare, statstjänstemän och inte minst de ansvariga ministrarna, är förtjänsterna oerhörda. Narkotikan omsätter idag lika mycket pengar som den samlade turistindustrin. Mer än vapentillverkningen. Henrik talade mycket dunkelt om ett samband mellan aidsepidemin och det här. Var han fått sin information ifrån vet jag inte. Nu måste jag gå.

De skiljdes utanför hotellet.

– Jag kommer att bo hemma hos en svensk ambassadtjänsteman som heter Lars Håkansson.

Nuno da Silva gjorde en grimas.

– En intressant person.

– Känner du honom?

– Jag är journalist och jag måste känna till det som är värt att veta. Både om verkligheten och människorna.

Han tog henne hastigt i handen, vände sig om och försvann ut på gatan. Hon kunde se att han hade bråttom.

Den starka värmen plågade henne. Hon återvände till sitt rum. Nuno da Silvas ansiktsuttryck hade inte varit möjligt att ta miste på. För Lars Håkansson saknade han all respekt.

Hon såg upp i taket och försökte bestämma vilken av sina bågar hon skulle spänna. Kanske borde hon undvika Lars Håkansson. Men Henrik har bott där. Jag måste hitta de ställen där Henrik kan ha lämnat kvar några avtryck, tänkte hon.

Klockan var kvart över nio. Hon ringde till Artur. Hon kunde höra på hans röst att han väntat på att hon skulle ringa. Det gav henne en klump i halsen. Kanske hade han återigen varit vaken hela natten.

Det är bara han och jag nu. De andra är borta.

Hon tänkte att det skulle göra honom lugn att hon sa att allt var bra och att hon skulle flytta hem till en man som var anställd vid den svenska beskickningen. Själv berättade han att det snöade, tätare nu, mer än en decimeter under natten. Dessutom hade han hittat en död hund på vägen när han hämtat tidningen.

– Vad hade hänt?

– Inte kunde jag se att nån hade kört på den. Det såg ut som om nån skjutit sönder huvudet på den och slängt den på vägen.

– Kände du igen den?

– Nej. Den var inte härifrån. Men hur kan man hata en hund så mycket?

Efter telefonsamtalet blev hon liggande på sängen. *Hur kan man hata en hund så mycket?* Hon tänkte på vad Nuno da Silva sagt. Kunde han verkligen ha rätt i att den fruktansvärda aidsepidemin skulle vara orsakad av en konspiration med syfte att utrota människorna på den afrikanska kontinenten? Skulle Henrik ha varit en del av det "svinn" han talat om? Det föreföll henne som rent vansinne. Inte heller kunde Henrik ha trott det. Han skulle aldrig ha varit anhängare till en konspirationsteori som inte överlevde en noggrann besiktning.

Hon satte sig upp i sängen och drog lakanet runt sig. Luftkonditioneringen fick henne att rysa till, huden på armarna knottrade sig.

Vad var det för spår som Nuno da Silva tycktes ha uppfattat hos Henrik? Ett spår inom honom. Vilken båge spände Henrik? Vart riktade han pilen? Hon visste inte, men ändå kände hon att hon närmade sig någonting.

Hon svor högt, rakt ut i luften. Sedan steg hon upp, stod länge under det kalla vattnet i duschen, packade sin väska och hade betalat rummet när Håkansson dök upp.

– Jag satt just och tänkte på att om jag blivit en pojke hade min far säkert döpt mig till Lars.

– Ett utmärkt namn. Lätt att uttala på alla språk, utom möjligtvis för de mandarintalande i Kina. Lars Herman Olof Håkansson. Lars efter min farfar, Herman efter min morfar som var sjöofficer och Olof efter Olof Skötkonung. Jag seglar fram genom livet med dem som mina skyddshelgon.

Men Lucinda ville du kalla Julieta. Varför blev du upphetsad av att byta namn på henne?

Hon bad honom skriva upp adressen där han bodde och lämnade den i receptionen med beskedet att de skulle ge den till en kvinna vid namn Lucinda när hon kom och frågade efter henne.

Lars Håkansson stod vid sidan av, förlorad i tankar. Hon talade med låg röst för att han inte skulle höra.

Bostaden låg vid en gata som hette Kaunda. Diplomatkvarter, många nationsflaggor. Muromgärdade villor, uniformerade vakter, skällande hundar. De gick in genom järngrinden, en man som arbetade i trädgården tog hennes väskor, trots att hon försökte bära dem själv.

– Huset byggdes av en portugisisk läkare, förklarade Lars Håkansson. 1974, när portugiserna äntligen insåg att de svarta mycket snart skulle befria sig, gav han sig av. Han lär ha lämnat en segelbåt kvar i hamnen och ett piano som ruttnade ner på kajen eftersom det aldrig lastades ombord på flyktfartyget till Lissabon. Staten övertog de tomma husen. Nu hyrs det av svenska staten, skattebetalarna erlägger min hyra.

Huset omgavs av en trädgård, på baksidan fanns några höga träd. En kedjad schäferhund betraktade henne vaksamt. Inne i huset fanns två tjänstekvinnor, en gammal, en ung.

– Graça, sa han när Louise hälsade på den äldre kvinnan. Hon städar, är visserligen alldeles för gammal. Men hon vill vara kvar. Jag är visst den nittonde svenska familjen hon arbetar för.

Graça tog ett stadigt tag i hennes väskor och bar upp dem för trappan. Louise såg med förfäran på den magra kroppen.

– Celina, sa Lars Håkansson. Louise hälsade på den unga kvinnan.

Hon är kvicktänkt och lagar hygglig mat. Behöver du något så tala med henne. Det finns alltid någon här under dagarna. Jag kommer hem sent ikväll. Säg till när du är hungrig så får du mat. Celina visar dig ditt rum.

Han var redan på väg ut genom dörren när hon kom ifatt honom.

– Är det samma rum som Henrik bodde i?

– Jag trodde att du ville ha det så. Men gör du inte det så kan du byta. Huset är stort. Doktor Sa Pinto hade enligt ryktet en mycket stor familj. Alla barn skulle ha egna sovrum.

– Jag ville bara veta.

– Nu gör du det.

Louise återvände in i huset. Celina stod och väntade vid trappan. Graça hade kommit ner från övervåningen och skymtade i köket. Louise följde Celina uppför trappan i det alldeles vita huset.

De kom in i ett rum där fuktfläckar hade gjort murputsen gul, hon kände en svag lukt av mögel. Det var där Henrik hade sovit. Rummet var inte stort, det mesta utrymmet upptogs av en säng. Fönstret var gallerförsett som i ett fängelse. Hennes väska låg på sängen. Hon öppnade dörren till garderoben. Den var tom, sånär som på en golfklubba.

Hon stod orörlig intill sängen och försökte föreställa sig Henrik i detta rum. Men han fanns inte där. Hon hittade honom inte.

Hon packade upp väskan, letade reda på ett badrum efter att ha kastat en blick in i det stora sovrum som var Lars Håkanssons. Hade Lucinda, eller Julieta som han betalade för att kalla henne, sovit i den sängen?

Olusten slog till med full kraft. Hon gick ner till bottenvåningen igen, drog korken ur en halvdrucken vinflaska och satte den mot munnen.

För sent upptäckte hon att Graça stod vid den halvöppna dörren till köket och betraktade henne.

Klockan tolv serverades hon en omelett. Ett bord dukades åt henne som om hon befunnit sig på restaurang. Hon petade bara i maten. Tomheten innan ett beslut blir fattat, tänkte hon. Egentligen vet jag redan att jag bör resa härifrån så fort som möjligt.

Hon drack kaffe på baksidan av huset där värmen inte var så stark. Hunden låg i sin kedja och betraktade henne vaksamt. Sakta slumrade hon till. Hon vaknade av att Celina lätt rörde vid hennes ena axel.

– Besök, sa hon.

Louise reste sig yrvaket. Hon hade drömt om Artur, någonting som hänt när hon var barn. Återigen hade de simmat i den mörka tjärnen. Det var allt hon kunde minnas.

När hon kom in i vardagsrummet väntade Lucinda där.

– Sov du?

– Min sorg och min sömn glider ihop. Jag har aldrig sovit så mycket och så lite som efter det att Henrik dog.

Celina kom in i rummet och frågade något på sitt afrikanska språk. Lucinda svarade, Celina försvann. Louise tänkte att hon rörde sig så lätt, som om hennes fötter inte vidrörde det mörkbruna trägolvet.

– Vad talade ni om? Jag förstår absolut ingenting.

– Hon frågade om jag ville dricka nånting. Jag tackade nej.

Lucinda var klädd i vita kläder, på fötterna bar hon skor med höga klackar. Hennes hår var flätat och låg tätt mot hjässan.

Lucinda är mycket vacker. Hon har delat säng med Henrik precis som med Lars Håkansson.

208

Tanken fyllde henne med obehag.

– Jag vill ta med dig på en biltur, sa Lucinda.

– Vart?

– Ut ur staden. Till en plats som betydde mycket för Henrik. Vi kommer tillbaka ikväll.

Lucindas bil stod i skuggan av ett blommande jakarandaträd. De lavendelblå bladen hade fallit ner på den röda motorhuven. Bilen var gammal, bucklig. När Louise satte sig i sätet kände hon doften av frukt.

De for genom staden. Det var mycket varmt i bilen. Louise satt med ansiktet vänt mot det öppna fönstret för att komma åt vinddraget. Trafiken var kaotisk, överallt fordon som trängde sig fram. Nästan alla dessa bilar skulle omedelbart ha belagts med körförbud om det varit i Sverige, tänkte hon. Men de var inte i Sverige, de var i ett land i östra Afrika och här hade Henrik varit, en kort tid innan han avlidit.

De närmade sig utkanterna av staden, nedslitna lagerlokaler, överallt uppbrutna trottoarer, rostiga bilar och en oändlig ström av gående människor. När de stannade vid rött ljus såg Louise en kvinna som hade en stor korg på sitt huvud, en annan kvinna balanserade två högklackade röda skor, också på huvudet. *Överallt bördor*, tänkte hon. *Bördor jag ser ovanpå kvinnornas huvuden. Andra bördor bär de inom sig, som jag bara kan ana.*

Lucinda svängde av i en kaotisk vägkorsning där trafikljusen inte fungerade. Hon lotsade sig beslutsamt igenom oredan. Louise uppfattade en vägskylt där det stod Xai-Xai.

– Vi far norrut, sa Lucinda. Du skulle komma till ditt eget land om du for den här vägen rakt fram. Vi far mot öster och mot norr.

De passerade en stor kyrkogård. Olika begravningsföljen trängdes vid grindarna. Plötsligt var de ute ur staden, trafiken minskade, runt vägen glesnade de låga husen av lera och plåt, landskapet tog över, högt gräs, och på avstånd bergshöjder, allt i olika skiftningar av grönt. Lucinda koncentrerade sig på körningen. Överlastade lastbilar och bussar som vräkte ut moln av svarta avgaser blockerade vägen, sällan fanns möjligheter att köra om. Louise betraktade människorna ute på fälten. Hon såg en del män men mest kvinnor, hackor som lyftes och sänktes, böjda ryggar och längs vägrenarna en ständig ström av gående människor.

– Det är Henriks bil, sa Lucinda plötsligt.

Hon hade just kört om en av de osande bussarna och vägen framför dem var rak och fri.

– Han köpte den för 4 000 dollar, fortsatte hon. Han betalade alldeles för mycket. När han for bad han mig ta hand om den tills han kom tillbaka. Jag antar att det nu är din bil.

– Den är inte min. Varför behövde han en bil?

– Han tyckte om att köra. Inte minst sen han börjat besöka den plats vi är på väg till.

– Jag vet fortfarande inte vart vi ska?

Lucinda svarade inte, Louise frågade inte igen.

– Han köpte den av en dansk som bott här i många år och driver ett litet verkstadsföretag. Alla vet vem Carsten är. En vänlig man med stor mage som är gift med en mager liten svart kvinna från Quelimane. Dom bråkar alltid, inte minst på söndagarna när dom promenerar på stränderna. Alla älskar när dom grälar eftersom man kan se att dom tycker så mycket om varandra.

De körde en dryg timme, den mesta tiden under tystnad. Louise följde det växlande landskapet med ögonen. Ibland tyckte hon att hon kunde föreställa sig ett vinterlandskap i Härjedalen, om det gröna och bruna ersattes av vitt. Där fanns också den grekiska naturen på Peleponnesos. Allt tycktes vara ett, tänkte hon. Av naturens skärvor kan man bygga alla sorters landskap.

Lucinda växlade ner och svängde av vägen. Där var en busshållplats och en liten marknad. Jorden vid vägbanan var upptrampad, i några små kiosker såldes öl, läskedrycker och bananer. Några pojkar med kylväskor i händerna kom rusande mot bilen. Lucinda köpte två sodavatten och gav Louise den ena, schasade sedan undan pojkarna. De lydde henne genast, envisades inte med att försöka sälja sina sydafrikanska kexpaket.

– Vi brukade stanna just här, sa Lucinda.

– Du och Henrik?

– Ibland förstår jag inte dina frågor. Vem skulle jag annars ha varit här med? Någon av mina kunder från det förflutna?

– Jag vet ingenting om Henriks liv i det här landet. Vad var det han ville? Vart är vi på väg?

Lucinda betraktade några barn som lekte med en hundvalp.

– Den sista gången vi var här sa han att han älskade den här platsen. Här tog världen slut eller här började den. Ingen skulle kunna hitta honom.

– Sa han så?

– Jag minns orden. Jag frågade honom vad han menade eftersom jag inte förstod. Han kunde vara så dramatisk ibland. Men när han talade om världens början och slut var han alldeles lugn. Det var som om den rädsla han ständigt gick och bar på plötsligt var borta, åtminstone under ett kort, flyktigt ögonblick.

– Vad svarade han?

– Ingenting. Han satt tyst. Sen for vi härifrån. Det var allt. Så vitt jag vet återkom han aldrig hit. Jag vet inte varför han reste från Maputo. Jag visste inte ens att han skulle resa. Plötsligt var han bara borta. Ingen visste nånting.

Precis som Aron. Samma sätt att fly, utan ett ord, utan någon förklaring. Precis som Aron.

– Låt oss sätta oss i skuggan, sa Lucinda och öppnade bildörren. Louise följde efter henne till ett träd där stammen böjde sig till en knotig bänk där båda fick plats.

– Skugga och vatten, sa Lucinda. Det delar vi på i varma länder. Vad delar ni på där det är kallt?

– Värme. Det fanns en berömd man i Grekland som en gång bad en mäktig härskare, som lovat att infria hans högsta önskan, att han skulle flytta sig eftersom han skuggade för solen.

– Ni liknar varandra, du och Henrik. Ni har samma sorts … hjälplöshet.

– Tack.

– Jag menar inte att såra dig.

– Det var ett uppriktigt tack, för att du tycker att jag liknar min son.

– Är det inte tvärtom? Att han liknade dig? Där skiljer i så fall du och jag oss åt. Jag tror inte att man hämtar sitt ursprung ur framtiden. Man kan inte närma sig det okända som väntar utan att hela tiden veta vad som fanns innan.

– I hela mitt liv har jag varit arkeolog av just den anledningen. Utan fragment och viskningar ur det förflutna finns inget nu, ingen framtid, ingenting. Kanske vi trots allt har fler likheter än du tror?

Barnen som lekte med den magra hundvalpen sprang förbi. Dammet yrde från den torra jorden.

Lucinda ritade med ena foten något som liknade ett kors infattat i en cirkel.

– Vi är på väg till en plats där Henrik upplevde en stor glädje. Kanske han till och med uppfattade nånting där som ett lyckotillstånd. Han hade köpt sin bil utan att tala om varför han behövde den. Ibland försvann han flera veckor utan att säga nånting. En kväll dök han upp i baren, det var långt efter midnatt, han stannade där tills jag slutade och körde mig hem. Han berättade om en man som hette Christian Holloway, som hade byggt upp några byar, där aidssjuka skulle få vård. Platsen han hade besökt saknade namn, eftersom Holloway predikade ödmjukhet. Till och med ett namn var förmätet. Dom som vårdades betalade ingenting. Dom som arbetade där gjorde det frivilligt, många européer, men också amerikaner och asiater. Deras insats var helt ideell, dom levde enkelt. Det var ingen religiös sekt. Henrik sa att inga gudar behövdes eftersom handlingen dom utförde var gudomlig. Jag såg den där morgonen nånting hos honom jag aldrig sett tidigare. Han hade slagit sig igenom den mur av förtvivlan han kämpat så hårt emot.

– Vad hände sedan?

– Han for tillbaka nästa morgon. Kanske kom han till Maputo bara för att dela med sig av sin glädje. Nu hade han hittat något som han kunde lägga i den andra vågskålen innan eländet fullbordade sin seger. Det var hans egna ord, ofta kunde han låta patetisk. Men han menade det. Henrik var som han var. Han hade sett orättvisan, han hade sett att aids var en pest som ingen ville röra vid. Vad det betyder att han själv var drabbad vet jag inte. Inte heller hur det gick till. Eller när. Men varje gång jag träffade honom sa han att han ville visa mig Holloways by där godheten och omtanken hade segrat. Till sist tog han med mig. En enda gång.

– Varför lämnade han byn och reste tillbaka till Europa?

– Kanske kan du hitta svaret på dina frågor där.

Louise reste sig upp.

– Jag kan inte vänta. Hur långt är det kvar?

– Ungefär halva vägen.

Landskapet skiftade mellan brunt och grönt. De nådde en slätt vid en bred flod, passerade en bro och körde igenoom staden som hette Xai-Xai. Strax efteråt vek Lucinda av längs en väg som tycktes föra rakt ut i ett oändligt bushlandskap. Bilen krängde och slog i den gropiga vägen.

Efter tjugo minuter låg plötsligt en by av vita lerhyddor framför dem. Där fanns också några större byggnader, alla grupperade kring en öppen sandplan. Lucinda bromsade in bilen i skuggan av ett träd och slog av motorn.

– Här är det. Christian Holloways by.

Jag är nära Henrik. Han var här för bara några månader sedan.

– Henrik sa att besökare alltid var välkomna, sa Lucinda. *För ingen ska godheten hållas hemlig.*

– Sa han så?

– Jag tror han hade hört Holloway eller någon av hans medhjälpare använda de orden.

– Vem är han egentligen?

– Enligt Henrik en mycket rik man. Han var inte säker men trodde att Holloway hade gjort sig förmögenheter på olika tekniska patent som underlättat sökande efter olja på havsbottnen. Han är rik och mycket skygg.

– Det låter knappast som en människa som börjar ägna sitt liv åt aidssjuka.

– Varför inte? Jag har brutit med mitt tidigare liv, jag vet många andra som har gjort samma sak.

Lucinda avslutade samtalet genom att stiga ur bilen. Louise blev sittande. Värmen och svetten klibbade på kroppen. Efter ett ögonblick följde Louise efter och ställde sig bredvid Lucinda. Det vilade en tryckande stillhet över platsen. Louise rös till i värmen. Hon kände ett växande obehag. Trots att inga människor syntes till, var det som om ögon betraktade henne.

Lucinda pekade mot en inhägnad damm.

– Henrik talade om den där dammen, om den gamla krokodilen.

De gick närmare. Dammen bestod av trögflytande dyvatten. På den gyttjiga kanten låg en stor krokodil. Både Lucinda och Louise ryckte till. Den var minst fyra meter lång. Resterna av bakhasorna på en blodig kanin eller apa hängde ut mellan bestens käftar.

– Henrik sa att den var över 70 år gammal. Christian Holloway påstod att det var deras skyddsängel.

– En krokodil med vita vingar?

– Krokodiler har funnits på jorden i 200 miljoner år. Krokodilen skrämmer oss genom sitt väsen och matvanor. Men ingen kan förneka den rätten att existera, inte heller kan någon frånkänna den en fantastisk överlevnadsförmåga.

Louise skakade på huvudet.

– Jag förstår ändå inte hur han menade. Jag skulle gärna vilja fråga Holloway själv. Är han här?

– Det vet jag inte. Henrik sa att han sällan visade sig. Han var alltid omgiven av dunkel.

– Sa Henrik så? *Omgiven av dunkel?*

– Jag minns det tydligt.

En dörr i en av de stora byggnaderna öppnades. En vit kvinna i ljusa sjukhuskläder kom ut och gick fram mot dem. Louise la märke till att hon var barfota. Hon hade kortklippt hår, var mager, ansiktet fullt med fräknar. Hon såg ut att vara i Henriks ålder.

– Välkomna, sa hon på dålig portugisiska.

Louise svarade på engelska.

Flickan bytte genast språk och presenterade sig som Laura. Tre L, tänkte Louise. Lucinda och jag och nu en Laura.

– Min son Henrik Cantor arbetade här, sa hon. Minns du honom?

– Jag kom från USA för en månad sen.

– Han sa att man fick komma på besök hit.

– Alla är välkomna. Jag ska visa er runt. Låt mig bara varna er för att aids inte är en vacker sjukdom. Den inte bara dödar människor och förstör deras utseenden. Den skapar också en skräck som kan vara svår att uthärda.

Lucinda och Louise såg på varandra.

– Jag tål att se blod och rädda människor, sa Lucinda. Gör du det?

– En gång var jag den första som kom fram till en svår bilolycka. Det var blod överallt, en hade fått näsan avskuren, blodet pumpade ut. Det tålde jag. Åtminstone dolde jag det väl för mig själv att det var plågsamt.

Från den skarpa solen förde Laura in dem i husen och hyddorna. Louise tänkte att hon trädde in i ett kyrkoliknande dunkel, där de små fönstren skapade en egenartad mystik. *Christian Holloway var en man omgiven av dunkel.* En kväljande lukt av urin och avföring slog emot dem i hyddorna där de sjuka låg på britsar eller bastmattor direkt på golvet. Louise hade svårt att urskilja enskilda ansikten. Det hon upplevde var glimmande ögon, stönanden och lukten som bara försvann när de för ett kort ögonblick kom ut i den bländande solen igen på väg till nästa hus. Det var som att sjunka genom århundradena och stiga in i ett rum fullt av slavar som väntade på transport. Hon viskade en fråga till Laura som svarade att de människor som doldes av dunklet var döende, de skulle aldrig komma ut i solen igen, de var bortom all hjälp, de befann sig i det sista stadiet där bara lindring av smärtan var möjlig. Lucinda gick mest för sig själv, hon höll sig undan. Laura var fåordig, hon ledde dem tyst genom mörkret och lidandet. Louise tänkte att de klassiska kulturerna, inte minst de greker vars gravar hon ständigt grävde i, hade haft klara föreställningar om döende och död, om väntrummen både innan och efter övergången från livet. *Nu vandrar jag med Vergilius och Dante i dödsriket.*

Vandringen tycktes oändlig. De gick från hus till hus. Överallt stönanden, rosslingar, viskande röster, ord som bubblade upp ur osynliga grytor, förtvivlade, uppgivna. Det skar genom henne när hon hörde ett barn som grät, det var det värsta, de osynliga barnen som låg där döende.

I mörkret skymtade unga och vita människor som stod böjda över de sjuka, med vattenglas, tabletter, viskande tröstande ord. Louise såg en mycket ung flicka med en blänkande ring i näsan som höll en avmagrad hand i sin.

Hon försökte föreställa sig Henrik mitt i detta helvete. Kanske skymtade hon honom där inne. Han kunde verkligen ha varit där, hon tvivlade inte på att han hade haft kraft nog att bistå dessa människor.

När de lämnat det sista huset och Laura tagit med dem till ett luftkonditionerat rum där det fanns ett kylskåp med isvatten, bad Louise att få tala med någon som hade känt Henrik. Laura försvann för att undersöka om hon kunde hitta någon.

Lucinda var fortfarande stum, vägrade att dricka vattnet som stod på bordet. Plötsligt öppnade hon en dörr till ett annat, inre rum. Hon vände sig om och såg på Louise.

Rummet var fullt av döda människor. De låg på golvet, på bastmattor, smutsiga lakan, ett oändligt antal döda människor. Louise ryggade bakåt, Lucinda stängde dörren.

– Varför visade hon oss inte det här rummet? frågade Lucinda.

– Varför skulle hon göra det?

Louise märkte att hon blev illamående. Samtidigt fick hon en känsla av att Lucinda visste om det där rummet. Hon hade öppnat dörren någon gång tidigare.

Laura kom tillbaka i sällskap med en man i trettioårsåldern. Han hade utslag i ansiktet, hans hälsning var kraftlös. Han hette Wim, kom från England och han mindes Henrik mycket väl. Louise bestämde sig plötsligt för att inte berätta att han var död. Hon orkade inte med fler döda nu. Henrik hörde inte hit, det var en alltför fruktansvärd syn att tänka sig honom i rummet med alla de lagrade kropparna.

– Var ni goda vänner? frågade Louise.

– Han höll sig för sig själv. Många gör det för att orka.

– Hade han någon som stod honom särskilt nära?

– Vi är alla vänner.

Gode Gud. Svara på mina frågor. Du står inte inför Herren, du står inför mig, Henriks mor.

– Ni kan inte ha arbetat jämt?

– Nästan.

– Vad minns du av honom?

– Han var snäll.

– Bara det?

– Han pratade inte så mycket. Jag visste knappt att han var svensk.

Wim tycktes till sist inse att någonting hade hänt.

– Varför frågar du?

– I hopp om att få svar. Men jag inser att dom inte finns. Tack för att jag fick hälsa på dig.

Louise kände ett plötsligt ursinne över att denna bleka och kraftlösa person levde medan Henrik var död. Det var en orättvisa som hon aldrig skulle kunna godta. Gud kraxade rått som en kråka ovanför hennes huvud.

Hon gick ut ur rummet, rakt in i den förlamande hettan. Laura visade de privata kvarteren för dem som hade valt att hjälpa de sjuka, sovsalarna, de prydligt upphängda moskitnäten, den gemensamma matsalen som luktade starkt av såpa.

– Varför har du kommit hit? frågade plötsligt Lucinda.

– För att hjälpa till, för att göra någon nytta. Jag uthärdade inte min egen passivitet.

– Har du nånsin träffat Christian Holloway?

– Nej.

– Har du inte ens sett honom?

– Bara på bild.

Laura pekade mot ena kortväggen i matsalen. Där hängde ett inramat fotografi. Louise gick fram och såg på det. Det visade en man i profil, gråhårig, smala läppar, spetsig näsa.

Någonting fångade hennes uppmärksamhet men hon kunde inte avgöra vad det var. Hon höll andan och såg på bilden. En fluga surrade framför glaset.

– Vi måste åka tillbaka, sa Lucinda. Jag vill inte köra i mörker.

De tackade Laura och återvände till bilen. Laura vinkade och försvann. Åter var gårdsplanen tom. Lucinda startade motorn och skulle just köra iväg när Louise bad henne vänta. Hon sprang genom hettan, tillbaka till matsalen.

Hon såg på bilden av Christian Holloway igen. Hon insåg vad det var hon till en början inte hade upptäckt.

Christian Holloways profil.

En av de svarta silhuetterna i Henriks väska var klippt efter det fotografi hon nu stod och betraktade.

Del 3

Silhuettklipparen

"Det angår också dig
när det brinner hos grannen."
Horatius

15

På vägen tillbaka, under den korta afrikanska skymningen, upprepades några ord som ett mantra i Louises huvud.

Henrik är borta för alltid. Men kanske jag närmar mig några av hans tankar, något av det som drev honom. För att förstå varför han dog måste jag förstå vad det var han ville leva för.

De stannade vid busshållplatsen och kioskerna. Eldar flammade. Lucinda köpte vatten och ett kexpaket. Först nu märkte Louise att hon var hungrig.

– Kan du föreställa dig Henrik där? frågade Louise.

Lucindas ansikte lystes upp av skenet från en av eldarna.

– Jag tyckte inte om det. Det gjorde jag inte förra gången heller. Nånting skrämmer mig.

– Allt var väl skrämmande? Alla döda, alla som låg där och bara väntade?

– Jag menar nånting annat. Nånting som varken syntes eller hördes men som ändå fanns där. Jag försökte upptäcka vad det var Henrik plötsligt hade sett och blivit rädd för.

Louise såg uppmärksamt på Lucinda.

– Han var livrädd de sista gångerna jag mötte honom. Det har jag inte berättat för dig förrän nu. All glädje hade plötsligt försvunnit. Han var blek av nånting som kom djupt inifrån. Han blev så tyst. Innan hade han alltid varit pratsam. Tröttsamt mångordig ibland. Men nu kom den där tystnaden, som från ingenstans. Tystnaden och blekheten och sen försvann han spårlöst.

– Han måste ha sagt nånting. Ni låg med varandra, ni somnade och vaknade tillsammans. Hade han inga drömmar? Berättade han verkligen ingenting?

– Han sov oroligt den sista tiden, vaknade ofta svettig, långt innan gryningen. Jag frågade vad han hade drömt. *Om dunklet*, svarade han. *Om allt det som är dolt.* När jag frågade vad han menade svarade han inte. Och när jag envisades röt han till och störtade upp ur sängen. Han slogs med en rädsla både när han sov och var vaken.

– *Dunkel och det som är dolt?* Talade han aldrig om människor?

– Han talade om sig själv. Han sa att den svåraste av alla konster var att lära sig uthärda.

– Vad menade han med det?

– Jag vet inte.

Lucinda vände bort ansiktet. Louise tänkte att förr eller senare skulle hon hitta den rätta frågan att ställa. Men just nu letade hon förgäves efter den riktiga nyckeln.

De återvände till bilen och fortsatte resan. Strålkastare bländade i mörkret. Louise slog numret till Arons telefon. Signaler gick fram utan att någon svarade.

Jag hade behövt dig här. Du hade kunnat se det jag inte ser.

De stannade utanför Lars Håkanssons hus. Vakterna vid porten reste sig upp.

– Jag var här några gånger, sa Lucinda. Men bara när han var full.

– Med Henrik?

– Inte Henrik. Lars Håkansson, välgöraren från Sverige. Bara när han var berusad kunde han tänka sig att ta med mig hem till sin egen säng. Han skämdes för vakterna, han var rädd att någon skulle se. De europeiska männen springer till horor men de gör det så att det inte märks. För att vakterna inte skulle se att jag fanns i bilen fick jag krypa ihop under en filt som han slängde över mig. Naturligtvis såg dom mig i alla fall. Ibland stack jag ut en hand från den där filten och vinkade åt dom. Det märkligaste var ändå att all den där vänligheten som han vanligen prydde sig med föll av honom så fort vi kom in i hans hus. Han fortsatte att dricka men aldrig så mycket att han förlorade förmågan att ha sex. Han sa alltid så, "ha sex", jag tror att det gjorde honom upphetsad att undvika alla känslor. Det var nåt rått och kliniskt som skulle ske, ett stycke kött som skulle skäras upp. Jag skulle klä av mig naken och låtsas att jag inte visste att han var där, att han bara var en smygtittare. Men sen startade en annan lek. Jag skulle ta av honom hans kläder utom hans underbyxor. Sen skulle jag ta hans lem i munnen medan han fortfarande hade kalsongerna på sig. Sedan kom han in i mig bakifrån. Efteråt var det bråttom, jag fick mina pengar, jag blev utkörd och behövde inte vara Julieta längre. Inte heller brydde han sig om att vakterna såg mig.

– Varför berättar du det här?

– För att du ska veta vem jag är.

– Eller vem Lars Håkansson är?

Lucinda nickade stumt.

– Jag måste arbeta. Det är redan sent.

Lucinda kysste henne hastigt på kinden. Louise klev ur bilen, en av vakterna öppnade den gnisslande porten.

När hon steg in i huset satt Lars Håkansson och väntade på henne.

– Jag blev orolig när du aldrig kom och inte heller hade lämnat något meddelande.

– Det borde jag ha tänkt på.

– Har du ätit? Jag har sparat av middagen.

Hon följde med honom ut i köket. Han serverade henne mat och gav henne ett glas vin. Lucindas berättelse ekade overkligt i hennes huvud.

– Jag har besökt Christian Holloways by för de sjuka utanför en stad som jag inte kan uttala namnet på.

– Xai-Xai. Uttalas initialt som det berömda sje-ljudet på svenska. Du har alltså varit på en av *the missions*? Christian Holloway kallar dem så trots att han inte befattar sig med religiös tro.

– Vem är han?

– Mina kollegor och jag brukar ibland fråga oss om han verkligen existerar, eller om han bara är en sorts undanglidande fantom. Ingen vet särskilt mycket om honom. Annat än att han är bärare av ett amerikanskt pass och har en ofattbart stor förmögenhet som han nu öser ut över de aidssjuka här i landet.

– Bara i Moçambique?

– Även i Malawi och Zambia. Han lär ha två av sina *missions* utanför Lilongwe och dessutom en eller kanske fler uppe vid västgränsen mot Angola i Zambia. Det går en historia om att Christian Holloway en gång gjorde en pilgrimsfärd till Zambesiflodens källor. Den sipprar upp i Angola i ett bergsområde innan den blir en bäck och senare en flod. Han ska ha satt ner sin fot vid det första flödet och därmed stoppat hela den mäktiga flodens lopp.

– Varför gör man nånting sånt?

– Barmhärtighetsvisioner är inte omöjliga att kombinera med storhetsvansinne. Kanske också med än värre handlingar.

– Vem sprider såna historier?

– Det är väl som med floden själv. Några droppar som sipprar fram, som blir allt fler, ett rykte som inte kan stoppas. Men ursprunget förblir okänt.

Han ville servera henne mer mat men hon tackade nej. Inte heller tog hon mera vin.

– Vad menade du med det du sa? *Än värre handlingar?*

– Att det ofta döljer sig brott bakom stora förmögenheter är en gammal sanning. Det räcker att se sig runt på den här kontinenten. Korrupta envåldshärskare som svettas bland sina rikedomar mitt i den grässligaste fattigdom. Inte heller Christian Holloway lär ha alldeles rena fingrar. Den engelska biståndsorganisationen Oxfam gjorde en studie av honom och hans aktiviteter för något år sen. Oxfam är en utomordentlig organisation som med små medel gör stor nytta bland de fattiga i världen. I början av Christian Holloways liv var allt mycket tydligt och avläsbart. Allt han företog sig kunde begripas. Det fanns inga fläckar, solskivan var ren. Han var den ende sonen bland många döttrar i en familj som var USAs störste äggproducent. En jättelik förmögenhet som förutom av ägg även skapades av så varierande föremål som rullstolar och parfymer. Christian Holloway var studiebegåvad och avlade en lysande examen vid Harvarduniversitetet. Han var doktor innan han fyllt tjugofem. Då började han experimentera med avancerade oljepumpar som han patenterade och sålde. Fram tills dess är han mycket tydlig. Sen upphör allting. Christian Holloway försvinner. I tre år var han osynlig. Han måste ha organiserat sitt försvinnande mycket skickligt eftersom ingen egentligen tycktes ha lagt märke till det. Inte ens dom normalt så vaksamma tidningarna började undra.

– Vad hände? frågade Louise.

– Han kom tillbaka. Då först upptäckte man att han varit borta. Han påstod sig ha rest runt i världen och insett att han på ett dramatiskt sätt måste ändra sitt liv. Han skulle skapa *missions*.

– Hur vet du allt det här?

– I mitt arbete ingår att ha kunskap om människor som dyker upp i fattiga länder med storslagna planer. En dag kommer dom med stor sannolikhet att knacka på biståndets dörrar för att söka medel som dom en gång påstått sig ha haft men kanske överdrivit en smula. Eller så står vi mitt i ruinerna efter havererade planer och måste städa upp efter människor som kom hit för att bedra dom fattiga och sko sig.

– Men Christian Holloway var ju förmögen redan från början?

– Det är svårt att skapa insyn i rika människors liv. Dom har dom nödvändiga resurserna för att lägga ut raffinerade dimridåer. Man kan aldrig vara säker på om nånting finns innanför skalet, om den förment goda likviditeten egentligen döljer ett konkursbo. Det händer varje dag. Jättelika bensinbolag eller koncerner som Enron störtar plötsligt i gruset som om en osynlig kedja av detonationer har inträffat. Ingen utom dom djupast inblandade vet vad som håller på att hända. Antingen flyr dom, hänger sig eller sitter bara apatiskt och väntar på handbojorna. Nog för att det kacklade miljontals äggläggande hönor i Christian Holloways bakgrund. Men där fanns som vanligt också rykten. Det har spekulerats intensivt efter det att Christian Holloway plötsligt blev en god människa och bestämde sig för att hjälpa dom som drabbats av aids. Det finns naturligtvis mycket som det viskas om.

– Vad?

– Jag förutsätter att du är vad du utger dig för att vara. Henriks sörjande mor och inte någon annan?

– Vad skulle jag annars vara?

– Kanske en grävande journalist. Själv har jag lärt mig att föredra dom journalister som skottar igen det andra försöker gräva upp.

– Menar du att sanningen ska döljas?

– Kanske mer att lögner inte alltid bör avtäckas.

– Och vad är det du hört om Christian Holloway?

– Det man egentligen aldrig bör tala högt om. Även en viskning kan ibland vara som att skrika. Det finns saker jag vet som skulle innebära att jag knappast levde mer än 24 timmar om jag avslöjade mina kunskaper. I en värld där ett människoliv inte har mer värde än ett par paket cigaretter måste man vara försiktig.

Lars Håkansson fyllde på sitt vinglas. Louise skakade på huvudet när han höll fram flaskan med det sydafrikanska rödvinet.

– Henrik förvånade mig många gånger. En av de första var när han försökte ta reda på hur mycket ett människoliv egentligen är värt. Han tröttnade på mig och mina vänner, tyckte att vi talade i alltför allmänna ordalag, om människolivets låga värde i ett fattigt land. Han gav sig ut för att ta reda på den verkliga priskuranten. Hur han bar sig åt vet jag inte. Han hade lätt att skaffa vänner. Han måste ha gett sig in i områden som han helst inte borde ha besökt, illegala barer, mörka hörn som den här staden är så full av. Men det är där man hittar dom som saluför döden. Han berättade att man för 30 amerikanska dollar kunde hyra nån som var beredd att döda vem som helst utan att fråga om varför.

– 30 dollar?

– Kanske 40 idag. Inte mer. Henrik kom aldrig över det där. Jag frågade varför han tagit reda på det. *Det får inte döljas*, svarade han bara.

Han tystnade tvärt, som om han sagt för mycket. Louise väntade på en fortsättning som inte kom.

– Jag anar att det finns mer du kan berätta.

Lars Håkansson kisade mot henne. Hon kunde se att hans ögon var röda och glansiga. Han var berusad.

– Du ska veta att i ett land som Moçambique talas det alltid om den största av alla drömmar. Den moderna varianten av sagan om Salomos gruvor. Varje dag firas människor ner i gruvhålen med lyktor i händerna. Vad dom hittar? Dom hittar sannolikt ingenting. Dom återvänder till ytan, genomfrusna, förbittrade, rasande över att drömmen kollapsat. Nästa dag låter dom sig firas ner igen.

– Jag förstår inte vad du menar. Vad är det man inte hittar?

Han lutade sig fram mot henne över bordet och viskade:

– Kurerna.

– Kurerna?

– Botemedlen. Medicinerna. Det viskas om att Christian Holloway har hemliga laboratorier där forskare från hela världen söker efter det nya penicillinet, botemedlet mot aids. Det är vad man hoppas hitta i Salomos nya gruvor. Vem bryr sig om ädelstenar när man istället kan leta efter ett botemedel mot det lilla obetydliga och mycket svaga virus som håller på att utrota hela den här kontinenten?

– Var finns hans laboratorier?

– Ingen vet, inte ens om det är sanning. Just nu är Christian Holloway bara en god man som satsar sina pengar på att hjälpa dom som ingen annan bryr sig om.

– Visste Henrik det här?

– Naturligtvis inte.

– Anade han det?

– Vad människor tänker är oftast mycket svårt att med säkerhet bestämma. Jag bygger inga omdömen på gissningar.

– Men berättade du för honom det du nu berättar för mig?

– Nej, vi pratade aldrig om det. Kanske sökte Henrik efter fakta om Christian Holloway på internet. Han använde min dator. Behöver du använda den står den till ditt förfogande. Det är alltid bäst att leta själv.

Louise var övertygad om att mannen på andra sidan bordet ljög för henne. Han hade berättat för Henrik. Varför förnekade han det?

Hon kände ett plötsligt hat mot honom, hans självsäkerhet, hans röda ögon och uppsvullna ansikte. Förödmjukade han hela den fattiga världen på samma sätt som han trampade på Lucinda? Han som jagade kvinnor med diplomatpass på fickan?

Hon tömde sitt glas och reste sig.

– Jag behöver sova.

– I morgon kan jag visa dig runt i staden om du vill. Vi kan åka ut till stranden och äta en god lunch och fortsätta vårt samtal.

– Låt oss bestämma det i morgon. Borde jag förresten ta någonting för att undvika malaria?

– Det skulle du ha börjat med för en vecka sen.

– Då visste jag inte ens att jag skulle resa hit. Vad äter du?

– Absolut ingenting. Jag har haft mina attacker, jag har haft malariaparasiter i blodet i över tjugo år. Nu skulle det knappast löna sig för mig att stoppa i mig förebyggande medicin. Men jag är noga med att ha nät över mig när jag sover.

Hon hejdade sig i dörren.

– Talade Henrik nånsin med dig om Kennedy?

– Presidenten? Eller frun? John F eller Jackie?

– Om hans hjärna som försvann?

– Det visste jag inte. Att hjärnan kom bort.

– Talade han om det?

– Aldrig. Det skulle jag ha kommit ihåg. Men jag minns den där novemberdagen 1963. Jag studerade i Uppsala då. En regnig dag med olust och sövande tråkiga föreläsningar i juridik. Så kom beskedet, det smattrade ur radion, allt blev egendomligt stilla. Vad minns du?

– Mycket lite. Min far rynkade pannan och blev tystare än vanligt. Mest det.

Hon kröp ner i sängen efter att ha duschat och sänkt ner myggnätet. Luftkonditioneringen surrade, rummet var mörkt. Hon tyckte sig höra hans steg i trappan, strax efteråt släcktes ljuset i korridoren. Ljusfläcken under dörren försvann. Hon lyssnade ut i mörkret.

I huvudet gick hon igenom det som hade hänt under dagen. Helvetesvandringen genom de dunkla rummen med döende människor. Allt det som hon hade fått höra om Christian Holloway, den rena ytan och det smutsiga innehållet. Vad var det Henrik hade sett som hade förändrat honom? Någonting som varit dolt hade uppenbarats. Hon försökte anstränga sig för att fläta ihop de två repändarna utan att lyckas.

Hon somnade men vaknade med ett ryck. Allting var mycket stilla. Alltför stilla. Hon slog upp ögonen i mörkret. Det tog några sekunder innan hon förstod att luftkonditioneringsapparaten hade stannat. Hon trevade med handen tills hon hittade sänglampan. Den tändes inte när hon vred på strömbrytaren. Det måste vara elavbrott, tänkte hon. Någonstans på avstånd hörde hon hur en generator slogs på. Nerifrån gatan skrattade en man, kanske en av nattvakterna. Hon steg upp ur sängen och gick fram till fönstret. Också gatlyktorna hade slocknat. Det enda ljuset kom från den eld nattvakterna hade gjort upp. Hon skymtade deras ansikten.

Hon var rädd. Mörkret skrämde henne. Hon hade inte ens en ficklampa, inget ljus hon kunde söka trygghet hos. Hon gick tillbaka till sängen.

Henrik hade varit mörkrädd när han var liten. Aron var alltid rädd för natten. Han kunde inte sova utan en strimma ljus.

I samma ögonblick återkom elen. Luftkonditioneringen började vina. Hon tände genast lampan vid sängen och la sig till rätta för att sova igen. Men hon började tänka på samtalet med Lars Håkansson i köket. Varför skulle han ha ljugit om att han inte sagt något till Henrik? Hon fann ingen rimlig förklaring.

Hon hörde hans ord. *Behöver du använda datorn står den till ditt förfogande.* Vid den datorn hade Henrik suttit. Kanske kunde hon hitta spår av honom där?

Plötsligt var hon klarvaken igen. Hon steg upp, klädde sig hastigt och öppnade dörren till korridoren. Hon stod alldeles stilla tills hennes ögon hade vant sig vid mörkret. Dörren till Lars Håkanssons sovrum var stängd. Arbetsrummet låg mot trädgården i andra änden av korridoren. Hon trevade sig fram till dörren som stod på glänt, stängde och letade reda på strömbrytaren. Hon satte sig vid skrivbordet och slog på datorn. En blinkande text talade om att datorn hade stängts av på ett icke korrekt sätt. Förmodligen hade den stått på viloläge när elavbrottet inträffat. Hon kopplade upp sig på en sökmotor på internet och skrev Holloway. Träffarna var många, adresser till en restaurangkedja, Holloway Inn i Kanada och ett litet flygbolag i Mexico, Holloway-Air. Men där fanns också Christian Holloway's Missions. Hon skulle just öppna länken när det blinkade till för inkommande e-post. Hon hade ingen avsikt att studera Lars Håkanssons korrespondens. Men kanske hade Henrik lämnat spår efter sig bland den inkommande och utgående posten.

Lars Håkansson hade ingen kod som spärrade hans elektroniska post. Genast hittade hon två brev som Henrik hade skickat. Hjärtat slog snabbare. Det ena brevet var avsänt fyra månader tidigare, det andra just innan Henrik måste ha lämnat Maputo för sista gången.

Hon öppnade det första brevet. Det var skickat till Nazrin.

Först stryker jag med en nagel över murens hårda yta. Men min nagel lämnar inget spår. Sen tar jag en stenflisa och rispar i muren. Det blir bara ett svagt märke, men det jag har gjort finns trots allt kvar. Så kan jag fortsätta att rispa och klösa och fördjupa mitt avtryck i muren tills den brister. Så tänker jag mig också mitt liv här. Jag befinner mig i Afrika, det är mycket varmt, om nätterna ligger jag sömnlös, naken och svettig, eftersom jag inte står ut med den vinande luftkonditioneringen. Jag tänker att mitt liv handlar om att inte ge mig förrän murarna jag vill vara med och riva verkligen faller. Henrik.

Hon läste brevet ännu en gång.

Det andra brevet hade han skickat till sig själv på sin hotmail-adress.

Jag skriver det här just i gryningen, när cikadorna har tystnat och tupparna börjat gala trots att jag bor mitt inne i den stora staden. Snart måste jag skriva till Aron och säga att jag kommer att bryta kontakten med honom om han inte tar sitt ansvar för mig och blir min far. Blir en man jag kan umgås med, känna tillgivenhet för, se mig själv i. Gör han det ska jag berätta för honom om den märklige man som jag ännu inte träffat personligen, Christian Holloway, som visat att det trots allt ännu finns exempel på godhet i världen. Jag skriver dessa rader i Lars Håkanssons hus, på hans dator, och jag kan inte föreställa mig att jag kunde haft det bättre just nu i livet. Jag reser snart tillbaka till byn med de sjuka och jag kommer ännu en gång att känna att jag gör nytta. Henrik, till mig själv.

Louise rynkade pannan och skakade på huvudet. Långsamt läste hon igenom brevet på nytt. Det var någonting som inte stämde. Att Henrik skrev brev till sig själv behövde inte betyda någonting. Det hade hon också gjort i hans ålder. Hon hade till och med postat brev till sig själv. Det var någonting annat som gjorde henne orolig.

Hon läste brevet på nytt. Plötsligt visste hon. Det var språket, sättet brevet var konstruerat på. Henrik skrev inte så. Han talade direkt. Han skulle inte använda ett ord som "tillgivenhet". Det var inte hans, det tillhörde inte hans generation.

Hon stängde av datorn, släckte ljuset och öppnade dörren till korridoren. Innan datorskärmen slocknade, flammade den upp några sekunder. I ljuset tyckte hon sig se hur vredet på dörren till Lars Håkanssons sovrum sakta rörde sig uppåt. Ljuset slocknade, korridoren var mörk. Lars Håkansson måste ha varit ute i korridoren och hastigt återvänt till sitt rum när han hörde att hon stängde av datorn.

Hon upplevde ett kort ögonblick av panik. Skulle hon ge sig av, lämna huset mitt i natten? Men hon hade ingenstans att ta vägen. Hon gick in i sitt rum och ställde en stol mot dörren för att hindra att någon tog sig in. Sedan la hon sig i sängen, stängde av luftkonditioneringen och lät sänglampan lysa.

En ensam mygga dansade utanför det vita nätet. Med bultande hjärta lyssnade hon efter ljud. Kunde hon höra hans steg? Lyssnade han utanför hennes dörr?

Hon försökte tänka alldeles lugnt. Varför hade Lars Håkansson skrivit ett brev i Henriks namn som han förvarade i sin dator? Det fanns inget svar, bara en krypande känsla av overklighet. Det var som om hon steg in i Henriks lägenhet i Stockholm igen och hittade honom död.

Jag är rädd, tänkte hon. Jag omges av nånting som skrämde Henrik, en osynlig men farlig hinna som inneslöt även honom.

Natten var kvävande varm och fuktig. På avstånd kunde hon höra åskan. Den drog bort i det hon föreställde sig var riktningen mot Swazilands avlägsna berg.

16

Hon låg vaken till gryningen. Hur många gånger sömnlösheten drabbat henne efter det att Henrik hade dött kunde hon inte längre påminna sig. I hennes rike härskade en ständig brist på sömn. Först när det svaga morgonljuset trängde igenom gardinerna och hon hörde Celina samtala med en av nattvakterna som tvättade sig under vattenkranen nere i trädgården, upplevde hon ett tillräckligt lugn för att kunna sova.

Hon vaknade av att en hund gav upp ett skall. Hon hade sovit tre timmar, klockan var nio. Hon låg kvar i sängen och lyssnade till Celina eller Graça som sopade golvet ute i korridoren. Rädslan var borta nu, ersatt av en känsla av maktlös ilska över att ha blivit förolämpad. Trodde Lars Håkansson verkligen att hon inte skulle genomskåda det brev han skrivit i Henriks namn? Varför hade han gjort det?

Hon kände sig plötsligt befriad från alla hänsyn. Han hade stampat in i hennes liv med brutala steg, han hade ljugit och han hade planterat ett falskt brev i sin dator. Dessutom hade han skrämt henne och berövat henne sömnen. Nu skulle hon söka igenom hans dator, hans skåp och lådor för att se om där fanns någonting som Henrik verkligen hade lämnat kvar. Inte minst ville hon förstå varför Henrik hyst förtroende för honom.

Graça hade förberett hennes frukost när hon kom ner i köket. Hon kände sig generad över att bli serverad av denna gamla kvinna som hade svår värk både i ryggen och händerna. Hon log med en mun som nästan helt saknade tänder och talade en nästan obegriplig portugisiska, uppblandad med ett fåtal engelska ord. När Celina kom in i köket tystnade Graça. Celina frågade om hon kunde städa hennes rum.

– Jag kan bädda själv.

Celina skrattade glädjelöst och skakade på huvudet. När Celina lämnade köket följde hon efter.

– Jag är van att bädda min egen säng.

– Inte här. Det är mitt arbete.

– Trivs du här?

– Ja.

– Hur mycket har du betalt i månaden för att arbeta här?

Celina tvekade om hon skulle svara. Men Louise var vit, stod över henne, även om hon bara var en gäst.

– Jag har 50 dollar i månaden och lika mycket i meticais.

Louise räknade efter. 700 kronor i månaden. Var det mycket eller lite? Till vad kunde det räcka? Hon frågade om pris på matolja och ris och bröd och häpnade över Celinas svar.

– Hur många barn har du?

– Sex.

– Och din man?

– Han är nog i Sydafrika och arbetar i gruvorna.

– Nog?

– Jag har inte hört ifrån honom på två år.

– Älskar du honom?

Celina betraktade henne undrande.

– Han är far till mina barn.

Louise ångrade sin fråga när hon såg hur djupt besvärad Celina blev.

Hon återvände till övervåningen och gick in i Lars Håkanssons arbetsrum. Hettan var redan tryckande. Hon slog på luftkonditioneringen och satt orörlig tills hon kände hur luften blev svalare.

237

Någon hade varit i rummet efter henne. Men det kunde varken ha varit Celina eller Graça, golvet hade inte blivit sopat denna morgon. Stolen vid datorbordet var utdragen. Själv hade hon skjutit in den.

Det var ett av Kung Arturs viktigaste bud från hennes barndom. En utskjuten stol vid en måltid skulle alltid ställas tillbaka när man lämnade bordet.

Hon såg sig runt i rummet. Hyllor med pärmar, myndighetsförordningar, rapporter, verksamhetsberättelser. En hel hylla med dokument från Världsbanken. Hon drog fram en pärm på måfå. "Strategy for Sub-Saharan Development of Water Resources 1997." Hon la tillbaka den efter att ha konstaterat att den knappast blivit öppnad och läst. Flera hyllor var fyllda med tidskrifter på svenska, engelska, portugisiska. I resten av hyllorna trängdes böcker. Lars Håkanssons bibliotek var oordnat, slarvigt. Agatha Christie i tummade omslag stod tillsammans med faktaredovisningar och ett oändligt antal utgåvor av olika typer av afrikana. Hon hittade en bok om de farligaste giftormarna i Africa Austral, gamla beprövade recept för svensk husmanskost och en samling blekbruna pornografiska fotografier från mitten av 1800-talet. På ett av dem daterat 1856 satt två flickor på en träbänk med morötter inkörda mellan benen.

Hon ställde tillbaka boken, tänkte på berättelserna om kockar som spottade eller urinerade i maten innan den bars ut till de förnäma gästerna. *Kunde jag skulle jag kräkas i hans hårddisk. Varje gång han sedan slog på den skulle han känna lukten av något som han inte förstod vad det var.*

Mellan två böcker i bokhyllan stack ett kuvert från en svensk bank ut. Det var uppsprättat, hon tog fram det och såg att det innehöll ett lönebesked. Hon häpnade och gjorde i vredesmod en uträkning. Med sin nuvarande lön skulle Celina behöva arbeta i nästan fyra år för att nå den summa Lars Håkansson mottog varje månad. Hur skulle det vara möjligt att bygga hållbara broar över sådana avgrunder? Vad kunde en man som Lars Håkansson överhuvudtaget begripa av det liv som Celina levde?

Louise märkte att hon i tankarna började samtala med Artur. Då höjde hon rösten eftersom han hörde dåligt. Efter en stund bytte hon till Aron som samtalspartner. De satt vid bordet där de röda papegojorna flockades kring brödsmulorna. Men Aron var orolig, han ville inte lyssna. Till sist förde hon samtalet med Henrik. Han fanns alldeles intill henne. Hon fick tårar i ögonen, blundade och tänkte att han verkligen skulle finnas där när hon vågade öppna ögonen igen. Men naturligtvis var hon ensam i rummet. Hon drog ner en gardin för att hålla solljuset borta. Från gatan hördes hundar som skällde, vakter som skrattade. *Alla dessa skratt*, tänkte hon. *Jag märkte det redan samma dag jag kom hit. Varför skrattar fattiga människor så mycket oftare än en människa som jag?* Hon ställde frågan i tur och ordning till Artur, Aron och Henrik. Men ingen av hennes tre riddare svarade, alla var de stumma.

Hon slog på datorn, fast bestämd att ta bort Henriks två brev. Hon skrev också ett brev till Lars Håkansson där hon lät Julieta tala svenska och berätta om vad hon ansåg om en man som han. Var han inte utsänd att hjälpa dem som var fattiga?

Sedan försökte hon systematiskt öppna olika filer på datorn. Överallt stångades hon med spärrar. Lars Håkanssons dator innehöll pansardörrar. Hon var dessutom övertygad om att hon lämnade spår efter sig. Han skulle kunna följa alla hennes klickanden och slagsmål med dörrarna. Överallt stoppades hon av en lyft hand som begärde lösenord.

Hon prövade på måfå de allra mest uppenbara, hans namn framlänges, hans namn baklänges, olika förkortningskombinationer. Naturligtvis slogs ingen dörr upp. Hon fortsatte bara att strö spår efter sig.

Louise hajade till när Celina plötsligt frågade om hon ville ha te.

– Jag hörde dig inte, sa Louise. Hur kan du gå så tyst?

– Senhor tycker inte om oljud, svarade Celina. Han älskar en tystnad som egentligen inte finns här i Afrika. Men han skapar den själv. Han vill att Graça och jag rör oss utan ljud, barfota.

Hon tackade nej. Celina försvann på sina ljudlösa fötter. Hon stirrade på dataskärmen som envist vägrade att öppna sina dörrar. *Gruvgångar*, tänkte hon, *utan ljus, utan kartor. Jag kommer inte åt honom.*

Hon skulle just stänga av datorn när hon ännu en gång började tänka på Henrik och hans besatthet av Kennedys försvunna hjärna. Vad var det han trodde kunde ha dolt sig i hjärnan? Hade Henrik på fullt allvar trott att det skulle vara möjligt att hitta avtryck av tankar, av minnen, av vad andra människor hade sagt till världens mäktigaste man, innan en kula från ett gevär fått hans huvud att explodera? Fanns det kanske redan instrument i avancerade militära laboratorier för att tyda nedsläckta hjärnor på samma sätt som man kunde skrapa fram information från tömda hårddiskar?

Hennes tankar stannade i steget. Hade Henrik hittat någonting han medvetet sökt efter? Eller hade han ramlat över någonting av en tillfällighet?

Arbetet vid datorn hade gjort henne varm och svettig, trots att luftkonditioneringen var på. Celina hade städat hennes rum och plockat med sig hennes smutskläder. Hon bytte till ett linne av bomull. Samtidigt hörde hon Celina samtala med någon på undervåningen. Kunde det vara Lars Håkansson som återvänt hem? Celina kom uppför trappan.

– Besök. Samma person som igår.

Lucinda var trött. Celina hade gett henne ett glas vatten.

– Jag kom aldrig hem i natt. En grupp italienska vägbyggare ockuperade "Malocura". Baren kunde för en gångs skull verkligen leva upp till sitt namn. De drack kopiöst och raglade inte iväg förrän i gryningen.

– Vad betyder "Malocura"?

– "Galenskap". Baren startades av en kvinna som hette Dolores Abreu. Det måste ha varit i början av 1960-talet, innan jag ens var född. Hon var stor och tjock, en av de kraftfulla hororna från den tiden, som såg till att yrkesutövningen aldrig drabbade familjelivet. Dolores var gift med en liten försynt man som hette Nathaniel. Han spelade trumpet och lär ha varit en av de som skapade den populära dansen "Marrabenta" här i staden på 1950-talet. Dolores hade stadiga kunder från Johannesburg och Pretoria. Det var under det stora hyckleriets gyllene tid. Vita sydafrikanska män kunde inte köpa sig svarta horor på grund av raslagarna. De fick sätta sig i bilen eller på tåget och fara hit för att smaka på de svarta mössen.

Lucinda avbröt sig och såg leende på Louise.

– Jag hoppas du ursäktar mitt språk.

– Det kvinnor har mellan benen kallas möss på många olika språk. När jag var ung hade jag kanske blivit chockerad. Men inte nu längre.

– Dolores var sparsam och samlade ihop en summa pengar, knappast något man kan kalla en förmögenhet, men tillräckligt för att investera i den här baren. Det sägs att det var hennes man som hittade på namnet. Han menade att hon skulle förlora alla sina pengar på detta hopplösa företag. Men det gick bra.

– Var finns hon nu?

– Hon ligger på kyrkogården Lhanguene tillsammans med Nathaniel. Barnen ärvde baren, blev genast osams och den såldes till en kinesisk läkare som förlorade den genom en invecklad lånetransaktion till en portugisisk tyghandlare. För några år sen köptes den av en dotter till finansministern. Men hon har aldrig varit här. Det ligger för långt under hennes värdighet. Hon tillbringar sin mesta tid med att handla kläder i de dyra butikerna i Paris. Vad heter den som är finast?

– Dior?

– Dior. Hennes två små döttrar lär vara klädda i klänningar köpta hos Dior. Under tiden svälter landet. Hon skickar en av sina underlydande att hämta pengar i baren varannan dag.

Lucinda ropade på Celina som fyllde på hennes vattenglas.

– Jag kom hit eftersom jag fick ett infall i natt. När italienarna var som mest berusade och jag hade deras händer överallt på min kropp gick jag ut och rökte en cigarett. Jag tittade på stjärnorna. Då mindes jag att Henrik en gång sagt att stjärnhimlen över Inhaca var lika klar som den han såg långt uppe i norra Sverige.

– Var?

– Inhaca. En ö som ligger ute i Indiska Oceanen. Han talade ofta om den. Kanske var han där flera gånger. Ön betydde nånting speciellt för honom. Jag kom plötsligt ihåg att han en gång sa nåt som jag tror kan vara viktigt. Han sa: *Jag kan alltid gömma mig på Inhaca.* Jag minns orden exakt. Ibland hade han förberett mycket noga vad han skulle säga. Det här var ett sånt ögonblick.

– Vad gjorde han på Inhaca?

– Jag vet inte. Dom som åker dit gör det för att simma, gå längs stranden, dyka och fiska eller dricka sig berusade på hotellet.

– Henrik var alldeles för otålig för att leva ett sånt liv.

– Just därför misstänker jag att det var nåt annat som drev honom dit.

– Tror du att han letade efter ett gömställe?

– Jag tror att han träffade någon där.

– Vad bor det för människor på ön?

– Mest bönder och fiskare. Det finns en marinbiologisk forsknings-station som tillhör Mondlaneuniversitet. Några affärer och hotellet. Det är allt. Förutom en oerhörd mängd ormar sägs det. Inhaca är or-marnas paradis.

– Henrik avskydde ormar. Däremot var han förtjust i spindlar. En gång när han var barn åt han upp en spindel.

Lucinda tycktes inte höra vad hon sa.

– Han sa nånting som jag aldrig förstod. Han talade om en tavla. En målare som bodde på ön. Jag har svårt att minnas.

– Var var ni när han berättade?

– I en hotellsäng. För en gångs skull hade han inte hittat nåt tomt hus där vi kunde vara. Vi tog in på hotell. Det var då han talade om tavlan och målaren. Jag kan se honom framför mig. Det var på mor-gonen. Han stod vid fönstret med ryggen vänd mot mig. Jag såg aldrig hans ansikte när han berättade.

– Vad hade ni talat om innan?

– Ingenting. Vi hade sovit. När jag slog upp ögonen stod han där vid fönstret.

– Varför talade han om målaren och hans tavla?

– Jag vet inte. Han kanske hade drömt nånting.

– Vad hände efteråt?

– Ingenting. Han kom tillbaka till sängen.

– Var det enda gången han talade om målaren och tavlan?

– Han nämnde det aldrig mer.

– Är du säker?

– Ja. Men jag förstod efteråt att det där mötet på Inhaca hade haft stor betydelse för honom.

– Hur kan du veta det så säkert?

– Hans tonfall när han stod där vid fönstret. Jag tror han egentligen ville berätta nånting för mig. Men han lyckades inte.

– Jag måste leta reda på den där konstnären. Hur tar man sig till Inhaca? Med båt?

– Den är mycket långsam. Det bästa sättet är att flyga. Det tar tio minuter.

– Kan du följa med mig?

Lucinda skakade på huvudet.

– Jag har en familj att ta hand om. Men jag kan hjälpa dig att ordna ett rum på hotellet och köra dig till flygplatsen. Jag tror att dom flyger till Inhaca två gånger om dagen.

Louise tvekade. Det var för vagt. Men hon måste gripa alla uppslag, hon hade inget val. Hon försökte föreställa sig vad Aron skulle ha gjort. Men Aron var stum. Han var borta.

Hon rafsade ihop kläder i en plastpåse, tog med sitt pass och pengar och var klar att ge sig av. Till Celina sa hon att hon skulle bli borta till dagen efter, men inte vart hon skulle.

Lucinda körde henne till flygplatsen. Hettan låg som ett kvävande täcke över staden.

– Be om hjälp på hotellet. Det finns en receptionist som haltar. Han heter Zé. Hälsa från mig, så hjälper han dig, sa Lucinda.

– Talar han engelska?

– Hjälpligt. Lita aldrig på att han helt har förstått vad du menar. Fråga alltid en gång till för att försäkra dig.

När de kom fram till flygplatsen överfölls dom genast av pojkar som ville vakta och tvätta bilen. Lucinda svarade tålmodigt nej utan att höja rösten.

Hon hade snart tagit reda på att ett flygplan till Inhaca skulle lyfta om en dryg timme. Efter ett telefonsamtal hade hon också bokat ett hotellrum.

– Jag tog det för en natt. Men du kan förlänga. Det är inte högsäsong just nu.

– Kan det bli varmare än så här?

– Det kan bli svalare. Det är vad dom som har råd att ta semester tänker på.

På terminalbyggnadens tak fanns ett café. De drack sodavatten och åt några smörgåsar. Lucinda pekade ut det lilla kantstötta propellerplan som skulle ta Louise till Inhaca.

– Ska jag flyga med det där?

– Piloterna har tidigare varit stridsflygare. Dom är mycket skickliga.

– Hur kan du veta det? Känner du dom?

Lucinda skrattade.

– Jag tror inte du behöver vara orolig.

Lucinda följde henne till incheckningen. Förutom Louise var det bara ytterligare två passagerare, en afrikansk kvinna med ett barn hängande på ryggen och en europeisk man med en bok i handen.

– Kanske är den här resan alldeles onödig?

– På Inhaca är du i alla fall alldeles trygg. Ingen kommer att råna dig. Du kan gå längs stränderna utan att vara rädd.

– Jag kommer tillbaka i morgon.

– Om du inte bestämmer dig för att stanna.

– Varför skulle jag göra det?

– Vem vet?

Passagerarna gick ut till flygplanet i den våldsamma hettan. Louise drabbades av yrsel och var rädd att hon skulle falla. Hon drog djupt efter andan och grep tag om räcket till flygplanstrappan. Hon satte sig längst bak. Snett framför henne fanns mannen med den uppslagna boken.

Hade hon sett honom tidigare? Ansiktet var främmande, men det var som om hon kände igen hans rygg. Rädslan kom från ingenstans. Hon tänkte att hon inbillade sig. Hon hade ingen anledning att vara rädd för honom. Han var bara en villfarelse djupt inne i hennes hjärna. Planet lyfte och gjorde en sväng över den vita staden innan det satte kurs ut över havet. Långt där nere kunde hon se fiskebåtar med trekantiga segel som verkade orörliga bland vågorna. Planet började nästan genast gå ner och fem minuter efter starten dunsade hjulen mot landningsbanan på Inhaca. Den var mycket kort, asfalten sprucken, där växter hade slagit rot.

Louise steg ut i hettan. Med ett traktorsläp fördes hon och mannen med boken mot hotellet. Kvinnan med barnet försvann gående i det höga gräset. Mannen lyfte blicken från boken och log mot henne. Hon log tillbaka.

På hotellet frågade hon den unge mannen i receptionen om han hette Zé.

– Idag är han ledig. Han kommer tillbaka i morgon.

Hon kände en otålig besvikelse, men slog genast undan den. Hon ville inte ödsla sina krafter på att vara irriterad.

Hon visades till sitt rum, tömde plastpåsen och sträckte ut sig på sängen. Men hon orkade inte ligga där. Hon gick ner till stranden. Det var lågvatten. Några nerruttnade fiskefartyg låg på sida i sanden som strandade valfiskar. Hon vadade genom vattnet, såg långt ute i soldiset en grupp män som drog nät.

Hon vadade i det varma vattnet i flera timmar. Hennes huvud var tömt på allt innehåll.

I skymningen åt hon middag i hotellrestaurangen. Hon valde fisk, drack vin och var berusad när hon gick tillbaka till sitt rum. I sängen slog hon numret till Arons mobiltelefon. Signalerna gick fram utan att någon svarade. Hon skrev ett meddelande till honom: *Jag skulle be-*

höva dig nu, och skickade det. Det var som om hon sände ett meddelande ut i ett kosmos där hon aldrig skulle få veta om det nådde mottagaren.

Hon somnade men vaknade med ett ryck. Ett ljud hade väckt henne. Hon lyssnade ut i mörkret. Hade det kommit inifrån henne själv? Hade hon vaknat av att hon snarkat? Hon tände nattlampan. Klockan var elva. Hon lät lampan brinna, rättade till kuddarna och insåg att hon var klarvaken. Känslan av berusning var borta.

En minnesbild dök upp i hennes huvud. Det var en teckning som Henrik hade gjort under sin svåraste tonårstid. Han hade varit oåtkomlig, dolt sig i en osynlig grotta dit hon inte hade tillträde. Hon hade själv avskytt att vara tonåring, en tid av finnar och komplex, av självmordstankar och gråtmild vrede över världens orättvisor. Henrik var hennes motsats, han vände allting inåt. Men en dag hade han lämnat sin grotta och utan ett ord lagt en teckning på frukostbordet. Hela pappret var infärgat i blodrött, med en svart skugga som växte fram över teckningens nederdel. Det var allt. Han hade aldrig förklarat bilden eller varför han hade gett den till henne. Men hon trodde att hon hade förstått den.

Lidelse och förtvivlan som ständigt stötte ihop, tvekampen som till sist, när livet var över, aldrig skulle ha utkorat någon segrare.

Teckningen hade hon kvar. Den låg i förvar i en gammal klädkista som stod hemma hos Artur.

Hade Henrik någonsin skickat teckningar till Aron? Det var ännu en av alla de frågor hon skulle ha velat ställa till honom.

Luftkonditioneringen brusade svagt, en insekt med många ben gick långsamt och metodiskt uppochnervänd över taket.

Åter en gång försökte hon tänka igenom allt som hade hänt. Hon gjorde ett återtåg med alla sina sinnen vidöppna för att se om hon nu kunde hitta ett sammanhang och en förklaring till varför han var död. Hon rörde sig varsamt och tänkte att det var som om Aron fanns där vid hennes sida. Han var nära henne nu, närmare än någonsin, sedan den period i början av deras äktenskap när de hade älskat varandra och hela tiden varit rädda för att låta avståndet få för stor plats i deras gemenskap.

Det var till honom hon försökte formulera sina tankar, som i ett samtal eller i ett brev. Om han levde skulle han uppfatta det hon försökte förstå och han skulle hjälpa henne att tyda det hon ännu bara anade.

Henrik dog i sin säng i Stockholm med sömnmedel i sin kropp. Han hade en pyjamas på sig, lakanet hade han dragit upp till hakan. För Henrik var det slutet. Men var det slutet på en historia eller någonting som ännu pågår? Är Henriks död bara en länk i en lång kedja? Han upptäckte någonting här i Afrika, bland de döende i Xai-Xai. Någonting som gjorde att den plötsliga glädjen, eller snarare det försvunna svårmodet, som Nazrin uttryckte det, förbyttes till rädsla. Men där fanns också inslag av raseri, en vilja hos Henrik att göra uppror. Uppror mot vad? Mot någonting inom honom själv? Att hans tankar, hans hjärna höll på att stjälas eller gömmas undan på samma sätt som skedde med Kennedys hjärna efter mordet i Dallas? Eller var det han själv som försöker bryta sig in i någon annans hjärna?

Louise trevade sig vidare. Det var som att tränga genom skogarna runt Sveg, där ris och snår ibland gjorde det omöjligt att ta sig fram.

Han hade en okänd lägenhet i Barcelona och tillgång till mycket pengar. Han samlade artiklar om utpressning mot aidssjuka människor. En rädsla växte inom honom. *Vad var han rädd för? För att han för sent hade insett att han hade beträtt ett område där han utsatte sig för fara? Hade han sett någonting som han inte borde ha sett? Hade någon lagt märke till honom eller lyckats läsa hans tankar?*

Någonting saknades. Henrik var hela tiden ensam, trots att han hade människor omkring sig, Nazrin, Lucinda, Nuno da Silva, den obegripliga vänskapen med Lars Håkansson. Men han är ändå ensam. Dessa människor finns sällan med i hans anteckningar, han nämner dem nästan aldrig.

Det måste ha funnits ytterligare människor. Henrik var ingen ensamvarg. Vilka var de andra? Fanns de i Barcelona eller i Afrika? Med mig talade han ofta om den underbara elektroniska världen där man kunde skapa nätverk och allianser med människor från hela världen.

Hon misströstade. Hennes tankar bar inte, isen var för tunn, hon trampade hela tiden igenom. Jag är för otålig, jag pratar utan att först ha lyssnat ordentligt. Fortfarande måste jag leta efter nya skärvor, ännu är tiden inte inne för att börja lägga ut dem och försöka hitta mönstret.

Hon drack vatten ur en flaska hon tagit med från restaurangen. Insekten i taket var borta. Hon slöt ögonen.

Hon vaknade av att telefonen ringde. Den blinkade och vibrerade på nattygsbordet. Hon svarade yrvaket. Det brusade, någon lyssnade. Sedan bröts förbindelsen.

Klockan var strax efter midnatt. Hon satte sig på sängkanten. *Vem hade ringt? Tystnaden hade ingen identitet.* Från hotellbaren hördes svag musik. Hon bestämde sig för att gå dit. Drack hon vin skulle hon kunna somna om.

Baren var nästan öde. En äldre europeisk man satt i ett hörn tillsammans med en mycket ung afrikansk kvinna. Louise kände obehag. Hon föreställde sig den överviktiga mannen lägga sig naken ovanpå den svarta kvinnan som knappast kunde vara mer än 17 eller 18 år gammal. Hade Lucinda tvingats uppleva detta? Hade Henrik sett samma sak som hon såg nu?

Hon drack två glas vin i tät följd, skrev på notan och lämnade baren. Nattvinden var mjuk. Hon passerade simbassängen och lämnade ljusskenet från fönstren. Hon hade aldrig sett en stjärnhimmel som den hon hade ovanför sig. Hon sökte med blicken tills hon trodde sig ha upptäckt Södra Korsets stjärnbild. Aron hade en gång beskrivit den som "frälsaren för sjöfararna på södra halvklotet". Han överraskade henne alltid med oväntade kunskaper. Henrik kunde också nyckfullt intressera sig för det oväntade. När han varit nio år hade han talat om att rymma från skolan till vildhästarna på de kirgiziska stäpperna. Men den gången hade han stannat hemma eftersom han inte ville lämna henne ensam. En annan gång hade han bestämt hävdat att han skulle bli sjöman och lära sig ensamseglandets konst. Men inte för att segla runt jordklotet på kortast tid eller visa att han kunde överleva. Drömmen var att kunna befinna sig på en båt under tio, kanske tjugo år utan att någonsin gå i land.

Hon kände sorgen. Henrik blev aldrig någon seglare, inte heller en människa som sökte efter vilda hästar på de kirgiziska stäpperna. Men han var på väg att bli en god människa innan någon drog på honom en pyjamas som dödens förklädnad.

Hon var nere vid stranden nu. Det var högvatten, vågorna rullade in mot land. Mörkret slukade konturerna av de uppdragna fiskebåtarna. Hon tog av sig sandalerna och gick ner till vattenbrynet. I värmen kände hon sig förflyttad tillbaka till Peleponnesos. Det kom som en kraftig våg över henne, en längtan tillbaka till sitt arbete i de dammiga grävgroparna, arbetskamraterna, de nyfikna men slarviga studenterna, de grekiska vännerna. Hon kände saknad efter att stå i mörkret utanför Mitsos hus och röka en av sina nattliga cigaretter medan hundarna skällde och grammofonen spelade sin vemodiga grekiska musik.

En krabba sprang över hennes ena fot. På avstånd kunde hon se ljusen från Maputo. Återigen kom Aron till henne: *Ljus kan vandra långa sträckor över mörka vatten. Tänk dig ljuset som en vandrare, som avlägsnar sig eller kommer dig allt närmare. I ljuset hittar du både dina vänner och dina fiender.*

Aron hade sagt någonting mer, men tanken bröts.

Hon höll andan. Det fanns någon där i mörkret, någon som betraktade henne. Hon vände sig om. Mörker, ljuset från baren på oändligt avstånd. Hon var livrädd, hjärtat bultade. Det fanns någon där som såg på henne.

Hon började skrika, vrålade rakt ut i mörkret tills hon såg ficklampor som rörde sig från hotellet ner mot stranden. När hon fångades in av ljuskäglorna kände hon sig som ett djur.

Det var två män som kom, den mycket unge receptionisten och en av servitörerna från baren. De frågade varför hon skrikit, om hon skadat sig eller blivit biten av en orm.

Hon skakade bara på huvudet, tog receptionistens ficklampa och lyste på stranden. Ingen var där. Men någon hade varit där. Det kände hon.

De återvände upp mot hotellbyggnaden. Receptionisten följde henne till hennes rum. Hon la sig i sängen och förberedde sig på att vara vaken till morgonen. Men hon lyckades somna. I drömmarna kom de röda papegojorna från Apollo Bay flygande. De var många, en stor flock, och deras vingslag var alldeles ljudlösa.

17

Det låg ett fuktigt dis över himlen när hon kom till restaurangen för att äta frukost. I receptionen stod en man som hon inte hade sett tidigare. Hon frågade om han var Zé.

– José, svarade han. Förkortas till Zé.

Louise nämnde Lucinda och frågade om det fanns någon på ön som målade tavlor.

– Det kan bara vara Adelinho. Ingen annan här på ön målar, ingen annan beställer paket med färg från Maputo. För många år sen rörde han ihop sina färger själv av rötter, blad och jord. Det är märkliga tavlor, delfiner, dansande kvinnor, ibland förvridna ansikten som kan göra människor illa till mods.

– Var bor han?

– Det är för långt att gå. Men Ricardo, som hämtade dig vid flygplatsen, kan köra dig dit för en liten avgift.

– Jag vill gärna besöka Adelo.

– Adelinho. Lär dig hans namn. Han har blivit en aning högfärdig efter att hans tavlor börjat bli efterfrågade. Jag ska be Ricardo vara här om en timme.

– En halvtimme räcker för min frukost.

– Men knappast för Ricardo. Han är mån om att hans gamla jeep ska vara rentvättad när han får uppdraget att göra en utflykt med en vacker kvinna. Om en timme väntar han här utanför.

Louise åt frukost vid ett bord i skuggan av ett träd. I bassängen låg någon och simmade längd efter längd, med långsamma tag. En raggig hund kom och la sig vid hennes fötter.

En afrikansk jämthund. Lika raggig som alla de hundar jag lekte med som barn. Nu har jag en far som är lika raggig som du.

Mannen som simmat i bassängen klättrade upp för badstegen. Louise upptäckte att hans ena ben var kapat vid knäet. Han hoppade fram till en liggstol där det låg en protes. Servitören som var barfota frågade om hon ville ha påfyllning av kaffet. Han nickade mot mannen som just stigit upp ur bassängen.

– Han simmar varje dag, året om. Även när det är kallt.

– Kan det bli kallt i det här landet?

Servitören såg bekymrad ut.

– I juli kan det bli 5 grader här på nätterna. Då fryser vi.

– 5 minusgrader?

Hon ångrade genast frågan när hon såg servitörens ansiktsuttryck.

Han fyllde på hennes kopp och sopade ner några brödsmulor som hunden genast slickade i sig. Mannen vid liggstolen hade nu spänt fast sitt ben.

– Överste Ricardo är en märklig man. Han är vår chaufför. Han har deltagit i många krig, säger han. Men ingen vet med bestämdhet. Det finns dom som säger att han en gång var berusad och gick på järnvägsrälsen och att det var då han miste sitt ben. Men man kan aldrig veta helt säkert. Överste Ricardo är en annorlunda man.

– Jag har hört att han håller sin jeep ren och snygg.

Servitören lutade sig förtroligt närmare henne.

– Överste Ricardo är mån om att hålla sig själv ren och snygg. Men han får ofta klagomål över att hans jeep är så smutsig.

Louise skrev på notan och såg översten försvinna mot hotellets utgång. När han var klädd kunde hon inte märka att hans ena ben delvis var konstgjort.

Han hämtade henne utanför hotellet. Överste Ricardo var i sjuttioårsåldern. Han var vältränad, solbränd och det grå håret var prydligt kammat. En europé med många droppar negerblod, tänkte Louise. I hans familjebakgrund döljer sig säkert en fascinerande historia. Översten talade engelska med brittisk accent.

– Jag hör att fru Cantor vill besöka vår berömda Rafael. Det kommer han att uppskatta. Han har en förkärlek för kvinnliga besökare.

Hon satte sig i framsätet i jeepen. Översten tryckte foten på det konstgjorda benet mot gaspedalen. De följde en lerväg som ringlade genom det meterhöga gräset mot södra delen av ön. Översten körde ryckigt och besvärade sig sällan med att bromsa ner när vägen förvandlades till ren gyttja. Louise höll i sig med båda händerna för att inte riskera att kastas ur. Mätarna i bilen visade antingen noll eller vibrerade vid ofattbara hastigheter och temperaturer. Det var som om hon färdades i ett arméfordon under pågående krig.

Efter en halvtimme bromsade översten. De hade kommit in i ett skogbevuxet område av ön. Låga hyddor skymtade bland träden. Överste Ricardo pekade.

– Där inne bor vår käre Rafael. Hur lång tid vill du stanna? När ska jag hämta dig?

– Du väntar alltså inte?

– Jag är för gammal för att ha tid att vänta. Jag kommer tillbaka hit och hämtar dig om ett par timmar.

Louise såg sig runt utan att upptäcka några människor.

– Är du säker på att han är här?

– Vår käre Rafael kom hit till Inhaca i slutet av 1950-talet. Han hade övergett det som den gången kallades Belgiska Kongo. Sen dess har han aldrig lämnat ön och knappast heller sitt hem.

Louise steg ur jeepen. Överste Ricardo lyfte på sin mössa och försvann i ett dammoln. Motorljudet dog bort. Louise märkte att hon var omsluten av en märklig stillhet. Inga fåglar, inga kväkande grodor, heller ingen vind. Hon fick en svävande upplevelse av att hon kände igen sig. Sedan insåg hon att det var som om hon befann sig djupt inne i en norrländsk skog, där både avstånd och ljud kan upphöra att existera.

Att befinna sig i en genomgripande tystnad är att uppleva en stor ensamhet. Det var Arons ord under en vandring i den norska fjällvärlden. Tidig höst, rostbruna färger, hon hade börjat misstänka att hon var gravid. De vandrade i fjällområdet vid Rjukan. En kväll hade de rest tältet vid en fjällsjö. Aron talade om tystnaden som kunde innebära en ofattbar, nästan outhärdlig ensamhet. Den gången hade hon inte lyssnat särskilt noga, tanken på att hon kanske var gravid hade uppfyllt henne. Men nu kunde hon minnas hans ord.

Några getter betade i gräset utan att bry sig om henne. Hon följde stigen mot hyddorna som dolde sig bland träden. Där fanns en öppen sandplan, hyddorna omgav den i en cirkel. Det pyrde i en nästan slocknad eld. Fortfarande inga människor. Sedan upptäckte hon ett par ögon som betraktade henne. Det satt någon på en veranda, med bara huvudet synligt. Mannen reste sig och vinkade henne till sig. Hon hade aldrig sett en så svart man tidigare. Hans hud drog mot en mörkblå färgton. Han steg fram på verandan, en jättelik man med bar överkropp.

Han talade dröjande, sökte efter de engelska orden. Hans första fråga var om hon talade franska.

– Det flyter lättare i min mun. Jag antar att du inte talar portugisiska?

– Min franska är heller inte bra.

– Då talar vi engelska. Fru Cantor är välkommen hit. Jag tycker om ditt namn. Louise. Det låter som en hastig rörelse över vattnet, en reflex i solen, ett stänk av turkos.

– Hur vet du vad jag heter och att jag skulle komma?

Han log och förde fram henne till en stol på verandan.

– På öar försöker bara en dåre att bevara en hemlighet.

Hon satte sig i stolen. Han blev stående och betraktade henne.

– Jag kokar mitt vatten eftersom jag inte vill att mina gäster ska drabbas av magbesvär. Det är alltså ofarligt att dricka det jag bjuder dig på. Om du inte vill ha romerskt brännvin? Jag har en god vän som är italienare, Giuseppe Lenate. En vänlig man som besöker mig ibland. Han flyr till ensamheten här på ön när han blir trött på alla dom vägbyggare han har ansvar för. Han har med sig romerskt brännvin. Vi blir båda så berusade att vi somnar. Överste Ricardo kör honom till flygplatsen, han återvänder till Maputo och en månad senare är han tillbaka här igen.

– Jag dricker inte brännvin.

Den jättelike Adelinho försvann in i sitt lilla mörka hus. Louise tänkte på den italienska vägbyggaren. Var det en av de män som tillbringat natten på Lucindas bar? Världen i Maputo var tydligen mycket liten.

Adelinho återvände med två glas vatten.

– Jag antar att du har kommit för att se mina tavlor?

I en plötslig ingivelse bestämde sig Louise för att vänta med att nämna Henrik.

– Jag hörde talas om dina tavlor av en kvinna jag träffade i Maputo.

– Har den kvinnan något namn?

Hon gjorde ytterligare en omväg.

– Julieta.

– Jag känner ingen som heter så. En moçambikansk kvinna, en svart kvinna?

Louise nickade.

– Vem är du? Jag försöker gissa din nationalitet. Är du tysk?

– Svensk.

– En och annan från det landet har besökt mig här. Inte många, inte ofta. Bara ibland.

Det började regna. Louise hade inte lagt märke till att morgonens dis hade övergått i ett molntäcke som dragit in över Inhaca. Regnet var kraftigt redan från första droppen. Adelinho betraktade bekymrat verandans tak och skakade på huvudet.

– En dag kommer taket att rasa. Plåtarna rostar, takbjälkarna är ruttna. Afrika har aldrig tyckt om hus som byggts för att stå upprätta alltför länge.

Han reste sig och gav henne tecken att följa med in. Huset bestod av ett enda stort rum. Där fanns en säng, hyllor med böcker, tavlor i rader längs väggarna, några snidade stolar, träskulpturer, mattor.

Han började ställa ut tavlorna på golvet, lutade dem mot bordet, sängen och stolarna. Han hade använt oljefärg på masonitskivor. Motiven och formen utstrålade en naiv förtjusning, som om de målats av ett barn som ansträngt sig för att efterlikna verkligheten. Delfiner, fåglar, kvinnoansikten, precis som Zé hade sagt.

Hon började genast tänka på Adelinho som Delfinmålaren, någon som kunde stå och vinka till hennes egen far där uppe i de norrländska skogarna, i hans ständigt växande galleri. De lämnade delfiner och ansikten efter sig till framtiden, men hennes far hade en konstnärlig begåvning som Delfinmålaren saknade.

– Hittar du nåt du tycker om?

– Delfinerna.

– Jag är en usel målare, utan talang. Tro inte att jag inte vet. Jag kan inte ens få perspektiven riktiga. Men ingen kan tvinga mig att sluta måla. Jag kan fortsätta att odla mitt ogräs.

Regnet dånade mot plåttaket. De satt tysta. Efter en stund mattades regnet av, det blev möjligt att tala igen.

– Han som körde mig hit sa att du en gång kommit från Kongo?

– Ricardo? Han pratar alltid så mycket. Men i det fallet har han rätt. Jag flydde från landet innan det stora kaoset bröt ut. När den svenske man som hette Hammarskjöld störtade i norra Zambia utanför Ndola, det hette Nord-Rhodesia den gången, hade jag redan kommit hit. Det var ett fasansfullt kaos, belgarna var brutala kolonisatörer, dom hade huggit av våra händer i flera generationer, men när vi plötsligt skulle bli självständiga var den konflikt som bröt ut lika förfärande.

– Varför flydde du?

– Det var nödvändigt. Jag var tjugo år, det var för tidigt att dö.

– Ändå var du inblandad i politiken? Så ung?

Han betraktade henne granskande. Regnet gjorde att rummet låg i halvskugga. Hon mer anade än såg hans ögon.

– Vem sa att jag var inblandad i politiken? Jag var en enkel ung man utan utbildning som fångade schimpanser som jag sålde till ett belgiskt laboratorium. Det låg i utkanten av den stad som den gången hette Leopoldville och som idag är omdöpt till Kinshasa. Det var nåt hemlighetsfullt över den stora byggnaden. Den låg för sig själv, omgärdad av ett högt staket. Där arbetade män och kvinnor i vita rockar. Ibland hade dom också masker för ansiktena. Och dom ville ha schimpanser. Dom betalade bra. Min far hade lärt mig fånga apor levande. Dom vita männen tyckte jag var duktig. En dag fick jag erbjudande om att börja arbeta i det stora huset. Man frågade mig om jag var rädd för att stycka djur, att skära i kött, att se blod. Jag var fångstman och jägare, jag kunde döda djur utan att blinka och jag fick arbetet. Jag kommer aldrig att glömma hur det kändes när jag för första gången satte på mig en vit rock. Det var som om jag klädde mig i en kunglig mantel, eller det leopardskinn som afrikanska härskare ofta bär. Den vita rocken innebar att jag tog steget in i en magisk värld av makt och kunskap. Jag var ung, jag insåg inte att den vita rocken snart skulle bli blodig.

Han avbröt sig och lutade sig framåt i stolen.

– Jag är en gammal man som pratar alldeles för mycket. I flera dagar har jag varit utan sällskap. Mina hustrur som bor i sina egna hus kommer och lagar mat till mig, men vi talar inte med varandra eftersom vi inte har mer att säga. Den här tystnaden gör mig hungrig. Tröttar jag dig så säg bara till.

– Jag är inte trött. Berätta mer.

– Om när rocken blev blodig? Det fanns en läkare där som hette Levansky. Han förde mig till ett stort rum där alla schimpanser som jag och andra fångat var instängda i burar. Han visade mig hur jag skulle skära itu djuren och ta ut levern och njurarna. Resten av kadavret skulle kastas, det saknade värde. Han lärde mig att skriva upp i en bok vad och när jag gjorde nånting. Sen gav han mig en schimpans, jag minns fortfarande att det var en unge som skrek förfärligt efter sin mor. Jag kan höra det där skrikandet fortfarande. Doktor Levansky var nöjd. Men jag tyckte inte om det, jag förstod inte varför det måste göras på just det sättet. Jag kan nog säga att jag inte tyckte om hur min vita rock blev blodig.

– Jag tror inte jag riktigt förstår vad du menar?

– Är det så svårt? Min far hade lärt mig att man dödade djur för att äta, för att få skinnet eller för att skydda sig själv, sina djur eller sina grödor. Men man dödade aldrig för att plåga. Då skulle gudarna slå dig till marken. Dom skulle skicka ut sina osynliga straffdjur som skulle söka upp mig och gnaga av allt kött på mina ben. Jag förstod inte varför jag var tvungen att ta ut levern och njurarna på aporna medan dom levde. Dom slet och drog i remmarna som höll dom fastspända vid bordet, dom skrek som människor. Jag lärde mig att djur och människor låter på samma sätt när dom plågas.

– Varför var det nödvändigt?

– För att kunna framställa laboratoriets speciella preparat krävdes att de kroppsdelar som användes hade tagits från levande djur. Jag skulle mista mitt arbete om jag berättade om det utanför laboratoriet. Doktor Levansky sa att människor i vita rockar alltid bevarade sina hemligheter. Det var som om jag hade fångats i en fälla, som om jag var en av schimpanserna och hela laboratoriet var min bur. Men det upptäckte och förstod jag först senare.

Regnet trummade ett ögonblick hårdare mot taket. Det hade börjat blåsa. De väntade tills regnet avtog igen.

– En fälla?

– En fälla. Den högg inte till runt min fot eller min hand. Den lindades ljudlöst runt min hals. Jag märkte ingenting till en början. Jag vande mig vid att döda mina skrikande schimpanser, jag plockade ut kroppsdelarna och la dom i ishinkar och bar bort dom till det egentliga laboratoriet, där jag aldrig blev insläppt. Vissa dagar skulle inga av aporna dödas. Då var min uppgift att se till att dom mådde bra, att ingen av dom var sjuk. Det var som att gå runt bland dödsdömda fångar och låtsas som ingenting. Men dagarna blev långa. Jag började se mig om trots att jag egentligen inte hade rätt att vara nån annanstans än bland apburarna. Efter ett par månader gick jag en dag ner i undervåningen.

Adelinho tystnade. Trummandet mot plåttaket hade nästan upphört.

– Vad hittade du där?

– Andra schimpanser. Men med en skillnad i arvsmassan på mindre än 3 procent. Den gången visste jag inte vad arvsmassa var. Men det vet jag nu. Det har jag lärt mig.

– Jag förstår inte? Andra apor?

– Utan burar. På bårar.

– Döda apor?

– Människor. Men inte döda. Ännu inte döda. Jag kom in i ett rum där dom låg tätt packade. Barn, gamla, kvinnor, män. Alla var sjuka. Det var en avskyvärd stank i rummet. Jag flydde därifrån. Men jag kunde inte låta bli att gå tillbaka senare. Varför låg dom där? Det var då jag insåg att jag hade hamnat i den värsta fälla en människa kan råka ut för. En fälla där man inte ska se det man ser, inte reagera på det man gör. Jag återvände för att försöka förstå varför det fanns sjuka människor dolda i ett källarrum. När jag närmade mig hörde jag fruktansvärda skrik. Dom kom från ett rum alldeles intill. Jag visste inte vad jag skulle göra. Vad var det som hände? Jag hade aldrig hört såna skrik i mitt liv. Plötsligt upphörde dom. Nånstans slog det i en dörr. Jag gömde mig under ett bord. Jag skymtade vita ben och vita rockar passerade. Efteråt letade jag reda på rummet där jag hade hört skriken. Det låg en död människa på ett bord. En kvinna, kanske var hon 20 år. Hon hade blivit uppskuren på samma sätt som jag skar i mina apor. Jag förstod direkt att också hon hade blivit av med sin lever och sina njurar medan hon levde. Jag rusade därifrån, jag var borta från laboratoriet i en vecka. En dag kom en man med ett brev från doktor Levansky som hotade mig om jag inte kom tillbaka. Jag vågade inte annat än att återvända. Doktor Levansky var inte arg, han var vänlig, det gjorde mig förvirrad. Han undrade varför jag stannat borta och jag sa som det var, jag hade sett de sjuka och kvinnan som blivit uppskuren medan hon levde. Doktor Levansky förklarade att hon varit nedsövd och inte känt nån smärta. Men jag hade hört henne. Han satt och ljög mig rakt i ansiktet, hans vänlighet var inte äkta. Han berättade att dom med hjälp av dom sjuka sökte sig fram till nya mediciner, allt som hände på laboratoriet måste vara hemligt eftersom många slogs om dom hemliga preparaten. När jag frågade vad det var för sjukdomar dom ville bota och vad dom sjuka led av, sa han att alla hade samma sorts sjukdomar, en feber som utgick från en infektion i magen. Då förstod jag att han ljög för andra gången. Så mycket hade jag uppfattat när jag varit inne i rummet med alla bårar att alla hade olika sjukdomar. Jag tror att dom medvetet blivit smittade, förgiftade, att man gjorde dom sjuka för att sedan försöka bota dom. Jag tror att man använde dom som schimpanserna.

– Vad hände med dig efteråt?

– Ingenting. Doktor Levansky fortsatte att vara vänlig. Ändå så visste jag att man hela tiden höll ögonen på mig. Jag hade sett nåt jag inte borde se. Sen började det gå rykten om att människor i närheten av Leopoldville rövades bort och att dom försvann på laboratoriet. Det var 1957, när ingen egentligen visste vad som skulle hända med landet. Utan att jag hade planerat det vaknade jag en morgon och bestämde mig för att ge mig av. Jag var säker på att jag en dag själv skulle hamna där nere i källaren, bli fastspänd på ett bord med läderremmar och uppskuren medan jag levde. Jag kunde inte vara kvar. Jag gav mig av. Först kom jag till Sydafrika och sedan hit. Men jag vet nu att jag hade rätt. Laboratoriet använde både schimpanser och levande människor för sina tester. Det är bara 3 procents skillnad i arvsmassan mellan en schimpans och en människa. Men redan den gången på 1950-talet ville man gå ett steg längre, rättare sagt, tre steg längre, de sista stegen. Man försökte utplåna skillnaden.

Adelinho tystnade. Vindbyar rev i takplåtarna. Från den fuktiga jorden steg en lukt av förruttnelse.

– Jag kom hit. Jag arbetade i många år på den lilla sjukstugan här. Jag har idag min åker, mina fruar, mina barn. Och jag målar. Men jag har följt med vad som händer, min vän, den kubanske doktor Raul, sparar alla sina medicinska tidskrifter åt mig. Jag läser dom och jag inser att man också idag använder människor som försöksdjur. Det lär även hända i det här landet. Många skulle naturligtvis neka till det. Men jag vet det jag vet. Även om jag är en enkel man, har jag skaffat mig bildning.

Regnmolnen hade dragit undan, solljuset var starkare. Louise såg på honom. Hon rös till.

– Fryser du?

– Jag tänker på det du berättar.

– Mediciner är råvaror som kan vara lika mycket värda som sällsynta metaller eller ädelstenar. Därför finns inga gränser för vad människor är beredda att göra, i girighetens namn.

– Jag vill veta vad du har hört.

– Jag vet inte mer än det jag har sagt. Det går rykten.

Han litar inte på mig. Fortfarande är han rädd för den där fällan som höll på att slå igenom om honom, långt tillbaka på 1950-talet, när han ännu var ung.

Adelinho reste sig. Han gjorde en grimas när han sträckte på benen.

– Ålderdomen kommer med plågor. Blodet tvekar i ådrorna, nattens drömmar blir plötsligt svartvita. Vill du se andra tavlor? Jag målar också av dom som besöker mig, som gruppfoton man tog förr i tiden. Gissar jag rätt om jag tror att du är lärare?

– Jag är arkeolog.

– Hittar du det du söker?

– Ibland. Ibland hittar jag nåt jag inte visste att jag letade efter.

Hon tog fram några av tavlorna till verandadörren och granskade dem i solljuset.

Hon upptäckte honom direkt. Hans ansikte, i det bakre ledet. Det var inte särskilt likt, men det rådde inget tvivel. Det var Henrik. Han hade varit här och lyssnat på det Adelinho hade att berätta. Hon fortsatte att granska bilden. Fanns där andra ansikten hon kände igen? Unga ansikten, europeiska, några asiatiska. Unga män men också många unga kvinnor.

Hon ställde tillbaka tavlan på golvet och försökte samla tankarna. Upptäckten av Henriks ansikte var en chock.

– Min son Henrik har varit här. Minns du honom?

Hon höll upp tavlan framför Adelinho och pekade. Han kisade med ögonen och nickade.

– Jag minns honom. En vänlig ung man. Hur mår han?

– Han är död.

Hon gjorde ett val. Här, på Inhaca, i den främmande mannens hus, kunde hon tillåta sig att säga öppet vad hon egentligen tänkte.

– Han blev mördad i sin lägenhet.

– I Barcelona?

Svartsjukan högg tag i henne. Varför hade alla vetat mer än hon? Hon hade ändå varit hans mor och drivit upp honom tills han rest sig och gått ut till sitt eget liv.

En insikt drabbade henne. *Han hade alltid sagt att han skulle skydda henne, vad som än hände. Var det det han hade gjort genom att inte berätta om den lilla lägenheten i "Kristus återvändsgränd"?*

– Vad som hände är det ingen som vet. Jag försöker ta reda på det genom att följa i hans fotspår.

– Och dom har lett dig hit?

– Eftersom han har varit här. Du har målat av hans ansikte och jag tror du berättade samma sak för honom som du berättade för mig.

– Han frågade om det.

– Hur kunde han veta att du visste nåt?

– Rykten.

– Nån måste ha berättat om dig. Och du i din tur måste ha berättat för nån. Att sprida rykten är en mänsklig konstform som kräver tålamod och djärvhet.

Eftersom han inte svarade gick hon vidare. Frågorna behövde hon inte leta efter, de formulerade sig själva.

– När kom han hit?

– Det var inte så länge sen. Jag målade tavlan kort tid efteråt. Innan regnen började, om jag minns rätt.

– Hur kom han hit?

– Som du. Med översten och hans jeep.

– Var han ensam?

– Han kom ensam.

Var det sant? Louise tvekade. Fanns det inte en annan, osynlig gestalt, vid Henriks sida?

Adelinho tycktes ha förstått varför hon tystnat.

– Han kom ensam. Varför skulle jag inte säga som det var? Man hyllar inte minnet av den döde genom att ljuga vid hans grav.

– Hur hade han hittat dig?

– Genom min vän doktor Raul. Han är stolt över sitt namn. Hans far som också hette Raul var med ombord på båten, vad den nu hette, som tog Fidel och hans vänner till Kuba och började frihetskampen.

– Granma.

Han nickade.

– Så hette båten. Den läckte och hotade att sjunka, dom unga männen var plågade av sjösjuka, det måste ha varit en bedrövlig syn. Men förrädisk. Några år senare hade dom drivit Batista och amerikanerna på flykten. Men dom sa inte amerikanerna, dom sa Yankees. *Yankees Go Home.* Det blev ett stridsrop som gick runt världen. Idag ligger vår regering platt för detta land. Men en dag kommer vi att tvinga fram sanningen. Hur dom hjälpte belgarna och även portugiserna att trycka ner oss mot jorden.

– Hur hade Henrik hittat doktor Raul?

– Doktor Raul är inte bara en duktig gynekolog som kvinnorna älskar eftersom han behandlar dom med stor respekt. Han är även en brinnande ande som hatar de stora läkemedelsföretagen och deras forskningslaboratorier. Inte alla, inte överallt. Även i den världen finns den brutala motsättningen mellan god vilja och girighet. Den striden pågår hela tiden. Men doktor Raul säger att girigheten vinner terräng. Hela tiden, varje sekund av dygnet flyttar girigheten fram sina positioner. I en tid när miljard efter miljard av dollar och meticais kan tillåtas löpa amok som dom vill, hela tiden på jakt efter det grönaste gräset, är girigheten på väg att uppnå världshegemoni. Det är ett svårt ord som jag har lärt mig först på gamla dar. Nu riktar girigheten in sig på det lilla virus som går som en farsot över världen. Ingen vet fortfarande hur det uppstod även om man kan utgå från att det är ett apvirus som lyckats klättra över immunitetens bergstoppar och ta sig in i människorna. Inte för att förgöra dom, utan för att göra samma som du och jag.

– Vad är det?

– Överleva. Detta lilla, ganska svaga virus, vill ingenting annat. Virus saknar medvetande och kan knappast beskyllas för att förstå skillnaden mellan liv och död, dom gör bara vad dom är programmerade till. Att överleva, att skapa nya generationer av virus med samma ändamål, överlevnad. Doktor Raul säger att detta lilla virus och människan egentligen borde stå på varsin sida av livets flod och vinka till varandra. Fanorna som vajar i vinden skulle tala samma språk. Överlevnad. Men det är inte så, viruset förorsakar kaos som en herrelös bil i trafiken. Doktor Raul säger att det beror på att det finns ett annat virus. Han kalllar det "Girighetens virus, typ 1". Det sprider sig lika fort och är lika dödligt som den smygande sjukdomen. Doktor Raul försöker bjuda girigheten motstånd, att komma åt viruset som smyger runt i blodbanorna på ett ständigt ökande antal människor. Han skickar dom människor han litar på till mig. Han vill att dom ska få veta att det finns en "Grymhetens historia". Människor kommer hit och jag berättar om hur man karvade ut kroppsdelar ur levande människor redan på 1950-talet. Människor som rövades bort från sina hem, som injicerades med olika sjukdomar och som sedan användes som testråttor eller apor. Det skedde inte bara under en sjuk politisk regim, som den tyska under Hitler. Det skedde efter kriget och det sker fortfarande.

– I Xai-Xai?

– Ingen vet.

– Kan Henrik ha varit nånting på spåren?

– Det tror jag. Jag sa åt honom att vara försiktig. Det finns människor som är beredda att göra vad som helst för att dölja sanningen.

– Talade han nånsin med dig om John Kennedy?

– Den döde presidenten med sin försvunna hjärna? Han var mycket påläst.

– Förklarade han varför han var besatt av den där händelsen?

– Det var inte händelsen i sig. Presidenter har blivit mördade tidigare och det kommer att ske igen. Varenda amerikansk president är medveten om att ett stort antal osynliga vapen riktas mot honom. Henrik var inte intresserad av hjärnan. Han ville veta hur det hade gått till. Han försökte begripa hur man bär sig åt för att dölja nånting. Han gick baklänges för att lära sig att gå framlänges. Kunde han förstå hur man på de högsta politiska nivåerna bar sig åt för att dölja nånting kunde han också lära sig hur man avslöjade det.

– Jag vet att han såg nånting i Xai-Xai som förändrade honom.

– Han kom aldrig tillbaka hit trots att han hade lovat. Doktor Raul visste inte heller vad som blivit av honom.

– Han flydde eftersom han var rädd.

– Han kunde ha skrivit, han hade kunnat använda den underbara elektroniken för att viska något i doktor Rauls öra.

– Han blev mördad.

Både Louise och mannen i stolen mitt emot visste i samma ögonblick vad det betydde. Ingen behövde undra längre, Louise kände att hon närmade sig den punkt där Henriks död kanske skulle få sin förklaring.

– Han måste ha vetat nånting. Han måste också ha insett att dom visste att han visste, och han flydde.

– Vilka dom? frågade Louise.

Han skakade på huvudet.

– Jag vet inte.

– Xai-Xai. Mannen som heter Christian Holloway?

– Jag vet inte.

Motorljud närmade sig. Överste Ricardo svängde in sin jeep på gårdsplanen. Just när de skulle stiga ut på verandan la Adelinho handen på hennes axel.

– Hur många är det som vet att du är Henriks mamma?

– Här i landet? Inte många.

– Det är kanske bäst att det förblir så.

– Varnar du mig?

– Jag tror inte jag behöver göra det.

Överste Ricardo tutade ilsket. När de for därifrån vände hon sig om och såg Adelinho stå där på verandan. Hon saknade honom redan eftersom hon anade att hon aldrig skulle se honom igen.

Hon återvände till Maputo med samma plan och samma piloter strax efter två på eftermiddagen. Passageraren med boken var inte med. Däremot fördes en ung man ombord på planet. Han var så svag att han knappt kunde stå på sina ben. Kanske var det hans mor och hans syster som stöttade honom. Utan att hon med bestämdhet kunde veta misstänkte hon att mannen hade aids. Han var inte bara smittad av viruset, sjukdomen hade nu slagit ut och höll på att ta livet från honom.

Upplevelsen gjorde henne upprörd. Hade Henrik fortsatt att leva skulle han själv till slut ha kunnat befinna sig i samma tillstånd. Hon skulle ha stöttat honom. Men vem skulle ha stöttat henne? Hon kände hur sorgen vällde fram. När planet lyfte önskade hon att det skulle slå ner, låta henne försvinna ut i mörkret. Men det turkosa vattnet låg redan under henne. Hon kunde inte gå bakåt.

När planet landade på den heta asfalten hade hon bestämt sig. *Det var i Xai-Xai Henrik hade varit som tydligast. Där hade hon känt hans närvaro.* Hon brydde sig inte ens om att åka till Lars Håkanssons hus för att byta kläder. Inte heller ringde hon till Lucinda. Just nu behövde hon vara ensam. Hon gick till ett av hyrbilskontoren på flygplatsen, tecknade ett kontrakt och fick besked om att bilen skulle levereras inom en halvtimme. Lämnade hon Maputo klockan tre skulle hon hinna fram till Xai-Xai innan det hade blivit mörkt. Medan hon väntade bläddrade hon igenom en telefonkatalog. Hon hittade flera läkare som hette Raul. Vilken som var den rätta kunde hon inte avgöra eftersom ingen stod listad som gynekolog.

På vägen till Xai-Xai var hon nära att köra över en get som plötsligt dök upp framför bilen. Hon väjde häftigt och var nära att förlora kontrollen. Ett av bakhjulen fick i sista ögonblicket fäste i en grop i asfalten och höll bilen kvar på vägen. Hon var tvungen att stanna och hämta andan.

Döden hade nästan fångat henne.

Hon letade sig fram till avtagsvägen mot stranden i Xai-Xai och tog in på hotellet där. Hon fick ett rum på andra våningen. Hon kämpade länge med duschen innan hon fick den att släppa ifrån sig vatten. Alla hennes kläder luktade svett. Hon gick ner till stranden och köpte en *capulana* som de afrikanska kvinnorna svepte runt sig. Sedan följde hon stranden och tänkte igenom det som mannen i regnet, Delfinmålaren, hade sagt.

Solen försvann. Skuggorna växte. Hon gick tillbaka till hotellet och åt i matsalen. En albino satt i ett hörn och spelade på ett xylofonliknande instrument. Hon drack ett rött vin som smakade unket, utspätt. Hon lät flaskan vara och drack öl istället. Månen lyste över havet. Hon kände lust att vada ut i månstrimman. När hon kommit upp till sitt rum barrikaderade hon dörren med ett bord och somnade sedan med fötterna insnärjda i det trasiga myggnätet.

I drömmarna sprang hästar i ett vintrigt snölandskap. Artur stod med snoret fruset under näsan och pekade mot horisonten. Hon förstod aldrig vad han ville att hon skulle se.

Hon vaknade tidigt och gick ner till stranden. Solen lyfte sig ur havet. Ett kort ögonblick tänkte hon att Aron och Henrik fanns vid hennes sida, alla tre såg rakt in i solen innan ljuset blev för starkt.

Hon återvände till Christian Holloways by. Stillheten var samma som första gången. Hon tänkte att hon besökte en kyrkogård. Hon satt länge kvar i bilen och väntade på att någon skulle visa sig. En ensam svart hund med raggig päls strök omkring på grusplanen. Något som kanske var en stor råtta skymtade vid en av husväggarna.

Men inga människor. Stillheten var som ett fängelse. Hon lämnade bilen och gick fram mot ett av husen och öppnade dörren. Hon trädde genast in i en annan värld, de sjukas och döendes värld.

Tydligare än vid första besöket kände hon den fräna lukten. *Döden luktar som skarp syra. Liklukten, jäsandet kommer senare.*

Rummen var fyllda av smuts, orenhet, ångest. De flesta av de sjuka låg hopkurade i fosterställning på britsarna och på golvet, bara de allra yngsta barnen låg utsträckta på rygg. Hon rörde sig långsamt mellan de sjuka och försökte se genom dunklet. Vilka var de? Varför låg de där? De hade smittats av hiv och de skulle dö. Just så här måste det ha sett ut i de klassiska opiemissbrukarnas härbärgen. Men varför lät Christian Holloway dem leva i misär? Räckte det för honom att ge dem tak över huvudet? Plötsligt förstod hon inte alls hur han tänkte när han inrättade sina byar för de fattiga och sjuka.

Hon stannade och betraktade en man som låg framför henne. Han såg på henne med glansiga ögon. Hon böjde sig ner och la handen på hans panna. Han hade inte feber. Känslan av att befinna sig i ett härbärge för missbrukare och inte i de döendes väntrum stegrades. Mannen började plötsligt röra på läpparna. Hon böjde sig fram för att höra vad han sa. Lukten ur hans mun var avskyvärd men hon tvingade sig att stanna kvar. Han upprepade samma fraser, gång på gång. Hon uppfattade inte vad han sa, om och om igen, som ett mantra, bara någonting som började med "In..." och kanske hon också uppfattade ordet "Dom".

Det slog i en dörr på avstånd. Mannen på britsen framför henne reagerade som om han hade blivit slagen. Han vände bort ansiktet och kröp ihop. När hon rörde vid hans axel ryckte han till och drog sig undan. Louise märkte plötsligt att det fanns någon bakom henne. Hon vände sig om, som om hon fruktade att bli överfallen. Det var en kvinna som stod där, i hennes egen ålder. Hennes hår var grått, ögonen närsynta.

– Jag visste inte att vi hade besök?

Kvinnan talade en engelska som fick Louise att tänka på den resa hon gjort till Skottland, den gång hon träffat Aron för första gången.

– Jag har varit här tidigare och fick veta att alla är välkomna.

– Alla är välkomna. Men vi vill gärna själva öppna dörrarna för våra gäster. Rummen är mörka, det finns trösklar, man kan snubbla. Vi visar gärna runt.

– Jag hade en son som arbetade här, Henrik. Kände du honom?

– Jag var inte här då. Men alla talar gott om honom.

– Jag försöker förstå vad han gjorde här.

– Vi vårdar sjuka. Vi tar hand om de som inga andra bryr sig om. De skyddslösa.

Kvinnan som ännu inte hade sagt sitt namn tog Louise vänligt i armen och förde henne mot utgången. Hon tar i mig varligt men klorna finns där, tänkte Louise.

De kom ut i den starka solen. Den svarta hunden låg och flämtade i skuggan av ett träd.

– Jag skulle vilja träffa Christian Holloway. Min son talade om honom med stor respekt. Han avgudade honom.

Louise mådde illa av att ljuga i Henriks namn. Men hon kände att hon var tvungen för att komma vidare.

– Jag är säker på att han kommer att ta kontakt med dig.

– När? Jag kan inte stanna här för evigt. Har han ingen telefon?

– Jag har aldrig hört talas om att nån har talat med honom i telefon. Nu måste jag gå.

– Kan jag inte stanna och följa ert arbete?

Kvinnan skakade på huvudet.

– Idag är ingen bra dag. Det är behandlingsdag.

– Just därför.

– Vi har ansvar för svårt sjuka människor, och kan inte alltid låta vem som helst vara närvarande.

Louise insåg det lönlösa i att fortsätta.

– Har jag fel om jag tror att du kommer från Skottland?

– Från Högländerna.

– Hur har du hamnat här?

Kvinnan log.

– Vägarna leder inte alltid dit man har tänkt sig.

Hon sträckte fram handen och sa adjö. Samtalet var slut. Louise gick tillbaka till bilen. Den svarta hunden såg längtansfullt efter henne, som om också den velat ge sig av. I backspegeln kunde Louise se den gråhåriga kvinnan. Hon väntade på att Louise skulle fara därifrån.

Hon återvände till hotellet. Albinon satt i den tomma restaurangen och spelade på sin xylofon. Barn lekte med resterna av en soptunna i sanden. De slog på tunnan som om de pryglade den. Mannen i receptionen log. Han satt och läste i en tummad bibel. Hon kände sig yr, allting var overkligt. Hon gick upp till sitt rum och la sig på sängen.

Hennes mage gjorde uppror. Hon kände det komma och hann ut

på toaletten innan det sprutade ur henne. Hon hann knappt återvända till sängen innan hon måste ut igen. En timme senare hade hon feber. När städerskan kom lyckades hon förklara att hon var sjuk, ville vara ifred och behövde dricksvatten på flaska. En timme senare uppenbarade sig en servitör från restaurangen med en liten flaska mineralvatten. Hon gav honom pengar så att han skulle återvända med en stor flaska.

Resten av dagen rörde hon sig fram och tillbaka mellan sängen och toaletten. I skymningen var hon helt kraftlös. Men attacken tycktes vara på väg att avta. Hon reste sig upp på darriga ben för att ta sig ner till restaurangen och dricka te.

Just när hon skulle lämna rummet kom den viskande mannen i det dunkla rummet tillbaka i hennes medvetande.

Han ville tala med mig. Han ville att jag skulle lyssna. Han var sjuk men ännu mera var han rädd. Han vände sig bort från mig som för att tala om att han inte hade tagit kontakt.

Han ville tala med mig. Bakom de glansiga ögonen dolde sig något annat.

Plötsligt visste hon vad det var han hade försökt säga.

Injektioner. Det var ordet han försökt viska fram. *Injektioner.* Men injektioner gav man väl sjuka för att hjälpa dem, som ett led i vården?

Han var rädd. Han ville berätta för mig om injektioner som gjorde honom rädd.

Mannen hade sökt hjälp. Hans viskningar hade varit ett nödrop.

Hon gick fram till fönstret och såg ut mot havet. Månstrimman var borta. Havet låg i mörker. Sandplanen framför hotellet lystes upp av en ensam lampa i en lyktstolpe.

Hon försökte se in i skuggorna. Det hade Henrik gjort. Vad var det han hade upptäckt?

Kanske en viskande människa i dödens väntrum?

18

Dagen efter, åter tidig morgon.

Louise svepte tygstycket runt kroppen och gick ner till stranden. Några av de små fiskebåtarna kom in med sina fångster. Kvinnor och barn hjälpte till att ta vara på fisken, lägga den i plasthinkar fyllda med is, som de sedan placerade på sina huvuden. En pojke visade henne med ett brett leende en stor krabba. Hon log tillbaka mot pojken med krabban.

Hon vadade ut i vattnet. Tyget klibbade runt hennes kropp. Hon tog några simtag och dök. När hon kom upp till ytan igen fattade hon ett beslut. Hon skulle återvända till mannen på britsen som viskat nånting till henne. Hon tänkte inte ge sig förrän hon förstått vad han ville säga henne.

Hon tvättade av sig saltet under den droppande duschen. Albinon satt och spelade på sin xylofon. Ljudet trängde in genom badrumsfönstret. Han tycktes alltid vara där med sitt instrument. Hon hade sett att han hade sår efter den starka solen på hjässan och kinderna.

Hon gick ner till matsalen. Servitören log och gav henne kaffe. Hon nickade mot mannen vid instrumentet.

– Är han alltid här?

– Han tycker om att spela. Han går hem sent och kommer tillbaka tidigt. Hans hustru väcker honom.

– Han har alltså familj?

Servitören betraktade henne förvånat.

– Varför skulle han inte ha det? Han har nio barn och fler barnbarn än han kan hålla reda på.

Inte jag. Jag har ingen familj. Efter Henrik kommer ingenting.

Hon kände ett vanmäktigt raseri över att Henrik inte längre fanns.

Hon lämnade frukostbordet, musikens tröstlösa entonighet hamrade i hennes huvud.

Hon startade bilen och körde till Christian Holloways by. Hettan var ännu starkare än dagen innan, den dunkade i huvudet, ersatte den entoniga musiken.

När hon stannat bilen var det som om allt upprepade sig i värmediset. Luften dallrade framför hennes ögon. Den svarta hunden flämtade under sitt träd, inga människor syntes till. En ensam plastpåse drev fram och tillbaka i sanden. Louise satt bakom ratten och fläktade med handen framför ansiktet. Raseriet var borta, ersatt av uppgivenhet.

Under natten hade hon drömt om Aron. Det hade varit en plågsam mardröm. Hon hade hållit på med en av sina gravar någonstans vid Argolis. De hade frilagt ett skelett och plötsligt hade hon insett att det var Arons ben hon hade hittat. Förtvivlat försökte hon slå sig fri från drömmen, men den hade hållit henne kvar och dragit henne nedåt. Först när hon höll på att kvävas hade hon vaknat.

En vit man i ljusa kläder kom ut genom en dörr och gick in i ett annat hus. Louise fortsatte att fläkta medan hon följde honom med blicken. Sedan lämnade hon bilen och gick mot det hus hon hade varit i dagen innan. Den svarta hunden såg efter henne.

Hon steg in i dunklet, väntade orörligt tills ögonen hade vant sig vid det svaga ljuset. Lukten var starkare än dagen innan, hon började andas genom munnen för att inte få kväljningar.

Britsen var tom. Mannen var borta. Hade hon tagit miste? Vid hans sida hade en kvinna legat under ett batiktyg med mönster av flamingos. Hon fanns kvar. Louise hade inte misstagit sig. Hon rörde sig runt i rummet, flyttade försiktigt sina fötter för att inte trampa på någon av de magra kropparna. Han fanns ingenstans. Hon återvände till den tomma britsen. Hade han blivit flyttad? Kunde han vara död? Något inom henne spjärnade emot. Döden för de aidssjuka kunde komma fort, men det stämde ändå inte.

Hon skulle just lämna rummet när hon fick en känsla av att någon iakttog henne. Kropparna låg som ett buktande jordlager där armar och ben långsamt rörde sig. Många hade huvudena täckta av skynken och lakan, som om de gjorde sitt elände synligt bara för sig själva. Louise såg sig runt. Det var någon som iakttog henne. I ett av rummets hörn upptäckte hon en man som satt lutad mot stenväggen. Han såg på henne. Hon närmade sig försiktigt. Det var en ung man, i Henriks ålder. Han var utmärglad, ansiktet fullt av sår, delar av huvudet utan hår. Hans ögon betraktade henne utan att blinka. Han visade med en svag rörelse med handen att hon skulle komma närmare.

– Moises är borta.

Hans engelska hade en sydafrikansk accent, så mycket förstod hon efter att ha hört sina vita medpassagerare i bussen från flygplatsen till hotellet. Hon gick ner på knä för att uppfatta hans svaga röst.

– Var är han? frågade hon.

– I jorden.

– Är han död?

Mannen grep runt hennes handled. Det var som om en liten flicka tog tag i henne. Fingrarna var tunna, kraftlösa.

– Dom hämtade honom.

– Vad menar du?

Hans ansikte kom nära henne.

– Det var du som dödade honom. Han försökte ropa till dig.

– Jag förstod aldrig vad han sa.

– Dom gav honom en spruta och förde bort honom. Han sov när dom kom.

– Vad hände?

– Jag kan inte tala här inne. Dom ser oss. Dom hämtar mig på samma sätt. Var finns du?

– Jag bor på stranden, på hotellet.

– Om jag orkar ska jag ta mig dit. Gå nu.

Mannen la sig ner och rullade ihop sig under ett lakan. *Samma rädsla. Han gömmer sig.* Hon gick tillbaka genom rummet. När hon steg ut i solen var det som om hon fick ett våldsamt slag i ansiktet. Hon gömde sig i skuggan intill husväggen.

En gång hade Henrik talat med henne om sin upplevelse av varma länder. Människor delade inte bara broderligt och systerligt på vatten, man delade också på skuggan.

Hade hon förstått mannen i mörkret på rätt sätt? Kunde han verkligen söka upp henne? Hur skulle han ta sig till stranden?

Hon var på väg att vända tillbaka när hon upptäckte att det stod någon i skuggan av det träd där hon parkerat bilen. Det var en man i 60-årsåldern, kanske äldre. Han log när hon kom närmare. Han gick emot henne och sträckte fram handen.

Hon visste genast vem han var. Hans engelska var mjuk. Den amerikanska accenten var nästan helt försvunnen.

– Mitt namn är Christian Holloway. Jag har förstått att du är Henrik Cantors mor och att han tragiskt har omkommit.

Louise blev förvirrad. Vem hade berättat det för honom?

Han uppfattade hennes förvåning.

– Nyheter, mest av allt tragiska, sprider sig mycket fort. Vad var det som hände?

– Han blev mördad.

– Kan det verkligen vara möjligt? Vem vill skada en ung man som drömmer om en bättre värld?

– Det är det jag försöker ta reda på.

Christian Holloway snuddade vid hennes arm.

– Låt oss gå till mitt rum. Där är det betydligt svalare än här.

De rörde sig över sandplanen mot ett vitt hus som låg avskiljt från de andra. Den svarta hunden följde vaksamt deras steg.

– När jag var barn tillbringade jag mina vinterlov hos en morbror i Alaska. Det var min framsynte far som skickade mig dit för att härdas. Hela min uppväxt handlade om en oavbruten härdningsprocess. Inlärande, kunskaper, bedömdes inte ha större värde än att utrusta sig med "järnhud" som min far kallade det. Det var ohyggligt kallt där min farbror oljeborraren levde. Men att jag vande mig vid stark kyla har gjort mig bättre rustad än många andra att också uthärda stark värme.

De steg in i ett hus som bestod av ett enda, stort rum. Det var byggt som en afrikansk rundhydda, avsedd för en hövding. Christian Holloway sparkade av sig sina skor innanför dörren, som om han beträdde en helig plats. Men han skakade på huvudet när Louise böjde sig ner för att knyta upp sina skor.

Hon såg sig omkring, registrerade rummet, som om hon besökte en nyss utgrävd gravkammare där verkligheten lämnats orörd i tusentals år.

Rummet var fyllt med möbler i något hon föreställde sig var en klassisk kolonial stil. I ena hörnet fanns ett arbetsbord med två dataskärmar. På stengolvet låg en antik matta, persisk eller afghansk, dyrbar. Hennes blick fastnade på en av väggarna. Där hängde en madonnabild. Den var mycket gammal såg hon genast, den hade sitt ursprung i bysantinsk tid, förmodligen tidig. Den var alltför dyrbar för att hänga på en privat vägg någonstans i Afrika.

Christian Holloway följde hennes blick.

– Madonnan och barnet. För mig är dom ständiga följeslagare. Religionerna har alltid imiterat livet, det gudomliga utgår alltid från det mänskliga. Ett vackert barn kan man hitta i den mest fruktansvärda slum utanför Dacca eller Medellín, ett matematiskt geni kan födas i Harlem som son eller dotter till en crackmissbrukare. Tanken på att Mozart begravdes i en fattiggrav utanför Wien är egentligen inte upprörande, den är upplyftande. Allt är möjligt. Vi kan lära av tibetanerna att varje religion bör placera sina gudar mitt ibland oss och låta oss leta reda på dom. Det är bland människorna vi ska hämta den gudomliga inspirationen.

Han släppte henne inte med blicken när han talade. Ögonen var blå, klara och kyliga. Han bad henne sitta ner. En dörr öppnades ljudlöst. En afrikan i vita kläder kom in och serverade te.

Dörren stängdes. Det var som om en vit skugga varit på besök i rummet.

– Henrik gjorde sig genast omtyckt på kort tid, sa Christian Holloway. Han var duktig och lyckades befria sig från det obehag som drabbar alla som är unga och friska när dom tvingas umgås med döden. Ingen tycker om att bli påmind om det som väntar bakom det hörn som är närmare än man tror. Livet är en svindlande kort resa, bara i ungdomen är den oändlig. Men Henrik vande sig. Och så var han plötsligt borta. Vi förstod aldrig varför han gav sig av.

– Jag hittade honom död i hans lägenhet. Han hade sin pyjamas på sig. Då insåg jag att han hade blivit mördad.

– På grund av en pyjamas?

– Han sov alltid naken.

Christian Holloway nickade tankfullt. Hela tiden betraktade han henne. Louise fick en känsla av att han oavbrutet förde en dialog med sig själv om vad han såg och hörde.

– Aldrig kunde jag föreställa mig att en så utmärkt ung man, med så mycket levande kraft inom sig, skulle avsluta sitt liv i förtid.

– Är inte kraft alltid levande?

– Nej. Många släpar omkring på döda bördor, på oförbrukad energi, som tynger deras liv.

Louise bestämde sig för att undvika alla omvägar.

– Något hände här som förändrade hans liv.

– Ingen som kommer hit kan undgå att bli påverkad. De flesta blir chockade, några flyr, andra bestämmer sig för att bli starka och stannar.

– Jag tror inte att det var de sjuka och döende människorna som förändrade honom.

– Vad skulle det annars vara? Vi tar hand om människor som skulle ha dött ensamma i fallfärdiga hyddor, längs vägrenar, inne bland träden. Djur skulle ha börjat äta på deras kroppar innan dom ens hunnit dö.

– Det var nåt annat.

– Man kan aldrig helt förstå en människa, vare sig sig själv eller nån annan. Det gällde säkert även för Henrik. Det inre hos människan är ett landskap som påminner om hur den här kontinenten såg ut för 150 år sen. Bara områdena längs kusterna och floderna hade utforskats, resten var oändliga vita fläckar där man trodde att det fanns städer av guld och varelser med två huvuden.

– Jag vet att nånting hände. Men inte vad.

– Här händer alltid nånting. Nya människor bärs hit, andra begravs. Det finns en kyrkogård här. Vi har dom präster vi behöver. Inga hundar kommer åt att tugga på dom dödas ben innan vi har lagt dom i jorden.

– En man som jag talade med igår finns inte längre kvar. Han måste ha dött i natt.

– De flesta dör av nån anledning i gryningen. Det är som om dom vill ha vägledning av ljuset när dom går bort.

– Hur ofta träffade du Henrik under den tid han var här?

– Jag träffar aldrig människor särskilt ofta. Två, kanske tre gånger. Inte mer.

– Vad talade ni om?

– Eftersom jag har lärt mig att urskilja vad som är värt att komma ihåg minns jag mycket sällan efteråt vad som sades. Människor är oftast tröttsamt ointressanta. Jag tror aldrig att vi talade om viktiga saker. Några ord om värmen, trötheten som drabbar oss alla.

– Ställde han aldrig några frågor?

– Inte till mig. Han verkade inte vara den sortens människa.

Louise skakade på huvudet.

– Han var en av de mest vetgiriga och nyfikna människor jag har träffat. Det kan jag säga trots att han var min son.

– Dom frågor man utsätts för här ligger på en annan, inre nivå. När man omges fullständigt av döden handlar frågorna om alltings mening. Och det är frågor i tystnaden, som man riktar till sig själv. Livet är att visa motståndsvilja. Till sist tar jägarmyrorna sig ändå in i din kropp.

– Jägarmyror?

– För många år sen tillbringade jag några månader i en avlägsen by långt uppe i nordvästra Zambia. Det hade funnits Fransiscanermunkar där tidigare. Men dom hade lämnat platsen i mitten av 1950-talet och etablerat sig längre söderut, mellan Solwezi och Kitwe. Vad som fanns kvar av deras byggnader hade övertagits av ett par från Arkansas som ville bygga upp en andlig oas, utan anknytning till nån särskild religion. Det var där jag kom i kontakt med jägarmyrorna. Vad vet du om dom?

– Ingenting.

– Det är det få människor som gör. Vi föreställer oss att rovdjur är kraftfulla. Kanske inte alltid stora till växten men sällan små som myror. En natt när jag var ensam tillsammans med vakterna väcktes jag av rop ute i mörkret, bultanden på min dörr. Vakterna hade facklor som dom tände eld på gräset med. Jag hade ingenting på fötterna när jag gick ut. Genast kände jag en stingande smärta i fötterna. Jag begrep inte vad det var. Vakterna ropade att det var myror, arméer av jägarmyror som var på marsch. Dom äter allt i sin väg och man kan inte bekämpa dom. Men genom att tända eld i gräset kan man få dom att ändra riktning och ta en annan väg. Jag satte på mig stövlar, hämtade en ficklampa, såg små rasande myror i perfekta formationer marschera förbi. Från hönshuset hördes plötsligt ett våldsamt kacklande. Vakterna försökte få tag på hönsen och jaga ut dom. Men det var redan för sent, det gick ofattbart fort. Hönsen försvarade sig med att äta upp myrorna. Men dom fortsatte att leva i hönsens magar och började bita sönder inälvorna. Inte en enda höna överlevde. Dom rusade runt som vansinniga av smärtan från myrorna som bet sönder dom inifrån. Jag har ofta tänkt på det där. Hönsen försvarade sig och säkrade därmed sin egen plågsamma död.

– Jag kan föreställa mig hur det är att bli biten av hundratals myror.

– Jag undrar om du verkligen kan det. Jag kan det inte. En av vakterna fick in en ensam myra i ett öra. Där satt den och bet i trumhinnan. Vakten skrek ohyggligt tills jag hällde whisky i örat och dödade myran. En enda myra, mindre än en halv centimeter lång.

– Finns myrorna också här i landet?

– Dom existerar över hela den afrikanska kontinenten. Dom visar sig efter kraftiga regn, aldrig annars.

– Jag har svårt att förstå liknelsen om livet som ett tillstånd med myror i kroppen.

– Det är som med hönorna. Livets tragedi fullbordas av människan själv. Den kommer inte utifrån.

– Jag håller inte med dig.

– Jag är klar över att det finns gudar till salu eller till låns, när smärtan blir för svår. Men för mig har den vägen aldrig erbjudit nån tröst.

– Istället försöker du leda bort myrorna? Så länge som möjligt?

Christian Holloway nickade.

– Du följer min tankegång. Naturligtvis innebär det inte att jag inbillar mig att jag ska lyckas bjuda den slutliga tragedin motstånd. Döden finns hela tiden vid människans sida. Dödens verkliga väntrum är salarna där kvinnor föder barnen.

– Berättade du nånsin för Henrik om myrorna?

– Nej. Han var för vek. Historien kunde ha gett honom mardrömmar.

– Henrik var inte vek.

– Barn uppträder inte alltid på samma sätt mot sina föräldrar som mot främmande människor. Jag vet eftersom jag har barn själv. Trots allt stryker det en tunn hinna av meningsfullhet över livet.

– Är dom här?

– Nej. Tre finns i Nordamerika och en är död. Som din son. Också jag har en son som gick bort i förtid.

– Då vet du hur smärtsamt det är.

Christian Holloway betraktade henne länge. Han blinkade sällan. Som en ödla, tänkte hon. En reptil.

Hon rös till.

– Fryser du? Ska jag öka värmen?

– Jag är trött.

– Världen är trött. Vi lever i en gammal reumatisk värld, trots att det kryllar av barn vart man än vänder sig. Överallt barn medan vi två sitter här och sörjer dom som valde bort livet.

Det tog ett ögonblick innan hon förstod innebörden av vad han sagt.

– Tog din son livet av sig?

– Han bodde hos sin mor i Los Angeles. En dag när han var ensam tömde han swimmingpoolen, klättrade upp i hopptornet och kastade sig ut. En av vakterna hörde honom skrika. Han dog inte genast, men innan ambulansen kom var allting över.

Den vitklädde servitören visade sig i dörren. Han gav ett tecken. Christian Holloway reste sig.

– Nån behöver ett råd. Det är det enda jag egentligen tycker är angeläget, att ge människor stöd genom att lyssna och kanske kunna erbjuda ett råd. Jag är strax tillbaka.

Louise gick fram till väggen och betraktade madonnan. Det var ett original, ett mästerverk. Hon insåg att den måste ha skapats av en bysantinsk mästare i Grekland under tidigt 11- eller 12-hundratal. Hur än Christian Holloway hade fått tag på den, måste den ha kostat mycket pengar.

Hon gick runt i rummet. Dataskärmarna glimmade. Båda skärmsläckarna föreställde delfiner som sköt upp ur ett turkosgrönt hav. En av lådorna i skrivbordet var halvöppen.

Hon kunde inte motstå impulsen. Hon drog ut lådan. Först kunde hon inte identifiera föremålet som låg där.

Sedan insåg hon att det var en torkad hjärna. Liten, skrumpen, sannolikt från en människa.

Hon sköt igen lådan. Hjärtat bultade hårt. En torkad hjärna. *Kennedys försvunna hjärna.*

Hon återvände till sin stol. Handen skakade när hon lyfte tekoppen.

Fanns det en samband mellan Henriks besatthet av vad som hade hänt 1963 i Dallas och det hon upptäckt i Christian Holloways skrivbordslåda? Hon tvingade sig att slå bakut. Hennes slutsats var för enkel. Inbillade bitar av keramik la sig till rätta i inbillade mönster. Hon ville inte vara en berusad arkeolog som gick bärsärk. Den skrumpna hjärnan i lådan hade ingenting med Henrik att göra. Hon kunde i alla fall inte förutsätta det innan hon visste mer.

Dörren öppnades, Christian Holloway kom tillbaka.

– Jag ber om ursäkt för att jag lät dig vänta.

Han såg henne in i ögonen och log. Hon var plötsligt övertygad om att han på något sätt hade följt hennes promenad genom rummet. Kanske fanns ett titthål borrat genom väggen? Eller en kamera som hon inte upptäckt? Han hade sett henne studera målningen och dra ut skrivbordslådan. Den hade varit halvvägs öppen, en frestelse. Förmodligen hade han lämnat rummet för att se vad hon skulle göra.

– Kanske kan du ge också mig ett råd, sa hon med tillkämpat lugn.

– Jag kan alltid försöka.

– Det handlar om Henrik och om din son. Vi delar den erfarenhet som alla föräldrar fruktar.

– Steve begick en handling i förtvivlan och raseri. Henrik somnade i sin säng, om jag förstod rätt. Steve vände sig utåt, Henrik inåt. Det är två motsatta vägar.

– Ändå ledde båda två åt samma håll.

Steve. Namnet väckte ett otydligt minne till liv. Hon hade stött på det tidigare utan att hon kunde erinra sig var eller när. Steve Holloway? Hon letade men minnet gav inget svar.

– När Steve kastade sig ut i mörkret var det en oväntad katastrof både för hans mor och mig, sa Christian Holloway. Till och med hans styvfar som egentligen hatade honom visade starka känslor på begravningen. Självmord utlöser en särskild känsla av skuld. Alla tycker att dom borde ha sett katastrofen komma och gjort det nödvändiga för att stoppa den.

– Hade du inga föraningar om det som hände?

– Alla som kände honom blev chockade, vägrade tro att det var sant.

– Jag söker efter spår. Nånting som kanske knappt är synligt. Ett tecken. Guds tecken skulle jag kanske säga om jag var religiös. En liten strimma av nåt som kan ge mig hopp om en förklaring.

– Gudarna brukar ta hem dom som dom älskar tidigt i deras liv. Kanske Henrik var en av dom?

– Jag är inte troende. Det var inte Henrik heller.

– Det var ett visdomsord, inte religiös tro.

– Såg du ingenting hos din son som förebådade hans död?

– Steves död var totalt oväntad. Det värsta är att jag tror att den var lika oväntad för honom själv. Efter hans död försökte jag ta reda på så mycket som möjligt om varför unga människor begår självmord. Det är en av många utbredda missuppfattningar att de flesta människor som dödar sig själva lämnar en förklaring efter sig. Oftast finns ingenting. Bara den fullbordade katastrofen.

– Vad var det som drev Steve?

– Han var så djupt kränkt en människa kan bli. Hade jag vetat kunde jag kanske ha hjälpt honom. Men ingen visste, inte jag, inte hans mor, inte hans vänner.

Louise kände att Christian Holloway höll på att stänga till om sin son och hans död.

– Jag hade hoppats att du skulle kunna hjälpa mig.

– Jag vet inte hur. Det enda man kan berömma sig av i livet är sin vilja och det arbete man utför. När det gäller aids är allt vi gör för lite. Det kommer aldrig att tillföras tillräckliga resurser för att minska lidandet och bekämpa epidemin. Henrik drevs av en vilja att göra allt han förmådde när han kom hit. Vad som drev honom in i hans djupa förtvivlan kan jag inte svara på.

Han var inte förtvivlad. Han satte inte på sig en pyjamas av sorg, han tömde inte en burk tabletter. Jag tror inte att du säger allt som du vet.

Hennes tanke vände, kanske var det tvärtom. Att Christian Holloway inte visste mer än det han sa men att han sökte efter information hos henne, i hennes frågor?

Man frågar om det man inte vet. Det man vet frågar man inte om.

Hon ville inte vara kvar längre. Christian Holloway med sina hemliga kikhål skrämde henne. Hon reste sig.

– Jag ska inte störa mer.

– Jag är ledsen att jag inte har varit till nån hjälp.

– Du har försökt i alla fall.

Han följde henne ut i den brännande solen till bilen.

– Kör försiktigt. Drick mycket vatten. Återvänder du till Maputo?

– Kanske stannar jag till i morgon.

– Strandhotellet i Xai-Xai är enkelt men oftast rent. Lämna inget av värde på rummet. Göm ingenting i madrassen.

– Jag har redan blivit rånad i Maputo en gång. Jag aktar mig. Det första jag tvingades skaffa mig här var ögon i nacken.

– Blev du skadad?

– Jag gav dom det dom ville ha.

– Landet är fattigt. Man rånar och stjäl för att överleva. I deras situation hade vi gjort detsamma.

Hon tog honom i hand och satte sig bakom ratten. Den svarta hunden låg kvar i skuggan. I backspegeln kunde hon se hur Christian Holloway vände sig om och gick tillbaka till sitt hus.

När hon kom till hotellet somnade hon. Det var redan mörkt när hon vaknade.

Varifrån kände hon igen namnet Steve? Hon visste att hon hade stött på det någonstans. Men Steve var ett vanligt namn, som Erik i Sverige eller Kostas i Grekland.

Hon gick ner till matsalen och åt. Albinon satt vid väggen och spelade på sin xylofon. Servitören var samma som på morgonen gett henne frukost. På hennes fråga svarade han att instrumentet hette timbila.

Efter middagen blev hon sittande. Insekter surrade kring lampan ovanför hennes bord. Gästerna var få, några män som drack öl. En kvinna med tre barn åt middag under fullständig tystnad. Louise sköt undan kaffekoppen och beställde i stället ett glas rödvin. Klockan blev tio. Albinon slutade spela, hängde sitt instrument över ryggen och försvann ut i mörkret. Kvinnan med de tre barnen betalade och vaggade bort som ett skepp med tre livbåtar hängande efter sig. Männen fortsatte att konversera. Till sist gick även de. Servitören började göra i ordning för kvällen. Hon betalade och gick ut från hotellet. Vattnet glittrade i ljuset från en ensam lampa.

Visslingen var mycket låg, men hon uppfattade den genast. Hon letade med blicken i skuggorna utanför ljuskretsen. Visslingen återkom, lika lågt. Då upptäckte hon honom. Han satt på en uppochnervänd fiskebåt. Hon kom att tänka på silhuetterna i Henriks väska. På samma sätt kunde mannen som väntade på henne vara urklippt ur nattmörkret.

Han hasade ner från båten och gav henne tecken att följa med. Han gick mot resterna av ett hus som en gång i tiden hade varit en strandkiosk. Louise hade lagt märke till den tidigare under dagen. Namnet var fortfarande läsligt i den sönderbrutna cementen, *Lisboa*.

När de kom närmare såg hon att en eld var tänd inne i husruinen. Mannen sjönk ner vid brasan och la på några kvistar. Hon satte sig mitt emot honom. I ljusskenet kunde hon se hur mager han var. Ansiktshuden stramade som ett spänt skinn över hans kindben. I pannan hade han sår som inte var läkta.

– Du behöver inte vara orolig. Ingen har följt efter dig.

– Hur kan du vara så säker?

– Jag följde dig länge med blicken.

Han gjorde en gest ut i mörkret.

– Det finns också andra som vaktar.

– Vilka andra?

– Vänner.

– Vad är det du vill berätta för mig? Jag vet inte ens vad du heter.

– Jag vet att ditt namn är Louise Cantor.

Hon ville fråga hur han visste hennes namn, men insåg att hon knappast skulle få något svar, bara en otydlig gest ut mot mörkret.

– Jag har svårt att lyssna på människor som jag inte vet namnet på.

– Jag heter Umbi. Min far gav mig namnet efter sin bror som dog när han var ung och arbetade i gruvorna i Sydafrika. Det var ett schakt som störtade in. Man hittade honom aldrig. Om kort tid kommer jag också att dö. Jag vill tala med dig eftersom det enda som återstår i mitt liv, det enda som kanske har nån mening, är att förhindra att andra dör på samma sätt som jag.

– Jag förstår att du har aids?

– Jag har giftet i min kropp. Även om jag tappades på allt blod skulle giftet finnas kvar.

– Men får du hjälp? Mediciner som bromsar sjukdomen?

– Jag får hjälp av dom som ingenting vet.

– Det förstår jag inte.

Umbi svarade inte. Han la på ytterligare bränsle. Sedan visslade han lågt ut i mörkret. Den svaga vissling som kom till svar tycktes göra honom lugn. Louise började känna en smygande olust. Mannen som satt på andra sidan elden var döende. För första gången förstod hon innebörden av att någon var på väg bort. Umbi var på väg bort från livet. Den stramande huden skulle snart spricka sönder.

– Moises, som du talade med, borde inte ha talat med dig. Även om du var ensam i rummet med dom sjuka finns det alltid nån som ser vad som händer. Dom som snart ska dö tillåts inte att ha några hemligheter.

– Varför bevakas dom som är sjuka? Och besökare som jag? Vad tror dom att jag kan stjäla från döende, utfattiga människor, som befinner sig hos Christian Holloway eftersom dom ingenting äger?

– Moises tog dom i gryningen. Dom kom in, gav honom en spruta, väntade tills han var död och bar bort honom i ett lakan.

– Gav dom honom en spruta för att han skulle dö?

– Jag säger bara det som har hänt. Ingenting annat. Jag vill att du ska berätta om det här.

– Vilka var det som gav honom sprutan? Nån av de små bleka flickorna från Europa?

– Dom vet inte vad det är som händer.

– Inte jag heller.

– Det är därför jag kommit hit. För att berätta.

– Jag är här eftersom min son en gång arbetade bland de sjuka. Nu är han död. Han hette Henrik. Minns du honom?

– Hur såg han ut?

Hon beskrev honom. Sorgen vällde upp inom henne när hon beskrev hans ansikte.

– Jag minns honom inte. Kanske hade jag ännu inte blivit uppsökt av ärkeängeln.

– Ärkeängeln?

– Vi kallade honom så. Varifrån han kom vet jag inte. Men han måste stå Christian Holloway mycket nära. En vänlig man med kalt huvud som talade till oss på vårt eget språk och erbjöd oss det vi mest av allt saknade.

– Vad var det?

– En väg ut ur fattigdomen. Det finns bland människor som du en tanke att riktigt fattiga människor inte inser sitt eget elände. Jag kan försäkra dig att det är fel. Ärkeängeln sa att han sökte upp just oss eftersom vårt lidande var störst och bittrast. Han lät åldermannen i byn välja ut tjugo personer. Tre dagar senare kom en lastbil och hämtade dom. Jag var inte med den gången. Men när han kom tillbaka ställde jag mig längst fram och jag blev en av de utvalda.

– Vad hade hänt med dom som gett sig av med den första lastbilen?

– Han förklarade att dom fortfarande var kvar och skulle stanna ytterligare en tid. Naturligtvis var många av deras anhöriga oroliga eftersom dom inte hört nånting på så lång tid. När han hade talat till punkt gav han åldermannen en stor summa pengar. Aldrig tidigare hade så mycket pengar funnits i vår by. Det var som om tusen gruvarbetare hade återkommit från många års arbete i Sydafrika och nu la alla sina samlade besparingar på en bastmatta framför våra ögon.

Några dagar senare kom den andra lastbilen. Då var jag en av dom som klättrade upp på flaket. Det kändes som om jag var en av dom utvalda som skulle kunna ta mig ur fattigdomen som smutsade ner mig ända in i mina drömmar.

Han tystnade och lyssnade ut i mörkret. Louise uppfattade bara bruset från havet och en ensam nattfågel som ropade till. Hon tyckte hon anade en oro hos honom, men hon kunde inte veta säkert vad det var.

Han visslade svagt och lyssnade. Det kom inget svar. Louise upplevde plötsligt situationen som overklig. Varför satt hon här vid elden tillsammans med en man som visslade ut i mörkret? Ett mörker som hon inte kunde tränga igenom. Det var inte bara den afrikanska kontinentens mörker, det var också det stora mörkret inom henne, det som innehöll Henriks grav och Arons försvinnande. Hon ville skrika högt över allt som hände runt henne, som hon inte förstod och som ingen annan heller verkade förstå.

En kväll stod jag och rökte utanför mitt hus i Argolis. Jag hörde hundarna skälla och musiken från min granne. Stjärnhimlen ovanför mig var alldeles klar. Jag skulle resa till Sverige för att hålla ett föredrag om keramiken och järnoxidernas betydelse för den svarta och den röda färgen. Jag stod där i mörkret och hade bestämt mig för att mitt förhållande med Vassilis, min kära revisor, hade upphört. Jag kände glädje över att snart träffa Henrik, mörkret var milt och cigarettröken steg rakt upp i stillheten. Nu, några månader senare, är mitt liv en ruin. Jag känner bara tomhet och rädsla för vad som väntar mig. För att uthärda försöker jag bejaka mitt ursinne över vad som hänt. Kanske jag innerst inne, utan att jag har sagt det högt till mig själv, söker efter den eller de som är ansvariga för Henriks död för att döda dem. Den som dödade Henrik dömde sig till döden. Han är ansvarig inte bara för Henriks död utan också för min.

Umbi reste sig mödosamt upp. Han var nära att falla omkull. Louise ville stödja honom men han skakade avvärjande på huvudet. Han visslade ytterligare en gång utan att få något svar.

– Jag kommer strax tillbaka.

Han tog några steg och var borta i mörkret. Hon böjde sig fram och la mer bränsle på elden. Artur hade lärt henne att tända och underhålla brasor. Det var en konst som bara de som verkligen hade frusit i sitt liv hade lärt sig. Henrik hade han också utbildat till en brasbyggare. Det var som om hon alltid hade haft eldar flammande i sitt liv. Till och med Aron hade ibland rusat ut i skogen med kaffepanna och ryggsäck och tvingat henne med, de gånger han velat krossa datorerna och försvinna ut i vildmarken till ett annat liv.

Eldar brann längs hennes livsväg. Utan ved och kärlek skulle hon inte kunna leva vidare.

Umbi var fortfarande försvunnen i mörkret. Oron kom smygande. *Ett svar på en visselsignal hade uteblivit.*

Plötsligt var hon övertygad om att en fara hotade. Hon reste sig och drog sig hastigt undan från eldens ljuskrets. Något hade hänt. Hon höll andan och lyssnade. Det enda hon hörde var sitt eget hjärta. Hon fortsatte att dra sig bakåt. Mörkret som omgav henne var ett hav. Hon började trevande söka sig i riktning mot hotellet.

Hon snubblade till mot något mjukt som låg på marken. Ett djur, tänkte hon när hon ryckte till. Hon letade i fickorna efter sin tändsticksask. När tändstickan flammade upp såg hon att det var Umbi. Han var död. Hans hals hade skurits av, huvudet var nästan helt avskiljt från kroppen.

Louise sprang därifrån. Två gånger snubblade hon och föll.

När hon låst upp dörren till sitt rum märkte hon genast att någon hade varit där. Ett par strumpor låg inte där hon lagt dem. Dörren till badrummet stod på glänt trots att hon var nästan säker på att hon hade stängt den. Fanns det någon kvar inne i badrummet? Hon öppnade dörren till korridoren och gjorde sig beredd att fly innan hon vågade peta upp badrumsdörren med foten. Ingen var där.

Men någon bevakade henne. Umbi och hans vänner hade inte sett allt som dolde sig i mörkret. Därför var Umbi död.

Rädslan var som en förlamande kyla. Hon slängde ner sina tillhörigheter i väskan och lämnade rummet. I receptionen sov nattportieren på en madrass bakom disken. Han flög upp med ett skrämt rytande när hon skrek till honom att vakna. Hon betalade sin räkning, låste upp bilen och for därifrån. Först när hon lämnat Xai-Xai bakom sig och kontrollerat att inga billyktor syntes i backspegeln, återfick hon kontrollen över sig själv.

Hon visste nu också var hon hade sett namnet Steve.

Aron hade suttit framför Henriks dator och hon hade lutat sig över hans axel. Det varit en artikel från New York Times om en man som hette Steve Nichols som hade begått självmord efter att ha varit utsatt för utpressning. Steve Nichols. Inte Steve Holloway. Men han hade bott hos sin mor. Hon kunde ha hetat Nichols.

De bitar hon hade började forma sig på ett sätt hon inte väntat sig.

Kunde Henrik ha blivit mördad för att han drivit Steve Nichols i döden? Hade mordet förklätts till självmord som en grym hälsning från den som tagit hämnd?

Hon slog på ratten och skrek rakt ut i mörkret efter Aron. Nu behövde hon honom mer än någonsin. Men han var stum, svarade inte. När hon märkte att hon körde alldeles för fort saktade hon ner. Hon flydde för att överleva. Inte för att köra ihjäl sig på en mörk landsväg på den oändliga afrikanska kontinenten.

19

Någonstans dog motorn. Hon trampade och sparkade på gaspedalen för att tvinga bilen vidare. Bensinmätaren visade på halv tank, temperaturmätaren fanns inom det gröna fältet. Dödsorsak okänd, tänkte hon i raseri och rädsla. Den förbannade bilen avlider när jag som bäst behöver den.

Hon stannade i mörkret. Ingenstans kunde hon ana något ljus. Hon vågade inte öppna bilfönstret, än mindre dörren. Hon var fångad i den döda bilen, hon skulle tvingas vara kvar tills någon kom som kunde hjälpa henne.

I backspegeln följde hon uppmärksamt alla tecken på att någon närmade sig i mörkret. Faran fanns bakom henne, inte framför. Gång på gång försökte hon få liv i bilen. Startmotorn arbetade förgäves. Till sist lät hon strålkastarna lysa och tvingade sig ut ur bilen.

Tystnaden kastade sig över henne. Det var som om någon hade slängt en filt över hennes huvud. Hon omgavs av ett oändligt och ljudlöst ingenting. Det enda hon kunde höra var sin egen andhämtning. Hon drog i sig luft som om hon varit fullständigt utpumpad.

Jag springer. Rädslan jagar mig. De som skar av Umbi halsen finns här alldeles intill mig.

Hon ryckte till och vände sig om. Ingen var där. Hon lyckades öppna motorhuven och stirrade ner i en okänd värld.

Hon mindes vad Aron sagt, med sitt allra försmädligaste tonfall, alldeles i början av deras äktenskap. "Lär du dig inte det allra mest nödvändiga om hur en bilmotor fungerar och vad du kan reparera själv, ska du inte ha körkort."

Hon hade aldrig lärt sig, hatade att få olja på händerna. Men framför allt hade hon vägrat att följa Arons arroganta uppmaning.

Hon slog igen motorhuven. Smällen var våldsam och rullade bort i mörkret.

Vad var det Shakespeare hade skrivit? "Du laddar din kanon med dubbel åska." Så hade Aron beskrivit sig själv. Han var mannen med den dubbla åskan, hans krafter kunde ingen rå på. Vad skulle han ha sagt nu om han sett henne i en bil som gett upp andan djupt inne i det afrikanska mörkret? Skulle han ha hållit en av sina nedlåtande föreläsningar om hur oduglig hon var. Det brukade han göra när han var på dåligt humör, vilket ledde till utdragna kraftmätningar som inte sällan slutade med att de kastade koppar och glas mot varandra.

Ändå älskar jag honom, tänkte hon när hon hukade och kissade intill bilen. Jag har försökt ersätta honom med andra men alltid misslyckats. Som Portia har jag väntat på mina friare. De har dansat och skuttat och gjort sina konster men när sista akten börjat har de alla blivit avvisade. Är det här kanske min sista akt? Jag trodde nog att det skulle dröja minst tjugo år till. När Henrik dog rusade jag inom loppet av några sekunder rakt igenom hela pjäsen och nu är bara epilogen kvar.

Hon fortsatte att hålla uppsikt i backspegeln. Inga strålkastarljus slog över natthimlen. Hon tog fram telefonen och knappade in Arons nummer. Abonnenten kan för närvarande inte nås.

Sedan slog hon numret till Henriks lägenhet. *Du vet vad du ska göra. You know what to do.* Hon började gråta och lät det bli till ett meddelande på hans svarare. Sedan ringde hon Artur. Förbindelsen var klar, utan fördröjning. Hans röst kom henne nära.

– Var är du? Varför ringer du mitt i natten? Gråter du?

– Jag har fått motorstopp på en öde landsväg.

– Är du ensam där?

– Ja.

– Då är du inte riktigt klok! Kör du bil ensam mitt i natten i Afrika? Vad som helst kan hända.

– Vad som helst har hänt. Bilen har stannat. Jag har bensin, temperaturen är inte för hög, inga varningslampor lyser. Det är väl inte mycket värre att få motorstopp här än uppe i Härjedalsfjällen.

– Kan ingen komma och hjälpa dig? Är det en hyrbil? Då måste firman ha ett larmnummer.

– Jag vill att du hjälper mig. Du har lärt mig laga mat, du kan få igång en trasig skivspelare och du kan till och med stoppa upp fåglar.

– Jag är orolig för dig. Vad är du rädd för?

– Jag är inte rädd. Jag gråter inte.

Han röt till. Ljudet träffade henne som ett hårt slag.

– Ljug mig inte rakt upp i ansiktet. Inte ens när du kan gömma dig i en telefon.

– Skrik inte åt mig! Hjälp mig istället.

– Fungerar tändningen?

Hon la telefonen i knät, vred om nyckeln och lät startmotorn arbeta.

– Den låter som den ska, sa Artur.

– Varför startar inte bilen?

– Jag vet inte. Är vägen gropig?

– Det är som att köra på en grusväg i tjällossningen.

– Kanske har nån kabel skakat loss.

Hon slog på strålkastarna igen, öppnade motorhuven för andra gången och följde hans instruktioner. När hon på nytt försökte starta bilen var resultatet det samma.

Förbindelsen bröts. Hon ropade ut i mörkret men Arturs röst var borta. Hon slog numret på nytt. En portugisisk kvinnostämma sa något med beklagande tonfall. Hon la på och hoppades att Artur skulle lyckas återupprätta förbindelsen.

Ingenting hände. Mörkret fyllde bilen. Hon ringde det telefonnummer som stod uppgivet i hyresavtalet. Ingen svarade, det fanns varken telefonsvarare eller hänvisning.

Ett avlägset ljus från en strålkastare syntes i backspegeln. Rädslan skar i henne. Skulle hon lämna bilen och gömma sig i mörkret? Hon kunde inte röra sig. Strålkastarljuset växte bakom henne. Hon var övertygad om att bilen skulle krossa henne. I sista ögonblicket väjde den undan. En skranglig lastbil dundrade förbi.

Det var som om hon hade blivit passerad av en häst utan ryttare.

Det blev en av de längsta nätterna i hennes liv. Hon lyssnade ut i mörkret genom det halvöppna fönstret och spejade efter ljus. Då och då försökte hon återupprätta förbindelsen med Artur utan att lyckas.

Strax före gryningen vred hon än en gång om startnyckeln. Bilen startade. Hon höll andan. Motorn fortsatte att gå.

Det var redan full morgon när hon närmade sig Maputo. Överallt kvinnor med raka ryggar som kom gående rakt ut ur solen och det röda dammet, med jättelika bördor på huvudet och barn hängande på ryggarna.

Hon letade sig fram i den kaotiska trafiken, omvärvd av svart rök från osande bussar och lastbilar.

Hon behövde tvätta sig, byta kläder, sova några timmar. Men hon ville inte träffa Lars Håkansson. Hon letade sig fram till det hus där Lucinda bodde. Säkert sov hon efter sin långa natt på baren. Det kunde inte hjälpas. Det var bara hon som kunde hjälpa henne nu.

Hon stannade bilen och ringde ytterligare en gång till Artur. Hon tänkte på något han en gång sagt.

Varken djävulen eller Gud vill ha konkurrens. Därför hamnar vi människor i vårt ensamma ingenmansland.

Hon hörde att han var trött. Säkert hade han varit vaken hela natten. Men han skulle aldrig erkänna det. Även om hon inte hade lov att ljuga, hade han gett sig själv den rättigheten.

– Vad hände? Var är du?

– Ingenting annat än att bilen plötsligt startade igen. Jag är tillbaka i Maputo.

– Dom här förbannade telefonerna!

– Dom är fantastiska.

– Ska du inte snart resa därifrån?

– Snart, men inte än. Vi får prata senare. Mitt batteri är nästan slut.

Hon avslutade samtalet. I samma ögonblick upptäckte hon Lucinda som stod intill husväggen med en handduk virad runt huvudet. Hon steg ur bilen och tänkte att den långa natten äntligen var över.

Lucinda såg undrande på henne.

– Så tidigt?

– Det borde jag fråga dig om. När kom du i säng?

– Jag sover aldrig mycket. Kanske är jag alltid trött? Utan att jag märker det?

Lucinda motade tålmodigt undan några barn som kanske var hennes syskon eller kusiner eller syskonbarn. Hon ropade på en halvvuxen flicka, som torkade av ett par plaststolar som stod i skuggan intill huset och sedan bar fram ett par glas vatten.

Hon upptäckte plötsligt Louises oro.

– Nånting har hänt. Det är därför du kommer hit så tidigt.

Louise bestämde sig för att säga precis som det var. Hon berättade om Christian Holloway och Umbi, mörkret på stranden och den långa natten i bilen.

– Dom måste ha sett mig, sa Louise. Dom måste ha hört vad vi talade om. Dom följde efter honom och när dom förstod att han höll på att avslöja nåt dödade dom honom.

Det var tydligt att Lucinda trodde henne, varje ord, varje detalj. När hon tystnat satt Lucinda länge utan att säga någonting. En man började bulta på en takplåt för att böja till en takfog. Lucinda ropade till honom. Han slutade genast och satte sig i skuggan av ett träd och väntade.

– Är du övertygad om att Henrik var inblandad i utpressning mot Christian Holloways son?

– Jag vet ingenting säkert. Jag försöker tänka lugnt och klart och logiskt. Men allt är hela tiden undflyende. Inte ens i mina mest outhärdliga fantasier kan jag tänka mig Henrik i rollen som utpressare. Kan du?

– Naturligtvis inte.

– Jag behöver en dator och en uppkoppling till internet. Kanske kan jag leta reda på dom där artiklarna, kanske går det att se om det var Christian Holloways son. Då har jag ändå hittat nånting som hänger ihop.

– Vad hänger ihop?

– Jag vet inte. Nåt hänger ihop utan att jag vet hur. Jag måste börja nånstans. Jag börjar om och jag börjar på nytt, gång på gång.

Lucinda reste sig.

– Det finns ett internetcafé här i närheten. Jag var där med Henrik en gång. Jag ska bara klä mig så följer jag dig dit.

Lucinda försvann in i huset. Barnen stod och såg på henne. Hon log. Barnen log tillbaka. Louises tårar började rinna. Barnen fortsatte att le.

Louise hade torkat ögonen när Lucinda kom tillbaka. De sneddade över den långa gata som hette Lenin. Lucinda stannade utanför ett bageri som delade lokal med en teater.

– Jag borde ha gett dig frukost.

– Jag är inte hungrig.

– Du är hungrig, men du vill inte erkänna det. Jag har aldrig förstått varför vita människor har så svårt att tala sanning om små saker i livet. Om man sover bra, om man har ätit, om man längtar efter att sätta på sig rena kläder.

Lucinda gick in i bageriet och kom ut med en papperspåse som innehöll två runda bröd. Hon tog det ena själv och gav det andra till Louise.

– Låt oss hoppas att allt en gång ska få en förklaring och ett slut.

– Umbi var den andra döda människan som jag sett i mitt liv. Henrik var den första. Har människor inget samvete?

– Människor saknar nästan alltid samvete. Dom fattiga för att dom inte har råd, dom rika eftersom dom tror att det ska kosta dom pengar.

– Henrik hade ett samvete. Han fick det av mig.

– Henrik var väl som dom flesta andra!

Louise höjde rösten.

– Han var inte som dom flesta andra!

– Henrik var en bra människa.

– Han var mycket mer.

– Kan man vara mer än en bra människa?

– Han ville andra människor väl.

Lucinda slog ihop sina tänder i ett hårt klickande ljud. Sedan drog hon in Louise i skuggan av en markis som hängde utanför fönstret till en skoaffär.

– Han var som andra. Han uppförde sig inte alltid väl. Varför gjorde han som han gjorde mot mig? Svara på det!

– Jag förstår inte vad du menar?

– Han smittade mig med hiv. Jag fick det av honom. Jag förnekade det första gången du frågade. Jag tyckte att du hade nog som det var. Men nu går det inte längre. Nu säger jag som det är. Om du inte redan har begripit det.

Lucinda slungade orden emot Louise. Hon försökte inte göra motstånd eftersom hon insåg att Lucinda hade rätt. Louise hade anat sanningen ända sedan hon kom till Maputo. Henrik hade dolt sjukdomen för henne, han hade aldrig berättat om sin lägenhet i Barcelona. Efter hans död, nu när hon också upplevde sig själv som död, hade hon tvingats erkänna att hon nästan inte alls hade känt honom. När förändringen inträffat visste hon inte, den måste ha kommit smygande utan att hon lagt märke till den. Henrik hade inte velat att hon skulle upptäcka att han höll på att bli någon annan.

Lucinda började gå. Hon förväntade sig inget svar från Louise. Vakten utanför skoaffären betraktade nyfiket de två kvinnorna. Louise blev så upprörd att hon gick fram till vakten och tilltalade honom på svenska.

– Vad du stirrar på vet jag inte. Men vi två älskar varandra. Vi är vänner. Vi är upprörda men vi älskar varandra.

Hon gick ikapp Lucinda och tog hennes hand.

– Jag visste det inte.

– Du trodde att det var jag som hade smittat honom. Du förutsatte att det var den svarta horan som hade gett honom sjukdomen.

– Jag har aldrig betraktat dig som en prostituerad.

– Vita män ser nästan alltid svarta kvinnor som ständigt tillgängliga, när som helst, var som helst. Om en ung vacker svart flicka som är 20 år säger till en fet vit man att hon älskar honom så tror han henne. Så överväldigande uppfattar han sin makt när han kommer till ett fattigt land i Afrika. Henrik berättade för mig att det är likadant i Asien.

– Henrik ansåg väl aldrig att du var prostituerad?

– Om jag ska vara ärlig så vet jag inte.

– Erbjöd han dig pengar?

– Det är inte nödvändigt. Många av de vita männen tycker att vi ska vara tacksamma för att få lov att sära på benen.

– Det är vidrigt.

– Och vidrigare kan det bli. Om jag berättar om flickorna som är 8 eller 9 år gamla.

– Jag vill inte höra.

– Det ville Henrik. Hur obehagligt det än var ville han höra. "Jag vill veta så att jag förstår varför jag inte vill veta." Så sa han. Först trodde jag han gjorde sig märkvärdig. Sen insåg jag att han verkligen menade det han sa.

Lucinda stannade. De hade kommit fram till ett internetcafé som låg i ett nyrenoverat stenhus. Kvinnor satt på små bastmattor på trottoaren och hade lagt ut varor till försäljning. Lucinda köpte några apelsiner innan de gick in. Louise försökte hålla henne kvar på gatan.

– Inte nu. Vi talar om det sen. Jag var tvungen att berätta sanningen för dig.

– Hur hade Henrik fått veta att han var sjuk?

– Jag frågade honom. Men han svarade aldrig. Jag kan inte berätta om nåt jag inte vet. Men när han insåg att jag fått infektionen från honom blev han fullständigt förkrossad. Han talade om att ta livet av sig. Jag lyckades få honom att inse att om han inget vetat så hade han ingen skuld. Det enda jag ville vara säker på var om han borde ha känt till att han var smittad. Han förnekade det. Sen lovade han att se till att jag fick alla mediciner som finns för att bromsa sjukdomen. Jag fick 500 dollar i månaden. Det får jag fortfarande.

– Var kommer pengarna ifrån?

– Jag vet inte. Dom sätts in på en bank. Han lovade att om nånting hände honom skulle pengarna fortsätta att komma i 25 år. Pengarna finns där punktligt på ett bankkonto som han öppnade åt mig, den 28 i varje månad. Det är som om han fortfarande lever. Det kan i alla fall inte vara hans ande som ägnar sig åt penningtransaktioner en gång i månaden.

Louise räknade efter i huvudet. 6 000 dollar om året i 25 år blev en svindlande summa, 150 000 dollar, ungefär en miljon kronor. Henrik måste ha dött som en rik man.

Hon såg in genom fönstren till internetcaféet. Hade han trots allt tagit sitt liv?

– Du måste ha hatat honom.

– Jag orkar inte hata. Det som händer är kanske förutbestämt.

– Henriks död var inte förutbestämd.

De gick in och blev tilldelade en ledig dator. Vid de andra borden satt unga människor i skoluniformer och studerade sina skärmar under koncentrerad tystnad. Trots luftkonditioneringen låg en fuktig värme över rummet. Lucinda blev arg för att bildskärmen var smutsig. När innehavaren kom för att torka av skärmen ryckte hon till sig trasan och gjorde det själv.

– Under alla år av kolonialism lärde vi oss att bara göra det vi blev tillsagda. Nu håller vi långsamt på att lära oss att tänka själva. Men fortfarande är det så mycket som vi inte vågar. Torka av en dataskärm tills den blir ren, till exempel.

– Du sa att du en gång var här med Henrik?

– Han letade efter nåt. Det handlade om Kina.

– Tror du att du kan hitta det igen?

– Kanske. Om jag tänker efter. Gör först det du ska. Jag är snart tillbaka. "Malocura" sköter sig inte själv. Jag har en elektricitetsräkning som måste betalas.

Lucinda försvann ut i den starka solen. Svetten rann innanför Louises tunna tröja. Hon kände lukten av sin armsvett. När hade hon tvättat sig senast? Hon letade sig in på nätet, sökte i minnet efter det hon och Aron hade gjort i Barcelona. Hon mindes tidningarna men inte i vilken hon läst vad. Det hade varit 1999 och 2000 som artiklarna publicerats, det var hon säker på. Först letade hon i Washington Posts artikelarkiv. Där fanns ingenting om någon som hette vare sig Steve Nichols eller Steve Holloway. Hon torkade svetten ur ansiktet och letade sig in på arkivet i New York Times. Efter en halvtimme hade hon kontrollerat allt för år 1999. Hon letade vidare på år 2000. Nästan genast fann hon den artikel som de hittat i Henriks spanska dator. "En man vid namn Steve Nichols har berövat sig livet efter att ha blivit utsatt för utpressning. Utpressarna hotade att avslöja hans hivinfektion och hur han fått sjukdomen." Louise läste artikeln grundligt, sökte sig fram till olika hänvisningar, men fann ingenting som knöt Steve Nichols till Christian Holloway.

Hon gick till disken och köpte en flaska vatten. Envisa flugor surrade runt hennes svettiga ansikte. Hon tömde flaskan och återvände till dataskärmen. Hon började söka på Christian Holloway, letade sig in genom olika portaler till organisationer som arbetade med aidssjuka. Hon höll just på att ge upp när Steve Nichols namn dök upp igen.

Det fanns ett fotografi på en ung man med glasögon, liten mun och ett skyggt leende, kanske några år äldre än Henrik. Hon kunde inte se den minsta likhet med Christian Holloway.

Steve Nichols berättade om den ideella organisation han arbetade för, "A for Assistance", som var verksam i USA och Kanada och hjälpte de som drabbats av aids att leva ett anständigt liv. Men han avslöjade inte att han själv var smittad. Det stod ingenting om utpressning. Bara att han utförde ett hängivet arbete för dem som var sjuka.

Hon var på väg att misströsta när hon plötsligt fick upp en liten ruta med biografiska notiser.

Steve Nichols. Född i Los Angeles den 10 maj 1970, moder Mary-Ann Nichols, fader Christian Holloway.

Hon slog ena handen hårt i bordsskivan. Föreståndaren, en ung svart man klädd i kostym och slips, såg granskande på henne. Hon vinkade lugnande till honom och sa att hon hittat det hon sökt efter. Han nickade och återgick till sin tidning.

Upptäckten skakade henne. Vad det innebar var fortfarande ovisst. Christian Holloway sörjde sin son. Men vad fanns bortom sorgen? En hämnande ande som försökte ta reda på vem eller vilka som legat bakom utpressningen och sonens självmord?

Lucinda kom tillbaka, drog till sig en stol och satte sig. Louise berättade om sin upptäckt.

– Men jag är tveksam. Hade det hänt för tjugo år sen hade det varit en annan sak. Men inte nu. Skulle verkligen en människa begå självmord idag i skräck för att bli avslöjad som hivsmittad?

– Kanske var det av rädsla för att det skulle komma ut att han blivit smittad av en manlig eller kvinnlig hora?

Louise insåg att Lucinda kunde ha rätt.

– Jag vill att du letar reda på det Henrik sökte efter när ni var här. Kan du hantera en dator?

– Även om jag bara serverar på en bar och emellanåt har framlevt mitt liv som en kvinna till salu betyder det inte att jag inte kan hantera en dator. Vill du veta närmare så var det Henrik som lärde mig.

– Jag menade inte så.

– Vad du menar vet du bäst själv.

Louise insåg att hon på nytt hade kränkt Lucinda. Hon bad om ursäkt. Lucinda nickade kort utan att säga något. De bytte plats. Lucindas hand trevade över tangentbordet.

– Han sa att han ville läsa om nånting som hade hänt i Kina. Vad var det hemsidan hette?

Hon sökte i sitt minne.

– Aids Report, sa hon. Så hette den.

Hon började leta, snabbt och lätt flöt hennes fingrar över tangentbordet.

Louise mindes plötsligt den gång i Henriks barndom då hon hade försökt att få honom att lära sig spela piano. Hans händer förvandlades snabbt till hammare som dunkade i lyckligt ursinne. Efter tre lektioner föreslog hans pianolärare att Henrik skulle bli trumslagare istället.

– Det var i maj, sa Lucinda. Det blåste, sanden yrde. Henrik fick nånting i sitt vänstra öga. Jag hjälpte honom att få bort det. Sen gick vi in och satte oss här.

Hon pekade mot ett hörn av rummet.

– Det här stället hade precis öppnats. Vi satt vid bordet vid fönstret.

Datorerna var alldeles nya. Ägaren själv var här, en pakistanier eller indier eller kanske var han från Dubai. Han gick oroligt runt och skrek åt folk att vara försiktiga med datorerna. En månad efter att han öppnat flydde han från landet. Dom pengar han investerat här kom från en omfattande narkotikasmuggling via Ilha de Moçambique. Vem som äger det här caféet nu vet jag inte. Kanske ingen vet. Det brukar betyda att någon av landets ministrar är ägare.

Lucinda letade vidare i artikelarkivet och fick nästan genast den träff hon hoppades på. Hon sköt undan stolen och lät Louise läsa själv.

Artikeln var klar och entydig. Senhösten 1995 kom några män till Henanprovinsen i Kina för att köpa blod. För bönderna i de fattiga byarna var det en enastående möjlighet ett tjäna pengar. Aldrig hade de varit med om att deras kroppar kunde skapa inkomster annat än genom hårt arbete. Nu räckte det med att de låg på en brits och lät sig tappas på en halvliter blod. De som köpte blodet var bara intresserade av plasman och pumpade tillbaka blodet i böndernas kroppar. Men de rengjorde inte nålarna. Och där fanns en man som några år tidigare hade varit på resa i en provins vid Thailands gräns. Där hade han på samma sätt sålt sitt blod och då hade aidsviruset följt med tillbaka in i hans blodbanor, liksom det nu försvann in i de andra böndernas kroppar. Vid en hälsoundersökning på våren 1997 hade läkarna upptäckt att en stor del av befolkningen i ett antal byar var hivinfekterade. Många hade redan avlidit eller var mycket sjuka.

Då inträdde den andra fasen i vad Aids Report kallade "Katastrofen i Henan". En dag dök ett läkarteam upp i en av byarna. De erbjöd de sjuka en ny typ av medicin som kallades BGB-2, en behandling som tillhandahölls av Cresco, ett företag i Arizona som utvecklade olika former av antivirala mediciner. Läkarna erbjöd de fattiga bönderna medicinen gratis och lovade att de skulle få hälsan tillbaka. Men BGB-2 hade inte

311

blivit godkänd av den kinesiska sjukvårdsmyndigheten. De kände inte ens till den och visste ingenting om de läkare och sjuksköterskor som hade rest till Henanprovinsen. I själva verket visste ingen om BGB-2 fungerade eller om dess eventuella biverkningar.

Några månader senare började de behandlade bönderna bli sjuka. Några fick hög feber, tappade all kraft, började blöda ur ögonen och fick svårläkta hudutslag. Fler och fler dog. Plötsligt var läkarna och sjuksköterskorna borta. Ingen talade längre om BGB-2. Företaget i Arizona förnekade all kännedom om saken, bytte namn och flyttade till England. Den ende som straffades var en man som åkt runt i byarna och köpt upp blod. Han blev dömd för grovt skattebrott och avrättades efter att en folkdomstol dömt honom till döden.

Louise sträckte på ryggen.

– Har du läst klart? Henrik var upprörd. Det var jag med. Vi tänkte båda samma sak.

– Att det kunde hända här också?

Lucinda nickade.

– Fattiga människor reagerar på samma sätt. Varför skulle dom inte göra det?

Louise försökte samla tankarna. Hon var trött, hungrig, törstig, mest av allt förvirrad. Hela tiden måste hon värja sig för synen av Umbis huvud, av döden som gapat emot henne.

– Hade Henrik kommit i kontakt med Christian Holloway och hans verksamhet i Xai-Xai när ni var här?

– Det var lång tid efter.

– Var det innan han började förändras?

– Det hände ungefär samtidigt. Han kom hem till mig en morgon, han bodde hos Lars Håkansson och bad mig visa honom ett internetcafé. Han hade bråttom. För en gångs skull var han otålig.

– Varför använde han sig inte av Lars Håkanssons dator?

– Han sa ingenting. Men jag minns att jag frågade honom.

– Vad svarade han?

– Han bara skakade på huvudet och bad mig skynda mig.

– Sa han ingenting mer? Tänk efter! Det är viktigt.

– Vi gick hit till caféet som alltså just hade öppnat. Jag minns att det duggregnade. Vi hörde åska på avstånd. Jag sa att det kanske skulle bli strömavbrott om åskvädret drog in över staden.

Lucinda tystnade. Louise såg att hon letade i sitt minne. Bilden av den döde Umbi dök åter upp. En fattig bonde bland döende i aids som haft något viktigt att säga henne. Louise rös trots den varma och fuktiga lokalen. Hon tyckte att hon stank av orenhet.

– Han såg sig om på gatan. Nu minns jag. Två gånger stannade han tvärt och vände sig om. Jag blev så förvånad att jag inte kom mig för att fråga varför han gjorde det.

– Såg han nånting?

– Jag vet inte. Vi gick bara vidare. Han vände sig om en gång till. Det var allt.

– Var han rädd?

– Det är svårt att säga. Kanske var han orolig utan att jag egentligen la märke till det.

– Minns du nånting mer?

– Han satt vid datorn mindre än en timme. Han arbetade mycket målmedvetet.

Louise försökte se det hela framför sig. De hade suttit vid ett bord i ett hörn. Därifrån kunde Henrik, om han lyfte på huvudet, se vad som hände utanför på gatan. Men han själv var dold bakom datorn.

Han hade valt ett internetcafé eftersom han inte ville lämna spår i Lars Håkanssons dator.

– Kan du påminna dig om det kom in nån här medan han arbetade på datorn?

– Jag var trött och hungrig. Jag drack nånting och åt en kladdig smörgås. Naturligtvis kom folk och gick. Jag minns inga särskilda ansikten.

– Vad hände sen?

– Han kopierade artikeln. Vi gick härifrån. Det började regna precis när vi kom hem till mig.

– Vände han sig nånsin om på vägen härifrån?

– Jag minns inte.

– Tänk efter!

– Jag tänker efter! Jag minns inte. Vi sprang för att hinna undan regnet. Det vräkte ner i flera timmar sen. Gatorna svämmade över. Naturligtvis blev det ett strömavbrott som varade ända till eftermiddagen.

– Stannade han hos dig?

– Jag tror inte att du förstår vad ett afrikanskt regn innebär. Det är som om vattenslangar sprutar över våra huvuden. Den som inte behöver går inte ut.

– Sa han ingenting om artikeln? Varför ville han läsa den? Hur hade han hört talas om den? Vad hade den med Christian Holloway att göra?

– När vi kom hem till mig bad han om att få sova. Han la sig i min säng. Jag sa åt mina syskon att vara tysta. Det var dom naturligtvis inte. Men han sov. Jag trodde att han var sjuk. Han sov som om han hade varit berövad sömn under mycket lång tid. Det var eftermiddag när han vaknade, just när regnet hade upphört. Vi gick ut när regnmolnen drog bort. Luften var frisk. Vi promenerade nere vid stranden.

– Sa han fortfarande ingenting?

– Han berättade nånting han hört en gång. En berättelse som han aldrig hade kunnat glömma. Jag tror att det utspelade sig i Grekland, eller kanske i Turkiet. Det hade hänt för mycket länge sen. En grupp människor gömde sig för fientliga inkräktare genom att dra sig tillbaka till en grotta. Dom hade mat med sig för flera månader och vatten fick dom inne i grottan från det droppande taket. Men dom blev upptäckta. Fienden murade igen grottöppningen. För några år sen upptäckte man den igenmurade grottan och hittade alla dom döda. Men det märkligaste dom fann var en keramikkruka som stod på golvet. Den hade använts för att samla in vattnet från grottans tak. Med åren som gått hade det droppande vattnet kristalliserats, omformats till en stalagmit och inneslutit krukan. Henrik sa att det var så han tänkte sig tålamod. Krukans och vattnets uppgång i varandra. Vem som hade berättat det för honom vet jag inte.

– Det var jag. Det var en sensation när grottan hittades på Peloponnesos i Grekland. Jag var själv där när upptäckten gjordes.

– Varför var du egentligen i Grekland?

– Jag arbetade där som arkeolog.

– Det vet jag inte vad det är.

– Jag letar efter det förflutna. Spår av människor. Gravar, grottor, gamla palats, manuskript. Jag gräver efter det som fanns en gång för länge sen.

– Jag har aldrig hört att det finns arkeologer i det här landet.

– Kanske inte så många, men dom finns. Berättade Henrik verkligen inte varifrån han hade fått sin historia?

– Nej.

– Sa han aldrig nånting om mig?

– Aldrig.

– Berättade han aldrig om sin familj?

– Han sa att han hade en morfar som var en mycket känd konstnär. Han var världsberömd. Sen pratade han mycket om sin syster Felicia.

– Han har ingen syster. Han var mitt enda barn.

– Det vet jag. Han sa att han hade en syster på sin fars sida.

Ett kort ögonblick tänkte Louise att det kunde stämma. Aron kunde ha haft barn med en annan kvinna utan att tala om det. I så fall var det den yttersta kränkningen, att han talat om det för Henrik men inte för henne.

Men det kunde inte vara sant. Henrik skulle aldrig ha klarat att bevara en sådan lögn, även om Aron hade bett om hans förtroende.

Det fanns ingen syster. Henrik hade uppfunnit henne. Varför skulle hon aldrig få veta. Hon kunde inte minnas att han hade beklagat sig inför henne över att han saknade syskon? Det skulle hon ha kommit ihåg.

– Visade han dig nånsin ett fotografi på sin syster?

– Jag har det fortfarande kvar.

Louise trodde att hon höll på att bli tokig. Det fanns ingen syster, ingen Felicia. Varför hade Henrik hittat på henne?

Hon reste sig.

– Jag vill inte vara kvar här. Jag behöver äta nånting, jag behöver sova.

De lämnade internetcaféet och gick längs gatorna i den förlamande hettan.

– Tålde Henrik värme?

– Han älskade den. Om han tålde den vet jag inte.

Lucinda bjöd in henne i det trånga huset. Louise hälsade på hennes mor, en böjd gammal kvinna med starka händer, fårat ansikte och vänliga ögon. Överallt, i alla åldrar, fanns barn. Lucinda sa någonting och de försvann genast ut genom den öppna dörren, där ett draperi vajade i vinden.

Lucinda försvann bakom ett annat draperi. Inifrån rummet hördes en skrapande radio. Hon kom tillbaka med ett fotografi i handen.

– Jag fick det här av Henrik. Han och hans syster Felicia.

Louise tog med sig fotografiet fram till ett av fönstren. Det var en bild på Henrik och Nazrin. Hon försökte förstå vad det var hon såg. Tankarna snurrade i hennes huvud utan att någonting fastnade. Varför hade han gjort det? Varför lurade han Lucinda att han hade en syster?

Hon lämnade tillbaka fotografiet.

– Det är inte hans syster. Det är en god vän.

– Jag tror dig inte.

– Han hade ingen syster.

– Varför skulle han ljuga för mig?

– Jag vet inte. Hör vad jag säger. Det är en god vän som heter Nazrin.

Lucinda protesterade inte längre. Hon la ifrån sig fotografiet på ett bord.

– Jag tycker inte om människor som ljuger.

– Jag förstår inte varför han sa att han hade en syster som hette Felicia.

– Min mor har aldrig sagt en lögn i sitt liv. För henne finns ingenting annat än sanning. Min far har alltid ljugit för henne, om andra kvinnor som han påstod inte fanns, om pengar han förtjänat men tappat bort. Han har ljugit om allt utom att han aldrig skulle ha klarat sig om inte hon funnits. Män ljuger.

– Också kvinnor.

– Dom försvarar sig. Män bedriver krig mot kvinnor på många olika sätt. Ett av deras vanligaste vapen är lögnen. Lars Håkansson ville till och med att jag skulle byta namn, bli en Julieta istället för en Lucinda. Jag undrar fortfarande vad som är skillnaden. Särar en Julieta på benen på ett annat sätt än jag gör?

– Jag tycker inte om det sätt du talar på om dig själv.

Lucinda blev plötsligt stum och avvisande. Louise reste sig. Lucinda följde henne till bilen. De avtalade ingenting om när de skulle träffas igen.

Louise tog fel på vägen flera gånger innan hon lyckades leta sig fram till Lars Håkanssons hus. Vakten vid porten halvsov i hettan. Han flög upp, gjorde honnör och släppte in henne. Celina hängde tvätt. Louise sa att hon var hungrig. En timme senare, när klockan närmade sig elva på förmiddagen hade hon tvättat sig och ätit. Hon la sig på sängen i svalkan från luftkonditioneringen och somnade.

Det var redan skymning när hon vaknade. Klockan var sex. Hon hade sovit i många timmar. Lakanet under henne var fuktigt. Hon hade drömt.

Aron hade stått på toppen av ett avlägset berg. Själv hade hon trampat omkring i en oändlig myr någonstans i Härjedalen. I drömmen hade de varit långt ifrån varandra. Henrik hade suttit på en sten intill en hög gran och läst i en bok. När hon frågat vad det var han läste hade han visat att det var ett fotoalbum. Hon kände inte alls igen människorna på bilderna.

Louise samlade ihop sina smutskläder. Med en känsla av dåligt samvete la hon dem på golvet för att få dem tvättade. Efteråt gläntade hon på dörren och lyssnade. Inga röster hördes från köket. Huset tycktes vara tomt.

Hon tog en dusch, klädde sig och gick nerför trappan. Överallt var hon omgiven av den vinande luftkonditioneringen. Det stod en halvöppen vinflaska på bordet. Hon fyllde ett glas och satte sig i vardagsrummet. Från gatan hördes vakternas högljudda samtal. Gardinerna var fördragna. Hon smakade på vinet och undrade vad som hade hänt efter det att hon lämnat Xai-Xai. Vem hade hittat Umbi? Hade någon förknippat henne med det som hade hänt? Vilka hade dolt sig i mörkret?

Det var som om paniken först nu, när hon var utsövd, grep tag i henne. *En man som vill berätta något för mig i hemlighet blir bestialiskt mördad.* Det kunde ha varit Aron som legat där med halsen avskuren.

Hon mådde plötsligt illa och sprang till toaletten och kräktes. Efteråt sjönk hon ihop på badrumsgolvet. Det var som om en virvel drog ner henne. Kanske hon nu till sist var på väg mot djupet i Arturs bottenlösa tjärn med sitt svarta vatten?

Hon satt kvar på golvet och brydde sig inte om att en kackerlacka skyndade förbi och försvann i ett hål i kaklet bakom vattenrören.

Jag måste börja pussla ihop skärvorna. Det finns flera olika mönster som jag borde kunna tyda. Jag får göra som jag gör med gamla krukor, pröva mig fram med stalagmitiskt tålamod.

Den bild hon formade var outhärdlig. Först upptäcker Henrik att han är hivsmittad. Sedan inser han att hänsynslösa experiment görs på människor för att hitta ett vaccin eller ett botemedel mot sjukdomen. Dessutom är han på något sätt inblandad i en utpressning mot Christian Holloways son, som tar livet av sig.

Hon provade att lägga bitarna mot varandra från olika håll, lämnade hålrum där ännu ej återfunna skärvor kunde få plats. Men de olika fragmenten lät sig inte låsas fast.

Hon vände på bilden. En utpressare räknar knappast med att offret ska ta livet av sig. Meningen är att pengarna som utbetalas ska garantera offret att tystnaden inte bryts.

Om Henrik inte hade räknat med att utpressningen skulle leda till Steve Nichols död, hur reagerade han när han fick veta vad som hänt? Med uppgivenhet? Med skam?

Skärvorna var stumma. De svarade inte.

Hon försökte gå ett steg längre. Kunde Henrik ha utpressat en utpressare? Hade Steve Nichols varit hans vän? Var det genom honom Henrik hade fått kännedom om Christian Holloways verksamhet i Afrika? Kände Steve Nichols till vad som egentligen pågick i Xai-Xai, bakom den vackra fonden av kärleksfullt ideellt arbete?

Allting stannde när hon kom till det sista ledet av tankekedjan. Var Umbis död ett tecken på något som kunde liknas vid det som hade hänt i det fjärran Henan?

Hon halvlåg på badrumsgolvet med huvudet lutat mot toalettstolen. Luftkonditioneringen överröstade alla ljud. Ändå visste hon att någon plötsligt stod alldeles bakom henne. Hon vred häftigt på huvudet.

Lars Håkansson betraktade henne.

– Är du sjuk?

– Nej.

– Vad i helvete gör du då liggande på ett toalettgolv? Om du tillåter mig att ställa den frågan?

– Jag kräktes. Jag orkade inte upp.

Hon reste sig och stängde dörren i ansiktet på honom. Hennes hjärta bultade av rädslan.

När hon kom ut från toaletten satt han med ett ölglas i handen.

– Mår du bättre?

– Jag mår bra. Kanske jag har ätit nåt olämpligt.

– Hade du varit här ett par veckor skulle jag ställt frågor om huvudvärk och feberanfall.

– Jag har inte malaria.

– Inte än. Men du tar inte nåt förebyggande, om jag minns rätt?

– Du har alldeles rätt.

– Hur var resan till Inhaca?

– Hur vet du att jag har varit där?

– Nån såg dig.

– Som visste vem jag var?

– Som visste vem du var!

– Jag åt och sov och simmade. Dessutom träffade jag en man som målade tavlor.

– Delfiner? Storbröstade kvinnor som dansar på led? Det är en egendomlig man som flutit i land på Inhaca, ett fascinerande livsöde.

– Jag tyckte om honom. Han hade gjort en bild av Henrik, hans ansikte bland många andra ansikten.

– Dom tavlor jag har sett där han försökt avporträttera levande personer har sällan varit särskilt lyckade. Nån konstnär är han inte, han saknar all tillstymmelse till talang.

Louise blev upprörd över hans föraktfulla tonfall.

– Jag har sett värre. Framförallt har jag mött många konstnärer som varit hyllade för sina pretentioner snarare än den begåvning som helt och hållet saknades.

– Naturligtvis kan inte mina värderingar av vad som är god konst jämföras med en klassiskt skolad arkeologs. Som rådgivare vid landets hälsovårdsministerium diskuterar jag normalt sett helt andra saker än konst.

– Vad talar ni om?

– Det faktum att det inte finns rena lakan, eller lakan överhuvudtaget, i landets sjukhussängar. Det är mycket beklagligt. Än mer beklagligt är att vi år efter år utbetalar pengar till inköp av lakan men att dom försvinner, både pengarna och lakanen, i korrupta tjänstemäns och politikers bottenlösa fickor.

– Varför protesterar du inte?

– Det skulle bara innebära att jag blev av med mitt arbete och hemskickad. Jag går andra vägar. Jag försöker se till att tjänstemännens löner höjs – dom är ofattbart låga – för att minska motivationen för korruption.

– Behövs det inte två händer för att korruption ska komma till stånd?

– Naturligtvis. Det finns många händer som vill gräva bland biståndsmiljonerna. Både givare och mottagare.

Hans telefon ringde. Han svarade helt kort på portugisiska och stängde av telefonen.

– Jag beklagar att jag måste lämna dig ensam även ikväll. En mottagning på tyska ambassaden kräver min närvaro. Tyskland finansierar stora delar av hälsovården i det här landet.

– Jag klarar mig själv.

– Lås bara om dig. Troligtvis kommer jag tillbaka mycket sent.

– Varför är du så cynisk? Eftersom du inte döljer det, tvekar jag inte att fråga.

– Cynismen är ett försvar. Verkligheten framträder i ett något mildare ljus genom det filtret. Annars vore det lätt att släppa greppet och låta allting sjunka.

– Mot vilken botten?

– Det bottenlösa. Det finns många som på fullt allvar menar att den afrikanska kontinentens framtid redan är förbi. Framför oss ligger bara en oändlig rad av plågsamma tidevarv för dom som har olyckan att födas här. Vem bryr sig egentligen om den här kontinentens framtid? Bortsett från dom som har specialintressen, vare sig det är sydafrikanska diamanter, angolansk olja eller fotbollstalanger från Nigeria.

– Är det vad du tror?

– Ja och nej. Ja, när det gäller synen på den här kontinenten. Afrika är nåt som man helst inte vill befatta sig med eftersom man anser att här råder för stor oreda. Nej, eftersom det helt enkelt inte är möjligt att placera en hel kontinent i skamvrån. I bästa fall kan vi med biståndets hjälp hålla kontinentens huvud över vattnet tills dom själva kan hitta metoder att dra sig upp. Här, om nånstans, måste hjulet uppfinnas på nytt.

Han reste sig upp.

– Jag ska byta om. Men jag fortsätter gärna vårt samtal senare. Har du funnit nåt eller nån som hjälper dig i ditt sökande?

– Jag hittar hela tiden nånting nytt.

Han betraktade henne tankfullt, nickade och försvann till övervåningen. Hon kunde höra hur han tog en dusch. Efter en kvart kom han tillbaka nerför trappan.

– Kanske jag sa för mycket? Cynisk är jag knappast, däremot ärlig. Det finns ingenting som kan verka så nedslående på människor som uppriktighet. Vi lever i lögnaktighetens tidevarv.

– Det kanske innebär att bilden av den här kontinenten inte är sann?

– Låt oss hoppas att du har rätt.

– Jag hittade två brev som Henrik skickat från din dator. Fast ett av dom tror jag att du har skrivit. Varför gjorde du det?

Lars Håkansson betraktade henne avvaktande.

– Varför skulle jag ha förfalskat ett av Henriks brev?

– Jag vet inte. För att förvirra mig.

– Varför skulle jag göra det?

– Jag vet inte.

– Du tar miste. Hade Henrik inte varit död, hade jag slängt ut dig.

– Jag försöker bara förstå.

– Det finns inget att förstå. Jag förfalskar faktiskt inte andras brev. Låt oss glömma det här.

Lars Håkansson gick ut i köket. Hon hörde ett klickande ljud, sedan en dörr som stängdes och låstes. Han kom tillbaka och slog igen ytterdörren. Bilen startade, porten öppnades och stängdes. Hon var ensam. Hon gick upp till övervåningen och satte sig vid datorn men slog aldrig på den. Hon orkade inte.

Dörren till Lars Håkanssons sovrum stod på glänt. Hon petade upp den med foten. Hans kläder låg slängda i en hög på golvet. Där fanns en teve framför den stora sängen, en stol överbelamrad med böcker och tidningar, en byrå med skrivklaff och en stor väggspegel. Hon satte sig ytterst på sängkanten och försökte föreställa sig att hon var Lucinda. Sedan reste hon sig och gick fram till byrån. Hon kunde minnas en likadan från sin barndom. Artur hade visat henne den när de varit på besök hos en av hans gamla släktingar, en skogshuggare som redan när hon var mycket liten hade fyllt nittio år. Hon kunde se byrån framför sig. Hon lyfte på böckerna som låg där. De flesta handlade om hälsovård i fattiga länder. Kanske hade hon varit orättvis mot Lars Håkansson. Vad visste hon egentligen om honom? Kanske var han en hårt arbetande biståndsarbetare och inte en cynisk betraktare?

Hon gick in i sitt rum och la sig. Så snart hon orkade skulle hon göra i ordning mat. Den afrikanska kontinenten gjorde henne utmattad.

Hela tiden kom Umbis ansikte glidande mot henne genom mörkret.

Hon vaknade med ett ryck.

I drömmen hade hon varit på ålderdomshemmet, hos den nittioårige gamle mannen med sina skakande armar, en människospillra efter ett långt hårt liv som skogshuggare.

Hon kunde se allting klart för sig nu. Hon hade varit sex eller sju år gammal.

Byrån stod vid en vägg i hans rum. Ovanpå fanns ett inramat svartvitt fotografi av människor från en helt annan tidsålder. Det kunde ha varit hans föräldrar.

Artur hade öppnat byråns framklaff och dragit ut en av lådorna. Sedan hade han vänt på den och visat på lönnfacket, en låda som öppnades från andra hållet.

Hon reste sig och gick tillbaka till Lars Håkanssons sovrum. Lådan längst upp till vänster hade det varit. Hon drog ut den och vände på den. Ingenting. Hon kände sig generad över att drömmen lurat henne. Ändå drog hon också ut de andra lådorna.

Den sista hade ett lönnfack. Det var en av de största lådorna, i den låg några anteckningsböcker. Hon tog ut den översta och bläddrade bland sidorna. Det var en almanacka med spridda anteckningar. På något olustigt sätt påminde de om Henriks anteckningar. Enstaka bokstäver, tidpunkter, kryss och utropstecken.

Hon bläddrade fram till den dag hon anlänt till Maputo. Där var helt blankt, ingenting om klockslag eller namn. Hon bläddrade fram till gårdagen. Vantroget stirrade hon på det som stod skrivet. Ett "L" och sedan "XX". Det kunde knappast betyda något annat än att hon varit i Xai-Xai. Men han hade ju inte vetat om att hon rest dit?

Hon gick tillbaka några sidor och hittade ytterligare en anteckning,

"CH Maputo". Det kunde innebära att Christian Holloway varit i Maputo. Men Lars Håkansson hade sagt att han inte kände honom.

Hon la tillbaka anteckningsboken och sköt igen lådan. Vakterna ute på gatan hade tystnat. Hon började gå runt i huset och känna att dörrar och fönster var låsta, att gallren var på plats.

Det fanns ett litet rum bakom köket där tvätten torkades och ströks. Hon kände på fönstret. Haken var av. Inte heller gallret var stängt. Hon drog tillbaka gallret på dess plats. Hon kände igen ljudet. Hon tryckte upp gallret. Samma ljud. Först visste hon inte varför hon kände igen det. Sedan mindes hon. Lars Håkansson hade varit inne i köket just innan han gick. Då hade hon hört samma ljud.

Han sa åt mig att låsa, tänkte hon. Men det sista han gjorde var att se till att ett fönster var öppet. Så att någon kunde ta sig in.

Paniken var ögonblicklig. Kanske var hon så uppjagad att hon inte längre kunde urskilja vad som var verklighet och vad hon inbillade sig. Men även om hon tolkade allt som hände runt henne felaktigt och överspänt vågade hon inte vara kvar. Hon tände alla lampor i huset och rafsade ihop sina kläder. Med skakande händer låste hon upp ytterdörrens alla lås och sedan gallergrinden. Det var som om hon bröt sig ut ur ett fängelse med hjälp av fångvaktarens nycklar. Vakten sov när hon kom ut på gatan. Han vaknade med ett ryck och hjälpte henne att lägga in väskorna i baksätet.

Hon for raka vägen till Hotel Polana där hon bott de första nätterna. Hon bar själv upp sina väskor trots receptionistens vänliga protester. Väl inne på rummet satte hon sig ner på sängkanten, skakande.

Kanske tog hon fel, såg skuggor där hon borde sett människor, sammanhang där det var tillfälligheter. Det hade blivit för mycket.

Hon satt kvar på sängen tills hon återfått lugnet. I receptionen tog hon reda på att det första planet till Johannesburg lämnade Moçambique klockan 7.00 dagen efter. Hon fick hjälp med att boka en plats. Efter att ha ätit återvände hon till sitt rum och ställde sig vid fönstret och såg ner mot den tomma swimmingpoolen. Jag vet inte vad det är jag ser, tänkte hon. Jag befinner mig mitt inne i någonting som jag inte vet vad det är. Först när jag befinner mig på avstånd kan jag kanske börja förstå vad det var som drev Henrik in i döden.

Med förtvivlan tänkte hon att Aron måste vara vid liv. En dag skulle han visa sig för henne igen.

Strax före fem på morgonen körde hon till flygplatsen. Hon la nyckeln i inkastet för hyrbilar, hämtade ut sin biljett och skulle just gå igenom säkerhetskontrollen när hon upptäckte en kvinna som stod och rökte vid ingången till terminalbyggnaden. Det var den flicka som arbetade tillsammans med Lucinda på baren. Louise hade aldrig hört hennes namn, men hon var säker på att hon såg rätt.

Hon hade varit på väg att lämna landet utan att först tala med Lucinda. Det gjorde henne skamsen.

Louise gick fram till flickan, som kände igen henne. Louise frågade på engelska om hon kunde lämna ett meddelande till Lucinda. Flickan nickade. Louise ryckte loss en sida ur sin almanacka och skrev: *Jag ger mig av. Men jag tillhör inte de som försvinner. Jag kommer att höra av mig.*

Hon vek ihop pappret och gav det till flickan som betraktade sina naglar.

– Vart reser du?

– Till Johannesburg.

– Jag önskar det vore jag. Men det är det inte. Lucinda får brevet ikväll.

Hon gick igenom säkerhetskontrollen. Genom ett fönster såg hon det stora planet på startplattan.

Jag tror att jag börjar ana någonting om verkligheten på den här kontinenten. I fattigdomen breder brutala krafter ut sig som inte möter motstånd. Fattiga kinesiska bönder eller deras lika fattiga bröder och systrar på den afrikanska kontinenten behandlas som råttor. Var det det som Henrik hade insett? Ännu vet jag inte vad som händer i den hemliga värld som Christian Holloway har skapat. Men jag har ett antal skärvor. Jag kommer att hitta fler. Om jag inte ger mig. Om jag inte tappar modet.

Hon gick ombord som en av de sista passagerarna. Flygplanet sköt fart och lyfte. Det sista hon såg innan de bröt igenom de tunna molnen var små fiskebåtar med spända segel på väg mot land.

20

23 timmar senare landade Louise på Venizelosflygplatsen utanför Aten. De flög in över havet. Pireus och Aten med sitt kaotiska myller av hus och gator kom emot henne.

När hon rest därifrån hade hon känt en stor glädje. Nu återkom hon med sin tillvaro krossad, jagad av händelser som hon inte förstod. I hennes huvud fanns ett myller av detaljer som hittills hade undandragit sig hennes förmåga att foga ihop och tolka.

Vad återvände hon till? En utgrävning av gravar, som hon inte längre hade något ansvar för. Hon skulle betala sina kvarvarande hyror till Mitsos, packa ihop sina få tillhörigheter, ta farväl av dem som fortfarande fanns kvar innan utgrävningarna avstannade inför vintern.

Kanske skulle hon också söka upp Vassilis på hans revisionskontor? Men vad hade hon egentligen att säga honom? Vad hade hon att säga någon enda människa?

Hon hade flugit med Olympic och kostat på sig en biljett i den exekutiva klassen. Under den långa nattliga resan hade hon haft två säten för sig själv. På samma sätt som när hon färdades söderut tyckte hon sig se eldar långt där nere i mörkret. En av dem var Umbis eld, den sista han någonsin tände. I mörkret fanns också de som tystat honom.

Hon visste nu, hon var säker. Umbi dog eftersom hon hade talat med honom. Hon kunde aldrig ensam ta på sig ansvaret för det som hänt. Men hade hon inte kommit hade han kanske fortfarande varit i livet.

Kunde hon veta det alldeles säkert? Frågan följde henne in i dröm-marna där hon sov i Olympicplanets bekväma fåtölj. Umbi var död. Hans ögon stirrade ut mot det okända, förbi hennes egen blick. Hon skulle aldrig kunna fånga den igen. Lika lite som hon skulle få veta vad han tänkt säga henne.

På flygplatsen uppstod plötsligt en längtan hos henne att låta utgräv-ningsplatsen vid Argolis vänta, ta in på hotell, kanske Grande Bretag-ne vid Syntagma, och bara försvinna i myllret av människor. Ett dygn eller två, tvinga tiden att stanna för att kunna hitta tillbaka till sig själv.

Men hon hyrde en bil och körde längs den nybyggda motorvägen mot Peloponnesos och Argolis. Det var fortfarande varmt, hösten hade inte kommit närmare än när hon rest. Vägen ringlade sig genom de torra kullarna, de vita klipporna stack fram som benknotor mellan tuvor av brunt gräs och låga träd.

När hon for mot Argolis slog det henne att hon inte längre var rädd. Hon hade lyckats lämna sina förföljare kvar i det afrikanska mörkret.

Hon undrade om Lucinda hade fått hennes meddelande och vad hon tänkte. Och Lars Håkansson? Hon trampade på gasen och ökade farten. Den mannen hatade hon, även om hon naturligtvis inte kunde beskylla honom för att vara indragen i de händelser som lett fram till Henriks död. Han var en människa som hon inte ville ha i sin närhet.

Hon svängde av vid en bensinstation som också hade servering. När hon kom in i lokalen insåg hon att hon varit där en gång tidigare, då med Vassilis, hennes tålmodige men lite frånvarande älskare. Han hade hämtat henne på flygplatsen, hon hade varit i Rom för att delta i ett tröstlöst möte om upptäckten av gamla böcker och manuskript i Malis ökensand. Fynden hade varit sensationella, men seminarierna sövande, talarna alltför många, organisationen bristfällig. Vassilis hade mött henne vid återkomsten och de hade druckit kaffe tillsammans.

Den natten hade hon sovit hos honom. Det kändes nu lika avlägset som något hon hade upplevt i sin barndom. Lastbilschaufförer halvsov över sina kaffekoppar. Hon åt en sallad, drack vatten och en kopp kaffe. Alla dofter och smaker berättade för henne att hon var i Grekland nu. Ingenting var främmande som det varit i Afrika.

Vid elvatiden körde hon in i Argolis. Hon svängde av mot huset hon hyrde men ångrade sig och tog vägen till utgrävningsplatsen. Hon hade räknat med att de flesta skulle ha rest hem men att ändå några skulle finnas kvar och göra de sista förberedelserna inför vintern. Där fanns ingen alls. Platsen var övergiven. Allt som skulle vara stängt var stängt. Inte ens vakterna var kvar längre.

Det var en av de ensammaste stunderna i hennes liv. Ingenting kunde naturligtvis jämföras med chocken när hon fann Henrik död. Det här var en annan sorts ensamhet, som att plötsligt vara övergiven i ett oändligt vidsträckt landskap.

Hon mindes tankeleken som hon och Aron ibland hade roat sig med. Vad skulle man göra om man var den sista människan på jorden? Eller den första? Men hon kunde inte påminna sig några av de förslag och svar de hade gett varandra. Nu var det inte längre någon lek.

En gammal man kom gående med sin hund. Han hade varit en regelbunden besökare vid utgrävningsplatsen. Vad han hette kunde hon inte påminna sig, men att hunden hette Alice visste hon. Vänligt tog han av sig kepsen och hälsade. Han talade en omständlig och långsam engelska, som han var förtjust över att få praktisera.

– Jag trodde alla hade rest?

– Jag är bara här tillfälligt. Ingenting sker här förrän till våren.

– Dom sista reste för en vecka sen. Men fru Cantor var inte här då.

– Jag har varit i Afrika.

– Så långt. Är där inte skrämmande?

– Hur menar ni?

– Allt det ... vilda? Heter det inte så? The wilderness?

– Där är nog som här. Vi glömmer så lätt att människor tillhör samma familj. Och att alla landskap har något som påminner om andra landskap. Om det är sant att vi alla härstammar från den afrikanska kontinenten måste det innebära att vi alla hade en svart urmoder.

– Det kan vara sant.

Han betraktade bekymrat sin hund som hade lagt sig ner med huvudet vilande mot den ena tassen.

– Hon lever nog inte över vintern.

– Är hon sjuk?

– Hon är mycket gammal. Minst tusen år kan jag tänka. En klassisk hund, en kvarleva från antiken. Varje morgon ser jag hur mödosamt hon reser sig upp. Det är jag som tar ut henne på promenader nu, inte tvärtom, som det var förr.

– Jag hoppas hon överlever.

– Vi ses till våren.

Han lyfte på kepsen igen och gick vidare. Hunden följde efter på stela ben. Hon bestämde sig för att söka upp Vassilis på hans kontor. Det var tid att göra det definitiva bokslutet nu. Hon insåg att hon aldrig skulle komma tillbaka hit igen. Någon annan skulle få överta ledningen av utgrävningarna.

Hennes liv vek av åt ett annat håll, vilket visste hon inte.

Hon stannade utanför kontoret inne i staden. Hon kunde se Vassilis där inne. Han talade i telefon, gjorde anteckningar, skrattade.

Han har glömt mig. Jag är borta för honom. Jag var ingenting annat än en tillfällig kamrat att sova och döva smärtan med. Precis som han var för mig.

Hon körde därifrån innan han upptäckte henne.

När hon kom till sitt hus fick hon leta länge innan hon hittade sina nycklar. Hon kunde se att Mitsos hade varit där inne. Inga vattenkranar droppade, ingen lampa lyste i onödan. Det låg några brev på köksbordet, två från Svenska Institutet i Aten, ett från Kavallahusets vänner. Hon lät dem ligga oöppnade.

Det stod en flaska vin på bänken intill det lilla kylskåpet. Hon öppnade den, fyllde ett glas. Så mycket som hon druckit de senaste veckorna hade hon aldrig gjort tidigare i sitt liv.

Alla hennes vilolägen var borta. Hon befann sig i en oavbruten inre rörelse som inte alltid sammanföll med den yttre virvel hon sugits in i.

Hon drack sitt vin och satte sig i Leandros knarrande gungstol. Länge betraktade hon sin skivspelare utan att kunna bestämma sig för vad hon ville lyssna på.

När flaskan var halvtom flyttade hon sig till arbetsbordet, la fram papper och en bläckpenna och började långsamt skriva ett brev till universitetet i Uppsala. Hon förklarade sin situation och bad om ett års tjänstledighet utan lön.

Min smärta och förvirring är sådan att det vore övermod av mig att tro att jag skulle kunna ta ansvar för de arbetsuppgifter ledningen av utgrävningarna kräver. Just nu försöker jag med alla mina krafter – om de finns? – klara av att ta hand om mig själv.

Brevet blev längre än hon tänkt sig. En begäran om tjänstledighet borde vara kortfattad. Det hon skrev var en bön eller kanske snarare en vilsegången bikt.

Hon ville att de skulle veta hur det kändes att mista sitt enda barn. I en låda hittade hon ett kuvert och klistrade igen brevet. Mitsos hundar skällde. Hon tog bilen och körde till en taverna i närheten där hon brukade äta. Ägaren var blind. Han satt orörlig på en stol, som om han långsamt höll på att förvandlas till en staty. Hans svärdotter lagade maten och hustrun serverade. Ingen av dem förstod engelska men Louise brukade gå ut i det trånga och osande köket där hon kunde peka ut vad hon ville ha.

Hon åt grekiska kåldolmar och sallad, ett glas vin, kaffe. Gästerna var få. Hon kände igen nästan alla.

När hon återvände till sitt hus dök Mitsos upp i mörkret. Hon hajade till.

– Skrämde jag dig?

– Jag visste inte vem det var.

– Vem skulle det ha varit utom jag? Panayiotis kanske. Men han är och ser Panathinaikos spela fotboll.

– Vinner dom?

– Det gör dom säkert. Panayiotis har tippat 3-1. Han brukar ha rätt.

Hon låste upp och släppte in honom.

– Jag har varit borta längre än jag trodde.

Mitsos hade satt sig på en köksstol. Han såg allvarligt på henne.

– Jag har hört vad som har hänt. Jag beklagar pojkens död. Det gör vi alla. Panayiotis har gråtit. Hundarna har för ovanlighets skull hållit käften.

– Det kom så oväntat.

– Ingen väntar sig att en ung man ska dö. Om det inte är krig.

– Jag har kommit för att packa ihop mina tillhörigheter och betala dom sista hyrorna.

Mitsos slog ut med armarna.

– Du är inte skyldig mig nånting.

Han sa det med sånt eftertryck att hon inte fortsatte att insistera. Mitsos var tydligt besvärad och sökte efter något att tala om. Hon påminde sig att hon tidigare tänkt att han liknade Artur. Det fanns någonting i deras oförmåga att hantera känslor som berörde henne.

– Leandros är sjuk. Den gamle vakten. Vad är det ni kallar honom? Han var er *Phylakas Anghelos.*

– Vår skyddsängel. Vad är det med honom?

– Han började raggla när han gick. Sen föll han omkull. Först trodde dom att det var blodtrycket. I förra veckan hittade dom en stor *ongos* i hans huvud. Jag tror det heter "tumör".

– Ligger han på sjukhus?

– Han vägrar. Han vill inte låta dom öppna skallen på honom. Hellre dör han.

– Stackars Leandros.

– Han har levt ett långt liv. Själv tycker han att han nu förtjänar att dö. *Oti prepi na teleiossi, tha teleiossi,* som vi säger. "Vad som måste få ett slut, får också ett slut."

Mitsos reste sig för att gå.

– Jag tänker ge mig av i morgon. Jag reser till Sverige.

– Kommer du tillbaka nästa år?

– Jag kommer tillbaka.

Hon hann inte hejda sig. Fågeln flög iväg utan att hon lyckades fånga den i vingen.

335

Mitsos var på väg ut genom dörren när han vände sig om.

– Det var nån här och sökte dig.

Genast blev hon på sin vakt. Mitsos hade rört vid de snubbeltrådar som omgav henne.

– Vem var det?

– Jag vet inte.

– Var han grek?

– Nej. Han talade engelska. Han var lång, med tunt hår, mager. Han hade ljus röst. Han frågade efter dig. Sen besökte han er utgrävning. Det verkade som om han kände till vad som hade hänt.

Louise tänkte till sin förfäran att det kunde vara Aron som Mitsos beskrev.

– Sa han inte vad han hette?

– Murray. Jag vet inte ens om det är ett förnamn eller efternamn.

– Både och. Berätta exakt vad som hände. När kom han, vad ville han? Hur kom han? I bil? Kom han gående på vägen? Hade han parkerat en bil så att den inte syntes härifrån?

– Varför i herrans namn skulle han ha gjort det?

Louise kände att hon inte längre orkade gå några omvägar.

– Därför att han kanske var farlig. Därför att han kanske var den som dödade Henrik och kanske också min man. Därför att han kanske ville döda mig.

Mitsos såg vantroget på henne och såg ut att vilja protestera. Hon lyfte handen och hindrade honom att fortsätta.

– Jag vill att du tror mig. Ingenting annat. När var det han kom?

– Förra veckan. I torsdags. På kvällen. Han knackade på dörren. Jag hade inte hört några motorljud. Hundarna hade inte börjat skälla. Han frågade efter dig.

– Minns du exakt vad han sa?

– Han frågade om jag visste om fru Cantor var hemma.

– Han sa inte Louise?

– Nej. Fru Cantor.

– Har du träffat honom nån gång tidigare?

– Nej.

– Har du en känsla av att det var nån som kände mig?

Mitsos tvekade innan han svarade.

– Jag tror inte det var nån som kände dig.

– Vad svarade du?

– Att du hade rest till Sverige och att jag inte visste när du skulle komma tillbaka.

– Du sa att han hade besökt utgrävningarna?

– Det gjorde han dagen efter.

– Vad hände sen?

– Han frågade om jag var säker på att jag inte visste när du skulle komma tillbaka. Då tyckte jag att han började bli alltför frågvis. Jag sa att jag inte hade mer att säga och att jag just höll på att äta middag.

– Vad sa han då?

– Han bad om ursäkt för att han hade stört mig. Men det menade han inte.

– Varför tror du inte det?

– Det märker man. Han var vänlig men jag tyckte inte om honom.

– Vad hände sen?

– Han försvann ut i mörkret. Jag stängde dörren.

– Hörde du ingen bil som startade?

– Inte vad jag kan komma ihåg. Och hundarna fortsatte att vara tysta.

– Sen kom han aldrig tillbaka?

– Jag har inte sett honom igen.

– Och ingen annan har frågat efter mig?

– Ingen.

Louise insåg att hon inte kunde komma längre. Hon tackade Mitsos som reste sig och gick. Så fort hon hörde dörren till hans hus slå igen låste hon och for därifrån. Det fanns ett hotell som låg på vägen mot Aten, Nemea, där hon hade bott en gång när huset hade drabbats av en vattenläcka. Hon var nästan ensam på hotellet och fick ett dubbelrum som vette mot vidsträckta olivodlingar. Hon satte sig på balkongen, kände de svaga stråken av höstvindar och hämtade en filt. Långt borta kunde hon höra musik och människor som skrattade.

Hon tänkte på det som Mitsos berättat. Vem mannen som hade sökt henne var kunde hon inte veta. Men de som följde henne i spåren var närmare än hon hade trott. Hon hade inte lyckats bli av med dem.

De tror att jag vet någonting eller att jag inte kommer att ge mig förrän jag hittat det jag letar efter. Det enda sätt jag kan befria mig från dem är att upphöra att leta. Jag trodde att jag lämnat dem kvar när jag lämnade Afrika. Men jag hade fel.

I mörkret på balkongen fattade hon sitt beslut. I Grekland skulle hon inte stanna kvar. Hon kunde välja mellan att återvända till Barcelona eller att resa hem till Sverige. Inte heller det beslutet var svårt att fatta. Hon behövde Artur nu.

Dagen efter packade hon ihop sina tillhörigheter och lämnade huset. Hon la nycklarna i Mitsos brevlåda och skrev att hon en dag hoppades kunna komma och hämta gungstolen som hon fått av Leandros. I ett kuvert la hon pengar och bad Mitsos köpa blommor eller cigaretter till honom, och önska honom god bättring.

Hon körde tillbaka mot Aten. Vädret var disigt, trafiken intensiv och otålig. Hon höll alldeles för hög fart, trots att hon inte hade bråttom. Tiden fanns utanför henne, bortom hennes kontroll. I den virvel hon befann sig härskade tidlösheten.

På kvällen fick hon plats på ett SAS-plan till Köpenhamn med anknytning till Stockholm. Hon var framme vid midnatt och tog in på flygplatshotellet. Fortfarande räckte Arons pengar till hennes resor och hotelluppehåll. Från rummet ringde hon till Artur efter att ha studerat morgondagens avgångar. Hon bad honom att hämta henne i Östersund. Hon skulle komma på kvällen eftersom hon först ville besöka Henriks lägenhet igen. Hon kände att han var lättad över att hon kommit hem.

– Hur mår du?

– Jag är för trött för att tala om det just nu.

– Det snöar, sa han. Ett lätt och stilla snöfall. Det är fyra grader kallt och du frågar mig inte ens hur älgjakten varit.

– Jag ber om ursäkt. Hur har den varit?

– Den har varit bra. Men alldeles för kort.

– Sköt du någon själv?

– Älgarna visade sig aldrig på mina pass. Men det tog bara två dagar för oss att skjuta vår kvot. Jag hämtar dig när du vet med vilket plan du kommer.

Den natten sov hon för första gången på länge utan att hela tiden vakna av drömmar som drog upp henne till ytan. Hon lämnade in sitt bagage i en effektförvaring och tog tåget in till Stockholm. Det föll ett kallt regn över staden, byiga vindar drog in från Östersjön. Hon hukade i blåsten när hon började gå mot Slussen. Men det var för kallt, hon ångrade sig och vinkade in en ledig taxi. När hon satt i baksätet såg hon plötsligt Umbis ansikte framför sig igen.

Ingenting är över. Louise Cantor är fortfarande omgiven av skuggor.

Hon samlade kraft på gatan innan hon gick in genom portuppgången på Tavastgatan och låste upp dörren till Henriks lägenhet.

Det låg några reklamblad och kvarterstidningar på golvet innanför dörren. Hon tog med dem ut till köket. Hon satte sig vid bordet och lyssnade. Någonstans ifrån hörde hon musik. Vagt erinrade hon sig att hon hade hört samma musik tidigare när hon varit i Henriks lägenhet. I tankarna återvände hon till det ögonblick när hon hittat Henrik död.

Han sov alltid naken. Men nu hade han pyjamas på sig.

Plötsligt insåg hon att det fanns en förklaring till pyjamasen som hon tidigare helt hade förbisett, eftersom hon vägrat att tro att han kunde ha tagit livet av sig. Men om det ändå var så? Han visste att när någon hittade honom skulle han vara död. Då ville han inte vara naken och därför hade han satt på sig en välstruken pyjamas.

Hon gick in i sovrummet och såg på sängen. Kanske Göran Vrede och rättsläkaren haft rätt? Henrik hade tagit livet av sig. Han hade inte orkat med tanken på sin sjukdom, kanske hade också upplevelsen av en obarmhärtig och djupt orättfärdig värld blivit en övermäktig börda. Aron hade försvunnit eftersom han var den han alltid varit, en man oförmögen att ta ansvar. Mordet på Umbi var i och för sig oförklarligt, men ingenting som behövde ha med vare sig Henrik eller Aron att göra.

Jag har gömt mig i en mardröm, tänkte hon. Istället för att erkänna för mig själv vad som har hänt.

Men hon lyckades inte övertyga sig själv. Det var för mycket som pekade åt olika håll. Kompassen snurrade. Hon visste inte ens vad som hänt med lakanen i Henriks säng. Kanske de bara tagits med när kroppen burits bort? Det fanns alltid hack i de vaser hon pusslat ihop av skärvor ur den grekiska jorden. Verkligheten släppte inte ifrån sig alla sina hemligheter. När hon lämnade lägenheten var hon fortfarande full av tvivel.

Hon gick ner till Slussen och steg in i en taxi som körde henne till Arlanda. Landskapet hon färdades genom var grått och disigt. Det var senhöst, snart vinter. På inrikesterminalen köpte hon en biljett till ett plan med avgång till Östersund klockan 16.10. Artur svarade från skogen att han skulle vara där och möta henne.

Det var tre timmar kvar tills planet gick. Vid ett cafébord med utsikt över flygplanen som taxade in till terminalbyggnaden, slog hon numret till Nazrin. Hon svarade inte. Louise talade in ett meddelande och bad henne höra av sig till Härjedalen.

Det var hennes största oro just nu. Hon måste tala med Nazrin om Henriks sjukdom. Hade han smittat henne? Nazrin som hade varit hans syster Felicia.

Louise såg ut mot skogen på andra sidan flygplatsen. Hur skulle hon uthärda om det visade sig vara sant?

Också henne, systern som inte fanns, hade Henrik i så fall drabbat med sjukdomen.

Under timmarna hon väntade försökte hon tänka på vad hon skulle göra i framtiden.

Jag är fortfarande bara 54 år gammal. Kommer jag att känna glädje och iver inför det som döljer sig i marken och väntar på min uppmärksamhet? Eller är det förbi? Finns det överhuvudtaget någon framtid?

Hon hade fortfarande inte hittat botten i det som var Henriks död.

Att inte veta är det som dödar mig. Jag måste tvinga bitarna att passa ihop och berätta sin historia för mig. Kanske är den enda arkeologiska undersökning som jag har kvar den jag bär inom mig.

Hon slog numret till Arons mobiltelefon. *Abonnenten är för närvarande inte tillgänglig.*

Flygplan lyfte mot den grå himlen eller dök upp som glimmande fåglar under molnen. Hon gick långsamt mot effektförvaringen, hämtade sitt bagage, checkade in och satte sig i en blå soffa och väntade. Det halvfulla planet lyfte punktligt.

Det var mörkt, vindstilla och snöade lätt när hon gick mot terminalbyggnaden i Östersund.

Artur väntade på henne vid bagagebandet. Han hade rakat sig och gjort sig fin för att hon skulle komma.

När de satt sig i bilen började hon gråta. Han klappade henne på kinden och styrde sedan mot bron över Storsjön och vägen som ledde söderut mot Sveg. I närheten av Svenstavik började hon berätta om sin resa i Afrika.

– Jag gör det på försök, sa hon. Jag tror att jag behöver pröva mig fram för att hitta berättelsen som den var. Jag måste söka mig fram för att hitta dom rätta orden.

– Ta den tid du behöver.

– Det känns som om det är bråttom.

– Ditt liv har alltid varit brådska. Jag har aldrig förstått varför. Man hinner ändå aldrig mer än en bråkdel av det man skulle önska. Långa liv är också korta. Nittioåringar kan drömma lika otåligt som en tonåring.

– Jag vet fortfarande ingenting om Aron. Jag vet inte ens om han lever.

– Du måste efterlysa honom. Jag ville inte göra det utan att först tala med dig. Men jag har undersökt om han återvänt till Apollo Bay. Det har han inte.

De for genom mörkret. Billjuset slog över skogen som var tät på båda sidor av vägen. Snöfallet var fortfarande lätt. Någonstans mellan Ytterhogdal och Sveg somnade hon med huvudet mot den enda axel hon hade kvar att luta sig mot.

Dagen efter gick hon till poliskontoret i kommunalhuset och gjorde en formell efterlysning av Aron. Polismannen som tog emot hennes begäran kände hon från sin uppväxt. Han hade gått några klasser över henne i folkskolan. Han hade haft moped och hon hade varit gränslöst förälskad i honom, eller kanske det hade varit i mopeden. Han beklagade sorgen utan att ställa några frågor.

Efteråt gick hon upp till kyrkogården. Ett tunt lager av snö täckte graven. Fortfarande fanns där ingen sten. Men Artur hade sagt att den var beställd hos en stenhuggare i Östersund.

När hon kom till kyrkogården tänkte hon att hon inte skulle uthärda det som väntade. Men när hon stod vid graven var hon samlad, nästan kall.

Henrik finns inte här. Han finns i mitt inre, inte nere i jorden under den tunna snön. Han hade gjort en lång resa, så ung han än var när han dog. På det sättet liknade vi varandra. Både han och jag tar livet på högsta allvar.

En kvinna gick förbi på en av gångarna mellan gravarna. Hon hälsade på Louise men stannade inte. Louise tyckte att hon kände igen henne, men kunde inte ge henne något namn.

Det började snöa. Louise skulle just lämna kyrkogården när telefonen ringde i hennes ficka. Det var Nazrin. Louise hade till en början svårt att uppfatta vad hon sa eftersom Nazrin var omgiven av ett kraftigt oväsen.

– Kan du höra mig?

Nazrin ropade till henne.

– Svagt. Var är du?

– Tiderna förändras. Förr frågade man alltid först "hur mår du?". Idag gäller att man först gör en geografisk bestämning, "var är du?", innan man frågar om hälsan.

– Jag hör knappast alls vad du säger.

– Jag står på Centralstationen. Tågen kommer och går, människorna rusar.

– Ska du resa?

– Jag har just kommit från Katrineholm, av alla ställen på denna jord. Var är du?

– Jag står vid Henriks grav.

Nazrins röst försvann för ett ögonblick men återkom.

– Hörde jag rätt? Att du är där uppe?

– Jag är vid graven. Det snöar. Den är alldeles vit.

– Jag önskar att jag var där just nu. Jag går in där dom säljer biljetter. Det är tystare där.

Louise hörde hur oväsendet dog bort och ersattes av enstaka röster som tornade upp och försvann.

– Hörs det bättre nu?

Nazrins röst kom mycket nära. Louise kunde nästan känna hennes andedräkt mot örat.

– Jag hör dig mycket tydligt.

– Du bara försvann. Jag har undrat.

– Jag har gjort en lång resa. Det har varit uppskakande, skrämmande. Jag behöver träffa dig. Kan du komma hit?

– Kan vi åka halva vägen var? Jag har min brors bil till låns medan han är utomlands. Jag tycker om att köra.

Louise mindes att hon och Artur hade stannat i Järvsö på en resa till Stockholm en gång. Kanske hade det varit halva vägen? Hon föreslog att de skulle ses där.

– Jag vet inte var Järvsö ligger. Men jag hittar. Jag kan vara där i morgon. Ska vi ses vid kyrkan? Klockan 2?

– Varför just vid kyrkan?

– Finns det inte en kyrka i Järvsö? Vet du nån bättre plats? Till en kyrka hittar man alltid.

När samtalet var slut gick Louise in i Svegs kyrka. Hon mindes att hon varit där som barn, ensam, för att se på den stora altartavlan och inbilla sig att de romerska soldaterna skulle kliva ut ur målningen och fånga henne. Skrämselleken hade hon kallat det, hon lekte med sin egen rädsla i kyrkan.

Louise for tidigt på morgonen dagen efter. Snöfallet hade upphört men vägarna kunde vara hala. Hon ville ha god tid på sig. Artur stod på gårdsplanen med bar överkropp, trots att det var minusgrader, och såg efter henne.

De träffades vid kyrkan, som låg på en ö mitt i Ljusnan, på det klockslag de hade bestämt. Nazrin kom i en dyrbar Mercedes. Molntäcket hade dragit undan, solen sken, den tidiga vintern hade tagit ett steg bakåt och det var höst igen.

Louise frågade om hon hade bråttom tillbaka.

– Jag kan stanna till i morgon.

– Det finns ett anrikt gammalt hotell som heter Järvsöbaden. Jag tror knappast det är högsäsong just nu.

De fick två rum i ett av annexen. Louise frågade om Nazrin ville ta en promenad. Men hon skakade på huvudet. Inte än, nu ville hon tala.

De satte sig i ett av uppehållsrummen. Ett gammalt golvur tickade i ett hörn. Nazrin fingrade frånvarande på ett litet utslag på ena kinden. Louise bestämde sig för att gå rakt på sak.

– Det är inte lätt för mig att säga det här. Men jag måste. Henrik var hivsmittad. Ända sen jag fick veta det har jag våndats och tänkt på dig.

Louise hade grubblat över hur Nazrin skulle ta emot beskedet. Hur skulle hon själv ha reagerat? Men den reaktion som kom hade hon inte väntat sig.

– Jag vet.

– Berättade han det själv?

– Han sa ingenting. Inte förrän efter det att han var död.

Nazrin öppnade sin handväska och tog fram ett brev.

– Läs det här.

– Vad är det?

– Läs!

Brevet var från Henrik. Det var kort. Han beskrev hur han upptäckt att han var hivsmittad, men att han hoppades att han varit så försiktig att han inte hade överfört smittan till henne.

– Jag fick det för några veckor sen. Det kom från Barcelona. Någon måste ha postat det när de fått veta att Henrik var död. Säkert hade han ordnat det så. Han talade ofta om vad som skulle ske *om nånting hände*. Jag tyckte alltid han var så dramatisk. Nu förstår jag det bättre, nu när det är för sent.

Blanca måste ha haft brevet liggande när Louise och Aron var där. Han hade gett henne en instruktion: *Sänd det bara om eller när jag dör*.

– Jag var aldrig rädd. Vi var alltid försiktiga. Jag gick naturligtvis och testade mig. Det var ingenting.

– Förstår du hur jag oroade mig för det här samtalet?

– Kanske. Henrik skulle aldrig ha utsatt mig för fara.

– Men om han inte hade vetat om att han var smittad?

– Han visste om det.

– Ändå sa han inget till dig.

– Han kanske var rädd för att jag skulle lämna honom. Kanske skulle jag ha gjort det. Det kan jag inte svara på.

En kvinna kom in och frågade om de ville ha middag till kvällen. De tackade ja. Nazrin ville plötsligt gå ut. De tog en promenad längs älven. Louise berättade om sin långa resa till Afrika och allt som hade hänt. Nazrin frågade inte mycket. De klättrade uppför en liten bergshöjd och betraktade utsikten.

– Jag kan fortfarande inte tro det, sa Nazrin. Att Henrik skulle ha blivit dödad på grund av nåt han visste? Och att Aron försvunnit av samma skäl?

– Jag begär inte att du ska tro mig. Jag bara undrar om det väcker minnen till liv. Nånting Henrik sa eller gjorde. Nåt namn som du tycker dig ha hört tidigare?

– Ingenting.

De fortsatte att samtala till sent på kvällen. När Louise for dagen efter låg Nazrin fortfarande och sov. Hon lämnade ett meddelande, betalade deras rum och återvände norrut genom skogarna.

Under veckorna som följde omgav hon sig med senhöstens och den tidiga vinterns stillhet och väntan. Hon sov ibland länge på mornarna och gjorde färdigt rapporten till universitetet om årets utgrävningar. Hon talade med sina vänner och kollegor, överallt mötte hon förståelse och alla önskade henne välkommen tillbaka när sorgen gått över. Men hon visste att den inte skulle försvinna, sorgen skulle stanna kvar och den skulle växa.

Hon besökte då och då den ensamme polismannen på hans lilla

kontor. Han hade aldrig några nyheter att komma med. Aron hade inte kunnat spåras trots att han nu var eftersökt över hela världen. Han var borta, som så många gånger tidigare, utan att ha efterlämnat några spår.

Under den här tiden tänkte Louise inte mycket på sin framtid. Den existerade ännu inte. Hon stod fortfarande upprest men kände det ofta som om hon kunde störta samman när som helst. Framtiden var blank, en tom yta. Hon tog långa promenader, över den gamla järnvägsbron och sedan tillbaka över den nya bron. Hon steg ibland upp tidigt på mornarna, hängde på sig en av Arturs gamla ryggsäckar och försvann ut i skogen för att inte komma tillbaka förrän det börjat mörkna.

Det var en tid när hon försökte försona sig med att hon kanske aldrig skulle förstå vad som hade drivit Henrik i döden. Hon strävade fortfarande med att vända på bitarna och leta efter ett samband, men hon gjorde det med allt mindre förhoppningar. Hela tiden fanns Artur där, beredd att lyssna, beredd att hjälpa henne.

Då och då förde de långa samtal på kvällarna. Oftast handlade det om vardagliga händelser, om vädret, eller minnesbilder från hennes barndom. Vid enstaka tillfällen försökte hon pröva olika hypoteser på honom. Kunde det ha gått till på det här viset? Han lyssnade men hon kunde höra på sina egna ord att hon återigen hade hamnat i en återvändsgränd.

En eftermiddag i början av december ringde telefonen. Mannen som sökte henne hette Jan Lagergren. Hans röst hade hon inte hört på många år. De hade studerat samtidigt i Uppsala men med helt olika framtidsplaner. Det hade i en period existerat ett ömsesidigt intresse mellan dem som dock aldrig utvecklats till någonting. Det enda hon visste om honom var att hans ambition helt inriktades på att få tjänst i staten på en position som kunde föra honom utomlands.

Hans röst var egendomligt oförändrad efter alla dessa år.

– Det hände nånting oväntat. Jag fick ett brev från en av mina otaliga fastrar som råkar bo i Härjedalen. Hon påstod att hon hade sett dig på kyrkogården i Sveg en dag. Gud vet hur hon visste att jag kände dig. Hon talade om att du nyligen har mist din son. Jag ville bara ringa och beklaga sorgen.

– Det är så märkligt att höra din röst igen. Du låter som du alltid gjort.

– Ändå är allt förändrat. Jag har min röst kvar. Och tussar av mitt hår. Annars är ingenting sig likt.

– Tack för att du ringer. Henrik var mitt enda barn.

– Var det en olycka?

– Läkarna sa att det var självmord. Jag vägrar tro på det. Men jag kanske bedrar mig själv.

– Vad kan jag säga?

– Du har redan gjort det du kan göra, du ringde mig. Stanna en stund. Vi har inte talat med varandra på 25 år. Vad har hänt i ditt liv? Började du på UD?

– Jag kom nästan dit. I perioder har jag burit ett diplomatpass i fickan. Jag har varit utlandsposterad men inom Sida.

– Jag har just kommit tillbaka från Afrika. Moçambique.

– Där har jag aldrig satt min fot. Jag tillbringade en period i Addis Abeba och en annan i Nairobi. Första gången som handläggare av jordbruksbistånd, andra gången som chef för hela det kenyanska biståndet. Just nu är jag avdelningschef på Sveavägen här i Stockholm. Och du blev arkeolog?

– I Grekland. Har du nån gång varit i kontakt med en man inom Sida som heter Lars Håkansson?

– Jag har stött ihop med honom, vi har växlat några ord. Men våra spår har aldrig korsats på allvar. Varför undrar du?

– Han arbetar i Maputo. För hälsovårdsministeriet.

– Jag hoppas det är en bra person.

– Vill du veta sanningen tyckte jag illa om honom.

– Då var det väl tur att jag inte presenterade honom som min bäste vän.

– Får jag fråga dig om nånting? Går det några rykten om honom? Vad har människor för bild av honom? Jag behöver veta eftersom han kände min son. Egentligen skäms jag för att jag ber dig.

– Jag ska se vad jag kan gräva fram. Naturligtvis utan att nämna vem det är som undrar.

– Har livet annars blivit som du tänkt dig?

– Knappast. Men blir det nånsin det? Jag ringer tillbaka när jag har nåt att berätta.

Två dagar senare, när Louise satt och bläddrade i en av sina gamla läroböcker i arkeologi, ringde telefonen.

Varje gång det ringde hoppades hon att det var Aron. Men den här gången var det återigen Jan Lagergren.

– Din intuition verkar stämma. Jag lyssnade lite bland människor här som brukar kunna skilja på ondsint förtal och avundsjuka från det som faktiskt är alldeles sant. Lars Håkansson är knappast en person med många vänner. Han anses högdragen och arrogant. Ingen betvivlar att han är skicklig och sköter sina uppgifter. Men alldeles rena händer verkar han inte ha.

– Vad har han gjort?

– Rykten påstår att han i kraft av sin diplomatiska immunitet har smugglat hem en del skinn från storvilt och ödlor som är klassade som utrotningshotade och således inte får röras. För människor utan skrupler kan det generera avsevärda inkomster. Det är inte så svårt heller. En pytonorms skinn väger inte så mycket. Andra rykten i herr Håkanssons curriculum talar om illegala bilaffärer. Viktigast är nog ändå att han har en herrgård i Sörmland som han egentligen inte borde ha råd med. "Herrhögs herrgård" vilket möjligen är ett nästan alltför träffande namn. Jag skulle nog sammanfattningsvis vilja karaktärisera Lars Håkansson som en duktig men iskall människa som ser till sig själv i varje tänkbar situation. Men det är han knappast ensam om i världen.

– Hittade du nåt mer?

– Tycker du inte att det räcker? Lars Håkansson verkar onekligen vara en ful fisk som simmar omkring i rätt gyttjiga vatten. Men han är en skicklig artist. Ingen har avslöjat honom med att ramla ner från linan som han balanserar på.

– Har du nånsin hört talas om en man som heter Christian Holloway?

– Arbetar han också på Sida?

– Han driver privata sjukvårdsbyar för aidsdrabbade.

– Det låter mycket behjärtansvärt. Jag kan inte påminna mig att ha hört hans namn.

– Det dök aldrig upp i samband med Lars Håkansson? Jag tror att han på nåt sätt arbetade åt den mannen.

– Jag ska lagra namnet i min hjärna. Om jag får reda på nåt lovar jag att höra av mig. Du ska få mitt telefonnummer. Och jag väntar spänt på att du ska berätta för mig varför du är så intresserad av Lars Håkansson.

Hon skrev upp telefonnumret på pärmen till den gamla läroboken.

Ännu en keramisk flisa hade hon grävt fram ur den torra afrikanska jorden. *Lars Håkansson, en iskall person beredd till nästan vad som helst.* Hon la skärvan bland de andra och kände hur oändligt tung hennes trötthet var.

Mörkret kom allt tidigare, både inom henne och utanför.

Men det fanns dagar då hennes krafter återkom och hon lyckades hålla ifrån sig sitt missmod. Då la hon symboliskt ut alla sina pusselbitar på det gamla matsalsbordet och försökte på nytt att tyda tecknen som kunde förvandla dem till den vackra urna de en gång varit. Artur tassade tyst omkring henne med pipan i munnen och ställde med jämna mellanrum fram en kaffekopp åt henne. Hon började sortera skärvorna i en periferi och ett centrum. Afrika fanns i urnans mitt.

Det fanns också ett geografiskt centrum och det var den stad som hette Xai-Xai. På internet hittade hon uppgifter om den stora översvämning som hade drabbat staden några år tidigare. Bilder av en liten flicka hade skickats ut över hela världen. Det som gjorde henne berömd var att hon hade blivit född i en trädkrona dit henne mor klättrat upp för att undkomma de stigande vattenmassorna.

Men hennes skärvor andades inte födsel och liv. De var mörka och talade om döden, om aids, om doktor Levansky och hans experiment i Belgiska Kongo. Varje gång hon tänkte på de fastspända, skrikande aporna som skars upp levande, rös hon.

Det var som en bitande köld och det fanns hela tiden alldeles intill henne. Hade det varit så för Henrik också? Hade han också känt kylan? Hade han tagit livet av sig när insikten att människor behandlades som apor blev för tung att bära?

Hon började om från början, strödde ut bitarna på nytt och försökte se vad det var hon hade framför sig.

Runt henne drog hösten bort och vintern djupnade.

Torsdagen den 16 december var en klar och kall dag. Louise vaknade tidigt av ljudet från Artur som skottade snö på uppfarten till garaget.

Då ringde telefonen. När hon svarade kunde hon först inte uppfatta vem det var. Det sprakade i luren, samtalet kom uppenbarligen långt bortifrån. Kunde det vara Aron som satt bland sina röda papegojor i Australien?

Sedan kände hon igen Lucindas röst, svag, pressad.

– Jag är sjuk. Jag håller på att dö.

– Kan jag göra nåt för dig?

– Kom hit.

Lucindas röst var långt borta nu. Louise kände det som om hon höll på att mista greppet om henne.

– Jag tror jag kan se det nu. Allt det som Henrik upptäckte. Kom innan det är för sent.

Förbindelsen bröts. Louise satt upp i sängen. Artur fortsatte att skotta snö. Hon var alldeles orörlig.

Lördagen den 18 december körde Artur henne till Arlanda. På förmiddagen den 19 december steg hon av flygplanet i Maputo.

Hettan slog emot henne som en glödande näve.

353

21

Hon letade sig fram till Lucindas hus med hjälp av en taxichaufför som inte kunde engelska. När hon till sist kom rätt var Lucinda inte där. Hennes mor började gråta när hon fick syn på henne. Louise tänkte att hon trots allt hade kommit för sent. En syster till Lucinda steg fram och talade på egendomlig men trots allt begriplig engelska.

– Lucinda är inte död, hon är bara borta. Hon blev plötsligt sjuk, orkade inte ta sig ur sängen. På bara några veckor gick hon ner mycket i vikt.

Louise var hela tiden osäker på om hon förstod rätt. Systerns dåliga engelska blev hela tiden sämre, det var som om de sista resterna av ett batteri höll på att ta slut.

– Lucinda sa att Donna Louisa alldeles säkert skulle komma hit och fråga efter henne. Vi skulle säga till donna Louisa att hon har rest till Xai-Xai för att få hjälp.

– Sa hon det? Att jag skulle komma?

Samtalet fördes utanför huset. Solen stod rakt ovanför deras huvuden. Louise blev illamående av värmen, fortfarande fanns den svenska vintern inom henne. *I Xai-Xai skulle Lucinda få hjälp.* Louise tvivlade inte på att det var som hon hade sagt i telefon, att tiden var knapp.

Taxichauffören, som tagit henne från flygplatsen, väntade. Nu satt han på marken i skuggan av sin bil och lyssnade på den högt uppskruvade bilradion. Louise tog med sig systern och bad henne förklara att hon

354

ville bli körd till Xai-Xai. När taxichauffören förstått suckade han bekymrat. Men Louise insisterade. Hon ville till Xai-Xai och hon ville åka nu. Han sa sitt pris och Louise fick det översatt, ett ofantligt antal miljoner meticais. Hon föreslog att resan skulle betalas i dollar vilket omedelbart gjorde chauffören mer intresserad. Till sist hade de kommit överens om priset, plus bensinkostnader, plus allt annat som tycktes behövas för resan mot Xai-Xai. Det var 190 kilometer hade Louise lagt på minnet. I taxichufförens föreställningsvärld verkade det som om han förberedde en expedition till ett avlägset och okänt land.

– Fråga om han har varit i Xai-Xai tidigare?

Taxichauffören skakade på huvudet.

– Tala om för honom att jag har varit där tidigare. Jag hittar. Fråga honom om hans namn.

Förutom att han hette Gilberto fick hon veta att han hade fru och sex barn och trodde på den katolska guden. I taxin hade hon sett ett bleknat färgfotografi av den allt sjukare polske påven, fastnålat på solskärmen.

– Säg till honom att jag behöver vila. Han får inte prata hela tiden under resan.

Gilberto tog emot beskedet som om han fått en extra summa pengar och stängde dörren tyst om henne i baksätet. Det sista Louise såg av Lucindas familj var hennes mors förtvivlade ansikte.

De kom fram till Xai-Xai sent på eftermiddagen efter en punktering på ett framhjul och ett avgasrör som hade behövt bindas fast. Gilberto hade inte yttrat ett ord under hela resan men däremot successivt skruvat upp musiken i bilradion. Louise försökte vila. Hon visste inte vad som väntade henne, bara att hon skulle behöva sina krafter.

Minnet av det som hänt Umbi lämnade henne inte. Flera gånger under resan var hon beredd att säga till Gilberto att stanna och vända tillbaka. Paniken var hela tiden nära. Hon kände det som om hon var på väg rakt in i en fälla som skulle slå igen om henne och aldrig öppnas igen. Samtidigt hörde hon hela tiden Lucindas röst i telefonen. *Jag håller på att dö.*

Just innan de kom fram till bron som ledde över floden lossnade fotografiet av påven och föll ner på golvet mellan sätena. Gilberto stannade och nålade fast det på nytt. Louises irritation växte. Förstod han inte att tiden var knapp?

De for genom den dammiga staden. Louise hade fortfarande inte bestämt sig för vad hon skulle göra. Skulle hon resa ut till Christian Holloways by och lämna taxin där? Eller skulle hon bege sig till strandhotellet och hitta någon annan som kunde köra henne? Hon fattade sitt beslut. De svängde av till höger ner mot stranden och stannade utanför hotellet. När hon steg ur taxin var det första hon hörde det vemodiga och entoniga ljudet från albinon och hans timbila. Hon betalade Gilberto, tog honom i hand och bar in sin väska i hotellet. Som vanligt tycktes det finnas hur många lediga rum som helst. Nycklarna bakom receptionsdisken hängde i raka rader, ingen var borta. Hon noterade att receptionisten inte kände igen henne eller inte låtsades om det. Han frågade henne varken om passet eller ett kreditkort. Hon kände sig både osynlig och betrodd på en och samma gång.

Receptionisten talade bra engelska. Naturligtvis kunde han skaffa fram en taxi. Men det bästa skulle vara om han talade med en av sina bröder som hade en utmärkt bil. Louise bad att han skulle komma så fort som möjligt. Hon gick upp till sitt rum, ställde sig vid fönstret och såg bort mot den raserade strandkiosken. Där hade Umbi fått halsen avskuren när han talat med henne. Hon höll på att kräkas vid tanken. Rädslan fick klor. Hon tvättade sig under den droppande kranen i badrummet, och gick sedan ner och tvingade i sig någonting att äta, en grillad fisk, lite sallad som hon ytterst tveksamt petade i. Timbilan lät allt ödsligare, fisken var full av ben. Hon satt länge med sin telefon i handen och tänkte att hon skulle ringa till Artur. Men hon ringde inte. Nu gällde ingenting annat än att svara på det nödrop som Lucinda hade sänt ut. Om det nu var ett nödrop? Kanske var det istället ett stridsrop, tänkte Louise.

Albinon vid timbilan slutade spela. Hon kunde höra havet nu, brusande, vilt. Vågorna kom rullande från Indien, den avlägsna kusten vid Goa. Hettan var inte lika svår här vid havet som i Maputo. Hon betalade räkningen och lämnade restaurangen. En man klädd i kortbyxor och en urtvättad skjorta med amerikanska flaggan som motiv väntade intill en rostig lastbil. Han hälsade vänligt, sa att han hette Roberto men, av någon för Louise totalt obegriplig anledning, kallades för Warren. Hon klättrade in i framsätet och förklarade vart hon ville bli körd. Warren pratade engelska, med samma sydafrikanska accent som sin bror i receptionen.

– Till Christian Holloways by, sa han. Det är en bra man. Han gör mycket för dom sjuka. Snart är alla sjuka och dör, tillade han glatt. Vi afrikaner kommer inte att finnas kvar om några år. Bara ben i sanden och tomma åkrar. Vem ska äta kassavan när vi är borta?

Louise förundrades över hans egendomliga förtjusning när han talade om den plågsamma död som härjade runtomkring. Var han sjuk själv? Eller var det bara ett förtäckt uttryck för hans egen rädsla?

De kom fram till byn. Det första hon upptäckte var att den svarta hunden som brukat ligga i trädets skugga var borta. Warren frågade om han skulle vänta eller komma tillbaka och hämta henne. Han visade henne sin mobiltelefon och gav henne numret. De provringde, förbindelsen upprättades vid andra försöket. Han ville inte ha betalt av henne nu, det kunde vänta, ingenting var bråttom när det var så varmt som idag. Hon steg ur bilen. Warren vände lastbilen och försvann. Hon ställde sig i skuggan där hunden brukat ligga. Värmen stod alldeles stilla runt henne och de vita husen, allt var tyst. Klockan var fem. Hon undrade hastigt om Artur hade behövt skotta snö på morgonen. En fågel med ursinnigt flaxande vingar passerade tätt intill marken och försvann i riktning mot havet. *Var det en nödsignal eller ett stridsrop?* Kanske Lucinda hade sänt ut båda signalerna samtidigt? Louise såg på raden av hus som låg i en halvcirkel.

Lucinda vet att hon måste styra mig rätt. I vilket hus finns hon? Naturligtvis där vi var tillsammans vid vårt besök.

Hon började gå över sandplanen med en känsla av att hon passerade en ödslig scen där människor betraktade henne utan att hon kunde se dem. Hon öppnade dörren och steg in i dunklet. Lukten av otvättade, svettiga kroppar slog emot henne. Ingenting var förändrat sedan hon var där sist. Överallt fanns de sjuka. Nästan ingen rörde sig.

Dödens strand. Här har dessa människor drivit iland i hopp om att få hjälp. Men här finns bara döden. Som på Lampedusas stränder i Medelhavet, där de döda flyktingarna driver iland och aldrig får det liv de har drömt om.

Hon stod orörlig medan ögonen vande sig vid det svaga ljuset. Hon lyssnade på kören av andhämtningar. Några var korta, häftiga, ansträngda, andra så tunna att de knappt gick att uppfatta. Där var rosslingar och stönanden och väsande skrik som formades till viskningar. Hon såg sig runt i det överfyllda rummet, sökte efter Lucinda utan att kunna upptäcka henne. Hon tog upp en näsduk ur fickan och höll den framför munnen. Snart skulle hon inte kunna kontrollera sitt illamående längre. Hon började röra sig runt i rummet, flyttade fötterna försiktigt för att inte trampa på något ben eller en utsträckt arm. Mänskliga rötter, tänkte hon, som hotar att snärja mig. Hon slog bort tanken, den var meningslös, hon behövde inte göra om verkligheten till liknelser. Den var tillräckligt obegriplig som den var. Hon fortsatte att leta.

I ett hörn av rummet återfann hon Lucinda. Hon låg på en matta bakom en utskjutande vägg i rummet som utgjordes av en av de pelare som höll upp taket. Louise fångade hennes blick. Lucinda var verkligen mycket sjuk. Hon låg nästan naken och hennes bröstkorg rörde sig i häftiga, korta andetag. Louise förstod att Lucinda hade valt platsen omsorgsfullt. Pelaren skapade en död vinkel. Ingen skulle kunna se hennes ansikte när Louise stod framför henne. Lucinda pekade med ett finger mot golvet. Där låg en tändsticksask. Louise låtsades tappa näsduken, böjde sig ner och smög in asken i handen. Lucinda skakade nästan omärkligt på huvudet. Louise vände sig om och lämnade huset som om hon inte hade funnit den hon sökt efter.

Hon ryggade för det skarpa ljuset och började gå längs den dammiga landsvägen. När hon kommit utom synhåll ringde hon Warren. Tio minuter senare var han där. Hon beklagade att hon inte hade insett att hennes besök skulle bli så kort, men hon skulle kanske behöva åka tillbaka, kanske redan idag.

Vid hotellet vägrade han fortfarande att ta emot några pengar. Om hon ville ha tag på honom kunde hon bara ringa. Nu skulle han sova i skuggan av sin lastbil och efteråt gå ner till havet och bada.

– Jag simmar med valar och delfiner. Då glömmer jag att jag är människa.

– Vill du glömma det?

– Jag tror att alla nån gång önskar att dom inte bara hade utrustats med armar och ben utan även med fenor.

Hon gick upp till sitt rum, tvättade ansiktet och händerna under kranen som plötsligt hade återfått energin och sprutade ut en kraftig stråle. Sedan satte hon sig på sängkanten och öppnade tändsticksasken. Med mycket liten skrift hade Lucinda på en papperslapp, riven ur marginalen av en tidning, gett henne ett meddelande. *Lyssna i mörkret efter timbilan.* Ingenting mer.

Lyssna i mörkret efter timbilan.

Hon väntade in skymningen efter att ha lyckats banka liv i luftkonditioneringen med en sko.

Warren ringde och väckte henne ur slummern. Behövde hon honom nu? Eller kunde han åka in till Xai-Xai och träffa sin hustru som skulle föda barn vilken dag som helst? Hon sa åt honom att åka.

Hon hade köpt en baddräkt på Arlanda innan hon rest. Hon kände sig skamsen, eftersom hennes egentliga ärende var att möta en ung människa som var döende. Flera gånger försökte hon övertala sig själv att gå ner till stranden. Men hon orkade inte. Hon behövde spara sina krafter trots att hon inte alls visste vad som väntade henne. Lucinda och hennes flämtande andhämtning gjorde henne både upprörd och rädd.

Allting jäste av död och undergång i den starka hettan. Men tanken var grumlig, det visste hon, det fanns heller ingenting så livskraftigt som den starka solen. Henrik skulle ilsket ha protesterat mot att beskriva Afrika som dödens kontinent. Han skulle ha sagt att det är vår egen oförmåga att söka sanningen som bär skulden till att vi *"vet allt om hur afrikanerna dör men nästan ingenting om hur de lever".* Vem hade sagt det? Det kunde hon inte påminna sig. Men de orden hade stått i ett av de dokument hon hade läst när hon gått igenom hans papper i lägenheten i Stockholm. Nu först mindes hon något som han hade antecknat på framsidan av en av de otaliga pärmarna med material om den döde presidenten Kennedys försvunna hjärna. Henrik hade varit ursinnig. Han hade ställt frågan: *Hur skulle vi europeér reagera om världen enbart kände till hur vi dör men alls ingenting om våra liv?*

När den korta skymningen närmade sig stod hon vid fönstret och såg ner mot havet. Strandkiosken låg i skugga. Lastbilen var borta. Några barn lekte med något som verkade vara en död fågel. Kvinnor med korgar på huvudena försvann längs stranden. En man försökte balansera på en cykel i den djupa sanden. Han misslyckades, föll omkull och reste sig med ett skratt. Louise avundades honom hans oförställda glädje över att misslyckas.

Mörkret föll, en svart kappa över jorden. Hon gick ner till restaurangen. Albinon med timbilan satt på sin vanliga plats. Men han spelade inte, han åt ris och grönsaker ur en röd plastskål. Bredvid honom fanns en ölflaska. Han åt långsamt, som om han egentligen inte var hungrig. Hon gick bort till baren. Några män satt vid ett bord och halvsov över sina ölflaskor. Kvinnan bakom disken var så lik Lucinda att hon hajade till. Men när hon log syntes att hon saknade några tänder. Louise kände att hon behövde något starkt. Artur skulle ha ställt fram en flaska brännvin på bordet. *Här, drick, styrk dig!* Nu bad hon om en whisky som hon egentligen inte alls tyckte om och en flaska av det inhemska ölet Laurentina. Albinon med sin timbila började spela igen. *Lyssna i mörkret efter timbilan.* Några gäster kom in i restaurangen, en äldre portugisisk man med en mycket ung afrikansk flicka. Louise uppskattade åldersskillnaden till 40 år. Hon kände lust att gå bort och slå till honom. Han förkroppsligade hur kärlek och förakt blandats till ett ännu överlevande uttryck för det långa och utdragna koloniala förtrycket.

Jag vet för lite. Med mina kunskaper om bronsåldersgravar, eller om järnoxiders betydelse för färgen på den antika grekiska keramiken, kan jag slå nästan vem som helst på fingrarna. Men om världen utanför gravfälten och museerna vet jag så oändligt mycket mindre än vad Henrik visste. Jag är en djupt okunnig människa och det förstår jag först nu, när jag redan har passerat 50 år.

Hon tömde sina glas och kände hur hon började svettas. En mild dimma la sig över hennes medvetande. Albinon spelade. Kvinnan bakom bardisken bet på naglarna. Louise lyssnade ut i mörkret. Efter viss tvekan drack hon ännu ett glas whisky.

Klockan hade blivit tjugu minuter i sju. Vad var klockan i Sverige egentligen? Var det en timmes skillnad eller två? Åt vilket håll? Tidigare eller senare? Hon tvekade om vad som var rätt.

Hennes frågor blev obesvarade eftersom timbilan plötsligt tystnade. Hon tömde glaset och betalade. Albinon rörde sig långsamt genom den tomma matsalen och försvann till toaletterna. Louise gick ut till framsidan av hotellet. Warrens lastbil var fortfarande borta. Havet brusade, någon som osynligt passerade i mörkret visslade. En flackande cykellykta skymtade och försvann. Hon väntade.

Albinon började spela på sin timbila igen. Ljudet var annorlunda nu, mer avlägset. Plötsligt insåg hon att det var en annan timbila hon hörde. Instrumentet inne i restaurangen stod övergivet, albinon hade inte kommit tillbaka.

Hon tog några steg längre ut i mörkret. Timbilans vibrerande toner kom från någonstans närmare havet, men inte vid strandkiosken, åt andra hållet, där fiskarna brukade hänga sina nät. Åter grep rädslan tag i Louise, hon fruktade det som höll på att hända, men tvingade sig att tänka på Henrik. Hon var närmare honom nu än någonsin tidigare under tiden efter hans död.

Hon lyssnade efter andra ljud än timbilan men där fanns bara havet, vågorna som rullat hela vägen från Indien, och hennes egen ensamhet som var alldeles ljudlös, som en isande kall vinternatt.

Hon gick mot ljudets källa, det kom närmare, men hon såg ingen eld, ingenting. Hon kom helt nära, den osynliga timbilan fanns alldeles intill henne. Den tystnade tvärt, mitt mellan två slag av trumstockarna.

Då kände hon en hand mot sin ankel. Hon ryckte till, men ingen höll fast henne. Hon stannade i språnget när hon hörde Lucindas röst ur mörkret.

– Det är jag.

Louise satte sig på huk och trevade med handen. Lucinda satt lutad mot ett förtorkat träd som fallit vid någon storm. Louise kunde känna hennes febriga och svettiga ansikte mot sin hand och sedan hur Lucinda grep tag i henne och drog henne ner på marken.

– Ingen såg mig. Alla tror att jag är så svag att jag inte kan resa mig upp. Ännu orkar jag. Snart går det inte längre. Men jag visste att du skulle komma.

– Jag kunde aldrig tro att du skulle bli sjuk så fort.

– Ingen tror att döden finns alldeles intill. För vissa går det mycket fort. Jag är en av dom.

– Jag kan ta med dig härifrån och se till att du får mediciner.

– Det är för sent. Jag har alla Henriks pengar. Det hjälper inte. Sjukdomen sprider sig i min kropp som en brand i torrt gräs. Jag är beredd. Bara ibland är jag rädd, i gryningen, vissa dagar, när soluppgången är vackrare än vanligt och jag vet att jag snart inte längre kommer att få uppleva den igen. Nåt inom mig har redan lagt sig till vila. En människa dör stegvis, som när man vadar ut vid en långgrund strand och först efter flera kilometer har vatten ända upp till hakan. Jag trodde jag skulle stanna och dö hemma hos min mor. Men jag ville inte dö i onödan, att mitt liv skulle gå spårlöst förbi. Jag tänkte på dig och hur du sökte efter Henriks ande i allt han hade gjort eller försökt göra. Jag tog mig hit för att se om det var som Henrik trodde, att bakom den goda viljan fanns en annan verklighet, att bakom dom unga idealisterna dolde sig människor med svarta vingar som utnyttjade dom döende för sina egna ändamål.

– Vad har du sett?

Lucindas svaga röst darrade när hon svarade.

– Ohyggligheter. Men låt mig berätta hela min historia. Hur jag tog mig till Xai-Xai betyder ingenting, om någon körde mig hit i en skottkärra eller på ett lastbilsflak är oväsentligt. Jag har många vänner, jag är aldrig ensam. Jag hade satt på mig de trasigaste kläder som jag kunde finna. Sen lämnade dom mig i sanden och smutsen utanför husen i Christian Holloways by. Jag låg där och väntade på gryningen. Den första som såg mig var en gammal man med vitt hår. Sen kom de andra, alla med stövlar på fötterna, stora förkläden och gummihandskar. Det var vita sydafrikaner, nån var kanske mulatt. Dom frågade mig om jag hade aids, varifrån jag kom, det var som om dom förhörde mig. Till slut fattade dom ett beslut att låta mig stanna. Jag placerades först i ett hus men när det blev natt tog jag mig till den plats där du hittade mig.

– Hur kunde du ringa till mig?

– Jag har fortfarande en telefon kvar. Den man som körde mig hit laddar mitt batteri varannan dag och ger mig det i hemlighet på nätterna. Jag ringer till min mor och lyssnar på hennes skräckslagna rop för att hålla döden på avstånd. Jag försöker trösta henne trots att jag vet att det inte är möjligt.

Lucinda började hosta, hårt och länge. Louise ändrade ställning och kände att det stod en liten bandspelare intill trädet. *Lyssna efter timbilan i mörkret.* Det var ingen skugga som spelade. Ljudet kom från en kassett. Lucinda slutade hosta. Louise hörde hur hon flämtade av ansträngningen. Jag kan inte lämna henne här, tänkte hon. Henrik hade aldrig övergivit henne. Det måste finnas något som kan lindra hennes plågor, kanske finns det någon räddning.

Lucinda grep hennes hand som för att ta stöd. Men hon reste sig inte upp, hon fortsatte att tala.

– Jag lyssnar när jag ligger där på golvet. Inte på de sjuka utan på rösterna från de friska som finns i rummen. På nätterna när dom flesta av dom unga vita änglarna sover och bara nattväktarna är vakna, lever underjorden upp. Det finns rum under golven, utgrävda i marken.

– Vad finns där?

– Det ohyggliga.

Hennes röst var så svag att Louise var tvungen att luta sig fram för att höra. Lucinda fick ett nytt hostanfall som hotade att kväva henne. Det lät som ett gurglande när hon försökte dra ner luft i lungorna. Det dröjde länge efter hostanfallet innan Lucinda förmådde att tala igen. Louise hörde hur albinon började spela på timbilan efter sitt uppehåll.

– Om du inte orkar behöver du inte fortsätta.

– Jag måste. I morgon kan jag vara död. Du ska inte ha gjort den långa resan förgäves. Inte Henrik heller.

– Vad såg du?

– Männen i stövlar, förkläden och gummihandskar ger människor injektioner. Men det är inte bara dom sjuka som får sprutorna. Många som kommer hit är friska, precis som Umbi berättade. Dom används som försöksdjur för att testa oprövat vaccin. Sen injiceras dom med infekterat blod. Dom smittas med hivviruset för att se om vaccinet fungerar. Dom flesta som ligger i det rum där du hittade mig har smittats här. Dom var friska när dom kom. Men det finns också andra, såna som jag som har fått sjukdomen på andra sätt. Vi får mediciner som inte ens har använts på djur, för att se om man kan hitta botemedel när sjukdomen brutit ut. För dom som testar oss är människor och råttor eller schimpanser utbytbara. Egentligen är djuren bara en omväg. Det är ju trots allt inte dom som ska botas. Och vem tror du egentligen bryr sig om att afrikaner offras, om resultatet blir mediciner och vaccin som människorna i väst kan få nytta av?

– Hur kan du veta det här?

– Jag vet.

Lucindas röst blev plötsligt starkare.

– Jag förstår inte.

– Det borde du göra.

– Hur har du fått reda på allt detta? Bara genom att lyssna?

– Jag lärde mig av Henrik.

– Såg han det som du har sett?

– Han sa det aldrig rent ut. Jag tror han ville förskona mig. Men han lärde mig om viruset, om hur man försöker utprova olika substanser för att se om dom har effekt och om dom ger biverkningar. Han hade lärt sig själv, han hade aldrig studerat medicin. Men han ville veta. Han började arbeta här som volontär för att få veta sanningen. Jag tror det han upplevde här var värre än allt han kunnat föreställa sig.

Louise trevade efter Lucindas hand i mörkret.

– Tror du att det var därför han dog? För att han upptäckte vad som hände i underjorden?

– De som arbetade där som volontärer är strängt förbjudna att gå ner till källaren där virusprover och mediciner förvaras. Han bröt det förbudet. Av lust att upptäcka och våga beträda förbjudet område gick han nerför trappan.

Louise försökte förstå vad Lucinda berättade. Henrik hade gått nerför en trappa och upptäckt en hemlighet som kostade honom livet. Hon hade haft rätt. Henrik hade blivit mördad. Någon hade tvingat i honom sömntabletter. Men samtidigt gnagde ett tvivel. Kunde sanningen verkligen vara så enkel?

– Jag kan tala mer i morgon, sa Lucinda, och nu var hennes röst återigen viskande och kraftlös. Jag orkar inte mera nu.

– Du kan inte vara kvar där. Jag tar dig med härifrån.

– Försöker jag ta mig härifrån kommer dom inte att lämna min familj ifred. Jag stannar här. Nånstans ska jag dö.

Louise insåg det lönlösa i att försöka övertala henne att låta Warren lyfta in henne i sin lastbil och föra henne därifrån.

– Hur kommer du tillbaka?

– Det är lika bra att du inte vet. Men du behöver inte oroa dig. Kan du stanna här till imorgon?

– Jag bor på hotellet.

– Kom tillbaka när du hör timbilan i mörkret. Jag byter kanske plats. Men jag kommer tillbaka om jag inte har slutat andas. Det är aldrig bra att dö innan man har berättat sin historia till slut.

– Då kommer du inte att dö.

– Jag kommer att dö. Det behöver varken du eller jag tvivla på. Vet du vad jag är mest rädd för? Inte för att det ska göra ont, inte för att hjärtat in i det sista ska göra motstånd. Jag är rädd för att jag ska vara död så ohyggligt länge. Jag ser ingen ände på min död. Gå nu.

Louise svarade inte. Det fanns ingenting hon kunde säga.

Timbilans ljud steg och sjönk i mörkret och vindarna från havet.

Louise reste sig och gick mot den upplysta hotellentrén. Från mörkret där Lucinda fanns hördes ingenting.

I hotellets restaurang satt ett sällskap sydafrikaner vid ett bord och åt. Louise upptäckte Warren inne i baren. Han vinkade henne till sig. Hon såg på hans ögon att han var berusad.

– Jag har försökt ringa dig. Men du svarade inte. Jag trodde att du gått ut i havet och försvunnit.

– Telefonen har varit avstängd.

– Jag har varit mycket orolig. Behöver du mig mer ikväll?

– Nej.

– Men i morgon? Jag brukar slå vad med solen om vem som kommer upp tidigast, hon eller jag.

– Kan jag betala dig för det du har gjort hittills?

– Inte nu. I morgon eller nån annan dag. Sätt dig här och berätta om ditt land, om snö och kyla.

– Jag är för trött. Kanske i morgon.

Hon gick upp till sitt rum. Hon var helt utmattad. Tankarna ringlade oroligt omkring i hennes huvud. Hon borde gå ner i restaurangen och äta någonting trots att hon inte alls var hungrig. Hon måste dessutom sätta sig och skriva ner allting som Lucinda hade berättat. Det var början till ett vittnesmål. Men det enda som hände var att hon blev stående vid fönstret.

På sandplanen utanför hotellet stod tre bilar, två vita landcruisers och Warrens lastbil. Hon rynkade pannan. Vem var Warren egentligen? Varför hade hans bror receptionisten inte känt igen henne? Det borde han ha gjort. Hade han dolt att han visste vem hon var? Varför var Warren inte hemma hos sin familj? Varför ville han inte ha betalt? Frågorna rusade genom hennes huvud. Hade Warren i uppdrag att hålla uppsikt över henne?

Hon skakade på huvudet åt sig själv, drog för gardinen, kontrollerade att dörren var låst, spände en stol mellan dörrvredet och en byrå och gjorde sig i ordning för att gå till sängs. Hon hörde hur de två sydafrikanska bilarna startade och körde därifrån. När hon tvättat sig gick hon tillbaka till fönstret och såg försiktigt ut genom gardinen. Warrens lastbil var fortfarande kvar. Timbilan hade tystnat.

Hon kröp ner i sängen. Luftkonditioneringen slamrade och gav ifrån sig enstaka svalkande luftstötar. I tankarna hällde hon Lucindas ord genom ett filter och letade igenom dem för att se att hon inte hade tappat bort någonting som var viktigt.

När hon vaknade var det redan morgon. Först visste hon inte var hon befann sig. Hon störtade upp ur sängen och drog undan gardinen. Warrens lastbil var borta. En svart kvinna med bar överkropp tvättade sig under vattenkranen utanför hotellentrén. Louise såg på klockan och förstod att hon sovit utan avbrott i åtta timmar. Hon lät blicken vandra mot den plats där hon hade träffat Lucinda. Trädet låg där. Några höns plockade och krafsade i gräset. Hon påminde sig sina tankar om Warren och skämdes.

Jag ser det som inte finns, tänkte hon. Jag ska leta där det är mörkt, inte där det är ljust.

Havet glittrade. Tanken blev henne oemotståndlig. Hon satte på sig baddräkten, lindade en handduk runt kroppen och gick ner till stranden. Den var nästan övergiven, några småpojkar lekte i sanden, en grupp kvinnor vadade runt i strandkanten med böjda ryggar och plockade något som kanske var musslor. Louise steg ut i vattnet och gick så långt ut att hon kunde börja simma. Det var strömt men inte värre än att hon kunde hålla emot.

Bredvid henne fanns Artur. De simmade i den mörka tjärnen och mellan simtagen berättade han att den var bottenlös.

Hon sträckte ut, att röra sig i vatten lättade alltid hennes betryck. Under perioder när hon och Aron hade haft det som svårast hade hon ibland gett sig iväg för att simma, i havet eller en sjö eller i en bassäng, hon hade tagit det som fanns. Hon la sig på rygg och såg upp mot den blå himlen. Mötet med Lucinda var som en svårfångad dröm.

När hon till sist steg upp ur vattnet och torkade sig med handduken kände hon sig mer utvilad än på mycket lång tid. Hon återvände till hotellet. Warrens lastbil stod inte under något av de skuggande träden. Från campingplatsen intill kände hon doften av nygrillad fisk. Albinon med timbilan hade ännu inte kommit. Hon var ensam i matsalen. En servitris som hon inte tidigare hade sett kom fram och tog hennes beställning. Hon beställde inte bara kaffe och bröd utan även en omelett. Det vilade en overklig frid över restaurangen. Frånsett henne själv, servitrisen och någon osynlig som arbetade i köket, var världen tom.

Någon gång måste Henrik ha suttit här och ätit. Kanske som nu, en ensam frukost, i väntan på att albinon med timbilan skulle börja spela.

Hon drack ytterligare en kopp kaffe. Servitrisen var försvunnen när hon ville betala. Hon la pengar under kaffefatet och lämnade restaurangen. Warren hade fortfarande inte kommit. Hon återvände till sitt rum och låste upp dörren.

Först när hon hade stängt den bakom sig upptäckte hon att det satt en man i en av de två stolarna framför fönstret. Christian Holloway reste sig. Han log och slog avvärjande ut med händerna.

– Jag vet att man inte bör kliva in oombedd i främmande människors rum. Om du vill går jag gärna ut och knackar på, som den ärbara människa jag är.

– Hur kom du in här? Var inte dörren låst?

– Jag har alltid haft en dragning åt vad man kan kalla udda kunskaper. En utmaning har varit att lära mig dyrka upp lås. Den här dörren var sannerligen inte den svåraste som jag har tagit mig igenom. I Shanghai lyckades jag en gång forcera en trippellåst port till ett tempel. Men jag ägnar mig också åt annat. Till exempel har jag tillägnat mig den urgamla konsten att klippa silhuetter. Det är svårt, kräver mycket träning, men ger en enastående avkoppling.

– Varför hade Henrik din utklippta silhuett?

– Jag gav den till honom. Han hade sett kinesiska silhuettklippare och han ville gärna lära sig konsten. Det ligger nåt ytterst fascinerande i att reducera människor till skuggor och profiler.

– Varför har du kommit hit?

– Du har visat intresse för mitt arbete här. Då bör jag i gengäld avsätta tid till samtal för att ge nånting tillbaka.

– Jag vill klä på mig ifred.

– När vill du att jag kommer tillbaka?

– Jag vill hellre att vi träffas där nere.

Han rynkade pannan.

– I restaurangen eller baren är det för mycket oväsen. Ostämda instrument, slamrande kastruller, människor som pratar om ingenting.

– Den inställningen delar jag inte. Men jag är klar om en halvtimme.

– Då kommer jag tillbaka.

Han försvann tyst ut ur rummet. På ett område hade han tydligen tagit lärdom av de afrikaner han föraktade så djupt. Han hade lärt sig att röra sig över ett golv helt ljudlöst.

Hon klädde sig och försökte samtidigt förbereda sig på att han skulle komma tillbaka. Hur skulle hon kunna konfrontera honom med alla sina frågor? Skulle hon kunna säga honom rakt i ansiktet att hon trodde att han var ansvarig för hennes sons död? Jag borde vara rädd, tänkte hon. Jag borde vara alldeles skräckslagen. Om jag har rätt så kan han mycket väl döda mig på samma sätt som han har dödat både Henrik och Umbi. Även om han stiger in i det här rummet ensam finns hans väktare runt honom. De är osynliga men de finns där.

Hans knackning på dörren var så låg att hon knappt hörde den. När hon öppnade dörren såg hon att korridoren var tom. Där fanns bara Christian Holloway. Han log och steg in.

– Det här hotellet lär en gång i tiden ha varit ett favorittillhåll för sydafrikanska turister. Under den portugisiska kolonialismen var Moçambique ett paradis på jorden. Här fanns stränderna, fisket, värmen och inte minst dom unga flickorna som kostade så oändligt lite pengar att lägra. Nu är det ett minne som nästan helt har vittrat bort.

– Världen blir ändå ibland lite bättre.

– Det beror på vem du frågar.

– Jag frågar. Jag undrar vem du är, vad som driver dig?

– Är det därför du hela tiden återvänder?

– En gång kom min son Henrik hit. Det vet du. Efter det for han hem till Sverige och dog. Det vet du också.

– Jag har redan beklagat sorgen. Jag tror tyvärr inte man kan dela sorg med nån annan. Man är ensam med sorgen, på samma sätt som man är ensam när man ska dö.

– Varför måste min son dö?

Han förlorade inte fattningen. Hans blick var klar, hans ögon såg rakt in i hennes.

– Varför tror du att jag skulle kunna svara på den frågan?

– Jag tror att du är den enda som kan svara.

– Vad tror du att jag vet?

– Varför han dog. Och vem som dödade honom.

– Du har själv sagt att polisen hävdade att det var självmord.

– Det var det inte. Nån tvingade honom att ta de där tabletterna.

– Jag vet av egen erfarenhet hur svårt det är att ta till sig sanningen när ens barn berövar sig livet.

– Jag vet att din son begick självmord för att han var hivsmittad.

Hon anade en skymt av undran i Christian Holloways ögon, men han fann sig snabbt.

– Jag blir inte förvånad över din kunskap. Din son visste det ju uppenbarligen. Inget går att hålla hemligt i vår tid.

– Henrik menade att allt gick att dölja. Det var president Kennedys försvunna hjärna ett exempel på.

– Jag minns händelsen. Warrenkommissionen arbetade förgäves med frågan. Förmodligen fanns det en ytterst enkel förklaring, som ingen brydde sig om att söka efter.

– Henrik sa att det typiska för dagens värld är att sanningen hela tiden döljs av dom som har intresse av att förhärliga lögnen. Eller att använda den som ett instrument för grova men svårtydda spekulationer.

– Det är knappast utmärkande enbart för vår tid. Jag känner inte till någon epok där det inte varit på det sättet.

– Men är det inte vår uppgift att avslöja lögnen och bekämpa orättvisan?

Christian Holloway slog ut med händerna.

– Jag bjuder motstånd mot orättvisan på mitt sätt, genom att kämpa mot okunskapen och rädslan. Jag visar att man kan hjälpa. Du undrar vad som driver mig. Det ska jag säga dig. Det är viljan att förstå varför en obildad man som Djingis Khan i täten för sina horder av krigare kunde besegra sofistikerade militära organisationer och högtstående nationer långt från Mongoliets stäpper och skapa ett imperium som världen knappast har skådat. Vad var deras obetvingliga vapen? Jag tror jag har svaret.

– Vad är det?

– Deras långa pilbågar. Deras sätt att lära sig växa samman med sina hästar. Deras förmåga att hitta det underbara ögonblicket när pilen kunde avlossas med stor träffsäkerhet, trots att hästen galopperade i våldsam hastighet. Som alla viktiga svar var det enkelt. Jag kan idag rodna över att det tog mig så lång tid att hitta lösningen. Det var naturligtvis så att ryttarna lärde sig att avlossa sina pilar när hästarnas alla hovar befann sig i luften. Då rådde under ett svindlande kort ögonblick en perfekt balans. Den ryttare som då avlossade sin pil kunde vara säker på att träffa. Djingis Khan kom inte först och främst med rasande horder och våldsam blodtörst. Han kom med en exakt kunskap om det ögonblick där det ur kaos uppstod lugn. Så låter jag mig inspireras och så försöker jag leva mitt liv.

– Genom att bygga upp dessa anläggningar?

– Genom att försöka upprätta en balans som saknas. Dom som blir hivsmittade i det här landet, på den här kontinenten, dör. Om du inte råkar vara född i en av dom fåtaliga rika familjerna. Men drabbas du av sjukdomen i väst kan du räkna med att få det stöd och dom mediciner du behöver, oavsett vilka dina föräldrar är.

– Det finns en underjord där ute i din by. Det är som ett slavskepp. På däck promenerar dom välmående passagerarna. Under däck, fastkedjade, ihopträngda ligger dom andra, slavarna.

– Jag förstår inte vad du menar?

– Det finns en underjord. Där pågår experiment både med friska och sjuka människor. Jag vet det även om jag inte kan bevisa det.

– Vem påstår det?

– Det fanns en man där som försökte tala med mig. Dagen efter var han borta. En annan man försökte också berätta vad som händer där. Han fick halsen avskuren.

– Det känner jag inte till.

– Men du har ansvaret för det som händer där ute?

– Naturligtvis.

– Då har du ansvaret för att motsatsen mot vad du säger pågår på dina *missions*.

– Låt mig klargöra en sak för dig. Det finns ingen värld utan tvekamp, ingen civilisation som inte först av allt bestämmer vilka regler som ska gälla för umgänget mellan människor. Men regler är till för dom svaga. Den starke ser hur långt dom kan tänjas, han skapar sina regler själv. Du önskar att saker och ting bara skedde utifrån människors barmhärtighet och goda vilja. Men finns inget privat vinstintresse finns ingen utveckling. Patent på mediciner garanterar dom vinster som gör forskning och utveckling av nya mediciner möjliga. Antag att det du säger om vad som händer i mina byar vore sant. Jag säger inte att det är så, men anta det. Skulle inte nåt gott kunna komma även ur en till synes brutal verksamhet? Tänk på att det brådskar med att få fram ett botemedel mot aids. Särskilt södra Afrika står inför en gigantisk katastrof, bara jämförbar med digerdöden. Vilka stater tror du är beredda att lägga ner miljarder på att hitta ett vaccin? Dom pengarna behöver man för viktigare uppgifter som att bekosta krig i Irak.

Christian Holloway reste sig.

– Min tid är knapp. Jag måste gå. Kom gärna tillbaka, när du vill.

– Jag kommer inte att ge mig förrän jag vet vad som hände Henrik.

Han öppnade dörren ljudlöst.

– Jag beklagar att jag dyrkade upp dörren. Frestelsen blev för stor. Han försvann längs korridoren. Genom fönstret såg Louise honom lämna hotellet och stiga in i en bil.

Hon skakade i hela kroppen. Han hade glidit undan från henne. Hon hade inte lyckats konfrontera honom och bryta ner hans försvarsmurar. Hon hade ställt sina frågor men det var han som hade fått svaren. Hon förstod nu att han kommit för att ta reda på vad hon visste. Han hade lämnat henne eftersom han inte fruktade henne längre.

Nu stod hennes hopp till Lucinda. Hon var den enda som kunde skapa klarhet i vad som egentligen hade hänt.

På kvällen hörde hon timbilan ute i mörkret. Den här gången kom musiken från en plats närmare havet. Hon följde ljudet, satte försiktigt ner fötterna och försökte se genom mörkret. Månen var ny, natthimlen täckt av ett tunt dis.

När musiken tystnade lyssnade hon efter Lucindas andhämtning utan att kunna höra den. Ett kort ögonblick tänkte hon att hon gått i en fälla. Det fanns ingen Lucinda där i mörkret, det var andra skuggor som väntade på henne, på samma sätt som de väntat på Umbi, på Henrik och kanske också på Aron.

Sedan hörde hon Lucinda kalla på henne, alldeles intill. En tändsticka flammade upp, en lykta tändes. Louise satte sig på marken bredvid henne. Hon kände på Lucindas panna att hon hade hög feber.

– Du skulle inte ha kommit. Du är för sjuk.

– Jag vet. Nånstans ska man dö. Jorden är lika god här som på andra platser. Dessutom dör jag inte ensam. Jag kommer inte att ligga utan sällskap under jorden. I dom dödas land finns fler människor än i dom levandes. Bara man väljer att dö där andra döda väntar.

– Christian Holloway kom på besök idag.

– Jag förstod att han skulle göra det. Vände du dig om när du gick hit? Var det nån som följde efter dig?

– Jag såg ingen.

– Jag frågar inte efter vad du såg. Jag undrar om nån följde efter dig.

– Jag varken såg eller hörde nånting.

Louise märkte att Lucinda flyttade sig bort från henne.

– Jag behöver plats omkring mig. Febern bränner bort allt syre.

– Vad var det du ville berätta?

– Fortsättningen. Slutet. Om det finns något slut.

Men Lucinda hann aldrig säga något mer. Ett skott sprängde stillheten i bitar. Lucinda ryckte till och föll på sidan, alldeles stilla.

Louise såg plötsligt framför sig de bilder som funnits i Henriks pärmar. Lucinda hade blivit träffad i huvudet precis där den dödande kulan slagit in i John Kennedys hjärna. Men ingen skulle bry sig om att gömma undan den hjärna som nu pressades ut ur Lucindas huvud.

Louise skrek. Hon hade nått slutet på resan. Men ingenting hade blivit som hon hoppats. Nu hade hon sanningen framför sig. Hon visste vem som hade skjutit. Det var en man som klippte silhuetter, en undanglidande skugga, som inför världen påstod att han bara ville väl. Men vem skulle tro henne? Lucindas död var det obönhörliga slutet på historien.

Louise ville stanna hos Lucinda, men hon vågade inte. Hon hoppades i all sin förvirring och rädsla att någon av Lucindas osynliga vänner fanns i mörkret utanför lyktans ljuskrets och skulle ta hand om henne.

Ännu en natt vakade hon skräckslagen. Hon orkade inte tänka, allt var en stor och frusen tomhet.

På morgonen hörde hon Warrens lastbil när den närmade sig hotellet. Hon gick ner till receptionen och betalade sitt rum. När hon kom ut på sandplanen stod Warren och rökte. På den plats där Lucinda dödats fanns ingenting kvar. Inga människor, ingen kropp, ingenting. Warren kastade cigaretten när han fick syn på henne och rynkade bekymrat på pannan.

– Här var skottlossning i natt, sa han. Vi afrikaner har alldeles för mycket herrelösa vapen i våra händer. Vi skjuter varandra alldeles för ofta.

Warren öppnade bildörren för henne.

– Vart reser vi idag? Det är en vacker dag. Jag kan visa dig laguner där vattnet rinner som pärlor genom dina händer. I Sydafrika grävde jag efter dyrbarheter i djupa gruvschakt. Här rinner diamanterna mellan mina fingrar i form av dyrbara vattendroppar.

– En annan gång. Inte nu. Jag måste tillbaka till Maputo.

– Så långt?

– Så långt! Jag betalar det du begär.

Han sa inget pris, satte sig bara i förarsätet och pressade in den lägsta växeln. Louise vände sig om och tänkte att hon aldrig mer skulle återse stranden där hon tvingats uppleva allt det ohyggliga.

De for genom morgonen, det röda dammet yrde. Solen stod snart högt och hettan sänkte sig över landskapet.

Hon satt tyst hela den långa vägen till Maputo och betalade honom utan ett ord när de kom fram. Warren ställde inga frågor utan sa bara adjö. Hon tog in på ett hotell som hette Terminus, stängde dörren om sig och kastades handlöst ner i en avgrund. Hon tillbringade två dygn på hotellet, talade inte med några andra än de servitörer som då och då bar upp måltider till henne, som hon knappt rörde. Hon ringde inte ens till Artur för att be om hjälp.

Den tredje dagen tvingade hon sig upp ur sängen och lämnade hotellet och Moçambique. Hon kom till Madrid via Johannesburg på eftermiddagen den 23 december. Alla avgångar till Barcelona var fullbokade av julresenärer. Hon tvekade om hon skulle ta tåget men bestämde sig att stanna när hon fick en plats på ett förmiddagsplan dagen efter.

Det regnade i Madrid. Glittrande julprydnader hängde över gator och i skyltfönster, egendomliga tomtar skymtade utanför taxibilens fönster. Hon hade tagit ett rum på det dyraste hotell hon kände till, det anrika Ritz.

En gång hade hon och Aron gått förbi där, på väg till ett besök på Pradomuseet. Fortfarande kunde hon minnas hur de hade lekt med tanken att kasta ut pengar för att ta in på en svit under en natt. Nu betalade Arons pengar hennes rum, medan han själv var borta. Saknaden efter honom vållade henne en konstant smärta. Först nu började hon inse, att när hon hade hittat honom bland de röda papegojorna hade något av den ursprungliga kärleken återvänt.

Hon besökte museet på andra sidan gatan. Hon mindes fortfarande vägen till samlingarna med Goyas målningar och etsningar.

Aron och hon hade stått länge vid målningen av en gammal kvinna, han hade tagit hennes hand och de hade båda, det förstod de efteråt, tänkt på den ofrånkomliga ålderdomen.

Hon tillbringade hela eftermiddagen på museet och försökte glömma för korta stunder allt som hade hänt.

Det regnade även dagen efter när hon for till Barcelona. När hon steg av flygplanet blev hon yr och var tvungen att luta sig mot väggen i rampen som ledde in till terminalbyggnaden. En flygvärdinna frågade om hon behövde hjälp. Hon skakade på huvudet och fortsatte. Det var som om hon hade befunnit sig på en oavbruten resa sedan den dag hon lämnat

Argolis och stigit på det tidiga Lufthansaplanet mot Frankfurt och Stockholm. I tankarna, mest för att hålla yrseln på avstånd, räknade hon upp den långa raden av avgångar och ankomster. Aten-Frankfurt-Stockholm-Visby-Stockholm-Östersund-Stockholm-Frankfurt-Singapore-Sydney-Melbourne-Bangkok-Frankfurt-Barcelona-Madrid-Johannesburg-Maputo-Johannesburg-Frankfurt-Aten-Frankfurt-Stockholm-Östersund-Stockholm-Frankfurt-Johannesburg-Maputo-Johannesburg-Madrid-Barcelona.

Det hade varit stationer på en mardrömslik resa. Runt henne hade människor försvunnit eller dött. Hon skulle aldrig kunna befria sig från bilderna av Umbi och Lucinda, även om de kanske mer och mer skulle förvandlas till bleka fotografier där det till sist inte skulle gå att urskilja några ansiktsdrag längre. Christian Holloway skulle också finnas i hennes minne. En utklippt silhuett av en alldeles skoningslös människa, som inte lät sig besegras.

Bakom dessa ansikten fanns alla de som bara var skuggor, ansiktslösa.

Hon gick till Henriks lägenhet. Blanca skurade trappuppgången när hon kom.

De satt länge i hennes lägenhet och samtalade. Efteråt mindes Louise inte mycket av det hon sagt. Men hon frågade om vem det var som besökt Henriks lägenhet, just efter att han hade dött. Blanca såg oförstående på henne.

– Jag fick en bestämd känsla av att du inte talade sanning, att nån hade varit där.

– Varför skulle jag ha ljugit?

– Jag vet inte. Det är därför jag frågar.

– Du måste ha misstagit dig. Ingen var här. Jag dolde inget för dig och Aron.

– Då tog jag fel.

– Har Aron kommit tillbaka?

– Nej.

– Jag förstår det inte.

– Det kanske blev för mycket för honom. Män kan vara bräckliga. Han kanske helt enkelt åkte tillbaka till Apollo Bay.

– Har du inte sökt honom där?

– Jag menar ett annat Apollo Bay, ett som jag inte vet var det ligger. Egentligen kom jag bara för att besöka Henriks lägenhet en sista gång. Jag vill nog vara ensam där.

Hon gick upp till lägenheten och tänkte att just nu var det rum hon befann sig i mittpunkten i hennes liv. Det var julafton, ett grått regn och hon anade fortfarande inte hur hennes liv skulle gestalta sig i framtiden.

När hon gick kom Blanca ut med ett brev i handen.

– Jag glömde ge dig det här. Det kom för några dagar sen.

Brevet saknade avsändare. Stämpeln visade att det var postat i Spanien. Hennes namn och hotellets adress stod på kuvertet.

– Hur hamnade det här brevet hos dig?

– Det kom nån från hotellet. Tydligen hade du uppgett Henriks adress.

– Kanske jag gjorde det? Jag minns inte.

Louise stoppade det i fickan.

– Är du säker på att du inte har flera brev liggande?

– Här finns inget mer.

– Inga fler brev som Henrik bett dig eftersända? Om ett år? Om tio år?

Blanca förstod. Hon skakade på huvudet. Det fanns inga fler brev som det hon hade skickat till Nazrin.

Regnet hade upphört. Louise bestämde sig för att ta en lång promenad, gå sig riktigt trött och sedan äta middag på hotellet. Innan hon somnade skulle hon ringa till Artur och önska honom god jul. Kanske skulle hon resa hem på Annandagen? Åtminstone skulle hon lova honom att vara hemma till nyår.

Först sent på kvällen påminde hon sig brevet. Hon läste det på sitt rum. Med växande förfäran insåg hon att ingenting var över, den smärta hon bar på hade ännu inte nått sin kulmen.

Texten var skriven på engelska. Alla uppgifter om personnamn, länder, städer var överstrukna med svart tusch.

Personuppgifterna överensstämmer med uppgifterna på identitetsbandet som är fäst vid kroppen. Den allmänna hudfärgen är blek, likfläckarna blåröda och fördelade på kroppens ryggsida. Likstelheten kvarstår. Det finns petechier i ögonens bindehinnor och runt ögonen. I hörselgångarna, näsöppningarna, munhålan och ändtarmsöppningen ses inget främmande innehåll. De synliga slemhinnorna är bleka och utan blödningar. På kroppen finns inga synliga skador, inga ärr. De yttre könsorganen är oskadade och fria från främmande innehåll.

Fortfarande förstod hon inte vad brevet egentligen handlade om. Ännu var det bara en vag fruktan inom henne. Hon fortsatte att läsa:

Den inre undersökningen visar att huvudsvålen är utan blödningar. Skallen är oskadad, skallbenen på insidan bleka. Utanför eller under den hårda hjärnhinnan ses inga blödningar. Den hårda hjärnhinnan är också oskadad. Hjärnans yta har ett normalt utseende. Tältet och stora nackhålet har inte avtryckts. Medellinjen har inte förskjutits. De mjuka hinnorna är glänsande och glatta. Mellan hinnorna kan man inte se några blödningar eller sjukliga förändringar. Hjärnans kammare är normalvida. Gränsen mellan grå och vit substans är skarp. Den grå sub-

stansen har normal färg. Hjärnvävnaden har en normal konsistens.
I pulsådrorna på hjärnans bas syns inga inlagringar.

Hon fortsatte att läsa om cirkulationsorganen, andningsorganen, matsmältningsorganen, urinorganen. Listan var lång och avslutades med en genomgång av skelettet. Till sist kom slutsatserna.

Den avlidne har hittats död på mage på asfalten. Några specifika un-dersökningsfynd har inte gjorts. Förekomsten av petechier tyder på att döden har orsakats av strypning. Den samlade bilden innebär att döden sannolikt orsakats av annan persons avsiktliga handling.

Det hon hade i handen var ett rättsmedicinskt obduktionsprotokoll, upprättat på ett okänt sjukhus av okända rättsläkare. Först när hon läste uppgifterna om längd och vikt insåg hon till sin fasa att det var Aron som legat på obduktionsbordet.

Annan persons avsiktliga handling. Efter att Aron lämnat kyrkan hade någon gripit honom, strypt honom och lämnat honom på en gata. Men vem hade hittat honom? Varför hade den spanska polisen inte hört av sig? Vilka var läkarna som gjort obduktionen?

Hon kände ett förtvivlat behov av att tala med Artur. Hon ringde ho-nom men berättade inte om Lucinda eller protokollet utan sa bara att Aron var död och att hon inte kunde säga något mer just nu. Han var för klok för att fråga. Han bara undrade när hon skulle komma hem.

– Snart, svarade hon.

Hon tömde barskåpet och undrade hur hon skulle kunna uthärda all sorg som hon tvingades bära. Hon kände att de sista upprätta valv-bågarna i hennes inre när som helst hotade att rasa samman. Den nat-ten på hotellet i Barcelona, med obduktionsprotokollet liggande på golvet, tänkte hon att hon inte orkade stå emot längre.

Dagen därpå återvände hon till Henriks lägenhet. Medan hon försökte fatta ett beslut om vad hon skulle göra med hans tillhörigheter, insåg hon plötsligt vad hon måste göra för att orka fortsätta leva.

Det fanns bara en väg och den började här, i Henriks lägenhet. Det han inte hunnit berätta skulle bli hennes uppgift. Hon skulle gräva och hon skulle foga ihop de skärvor hon hittade.

Vad var det Lucinda hade sagt? *Det var inget bra sätt att dö på, innan man hade berättat färdigt sin historia.* Hennes egen historia. Och Henriks. Och Arons. Tre historier som nu hade blivit till en.

Hon fick ta vid när ingen annan kunde göra det.

Hon kände att det var bråttom. Tiden krympte runt henne. Men först skulle hon åka hem till Artur. Tillsammans skulle de besöka Henriks grav och också tända ett ljus för Aron.

Den 27 december lämnade Louise sitt hotell och for till flygplatsen. Vädret var disigt. Hon lämnade taxin och letade sig fram till Iberias incheckningsdisk och det plan som skulle ta henne till Stockholm.

För första gången på mycket länge kände hon sig stark. Kompassen hade slutat snurra.

När hon hade lämnat sin väska stannade hon och köpte en tidning innan hon gick mot säkerhetskontrollen.

Hon la aldrig märke till mannen som på avstånd följde henne med blicken.

Först när hon gått igenom säkerhetskontrollen lämnade han avgångshallen och försvann ut i staden.

Efterord

För 20 år sedan, långt uppe vid Zambias västgräns mot Angola, såg jag en ung afrikansk man dö av aids.

Det var första gången, men inte den sista.

Minnet av hans ansikte har hela tiden varit levande medan jag planerat och skrivit den här boken.

Det är en roman, det är fiktion. Men gränsen mellan det som verkligen har hänt och det som skulle ha kunnat hända är ofta nästan obefintlig. Jag gräver naturligtvis på ett annat sätt än en journalist. Men båda lyser vi in i de mörkaste hörnen i människor, samhälle och omvärld. Resultaten blir inte sällan identiska.

Jag har tagit mig friheter som fiktionen tillåter. Bara ett exempel: Mig veterligt har aldrig någon ambassadtjänsteman eller Sida-anställd vid namn Lars Håkansson varit verksam vid den svenska beskickningen i Maputo eller någon annanstans. Om det mot förmodan skulle visa sig vara fel, slår jag härmed en gång för alla fast att det inte är honom jag syftar på!

Sällan möter man de värderingar jag givit honom. Jag önskar jag kunnat skriva "aldrig", men det kan jag inte.

Många har hjälpt mig under den här nedstigningen i det som på många sätt kan beskrivas som en avgrund. Två personer vill jag nämna vid namn. Först och främst Robert Johnsson i Göteborg, som grävde fram allt jag bad om och dessutom kryddade det hela med alldeles egna upptäckter. Dessutom fil.dr. Anastazia Lazaridou vid Bysantinska Museet i Aten som lotsade mig in i arkeologins komplexa värld. Alla andra tackar jag gemensamt.

Till sist, en roman kan sluta på sid 212 eller 384 men verkligheten fortsätter lika fullt. Det som står skrivet är naturligtvis helt och hållet resultatet av mina egna val och beslut. På samma sätt som vreden också är min, den vrede som drev mig.

Fårö i maj 2005

Henning Mankell